L.I.E. 영문학총서 제17권

미국 여성시 연구

박 재 열

L. I. E. — SEOUL

2009

이 저서는 2007년도 경북대학교 학술연구비에 의하여 연구되었음.

책머리에

　이 책은 미국의 여성시에 대한 대체적인 밑그림을 보여주기 위해 집필하였다. 밑그림을 그린다는 것은 굵직한 여성 시인을 설명함으로써 미국 여성시의 대체적인 흐름을 짚어본다는 뜻이다. 따라서 시인의 선정은 시대적으로나 시의 특성에 있어서나 균형을 이루도록 노력하였다.

　필자는 대학원에서 강의를 할 때 한 학기 동안 한 작가만 다룰 때가 많았다. 그러면서 매학기 작가를 바꾸었다. 매 학기 학생이나 교수나 늘 빡빡할 수밖에 없었고 늘 덤벙거리는 탐색자의 태도를 버릴 수가 없었다. 작가를 학생들 쪽에서 선정해 올 때도 있었는데 그땐 대부분 여성작가들이었다. 필자가 여성작가와 친하게 된 것은 제자들의 덕이 크다. 이런 수업을 할 때 한 작가의 대체적인 생애, 경향, 문학관을 쉽게 설명해 주는 자료가 우리나라나 미국에도 흔치 않았다. 제일 먼저 읽는 것은 『노톤 앤솔로지』(*Norton Anthology*)의 서너 쪽 되는 '인트로덕션'이었는데, 거기에는 비좁은 공간에도 불구하고 한 작가의 생애, 열망, 문학적 실험, 문학사적 가치 및 그 작가의 영향 등을 밀도 있게, 또 균형 있게 설명하고 있었다. 그것은 적어도 우리에게 한 작가의 전모를 대강으로나마 성실하게 그려주었다. 이 책은 그런 스타일의 작가 '소개'에 중점을 두고 작가를 분석하고 설명하고 예를 보여 주려고 계획했다.

그러므로 이 책의 글은 대쪽같은 논리를 세운 논문이 아니다. 또 '신비평'의 주장처럼 작가의 생애나 작품의 배경을 외면하지 않았고 오히려 도움이 될 만한 것은 찾아 나섰다. 우리나라처럼 역사적 문화적 배경이 미국과 크게 다른 나라에선, 한 작가의 이해는 그 문화적 배경의 이해가 밑받침되어야 하는 것은 누구나 인정할 것이다. 또 시만큼 그 배경에서 비롯된 문화적 코드라는 실로 다발을 이룬 것이 어디 있던가. 그러나 한 작가를 어떻게 설명할 것인가는 그 작가가 결정할 문제라는 생각을 버리지 않았다. 이 말은 작가에 따라 집중적으로 보여주고 강조할 점이 다 다르다는 뜻이다. 이런 방법은, 논문에서 연구자의 입장을 고정해 두고 엄격하게 파고드는 방법과는 대조되며, 삶과 문학의 관계를 좀 더 유연하고 인간중심적인, 포섭과 삼투의 관계로 이해하려는 방법이다.

이 책에서 여성시를 다루는 것은 20세기에 들어서면서 여성들의 시가 대거 등장했다는 물량적인 점 외에도, 여성시에는 남성시에서 잘 보이지 않는 부드럽고도 섬세하고도 신비로운 결이 있었기 때문이다. 또 여성만의 내밀한 목소리가 대거 문자를 탄 것은 대체로 20세기에 들어와서 일어난 현상이고 보면, 이 연구는 새로운 현상에 대한 지적 호기심에서 이루어진 것이다. 이 여성시들은 여성고유의 정서는 물론이고, 여성의 육체성, 여성주의, 여성 고유의 심리 등을 제시하고 있어, 지금까지 남성중심의 시에서 너무나 당연시되던 이데올로기나 시법을 진지하게 되돌아보게 하는 의미가 크다.

20세기 초까지는 미국에도 우리나라처럼 전적으로 문학에 뜻을 두고 창작에만 전념한, 이른 바 '전업 여성시인'은 없었다. 그만큼 여성에게 기회가 보장 되지 않았다. 그러나 우리나라 유교사회의 사대부가(士大夫家)에서 허난설헌(許蘭雪軒, 1563-1589)이 출현했듯이, 미국 청교도 사회에도 앤 브랫스트리트(Anne Bradstreet, c. 1612-1672)나 에밀리 디킨슨(Emily Dickinson, 1830-1886) 등이 나타나, 남성중심주의 사회에서도 부드러우면서도 여성 고유의 당찬 소리를 냈다. 브랫스트리트의 시집은, 아이러니하게도 런던에서 먼저 출판되었고, 그것을 출판한 이유가 남성과 경쟁하지 않는 현모양처의 전형을 보여주기 위해서라고 한다. 그녀의 작품에는 그런 사고는 물론이고 그것에 대한 반발도 배어 있어, 미국여성문학이 갈 길을 미리 보여주고 있다. 그런 점에서 디킨슨 또한 마찬가지임을 이 책에서 보여준다.

이미지즘(Imagisme, Imagism) 계열이 현대시에 중요한 한 맥이라면, 그 맥을 잡은 사람으로 메어리앤 무어(Marianne Moore, 1887-1972), 에이미 로웰(Amy Lowell, 1874-1925), 에이치 디(H. D., Hilda Dolittle, 1886-1961) 등이 있고, 그 맥을 조금 벗어나서 거트루드 스타인(Gertrude Stein, 1874-1946), 에드나 세인트 빈센트 밀레이(Edna St. Vincent Millay, 1892-1950) 같은 시인도 있다. 이들은 다들 19세기 후반에 태어난, 에즈라 파운드(Ezra Pound), 티 에스 엘리엇(T. S. Eliot), 윌리엄 칼로스 윌리엄스(William Carlos Williams) 등과 비슷한 연배의 시인으로, 현대시의 1세대 시인들이다. 이 중에서도 독창적인 시형을 개발하여 미국적 목소리로 시를 쓴 무어를 선택하여 다루었다.

그 다음 세대, 즉 1900년대와 1910년대에 탄생한 작가를 대표해서 엘리자베스 비숍(Elizabeth Bishop, 1911-1979)을 다뤘다. 비숍은 스승격인 무어의 시론을 받아들이면서, 새로운 어법, 어조, 사물에 대한 관조적 태도로 미국현대시에 큰 영향을 끼쳤다. 심지어 로버트 로웰(Robert Lowell, 1917-1977) 같은 시인도 그녀의 시법을 본받아 자신의 시적 감성적 태도를 완전히 바꾸었다고 하지 않는가. 평생 블랙호크아일랜드(Blackhawk Island)에 살면서 박물학자와 생태학자의 시선을 버리지 않았던 로린 니데커(Lorine Niedecker, 1903-1970), 스스로 억압 받는 하층민이라 규정하고 사회주의자, 공산주의자, 노동운동가 등과 연대하며, 자신의 고유하면서 이질적인 문화를 고수하려 한 뮤리얼 루카이저(Muriel Rukeyser, 1913-1980) 등은 나름대로 자연과 시대를 진솔하게 음미한 시인들이었지만 이 책에서는 다루지 못했다.

1910년대 후반과 1920년대에는 에이드리엔 리치(Adrienne Rich, 1929-)와 궨돌린 브룩스(Gwendolyn Brooks, 1917-2000)가 태어난다. 리치는 백인 중산층에서 태어나 고등교육을 받고 지식인과 결혼한 유복한 여성이었지만, 그런 표면적으로 유복한 삶에서 발견되는 여성에 대한 편견과 부조리와 그것에 대한 대안을 거침없이 쏟아낸 '거센' 여성주의 시인이다. 한편 브룩스는 이와 대조적으로 가난한 흑인으로, 동족의 빈곤과 인종차별을 인고하면서 고발한 시인이다. 그녀의 애환과 미학은 미국여성시와 흑인문학의 판도에 중요한 맥을 이룰 것이다. 사물그 자체의 제시에서 신비감을 불러내어 이른 바 '마술적 사실주의'(magical realism)를 실행한 데니스 레버토브(Denise Levertov, 1923-1997), 플라스와 함께 시창작교실에 나갔던 앤 섹스턴(Anne Sexton, 1928-1974) 등도 동시대 시인들이지만 다루지 못했다.

1930년대생으로 로버트 로웰이 "광기 있는 유순함"을 지녔다고 평한 실비아 플라스(Sylvia Plath, 1932-1963)를 다뤘다. 그녀는 여걸처럼 신화적인 힘으로 일상적이고 가정적인 것을 신비하고 환각적으로 제시하는 능력을 가진 시인이다. 매에서 악어에 이르기까지 신과 우주에 잠재하는 원초적인 힘을 캐낸 메리 올리버(Mary Oliver, 1935-), 월남전에서 이라크전에 이르기까지 철저한 반전운동과 여성운동을 펼치는 마지 피어시(Marge Piercy, 1936-), 공포와 불편 뒤에 감춰져 있는 것들을 천착해 내는 오더 로드(Audre Lorde, 1934-1992)도 여성주의 시인으로 이

해할 수 있을 것이나 따로 장을 만들지 못했다.

40년대에 태어난 시인으로 신탁과 예언의 목소리와 신비한 능력으로 일상의 주변을 인식하는 루이스 글뤽(Louise Glück, 1943-)을 들 수 있다. 50년대에는 체로키 인디언, 프랑스인, 아일랜드인, 크리크 인디언의 피를 받은 조이 하조(Joy Harjo, 1951-), 아프리카계 미국인으로 '사심 없는 상상력'(disinterested imagination)을 구사하는 리타 더브(Rita Dove, 1952-), 라티노 시인으로 북아메리카 남성의 기록과 자신의 할머니에 들어 있는 멕시코 구전문학을 시에 접합한 로나 디 서밴티즈(Lorna Dee Cervantes, 1954-), 한국계, 중국계 미국인으로 한국인 할머니의 삶을 시에 복원시킨 캐시 송(Cathy Song, 1955-) 등이 태어났으나 모두 후학들의 연구로 남겨 두었다.

이처럼 이 책은 이런 다양한 여성의 실험과 예술적 욕구를 다 담아내지 못하는 한계와 아쉬움이 있다. 그러나 이 책에서 다루는 여섯 시인은 미국 여성 시인의 '종자'가 되는 시인이며, 그 이후의 시인들도 이들과의 관계에서 이해하면, 원뿌리와 곁뿌리를 알고 뿌리를 캘 때처럼, 힘을 경제적으로 쓸 것이다. 또 다른 한계는 각각의 시인에게 좀더 '몸으로' 다가가지 못한 점이다. 어느 시인이든 그의 채취와 말씨와 옷매무새로써도 그 시인이나 시의 성격을 파악할 수 있는 거리에 있어야만 했지만, 그 정도로 다가가지 못한 아쉬움이 있다. 시는 주지하다시피, 한 속 깊은 삶이 빚은 수정 결정체이므로 어디까지나 통합적이고 직관적으로 삼키거나, 깨닫거나, 감명 받아야 하는 것이다. 우리는 우리 시를 대할 때마다 '땡' 하고 한꺼번에 울려오는 감명을 받을 수 있지만, 외국어 시에서는 가끔 그것을 놓치는 경우가 많다. 외국어의 낱말 유희에만 빠져 전체를 못 보고 허우적거리는 경우가 더러 있지 않는가. 이 책에서는 적어도 한 시가 내뿜는 생명의 '땡' 소리를 놓치지 않으려고 갖은 애를 썼다. 그것은 단순히 분석적인 유추만으로는 되지 않는 것이기에 많은 고민이 따랐다.

　어떻든 이 책이 후학들이나, 일반 독자나, 새로운 모드의 창작을 염원하여 새로운 영감을 찾는 문인에게 미국 여성시인에 대한 안내서로서 한 자리를 차지할 수 있다면 더 바랄 것이 없다. 이 책이 나오도록 협조한 경북대학교와 출판을 맡아 수고를 아끼지 않은 국학자료원 관계자들께 감사를 드린다.

2009년 3월

저 자

차 례

제 1장 에밀리 디킨슨

I

에밀리 디킨슨(Emily Dickinson, 1830-1886)의 시전집을 낸 토머스 존슨(Thomas Johnson)은 19세기 미국 문학사에 뜻 깊은 세 가지 사건이 있었는데, 첫째는 에머슨(Ralph Waldo Emerson)이 1837년에 '미국지성의 독립선언'이라 할 「미국의 학자」("The American Scholar")라는 연설을 한 것이고, 둘째는 휘트먼(Walt Whitman)이 1855년에 첫 시집 『풀잎』(*Leaves of Grass*)을 출판한 것이고, 셋째는 1862년 4월 15일에 토머스 히긴슨(Thomas Wentworth Higginson)이 디킨슨의 편지를 받은 일이라고 한다(*CP* v)(「디킨슨」 65).

당시 서른 한 살이던 디킨슨은 처음으로 시 전문가에게 자기 시를 보내면서 그것이 과연 "숨을 쉬는가"를 물었다. 그녀는 『어틀랜틱 먼슬리』 (*Atlantic Monthly*)라는 월간지에서 히긴슨의 「젊은 투고자에게 쓰는 편지」("Letter to a Young Contributor")라는 글 중, "문체는 생명이 넘쳐야 한다"라는 구절을 읽고 그의 평을 듣고 싶었던 것이다. 잡지사에 많은 독자의 글이 답지했지만 애머스트(Amherst)에서 온 디킨슨의 시가 독특하여 히긴슨은 특별히 답장을 쓴다. 그는 디킨슨에게 시를 좀 더 보내 줄 것을 요청하면서, 나이, 독서, 친구들에 대해 이야기해 달라고 했다(*CP* vi)(「디킨슨」 65).

이때 디킨슨은 스스로 개발한 시법으로 대단히 개성적인 시를 쓰고 있었다. 그런데 난처한 쪽은 히긴슨이었는데, 그녀의 시를 분류할 방법이 없었던 것이다. 그녀가 죽은 지 5년이 되었을 때 그는 그때 일을 회고하면서, "아주 독창성 있는 천재라는 인상은 30년 전 네 편을 읽었을 때나 . . . 지금이나 분명하다. 그렇게 특이한, 그러나 어떤 비평도 맞지 않을 그 작품에 어떤 위치를 매기느냐는 영 풀리지 않는 문제이다"라고 말한다. 히긴슨이 더 당혹스러웠던 것은 그녀를 생전에 두 번 찾아가 보았지만 그녀가 시를 쓴다고 전혀 확신할 수 없었다는 사실이다(*CP* vi)(「디킨슨」65).

19세기 대표적인 전통주의자 히긴슨이 전적으로 새로운 종류의 시를 이해하지 못한 것은 당연한 일일지 모른다. 그가 그녀에게 쓴 첫 편지는 남아 있지 않지만 그녀의 답장으로 유추할 때, "설화석고" 시(216, 시 번호는 *CP*의 시 일련번호임)는 형식이 없고, 각운(rhyme)이 불규칙하고, 운율은 돌발적이라고 했던 것 같다. 즉 재능은 충분히 인정되나, 당시의 낭만적인 문체와 리듬이 아니어서 곤란하다는 말이었을 것이다. 핵심적인 낱말로 율격을 잡아가되 그 낱말은 전체를 뿜어내게 하고, 박자는 느리거나 빠르게 바꿔 가는 그녀의 혁신적인 방법을 그는 머리를 아무리 싸매도 이해 못했을 것이다. 다들 규칙적인 리듬만 봐 왔기 때문에 그가 본 시는 대단히 당혹스러웠을 것이다. 그들은 하나의 입방체를 평면으로 해석하려 했던 것이다. 히긴슨의 나이가 얼마냐에 대한 답으로 "이 겨울 될 때까지—한두 편 외에—쓴 것이 없어요"라고 답을 하지만, 사실 그녀는 그때 이미 300편 이상의 시를 썼다. 그녀는 한창 창작력이 넘쳤지만, 잠시 자신의 시작(詩作)에 회의가 들어, 그 혼자 하는 작업이 과연 가치 있는 것일까 물어보고 싶었던 것이다(「디킨슨」66).

그녀는 두 번째 편지에 또 시 세 편을 동봉한다. 이번에도 다양한 주제와 운율이 들어가도록 배려했다. 여섯 주 후에 쓴, 그녀의 세 번째 편지를 보면 생전에 그녀는 무명의 예술가로 살 수밖에 없다고 체념한 듯하다. 히킨슨의 인식과의 거리가 너무 컸기 때문이리라.

> 제 "발표"를 미루라는 암시를 읽고 웃었죠—발표는 창공이 지느러미에 이질
> 적이듯 제 생각엔 이질적이죠.

명예가 제게 온다면 피할 수는 없겠죠—오지 않는다면, 따라가기에는 긴 긴 나날이 필요하겠죠—그리고 제 개를 인정받으려 저 자신을 버릴 일도 생기겠죠—그렇다면 맨발의 지위가 더 났죠.

제 걸음이 "돌발적"이라고요. 선생님 저는 위험에 처해 있어요.

제가 "통제불능"이라고요. 저는 법정이 없어요. . . .

선원이 북쪽은 알 수 없어도 바늘이 가리킨다는 건 알죠. (L 265)

우선 문체를 보면 대단히 함축적이고 비유적이고 콕콕 쏘는 맛이 있음을 알 수 있다. 디킨슨의 대부분의 글이 이렇다. 이후 그녀는 발표에 대한 미련은 완전히 버린 듯하다. 그녀는 언젠가는 자기 시가 세상 사람들에게 회자될 것을 안 듯하나, 자기 생전에 그런 날이 오리라고 생각하지 않았던 것 같다(「디킨슨」 66-7).

그 후 평생 동안 '제자'라는 이름으로 히긴슨과 서신왕래는 하나 물론 그녀는 진정한 그의 제자는 아니다. 1870년 히긴슨이 그녀를 처음 방문하고는 이렇게 말한다. "내 기력을 그토록 빼 놓는 사람과 같이 앉아 본 적이 없어. 접촉이 없었는데도 기가 완전히 빠져버렸어. 가까이 안 사는 것만도 감사할 뿐이야"(Whicher 119). 그가 자기 여동생에게 쓴 편지에서는 "난 기이한 시인 에밀리 디킨슨 양을 만났어. 그녀는 아버지 집을 결코 벗어나지 않고, 나와, 나 외 몇 명밖에는 만나는 사람이 없어. . . . 나는 집사람이 '왜 그 미친 것이 당신에게 들러붙었죠?'라고 한 말이 아직도 은근히 걱정 돼"라고 했다(Whicher 119). 또 다른 곳에서는 "약간 머리가 돈 애머스트의 여류 시인"이라고 했다(Whicher 120). 히긴슨은 희대의 천재 시인이 머리가 돈 여자로 보였던 것이다(「디킨슨」 67).

II

존슨의 말처럼 1862년 4월 15일은 미국 시 역사상 중요한 해일 뿐만 아니라, 디킨슨 개인의 시력(詩歷)에서도 중요한 분수령이 되는 해이다. 존슨의 통계에 의하면 이 해에 디킨슨은 366편의 시를 써서 평균 하루 한 편 이상을 쓴 셈이다. 이런 해는 전무후무한 것을 보면 그녀의 시적 창작력이 가장 왕성했던 해가 이 해이고, 이 해에 그녀는 자신의 시적 방법이 제대로 된 것인지를 물었으며, 히긴슨은 답장에서 아주 상식적인 견해를 피력했을 뿐이다. 히긴슨의 셋째 편지를 받고 그녀는 앞에서 이야기했듯이 자신은 무명으로 살 것이며, 히긴슨의 판단을 참고하여 자신의 인생 해도(海圖)에 앞으로의 항로를 분명히 결정하였다고 했던 것 같다(CP vii). 그러나 그녀의 시에 대한 열정은 그것으로 크게 꺾이지 않는다.

디킨슨은 1830년 12월 10일, 미국 매사추세츠주(Massachusetts州) 애머스트(Amherst)의 그녀 할아버지가 지은 집에서, 아버지 에드워드 디킨슨(Edward Dickinson)과 어머니 에밀리 노크로스 디킨슨(Emily Norcross Dickinson) 사이에 태어난다. 그녀는 한살 위인 오빠 오스틴(Austin)이 있었고, 두 살 아래로 여동생 라비니아(Lavinia)가 있었는데, 이 동생은 에밀리가 죽을 때까지 함께 산다.

그녀의 아버지는 가부장적인 인물로 엄격하면서도 자녀들에게는 친절할 때도 있었다. 그는 엘리자베스 바레트(Elizabeth Barett)의 아버지처럼 모든 가족을 품안에 두고 싶어 했다. 아들이 결혼하자 바로 본집 옆에 새로 살림집을 지어 줬고, 딸은 둘 다 시집보내지 않았다. 에밀리가 거의 평생을 부모와 아동기적 관계를 못 벗어나는 것은 당연한 결과이다. 아버지는 예일 대학을 졸업한 뒤 다시 법학을 전공하여 애머스트의 중심지에 변호사 사무실을 냈다. 그는 법률가로 애머스트 대학의 재단이사장, 연방 하원의원, 매사추세츠 주의회 의원을 지냈으며, 한 때 주지사 물망에도 올랐다. 그의 사무실은 메인가(Main街)와 플레전트가(Pleasant街)가 만나는 그 읍의 중심부에 있었는데, 그 네거리가 그 읍의 역(驛)과 같았으며, 거기엔 호텔까지 있었다. 그는 애머스트의 철도 부설을 도왔으며, 애머스트 아카데미(Amherst Academy)와 애머스트 대학의 재단을 튼튼히 하기 위해, 일 달러라도 아끼는 성실한 청교도였다. 그녀는 그가 죽은 후 "그의 마음은 순수하고 무서웠으며, 난 또 다른 그 같은 마음을 가진 사람이 있으리라고는 생각지 않아"라고 적었다(Whicher 28).

그녀의 어머니는 한 마디로 현모양처였으며, 희생적이고, 온순하고, 남성들에게는 소유욕과 보호본능을 자극하는 여성이었다. 그런 어머니를 에밀리는 이해할 수 없었고, 히긴슨에게 "나는 정말 어머니가 없었어요. 나는 어머니란 어려울 때 달려가는 사람이라고 생각해요"라고 말한 적이 있다. 그 어머니는 남편이 죽자 중풍이 걸려 7년간이나 고생하다가 세상을 떠났다. 에밀리가 어머니 간호를 하자 모녀의 관계는 뒤바뀌게 되었다. 이때 병상의 무기력한 어머니가 그녀에게 더욱 소중해 보였고, 어머니가 죽자 그때서야 그녀는 어머니가 있었다는 사실을 깨달았다(Whicher 29).

디킨슨의 아버지가 금장식이 된 지팡이를 짚으며 애머스트의 메인스트리트를 오르내릴 때 읍민들은 왕족을 대하듯이 인사를 하며 존경을 표했다. 그가 세상을 떠나자 그의 아들이 아버지의 역할을 대신하여, 이 부자(父子)가 애머스트라는 '소왕국'을 '통치한' 기간은 무려 70년이었다(Whicher 31).

그녀보다 한 살 많은 오빠 오스틴(Austin)은 애머스트 대학과 하버드

법과대학을 나왔다. 그는 디킨슨가의 특유한 성실성, 강한 상격, 밝은 실무 능력에서는 아버지를 닮았다. 그러나 아버지가 주정(州政)과 국정(國政)에 참여했지만 아들은 지역사회 발전에만 심혈을 기울였다. 그는 아버지를 이어 대학 재단이사장, 애머스트 아카데미의 이사직을 맡았고, 은행, 공공시설, 교회 건립에도 노력을 아끼지 않았다. 그는 한때 서부로 갈 야망을 가졌으나 아버지의 적극적인 만류로 주저앉았다. 남북전쟁 이후 도시가 팽창하자, 자존심 높던 애머스트도 대도시의 영향에 휩쓸리지 않을 수 없었다. 당연히 그와 같은 시골 신사는 기업가에게 밀리는가 하면, 뉴잉글랜드의 오랜 전통은 지역 발전에 오히려 걸림돌이 되었다. 디킨슨가에 대한 사회적 요구는 줄어들고, 가문의 세력은 자연히 줄어들게 되었다(Whicher 31-32).

오스틴은 엄하고 무거운 아버지 성격과는 달리 재기발랄하고, 감수성이 강하고, 솔직하고, 익살스러운 데가 있어 예술가처럼 보였다. 음악, 회화, 시를 사랑하였으며, 읍 공유지와 대학 캠퍼스를 공원처럼 잘 다듬었던 것도 그였다. 그는 1856년 결혼하여 이 양반 가문에 이질적이고, 현란한 성격의 아내를 데려오는데, 다름 아닌 에밀리의 애머스트 아카데미에서의 친한 친구였던 수전 헌팅턴 길버트(Susan Huntington Gilbert)였다. 수전은 기민하고, 사교적이어서, 지방 명사들 모임의 호스티스로서 손색이 없었다. 그녀는 부유해 보이고, 재치가 넘치고, 교양 있고, 세련되고, 매력적이어서 애머스트 사교계의 중심인물이 되었다. 그녀는 세상일에 밝으면서 굉장한 상상력을 지니고 있어, 그녀를 가까이서 자세히 본 사람은 그녀가 적절히 재능만 살렸다면 세르반테스 같은 인물이 되었을 것이라고 한다(Whicher 32-34).

수전이 결혼하자 도가 넘칠 정도의 우애와 사랑을 나눈 사람은 오히려 에밀리였다. 그녀는 오스틴과 수전이 사는 집을 자기 집처럼 무시로

드나들었고 그것도 모자라 가끔 쪽지를 보내곤 했다. 에밀리는 꼭꼭 숨겨놓은 자기 시를 수전에게 보여주면, 수전은 고칠 곳을 말해 주곤 했다 (Whicher 34).

올케 시누이간의 관계도 뜸해져 몇 주씩 내왕이 없을 때도 있었다. 에밀리에게 조카가 태어나서 다시 관계가 복원되긴 했는데, 안타깝게도 그 조카가 죽자 다시 관계는 냉랭해졌다. 올케 시누이 간의 감정을 악화시킨 결정적인 사건은 1866년에 수전이 에밀리의 시 한 편을 허락도 없이 『스프링필드 리퍼블리컨』(*Springfield Republican*)지에 발표한 일 때문에 일어났다. 에밀리는 화가 나서 "그[작품]은 강탈 당했어"라는, 심한 말을 했다. 그 후 수전이 에밀리의 작품을 접할 수 없었던 것은 당연했다. 에밀리는 수전을 "가짜 새언니(pseudo-sister)"라고 부르기까지 했다(Whicher 35).

디킨슨의 두 살 아래인 라비니아는 에밀리처럼 결혼도 하지 않고, 평생을 같이 살며 온갖 비밀을 나눈 여동생이다. 에밀리는 말년에 한 친구에게 이런 편지를 썼다. "자네와 자네 오빠의 관계는 내 여동생과의 관계를 생각나게 해—이른, 진지한, 용해해버릴 수 없는 [관계]. 그 애가 없으면 삶은 공포이고, 그 애의 힘나는 목소리가 없으면 천국도 비겁이 돼." 에밀리는 동생의 허둥대는 모습이나 그녀가 키우는 한 '부대'의 고양이가 가소로웠지만, 이 자매의 관계는 결코 소원해질 때가 없었다. 라비니아도 남자들의 세상을 구경만 했으며, 교회에 나가긴 했지만 언니만큼 교회의 상투적 말투에는 질색이었다(Whicher 37).

라비니아는 부모와 언니가 세상을 떠난 후에도 하녀와 그 큰 벽돌집을 지키며 살았다. 그녀는 죽은 언니에 대한 애틋한 우애를 가져, 언니의 원고를 소중히 간직했기 때문에 언니의 "세상에 주는 편지"가 빛을 보게 된 것이다. 그녀는 에밀리가 유명해지는 것을 확신하고 1899년에 눈을 감는다(Whicher 37-38).

디킨슨의 집은 당시 애머스트에서 몇 안 되는 저택이었으며, 벽난로의 대리석 장식은 그 집안의 품격을 보여 주는 것이었다. 그 집의 외형은 충분히 그들이 상류층 휘그당원임을 말해준다. 집 안에는 스토브로 난방을 했고, 부엌에 펌프 시설이 되어 있었지만, 아직 실내 화장실은 보급되기 이전이었다. 조명기구로서는 고래 기름을 쓰는 무영등(無影燈)이나 양초를 썼다. 이 벽돌집엔 헛간과 거기 붙은 마차 차고 곁채가 있었다. 뜰에는 라일락, 고광나무 같은 관목들이 꽃을 피우는가 하면, 꽃밭과 채소밭에서 철따라 새로운 꽃과 채소가 향과 맛을 뽐었다. 뿐만 아니라 사과나무, 배나무도 있어 철마다 신선한 과일이 식탁에 올랐으며, 서리가 올 땐 밤, 호도, 히커리 너트 같은 견과류도 부근 산야에서 쉽게 주울 수 있었다. 그 집이 면한 도로는 그 읍을 다른 도시와 연결시키는 주도로였으며 이 읍의 중앙로(Main Street)여서 밤낮 먼지를 일으키며 마차가 지나다녔다. 그 도로를 넘으면 개울이 있는 협곡이 있는데, 그곳이 디킨슨가의 목초지였다. 베짱이가 뛰어 다니고, 나비가 날며, 매미가 울며, 겨울밤에는 하얀 눈 위로 달빛이 소리 없이 내렸다 갔다 (Whicher 3-4).

당시 애머스트는 상당히 경제적으로 자립한 도시로, 대부분 주민들은 주택, 농토, 가축을 충분히 소유하여 생활수준이 상당했을 뿐만 아니라, 읍민 중 대학졸업자 비율도 다른 지방보다 높았다. 그 읍에는 서점이 있었고, 뉴잉글랜드에서는 최고의 신문인『햄프셔 앤드 프랭클린 엑스프레스』(*The Hampshire and Franklin Express*)가 발행되고 있었다. 독주 사과 브랜디가 이 지방에서 생산되었는데, 주민들은 그것을 악마의 알코올이라고 하여 그 업체를 지역 밖으로 쫓아버린 것은 이 지방 주민들의 도덕성을 잘 말해 준다. 디킨슨의 아버지가 직접 밀을 싣고 방앗간으로 간 것이나 애머스트 대학 총장이 자기 밭에 직접 감자를 심었던 것을 보면, 이 읍에는 빈부나 신분의 차이가 거의 없었다고 말할 수 있다 (Whicher 9-10).

그들이 다니는 교회는 조합교회(Congregational Church)였고, 1850년 부흥회 때 68명이 신앙고백을 하고 이 교회에 다니는데, 그 중에는 디킨슨의 아버지와 그의 며느리가 될 수전 길버트도 끼어 있었다. 이 부흥회를 연 콜튼(Aaron M. Colton) 목사는 갓 신학교를 졸업한, 일주일에 200집을 방문하는, 완벽한 정통 교리로 사람들에게 깊은 신앙심을 심어 주는 열정적인 사람이었다. 디킨슨은 오빠가 그의 설교를 듣지 못한 것을 유감으로 생각하며 "파리 한 마리의 소리도 대포소리처럼 들렸을 것이야. . . . 모든 게 끝났을 때 . . . 사람들은 . . . 마치 한 영혼을 본 것처럼 창백하고 거칠어 보였으며, 자신이 죽은 것은 아닌지 의심스러웠어"라고 편지에 쓴다(L 142)[1]. 에밀리는 25세 때까지는 정기적으로 예배에 참석을 했지만, 그 후 가족 중에 유일하게 교회에 다니지 않았다. 그러나 그녀는 평생 목사 부부를 그녀의 중요한 친구로 삼았다(Whicher 7-9).

이 지역 사람들 개개인은 높은 사회적 종교적 책임감을 의식하고 있었다. 개인의 최고의 의무는 정신 수양과 인격 도야에 있었다. 그들에게는 매사에 성심성의를 다해야 인류의 발전이 보장된다는 보편적인 가치관이 있었지만, 특히 이 지방의 도덕적 열성은 지나칠 정도였다. 대부분 조합교회 신도인 이 읍 지도자들은 인격과 능력 면에서 다른 소읍의 상인이나 전문직의 사람보다는 훌륭했으며, 높은 명망으로 주내(州內)에서 존경 받는 사람이 많았다(Whicher 10).

이 읍민들은 청교도정신이 강해서 오락이라곤 거의 없었다. 카드놀

---

1) 숫자는 *The Letters of Emily Dickinson*에 나오는 서간문 번호임.

이와 무도회는 이 지방에서는 찾아보기 힘들었고, 소설을 읽는 것도 방종에 가까운 것으로 인식되었으며, 음악회와 극장은 전무했다. 그 이유 중의 하나는 당시 지도층은 학교, 대학교 건립, 철도 부설, 은행 및 공장 건립, 공공시설 건설로 바빠서 오락에 눈 돌릴 여유가 없었고, 여성들은 여성대로 집안일에 열중하다보니 역시 오락거리를 찾을 만한 여유가 없었다(Whicher 13-14). 그러나 이 지방 주민들의 생활상은 대도시 상류층 못지않게 세련되어 있었다. 의복, 조명, 화훼, 담론 등은 상당한 수준이었으나, 디킨슨은 이런 생활을 수전을 통해 간접적으로 접할 뿐이었다. 그녀가 세상과 접할 수 있는 좋은 기회는 애머스트 대학의 졸업식 전날 저녁에 자기 집에서 베푸는 다과회 때였다. 그녀의 아버지가 그 대학의 재단이사장이었기 때문에 그 지역 유지들은 다 그 집에 모이곤 했다(Whicher 15).

읍민 축제로 10월 중순에 열리는 '캐틀 쇼'(Cattle Show)가 있었는데 일종의 농축산물 경진대회였다. 하루나 이틀 동안 우량 가축, 농산물, 가내수공품 등이 전시되었고 최우량 가축이나 농산물이나 공예품은 수상했다. 디킨슨 부자는 이 행사 주관에 적극 관여하였으며, 스스로 자신들의 마차용 말을 출품하는가 하면, 에밀리는 빵을 구워 출품하여 수상하기도 했다. 긴 겨울의 단조로움을 깨는 것으론 유명한 강사들이 이 읍에 들러 여는 문화강좌였다. 또 유랑서커스단도 이 읍에 들러 디킨슨의 집 앞을 지나갔지만, 에밀리는 그런 구경은 좋아하지 않았다. 그러나 그녀는 밤새도록 이른 바 "알제리인들의 행렬"을 기다리며 창가에 앉아 있었다. 그녀는 이 순간 색다른 "삶을 맛보고", 이튿날 사람들에게 "그들이 말에게 '호이, 호이'하더라"고만 이야기하였다(Whicher 16-18).

1821년에 개교한 애머스트 대학(Amherst College)의 창설은 이 지역민의 지적, 정신적 충실을 기하려는 염원과 자존심의 결실이었다. 이 대학은 가난하고 독실한 젊은이의 고전 교육을 위하여 세운 학교였지만, 주민들은 이 대학이 하버드 대학교에서 묻어 나오는 유니테어리언 교회(Unitarian Church)의 이단적 교리를 막아줄 보루 역할을 해 주기를 기대했다. 그들은 뉴잉글랜드의 오랜 전통인 청교도 정신과 문화가 변질되는 것을 원하지 않았기 때문이다(Whicher 18-19).

III

디킨슨은 만 다섯 살의 나이로 초등학교(Primary School)에 입학하여 4년을 다닌다. 이때 그녀는 읽기, 쓰기, 셈하기를 배웠을 것이지만, 그녀의 셈하기 문제를 친구가 해 주고 자기는 작문을 해 준 것으로 보아 셈하기를 제대로 배웠는지는 알 수가 없다. 만 아홉 살인 1840년에 중등학교인 '애머스트 아카데미'(Amhurst Academy)에 동생과 같이 입학한다. 1847까지 에밀리는 7년을 다니는데 연속적으로 다니지는 않았던 것 같다. 이 학교의 학제는 오늘날과 달라, 1년 4학기 중 누구든 가정형편에 따라 등록을 하는데, 한 학기에 네 과목을 신청할 수 있고, 학기 중 중요한 일과는 매일 보는 '예배'였다. 에밀리는 동생과 함께 '영어'와 '고전'을 많이 신청하였고 불어, 독어, 라틴어도 배웠다. 특히 『아에네이드』(*Aeneid*)라는 라틴어 서사시를 이 학교에 다닐 때 읽었다. 그녀가 등록을 한 학기에는 네 과목 외에도 매일 두 시간씩 피아노도 배웠기 때문에, 허약한 그녀에겐 학업이 과중하였을 것이다. 어머니의 권유로 몇 학기 학교를 쉬면서 빵 굽기, 바느질, 정원 가꾸기, 음악, 독일어 등을 과외로 배운다. 그녀는 이 학교에 다니는 동안 애머스트 대학의 자연과학 강의도 들을 수 있었는데, 이때의 지식이 식물학, 지질학, 천체학에 대한 그녀의 관심을 키우는 데 큰 역할을 한다. 그녀는 마운트홀리오크 전문학교(Mount Holyoke Seminary)를 나온 후에도 이 학교의 수업을 청강한 것으로 추측된다(Whicher 40-47).

이 소녀기에 디킨슨은 명랑하고, 사람 좋아하고, 호감을 주는 순진한 아가씨였다. 교외 산책을 좋아하고, 재미있는 읍민 행사에 적극 참여하고, 친구들과 소풍도 자주 나갔다. 만년의 은폐생활의 전조는 어디에도 찾아 볼 수 없다. 그녀는 빵을 잘 구워서 그녀의 아버지는 그녀가 구운 빵이 아니면 들지를 않았다. 그러나 다른 가사, 특히 청소는 "나는 차라리 흑사병에 걸리겠어"라고 말할 정도로 질색이었다. 그녀는 정원 가꾸기를 좋아하여, 식물 하나하나에 대한 각별한 애정을 가진 나머지, 그녀의 손에서는 죽어나가는 식물이 없었다. 그러나 친구들은 하나하나 교회에 나가면서 하나님과 하나가 되어갔지만, 그녀에게 하느님은 여전히 낯선 존재였다(Whicher 53-57).

그녀는 1847년 9월에 만 열여섯의 나이로 마운트홀리오크 전문학교에 입학한다. 이 학교는 여자 기숙학교로서 여성 교양교육이 주목표였지만 더 강조되는 것은 진실한 신앙인을 양성하는 데 있었다. 메리 라이언(Mary Lyon)은 이 학교의 설립자이며 초대 교장으로 학생들을 엄격하게 훈육한 나머지, "늙은 암 용"(the old she-dragon)이라는 별명을 얻었다. 에밀리는 외사촌과 같은 방을 배정받았으며 집에서 걱정한 것과는 달리 환경과 교수와 친구가 다 만족스러웠다(Whicher 64-5)

한번은 교장이 235명의 재학생 중, 신앙고백을 하지 않은 약 칠십 명의 학생을 따로 모이게 하고선, 기독교인이 되고 싶은 사람은 모두 일어서라고 했다. 그녀는 그녀의 값싼 분류법에 솔직히 따를 수가 없어서 계속 앉아 있었더니, 그녀만 유일한 회개 거부자처럼 보였다. 그녀는 "사람들은 내가 서지 않은 것을 이상하게 생각했겠지. 그러나 거짓말은 더욱 이상하다고 생각해"라고 친구에게 이유를 말했다. 그녀의 솔직한 태도가 권위에 도전하는 것처럼 보였으며, 더구나 이 경우엔 깊은 신앙심을 요구하던 노 교장의 심기를 크게 건드렸던 것이다. 이런 태도를 본 친구들은 그녀의 용기 있는 행동에 감동하여 휴식 시간에는 그녀 주변에 많이 모여들었다. 그러나 그녀는 수줍음이 많았고 다른 학생들과 떨어져 있기를 좋아했다. 그녀는 이미 모든 길이 정해져 있어 따라가기만 하면 되는 종교적 관행과 진리를 수동적으로 수용할 수는 없었을 것이다. 그녀는 어떤 종교적 인간적 성찰이나 상상으로도 접해보지 않았던, 그래서 아직 안내서가 없는 정신세계와 인간세계를 탐구하고 싶었을 것이다. 교장은 회개한 학생과 그렇지 않은 학생을 구분하여 기도하면서 개종을 종용했지만, 그녀는 끝까지 고분고분하지 않았고, 그렇다고 꼭 기독교인이 안 되겠다는 것도 아니었다. 어떻든 그녀는 자신의 본의와는 다르게 종교적 이단자처럼 인식되었다.

그녀는 그 이듬해 8월경에 이 전문학교를 나와서는 더 이상 돌아가지 않는다. 그녀는 어느 학교에 다니든 제도에 휩쓸리지 않고 자기에게 필요한 것만 찾아 공부하는 형이었으며, 또 어느 학교든 그녀는 지적 자양분을 한껏 섭취했다.

초등학교를 제외하면 애머스트 아카데미, 애머스트 대학, 마운트홀리오크 전문학교는 모두, 정통 조합교회정신으로 해석한 기독교 교리를 통해, 세상을 불행과 부패에서 해방시키도록 교육한다는 원대한 비전을 가진 교육기관이었다. 애머스트와 마운트홀리오크 출신들은, 가르치고, 설교하는 일 외에도, 서부에 학교와 교회를 짓는가 하면, 샌드위치제도, 터키, 페르시아, 인도, 중국을 개화시키고 복음화하는 사업에 뛰어들었다(Whicher 41).

학교를 마친 그녀에게 기다리고 있는 것이란 변화 없이 반복되는 단조로운 일상생활이었다. 오늘날처럼 다양한 문화생활이 불가능했던 그녀로서는 매일매일 일상적 가사에 골몰해야 했다. 그러나 월든 못 가에 오두막을 짓고 살았던 소로(Henry David Thoreau)처럼 소박하면서도 사색적인 삶을 놓지 않았다. 특이한 점이 있다면 틈틈이, 1860년대에는 평균 하루에 한 편씩, 시를 썼던 점이다. 모든 살림살이를 디킨슨이 여동생과 하녀 하나를 데리고 할 수밖에 없었다. 19세기 가정이란 오늘날처럼 자동화된 것이 아니어서, 빵 굽는 일에서 청소하고 빨래하는 일까지 일일이 여자의 손을 거쳐야 했다. 조명만 하더라도 그 당시는 남포를 가져다가 등피를 꺼내 깨끗이 닦고, 심지를 맞추고, 고래 기름을 쳐서, 불을 붙여 제 자리에 갖다 놓아야 했다. 여자들은 하루라도 고된 집안일에서 해방될 날이 없었다. 그녀의 1867년 5월 6일의 일기에 "오늘은 비니(라비니아)가 봄 대청소를 시작키로 정한 날이다. 그 애는 구석구석 쓸고, 작은 장식물은 일일이 털고 . . . 우린 녹초가 되도록 두들기고 쓸었다—한 가지 걱정은 비니가 '잘 됐다고 선언'할 때까지 며칠을 더해야 한다는 것. . . . 고된 일을 하면 내 영감이 사라진다. 오늘 내 펜이 쓴 것은 이것뿐이다"(*The Diary of Emily Dickinson* 40). 영감을 걱정하는 것을 보면 디킨슨은 시에 대한 생각을 한 시라도 놓은 적이 없었던 것 같다. 그런 그녀가 신선한 시인의 목소리를 낼 때 가부장적인 사회는 껄끄럽게 경계를 했을 것은 분명하다(「디킨슨」 68-69).

IV

디킨슨의 시에 거듭 나타나는 주제 중의 하나가 자신의 정체성과 고독이다. 앞에서 보았듯이 엄격한 청교도 사회에서 아버지의 규범으로,

또 결혼도 하지 않고 살아가는 독신녀로서 그녀는 끝없이 자신에 관한 질문을 던졌고 그것이 고스란히 시에 녹아 있다. 때로는 천국을 걷는 듯한 정체의 기쁨을 맛보는가 하면, 때로는 지푸라기도 잡을 수 없는 정체의 허탈감을 느낀다. 그러나 어느 쪽이든 존재에 대한 불안이 도사리고 있다. 따라서 그녀의 시에서는, 일반인으로서보다는 시인으로서 자신의 정체에 대한 의문을 제기하고, 일반적 규범과 쉽게 타협할 수 없는 이유를 탐색한다. 우선 디킨슨은 가부장적 청교도사회에서, 자신을 시끄러운 존재라고 벽장 속에 가두는 관행이 자신의 내면을 얼마나 모르고 하는 처사인가를 말한다. 이 문제는 단순히 시끄러워 아이를 가두는 것이라기보다는 그녀를 정체를 지배사회의 규범 속에 가두려는 시도로 보인다.

사람들이 절 산문 속에 가뒀죠―
어린 소녀 때처럼
사람들이 저를 벽장에 가뒀죠―
사람들은 제가 "조용"하길 바라서였죠―

조용하라구요! 그들이 제 두뇌가―
돌아다니는 것―을 들여다 볼 수 있었으면―
차라리 역모죄를 씌워―새를
새장에―가두는 편이 더 현명하겠죠―

그 분은 뜻하시기만 하면 되고
별처럼 쉽게
감금을 풀고는―
허허 웃으시죠―전 더 이상 안 되죠―

They shut me up in Prose—
As when a little Girl
They put me in the Closet—
Because they liked me "still"—

Still! Could themself have peeped—
And seen my Brain—go round—
They might as wise have lodged a Bird
For Treason—in the Pound—

Himself has but to will
And easy as a Star
Abolish his Captivity—
And laugh—No more have I— (613)

　　사람들이 그녀가 "시끄러울" 땐 너무나도 상식적인 틀인 "산문" 속에 가두지만 실제 그녀의 두뇌는 자유분방하여 전혀 가둘 수 없다. 그녀를 가두는 것보다 새에게 "역모죄"를 씌어 새장에 가두는 것이 낫다. 그러나 그녀를 가둘 수 있는 "그 분"은 별처럼 쉽게 그녀를 감금에서 풀어낼 수 있지만, 그 분 외의 누구라도 그녀를 부당하게 감금하는 일은 허용치 않을 것이다. 사실 그녀의 내면세계는 앞에서 보았듯이 당시 최고의 문인이었던 히긴슨조차 접근할 수 없었다. 그도 전통적인 가부장적 구태를 완전히 벗어버리지 못한 이상 그녀를 한갓 정상이 아닌 여자로만 보았다.

　　지각 있는 눈엔—
　　대단한 광기는 가장 신성한 분별력이죠—
　　대단한 분별력—순전한 광기—

모든 일이 그렇듯
이 일엔 다수가 지배를 하죠—
동의해 보세요—정상이라 하고—
시무룩해 보세요—곧 바로 위험해지죠—
오는 건 쇠사슬뿐—

Much Madness is divinest Sense—
To a discerning Eye—
Much Sense—the starkest Madness—
'Tis the Majority
In this, as All, prevail—
Assent—and you are sane—
Demur—you're straightaway dangerous—
And handled with a Chain— (435)

　이렇게 노래한 것은 그녀 자신이 일반인에게는 비정상으로 보인다는
것을 너무 잘 알기 때문이리라. 그녀는 다수가 옳다고 믿는 것을 따르면
정상이 되는 것을 알지만, "광기" 즉 "신선한 지각력"이 더 소중함을 알
고 그것을 믿을 수밖에 없음을 고백한다. 반면에 다수를 지배하는 통념
에 빠진 히긴슨 같은 사람은 그녀를 "약간 머리가 돈" 시인으로밖에 볼
수 없다. 통념에 따라가기를 동의만 하면 정상이 되지만, 시무룩한 표정
을 보이면 금방 위험한 인물로 낙인 찍혀, 돌아오는 것은 "쇠사슬"이란
사회적 억압뿐이다. 그것이 청교도 사회의 여성의 운명이다. 그녀는 자
신의 정체성을 새로 정립할 필요성을 느낀다. 히긴슨 같은 인물이 북적
거리는 사회에서 자신만의 정신적 독립을 선언하는 것은 특별한 일이
다. 그녀는 "저들이 시골교회에서 / 내 얼굴에 물 뿌려 지어준 이름", 즉
다른 사람들이 정의하고 한정해 준 정체를 버리고, 자신의 진정한 주체

를 내세운다.

제가 양도 되었죠—전 저들의 것임을 이제 그만 됐죠—
저들이 시골교회에서
내 얼굴에 물 뿌려 지어준 이름, 지금
사용이 끝나 가고 있죠,
저들은 그걸 제 인형과 함께 치워둘 수 있죠
내 어릴 적과—역시—실풀기가 끝나가고 있는
실패의 실과 함께

전엔 선택 없이 세례 받았지만
이번엔, 의식적으로, 은총으로—
최고의 이름으로—
제가 꽉 차도록 불리었죠—초생달이 떨어져—
삶의 완전한 호(弧)엔
작은 화관(花冠) 하나 가득했죠.

두 번째 지위—첫 번째는 너무 초라했고—
제 아버지 품안에서—대관하고—수탉처럼 운—
반 무의식적인 여왕이죠—
그러나 선택과 거절을 뜻에 따라
이번엔—적절하고—꼿꼿하게,
전 선택하죠, 오로지 왕관만을—

I'm ceded—I've stopped being Theirs—
The name They dropped upon my face
With water, in the country church
Is finished using, now,
And They can put it with my Dolls,

My childhood, and the string of spools,
I've finished threading—too—
Baptized, before, without the choice,
But this time, consciously, of Grace—
Unto supremest name—
Called to my Full—The Crescent dropped—
Existence's whole Arc, filled up,
With one small Diadem.

My second Rank—too small the first—
Crowned—Crowing—on my Father's breast—
A half unconscious Queen—
But this time—Adequate—Erect,
With Will to choose, or to reject,
And I choose, just a Crown— (508)

    그녀는 두 번째 지위, 즉 두 번째 세례를 받는데, 이것은 스스로 선택한 것으로 시인임을 선언하는 의식이다. 그녀는 "제 아버지 품안에서" "대관하고—수탉처럼 운" 자신을 되돌아보고, 앞으로는 자신의 뜻에 따라 "선택과 거절"을 하여, "최고의 이름으로— / 제가 꽉 차도록 불리"는 시인이라는 "왕관만을" 쓰기로 한다. 왕관이나 화관은 "초생달"의 호와는 대조되는 완전한 원이며, "삶의 완전한 호"도 가득 채울 수 있는 것이다. 이것은 결국 자신이 가부장제에서 남성 위주의 규범에 따라 정체를 만들기를 더 이상 허용하지 않겠다는 의지의 표현이다. 그녀는 시인이라는 말은 하지 않았지만 시를 위한 정체성의 대체만이 새로운 시, 새로운 소재를 제대로 읽어낼 수 있는 기반의 마련임을 암시한다.

    자신의 뜻에 따라 "선택과 거절"을 하는 그녀에겐 대부분의 사람과의 소통은 이뤄지지 않는다. 자신의 영혼의 친구는 한 사람이고, 그 사람에게만 마음의 문을 연다.

> 영혼은 자기 벗을 고르곤—
> 그리곤—문을 닫죠—
> 그녀의 영혼의 신성한 다수에게—
> 아무도 소개치 말라—
>
> 미동도 없이—영혼은 마차가—
> 자기 낮은 문에— 멈추는 것을 보죠—
> 미동도 없이—황제가
> 영혼의 매트 위에 꿇죠—
>
> 전 영혼을 알았죠—많고 많은 사람 중에서—
> 하나만 고르곤—
> 그리곤—관심의 판막을 닫아버려라—
> 돌처럼—

> The Soul selects her own Society—
> Then—shuts the Door—
> To her divine Majority—
> Present no more—
>
> Unmoved—she notes the Chariots—pausing—
> At her low Gate—
> Unmoved—an Emperor be kneeling
> Upon her Mat—
>
> I've known her—from an ample nation—

Choose One—

Then—close the Valves of her attention—

Like Stone— (303)

이 시는 그녀의 영혼이 왜 친교 할 수 있는, 그러나 가까이 있지도 않는 한 사람("Society")만 고른 후, 대다수의 사람들에게 "관심의 판막"을 "돌처럼" "닫아버리는지"를 알려준다. 그녀의 영혼은 보통 사람들의 사회적 종교적 가치관을 따르는 것이 아니기 때문이다. 자기가 원하는 영혼이 아니라면 황제가 자리를 깔고 꿇어서 친교를 청한다 하더라도 관심 밖이다. 이 시는 1862년경에 이미 앞으로 가질 은둔생활을 예고한다. 앞에서 히긴슨에게 쓴 편지에서 "발표는 창공이 지느러미에 이질적이듯" 자신에게는 이질적임을 암시했는데, 여기선 "영혼의 신선한 친구"가 아니면 관심의 판막을 닫겠다는 뜻이다.

V

디킨슨은 새로운 정체성, 즉 시인의 정체성을 얻어 새로운 의식과 지각력으로 사물을 본다. 그녀는 새로운 눈으로, 또 개방된 마음으로 발견한 것을 시의 소재로 삼는 것은, 달리 말하면 우주를 새로 본다는 뜻이고, 기존의 우주관에 대한 도전이다. 그녀는 밖으로 나아가 새로 보는 자연물에서 자신의 모습을 발견한다. 그녀는 거미가 은빛 거미줄을 치듯이 언어의 거미줄을 치는 것이 자신의 시작(詩作)임을 깨닫는다. 거미가 "무에서 무로 뛰어" 다니듯이 그녀도 무에서 이미지를 불러오며, "혼자 가볍게 춤추는" 창조의 기쁨을 누린다.

거미가 보이지도 않는 손에
은(銀)의 공을 쥐고—
혼자 가볍게 춤추며
그의 진주 실—풀어내죠—

거미는 보일 듯 말 듯한 일로
무(無)에서 무로 뛰어다녀—
우리들 태피스트리를 자기 것으로 갈죠—
반만의 시간으로—

한 시간만에 빛의 대륙을
근사하게 세우고—
주부의 빗자루에 대롱—
잊어버린—자기 경계를—매달죠—

The spider holds a Silver Ball
In unperceived Hands—
And dancing softly to Himself
His Yarn of Pearl—unwinds—

He plies from Nought to Nought—
In unsubstantial Trade—
Supplants our Tapestries with His—
In half the period—

An Hour to rear supreme
His Continents of Light—
Then dangle from the Housewife's Broom—
His Boundaries—forgot— (605)

거미가 "보이지 않는 손"으로 자기만의 리듬에 맞추어 춤을 추며 진주색 실을 뽑아낸다. 거미가 무와 무를 잇는 것은, 시인이 언어의 줄 즉 문장으로 시를 쓰는 것과 같다. 거미는 시간이 반만 들여서도 태피스트리를 대신할 피륙 즉 거미줄을 짜는 것은, 시인이 기존의 예술품("our Tapestries")을 대신할 피륙 즉 시를 짜는 것과 같다. 훌륭한 "빛의 대륙"을 짜서 공적 장소인 공중에 거는 것은 거미나 시인이나 마찬가지이다. 그러나 시인의 산물은 비물질적인 것이고 정신적인 것이다. 거미의 예술품은 너무 섬세하여 "주부의 빗자루"에 파괴될 위험은 있지만 빛과 조화를 이룰 때 아름다움으로 승화된다. 마틴(Wendy Martin)은, 이 거미가 짜는 피륙은 사라지기 쉬운 천이므로, 이 시는 어떤 외적 목표를 달성하려는 것을 보여주기보다는 피륙을 짜는 '과정'을 보여준다고 한다. 거미줄이 주부의 빗자루에 한 시간만에 걷혀지는 것인 만큼, 강조되는 것은 영원성보다는 순간성이라는 것이다(133-34).

그녀가 이처럼 주변 사물들이 끝없이 움직이고, 숨쉬고, 소곤거리는 소리를 듣는 것은 정신적으로 열려 있기 때문이다. 그녀는 동식물엔 남다른 호기심이 있어, 식물을 채집하는가 하면 집의 온실에서 식물을 깊은 애정으로 기른다. 그녀는 어느 날 산책길에서 "새가 지렁이를 반으로 접어 물더니 / 날로, 먹어치우는(He bit an angle-worm in halves / And ate the fellow, raw)" 놀라운 장면을 본다. 새는 "그리곤 가까운 풀잎에서 / 이슬 한 방울 마시곤— / 담장까지 옆으로 쫑 쫑 쫑 뛰어갔죠 / 딱정벌레 지나가도록—(And then he drank a Dew / From a convenient Grass, / And then hopped sidewise to the Wall / To let a Beetle pass—)" 길을 비켜주고선.

새는 빠른 눈 굴려

사방을 두리번두리번—
눈은 놀란 염주알 같죠, 제 생각엔—
벨벳 머리도 위급한 자처럼

까닥거렸죠, 조심스레,
빵 조각을 주니
그때 깃을 펼쳐선
솔기 하나 없는 은빛

바다를 가르는 노보다—
혹은 정오의 강둑을 뛰어내려
물 한 방울 튀기지 않고 헤엄쳐 가는 나비보다,
더 고요히 집으로 노 저어 갔죠—

He glanced with rapid eyes
That hurried all abroad—
They looked like frightened Beads, I thought—
He stirred his velvet head

Like one in danger, Cautious,
I offered him a Crumb,
And he unrolled his feathers
And rowed him softer home—

Than Oars divide the Ocean,
Too silver for a seam—
Or Butterflies, off Banks of Noon,
Leap, plashless as they swim. (328)

그녀의 시선은 얼마나 날카롭고, 치밀하고, 유쾌하고 따뜻한가. 그녀는 동심으로 돌아가 지렁이, 새, 딱정벌레, 나비가 이루는 세계를 숨죽이고 들여다본다. 새의 모습은 잔인할 정도로 앙증맞고 귀엽다. 눈은 염주 알 같고 머리는 벨벳 같은 새는 풀잎에 맺힌 이슬을 마시는가 하면, 딱정벌레에겐 길을 비켜주는 깜찍한 예절이 있다. 새가 지렁이를 잡아먹지만 이 벌레, 곤충, 새의 세계에는 아름다운 질서가 있고, 이제까지 보지 못한 정밀(靜謐)한 드라마가 있다. 이런 정밀함은 "물 한 방울 튀기지 않고 헤엄쳐 가는 나비"에서 더욱 구체화된다.

이런 정밀한 세계에는 자연으로 발효시킨 술이 있다. 화자는 "나는 진주로 떠낸 잔에서— / 띄운 적이 없는 술을 맛보죠— / 라인강의 모든 술통도 / 그런 술은 빚지 못할 거요!(I taste a liquor never brewed— / From Tankards scooped in Pearl— / Not all the Vats upon the Rhine / Yield such an Alcohol!)"라고 말한다. 화자는 자연이 만든 술이기 때문에 공기에도 취하고 이슬에도 타락할 수 있다("Inebriate of Air—am I— / And debauchee of Dew—")고 말한다.

몰튼 블루 술집에서—
끝없는 여름날 동안—비틀거리며—

"주인"이 디기탈리스 문간에서
술 취한 벌을 내쫓을 때도—
나비가—그들 "한 모금"을 사양할 때도—
전 그만큼 더 마실래요!

마침내 천사가 눈 같은 모자를 흔들고—
성인(聖人)들이—창문가로 달려올 테죠—
꼬마 술꾼이

태양—에 기대 선 걸 보려고—

Reeling—thro endless summer days—
From inns of Molten Blue—

When "Landlords" turn the drunken Bee
Out of the Foxglove's door—
When Butterflies—renounce their "drams"—
I shall but drink the more!

Till Seraphs swing their snowy Hats—
And Saints—to windows run—
To see the little Tippler
Leaning against the—Sun— (214)

　　술 취한 화자는 "하늘(Molten Blue) 술집"에서 비틀거리며 나온다. 벌
이 이미 취해 있어 더 술을 못 마시게 하고, 나비도 금주를 시키지만 그
래도 화자는 술을 더 마시겠다는 것은 자연의 주정(酒精)에 탐닉하겠다
는 뜻이다. 이것은 자연의 일상적 모습 뒤를 돌아가 자연의 비밀스런 음
료를 마시겠다는 의미이다. 그녀가 천국에 올라갈 정도로 취하면, 천사
들이 모자를 흔들고 "꼬마 술꾼"이 "태양"이라는 가로등에 몸을 가누는
것을 보려고 창문가로 뛰어 나올 것이다. 자연이 내뿜는 "알코올"에도
대취할 수 있는 능력은 시인만이 지닌다.
　　"좁다란 녀석 왕왕 / 풀밭을 타죠—(A narrow Fellow in the Grass /
Occasionally rides—)"도, 그 대상이 뱀이지만 깊은 애정으로 뱀을 생생
하게 제시한다. 화자는 뱀을 "좁다란 녀석(narrow Fellow)"이라 부르면
서 가끔 이것은 풀밭을 탄다("in the Grass / Occasionally rides")고 한다.

누구든 뱀의 만남은 갑작스럽게 이루어진다("His notice sudden is").

풀밭이 빗으로 빗듯이 갈라지고—
점박이 긴 자루 하나 보이죠—
그리곤 우리 발치에선 풀이 닫히지만
저쪽에선 계속 열리죠—
녀석은 늪지를 좋아하죠,
서늘해서 밀이 안 되는 바닥.
내가 소년 그리고 맨발이었을 때—
한 번 이상, 한낮에
내 생각엔 햇빛에 끌러놓은
채찍을 지나치다가
구부려 주우렸더니
꿈틀, 가버리잖아요—

The Grass divides as with a Comb—
A spotted shaft is seen—
And then it closes at your feet
And opens further on—
He likes a Boggy Acre,
A Floor too cool for Corn—
Yet when a Boy, and Barefoot—
I more than once at Noon
Have passed, I thought, a Whip lash
Unbraiding in the Sun
When stooping to secure it
It wrinkled, and was gone— (986)

화자는 "점박이 긴 자루" 혹은 "햇빛에 끌러놓은 / 채찍"인 줄 알았더니 뱀이었다고 한다. 그처럼 뱀은 놀랍다. 그녀는 또 뱀의 생태를 잘 알아 "서늘해서 밀이 안 되는 바닥" 즉 늪지를 좋아한다고 말한다. 그녀는 다른 자연의 친구도 있는데, 그들은 어찌나 정중하던지 그들에게서 "정중함의 / 황홀경(a transport / Of cordiality)"을 느낀다고 한다. 그러나 뱀은 만날 때마다 "더 팽팽한 숨결(a tighter breathing)"의 긴장감과 오싹해지는 "뼈 속의 빙점(氷點)(Zero at the Bone)"을 느낀다고 한다.

VI

디킨슨이 아홉 살 때 꼭 한 번 이사를 가서 스무네 살에 옛집으로 다시 돌아오는데, 이때 이사 간 집은 같은 읍 노스플래전트가(North Pleasant St.)에 있었다. 이 집에서 그녀는 창문을 통해 묘지와 거기서 거행되는 장례식을 자주 보았다. 우연의 일치일까, 이 소녀기 때 많은 친구가 죽었다. 그녀의 아버지 법률 사무소에 견습생으로 들어온 뉴턴(Benjamin F. Newton)이라는 젊은이가 있었는데 그녀는 그와 가까워져 깊은 대화를 나누고, 지적 정서적 교류를 하면서 그를 "선생(Preceptor)"이라고 불렀다. 그런 그가 고향으로 돌아간 후 갑자기 세상을 떠났다. 그녀가 그를 평생의 반려자로 생각했는지는 알 수 없지만, 그가 그녀에게 다양한 지식과 영감을 준 것은 틀림없다(Whicher 86-88). 또 그녀가 존경하던 선생인 험프리(Leonard Humphrey)도 세상을 떠난다(Whicher 92). 그녀는 그 전에도 몇몇 친구가 죽는 아픔을 겪었다. 그녀에게 거의 평생 동안 죽음과 영생의 문제가 머리를 떠나지 않는 것은 이런 것들이 원인이 되었을 것이다. 그녀는 자신도 죽어 가는 사람으로 상상한다.

제가 숨을 거두자―파리 앵 하는 소리 들렸죠―
제 방 정적은
폭풍 이는 사이사이―
공기의 정적과 같았죠―

주변의 눈은―바싹 말랐고―
숨결은 마지막 입성으로
단단히 뭉쳐져―이 방에―
왕의 강림이 목격될 테죠―

전 유품을 남기고―양도 가능한
저의 일부를 양도하도록
서명했죠―그때 거기
파리 한 마리 끼어들었죠―

빛과―나 사이―
푸른―비틀비틀 희미한 파리 소리로―
그리고 창이 꺼지고―그리고
보아도 보이지 않았죠―

I heard a Fly buzz―when I died―
The Stillness in the Room
Was like the Stillness in the Air―
Between the Heaves of Storm―

The Eyes around―had wrung them dry―
And Breaths were gathering firm
For that last Onset―when the King
Be witnessed―in the Room―

I willed my Keepsakes—Signed away
What portion of me be
Assignable—and then it was
There interposed a Fly—

With Blue—uncertain stumbling Buzz—
Between the light—and me—
And then the Windows failed—and then
I could not see to see— (465)

이 시는, 남의 죽음을 애통해하는 만가가 아니라, 자신의 죽음을 미리
그려본 내용이다. 여기서 죽음은 절대적인 것도 아니고, 무서운 신의 뜻
을 담은 것도 아니다. 이 시에서 죽음과의 거래는 가정적이면서 마음 편
한 것이다. 화자는 임종을 여러 번 지켜보아서, 그 때의 공포는 주로 지
켜보는 자의 것이라는 것도 잘 알고 있다. 또 그것에 대한 생각이 단순
하지도 않다. 이 시의 "왕"은 화자의 영혼을 데려가기 위해 강림할 것이
다. 랜섬(John Crowe Ransom)이 말하듯이 이 시에는 희극적이고 고딕
식의 안도감이 있는데, 이것은 절명의 상황에도 있기 마련인 대수롭지
않은 것에서 나온다(90). 즉 파리 소리가 엄숙한 분위기를 깬다. 청각을
제외하고 다른 감각은 이미 죽어버렸다. 시인은 영혼만 제외하고 다 양
도를 하는데, 시취 때문일까 또 난데없이 파리가 날아든다. 거대한 푸른
파리가, 빛과 나 사이에 끼어들자, 감각과 영혼마저 끊겨버림을 암시한
다.

그녀는 또 다른 자기 장례식도 상상한다.

전 머리 속에 장례식을 느꼈죠,
그리고 조문객이 이리저리

계속―밟고―밟더니―드디어
감각이 헤쳐 나왔죠―

그리고 조문객이 모두 자리를 잡자,
예배가, 북처럼―
계속 둥―둥―울려 드디어 전
정신이 마비된다는 생각뿐이었죠―

그때 전 그들이 상자 드는 소리
꼭 같은 납장화를 신고, 다시
삐걱삐걱 제 영혼을 가로지르는 소릴 들었죠,
공중에선―종소리가 나기 시작했죠,

I felt a Funeral, in my Brain,
And Mourners to and fro
Kept treading―treading―till it seemed
That Sense was breaking through―

And when they all were seated,
A Service, like a Drum―
Kept beating―beating―till I thought
My Mind was going numb―

And then I heard them lift a Box
And creak across my Soul
With those same Boots of Lead, again,
Then Space―began to toll. (280)

시인은 머리 속에서 장례식이 진행되는 것을 느낀다. 조문객이 이리저리 머리 속을 밟고 돌아다니다가 자리를 잡자 예배가 북소리처럼 둥둥 울려 화자는 정신이 마비된다. 화자는 운구하는 소리 같은 "그들이 상자 드는 소리 / 꼭 같은 납 장화를 신고, 다시 / 삐걱삐걱 제 영혼을 가로지르는 소릴" 듣는다. 긴장되니 침묵이 흘러 "하늘 전부가 종이 되고, / 존재가, 하나의 귀가 되는(As all the Heavens were a Bell, / And Being, but an Ear)" 것을 느낀다. 공중에서 환청처럼 종소리가 난 것이다. 그때 화자와 "이상한 종족(some strange Race)"으로 보이는 침묵마저 난파당하자, 지금까지 믿고 의지해 온 "이성의 널빤지(a Plank in Reason)"마저 부러져 아래로 추락할 수밖에 없다. 그렇게 떨어질 때마다 한 세계에 부딪히면서 마침내 화자는 의식을 잃게 된다("And hit a World, at every plunge, / And Finished knowing—then—").

이 시는 죽는 과정을 감각적으로 포착했지만, "설화석고 방"에선 부활을 기다리는 영혼들의 세계가 펼쳐져 있다.

> 그들의 설화석고 방은 안전해요—
> 아침도 오지 않고—
> 정오도 오지 않죠—
> 부활의 나약한 자들만 누워 있죠—
> 공단 서까래—그리고 돌 지붕!
>
> 그들 위—초승달 안에—세세연년이 장엄하게 지나가고—
> 세계는 그 원호(圓弧)를 파내고—
> 그리고 창공은—노 젓고—
> 화관이—떨어지고—그리고 총독은—항복하고—
> 눈의 원반(圓盤) 위—점(點)처럼 소리 없이—
>
> Safe in their Alabaster Chambers—

Untouched by Morning—
And untouched by Noon—
Lie the meek members of the Resurrection—
Rafters of Satin—and Roof of Stone!

Grand go the Years—in the Crescent—above them—
Worlds scoop their Arcs—
And Firmaments—row—
Diadems—drop—and Doges—surrender—
Soundless as dots—on a Disc of Snow— (216)

"돌 지붕"에 "공단 서까래"로 되어 있는 "설화석고 방은 안전"하다. 그곳은 부활을 꿈꾸는 나약한 자들이 누워 있다. 아침과 정오를 느끼지 못하는 지하묘소이다. 그들 위로 즉 무덤 바깥으로는 해가 바뀌고, 세계는 밀가루 통에서 밀가루를 퍼낼 때 바가지 흔적처럼 "원호를 파낸다". 창공은 스스로 노 젓고, "화관이—떨어지고—총독은—항복"한다. 무상한 변화가 묘소 바깥에서 일어나지만 묘소 안은 그대로 눈이 온 원반 위의 점(點)처럼 고요하기만 하다. 화관은 왕족이 썼을 것이지만, 왕족이나 총독도 눈 덮인 땅 위의 점처럼 소리 없이 지고 만다.

디킨슨의 죽음은 그것이 절대적인 존재로서 인간에게 저승의 공포를 안기는 것이 아니라, 살아서도 충분히 체험하고 통과해 볼 수 있는 과정이다. 그 죽음은 천국과 지옥이 있는 기독교적인 것이라기보다는, 죽음의 초입 과정은 감각적으로 지각할 수 있고, 우리들의 일상적인 행동과 뒤섞여 있어 충분히 통찰할 수 있는 것으로 나타난다.

앞에서 보았듯이 청교도사회의 상류집안에서 태어나서 자란 디킨슨에게는, 피상적으로나마, 가상의 남편이나 애인에게 여필종부(女必從夫)의 모럴이 있었던 듯하다. 위처는 그녀가 홀리오크를 졸업하고 죽을 때까지, 농조로 말하긴 했지만, 자신을 누구의 제자("scholar")라고 지칭하지 않을 때가 거의 없었다고 한다(83). 그만큼 정신적으로는 자신의 스승("Master") 혹은 가정교사("tutor")로 누구를 꽤 깊이 마음에 담았던 것은 사실이다. 그녀는 "제 삶—장전된 총(a Loaded Gun)"의 시에서 한 남성의 충직한 노예이면서, 한편으로는 모성애로 그를 보듬는 한 여성으로 자신을 그린다.

이 시의 화자는 한 자루의 "장전된 총"으로 "주인"이 알아볼 때까지 구석에 서 있다. "주인"은 남성 사냥꾼/남편인 반면에 화자/총은 그의 애인/아내이다. 총은 "주권(主權)의 숲(Sovereign Woods)"에서 사슴을 사냥하면서 주인을 대변해주면("I speak for Him"), 산은 곧 메아리를 만들어 준다. 화자는 그것이 좋아서 미소를 지으면 골짜기에는 상냥한 빛이 번져 온다("such cordial light / Upon the Valley glow—"). 이처럼 화자의 진정성은 자연의 공명(共鳴)까지 얻어낸다. 이 상냥한 빛은 "베수비어스산의 얼굴이 그 기쁨을 / 내뿜은 것 같죠—(It is as a Vesuvian face / Had let its pleasure through—)."

> 그리고 밤에—좋은 하루 다 간 뒤—
> 전 제 주인의 머릴 지켜드리죠—
> 고락을 나누는 것은—
> 푹신한 솜털오리 베개보다 낫죠—

그 분의 적이라면—저도 죽음의 적이 되죠—
제가 노란 눈길을 보낸—
강조의 손가락을 보낸 자는—
두 번 다시 꼼짝 못하죠—

제가 그 분보다—오래 살지 모르지만
그 분이 제보다—오래 살아야죠—
왜냐면 전 죽을—힘은 없어도
죽일 힘은 있기 때문이죠—

And when at Night—Our good Day done—
I guard My Master's Head—
'Tis better than the Eider-Duck's
Deep Pillow—to have shared—

To foe of His—I'm deadly foe—
None stir the second time—
On whom I lay a Yellow Eye—
Or an emphatic Thumb—

Though I than He—may longer live
He longer must—than I—
For I have but the power to kill,
Without—the power to die— (754)

　　그녀의 "미소"에서 비롯된 골짜기에 번진 "상냥한 빛"은 베수비어스
산의 기쁨이 되는데, 이것은 잠재된 욕망에서 내뿜는 환희일 것이다. 이
것이 그녀의 남성에 대한 욕망을 암시한 부분이다. 그녀가 그보다 더 오
래 살아 남편의 정신적인 행복에 위해가 된다면, 자연적으로 "죽을—

힘"은 없어도 "죽일 힘"을 가질 것이라고 한다. 즉 자결할 힘을 가지고 있다는 참담한 결의를 암시한다. 이런 결의는 한편으로는 주인과 함께 천국에 들어갈 힘을 암시하기도 한다.

디킨슨은 청교도 사회에서 평생 독신으로 살면서, 겉으론 당시의 여성관에 충실했지만 그녀의 정신적 삶은 수녀들의 그것은 아니었다. 그녀는 젊었을 때 자기 집에 오는 젊고 멋진 남자와 즐겨 대화를 나누고 데이트도 했다. 그런 행동에 아버지는 늘 가시눈이었다. 그는 한 번 딸들의 집밖출입을 완전히 금한 적도 있었지만, 손님과의 접촉까지 차단할 수는 없었다. 그녀는 아버지 법률사무소의 견습생 뉴턴, 강직하고 매력적인 찰스 왜즈워스(Charles Wadsworth) 목사, 앞서 이야기한 히긴슨, 충직한 아버지 친구면서 정치가인 오티스 로드(Otis P. Lord) 판사, 문예지 편집인 사무엘 바울즈(Samuel Bowles) 등에게서 존경과 깊은 사랑을 느꼈다. 만약 그녀가 한 남성에게 진지하게 접근을 했다면 그건 자신의 감정의 팽팽한 끈을 놓아버리는 것이고, 따라서 자아를 싸고 있는 막에 씻을 수 없는 흠집을 내는 것이었으리라. 그녀는 신(神), 남자, 자연, 혹은 사회에 대해 쉽게 동의하지 못하고 긴장된 관계를 유지했고, 그들과의 연민 관계나 그들을 위한 헌신은 평생 유보하였다(「디킨슨」 70-71).

앞에서도 보았지만 디킨슨은 여성으로서의 정체성과 여성 고유의 정서를 중히 여겼다. 20세기 미국의 여성주의 시인 리치(Adrienne Rich)는, 디킨슨은 19세기의 여류 시인 중에, 유일하게 당대의 이데올로기나 관행을 초월한 작가이며, 사회적인 페르소나와 창조적 자아 사이에 갈등을 느낀 시인이었다고 평한다(175-6). 디킨슨의 여성성이나 창조적 능력에 대한 탐구가 확실히 시대를 앞서간 것은 리치의 말 그대로이다. 그녀는 은밀하게 19세기 여성에 대한 통념을 뒤집어놓는다. "초롱꽃이

연인 벌에게 / 허리띠를 풀었나요"는 남녀간의 성애 관계를 교묘히 "초
롱꽃"과 "벌"이라는 상징체계를 이용하여 제시한다.

> 초롱꽃이 연인 벌에게
> 허리띠를 풀었나요,
> 벌은 초롱꽃을 예전처럼
> *신성하게 할까요?*

> "천국"이란 말에—솔깃하여—
> 진주 해자(垓字)를 버렸나요—
> 에덴은 에덴*이고*
> 혹은 백작은—*백작*일 건가요?

> Did the Harebell loose her girdle
> To the lover Bee
> Would the Bee the Harebell *hallow*
> Much as formerly?

> Did the "Paradise"—persuaded—
> Yield her moat of pearl—
> Would the Eden *be* an Eden,
> Or the Earl—an *Earl*? (213)

디킨슨은 여자가 몸을 허락한 후에도 남성의 여성에 대한 존경심과
애정은 전과 같을까? 하고 묻는다. 여성이 "천국"의 쾌락에 혹하여 진주
해자(垓字)를 버리고 몸을 허락한다면, 에덴과 백작의 위엄과 동정(童
貞)은 그대로일까? 색크레이(Donald E. Thackrey)는, 만약 어떤 처녀가

몸을 허락하면 그 신비감이 없듯이, 천국과 하느님도 인간이 다 인지하고 이해한다면, 인간의 생각과 상상 속에서 이전의 상태는 더 이상 가질 수 없으리라고 해석한다. 따라서 이 시에서는 소통불능이 오히려 더 뚜렷한 이점이 있다고 한다(68).

이처럼 디킨슨의 글에는 성애와 육체를 암시하는 부분이 예상 외로 많다. 자신의 육체에 대한 언급은 과다할 정도이고 육체에 대해서는 민감하다. 말하자면 그녀의 시와 서간문에는 육체적, 본능적 요소가 고개를 들지 않도록 완전한 통제가 이뤄지지 않는 흔적이 더러 나타나 있다. 이것은 육체와 관계된 반사회적 성애적(性愛的) 의미화가 사회적 질서의 지배 하에 완전히 들지 않고 덩어리째 떠다니고 있다는 증거이다. 그럴 때 그녀는 자신의 몸이 나누어지는 것을 느낀다. 그녀의 정신과 육체의 부분 부분이 양도할 수 있거나 테스트할 수 있도록 단편화된다.

> 저를 의심하신다구! 내 희미한 동반자여!
> 맙소사, 어떻게, 삶의 부분만으로
> 만족할 것인가—
> 아낌없이 그대에게—
> 내 모든 것을 부어 넣었는데—영원히—
> 여자가 더 이상 무얼 할 수 있는지
> 빨리 말해요, 내가 가진 마지막 기쁨도
> 그대의 지참금으로 내어놓도록!
>
> 그건 내 영혼일 리 없어—
> 왜냐면, 전에도 그건 그대의 것이었으니까—
> 나는 내가 아는 모든 육체를 양도했어—
> 더 이상 어떤 재보를
> 내—이 주근깨 있는 아가씨—가 가졌던가,

그녀의 최원(最遠)의 단계는—
그녀가—먼 천국에서
그대와 더불어, 겁먹으며 살리라는 것!

이마에서 발바닥까지, 그녀를 체로 쳐라!
그대의 마지막 추측까지 밀어붙여라—
불길의 시선 앞에—
휘장처럼 펼쳐 떨어뜨려라,
그녀의 가장 좋은 애정을 키질하라—
그러나 눈[雪]만은 건드리지 않은 채
영원의 눈송이로 신성시하라—
오, 그대에겐, 트집쟁이를!

Doubt Me! My Dim Companion!
Why, God, would be content
With but a fraction of the Life—
Poured thee, without a stint—
The whole of me—forever—
What more the Woman can,
Say quick, that I may dower thee
With last Delight I own!

It cannot be my Spirit—
For that was thine, before—
I ceded all of Dust I knew—
What Opulence the more
Had I—a freckled Maiden,
Whose farthest of Degree,
Was—that she might—
Some distant Heaven,

Dwell timidly, with thee!
Sift her, from Brow to Barefoot!
Strain till your last Surmise—
Drop, like a Tapestry, away,
Before the Fire's Eyes—
Winnow her finest fondness—
But hallow just the snow
Intact, in Everlasting flake—
Oh, Caviler, for you! (275)

이 시는 소위 '스승님에게로의 편지'(Master Letters) 중의 하나인 248 번 편지와 어조는 다르지만 진실을 외면하려는 남자에 대한 분노가 치밀어 있다는 점, 1861년 초에 쓰여졌다는 점, 또 둘 다 연필로 쓰여져 있다는 점 등을 미뤄서 그 편지와 같이 쓰여졌으리라고 리스(Benjamin Lease)는 추측한다(42). 이 시의 "내 희미한 동료"는 사랑하는 그, 즉 시의 "그대"와 동일인이다. 그리고 어찌 "삶의 단편만으로 만족하게 될려구—"라고 하는 것은, 그로서도 미온적인 내 태도에는 만족하지 못할 것이라는 뜻을 내포한다. 아니면 화자 자신은 아낌없이 자신의 모든 것을 그에게 쏟아 부었으니 그가 무슨 불만을 더 가지겠느냐를 뜻한다. 앞으로도 "제가 가진 마지막 기쁨을 그대의 지참금으로 내놓도록", "여자가 뭘 더 해야 할지를 즉시 말씀만 해 주십시오"라고 말하지 않는가.

다음 연에서 화자는 사랑하는 남자에게 제공한 "자아"의 몇 가지 목록을 열거하고 있는데, 이 모두 자아의 단편들이다. 그가 필요한 것이 영혼일 리 없는데, 왜냐면 모든 육체를 넘기기 전에 그에게 그것을 넘겼기 때문이다. 이전에 그녀는 육체를 허락지 않았으나 이제는 육체의 모든 것을 다 "그대"의 것으로 양도한다. 그러나 여기서 한 가지 암시되는 것은 이 쾌락이 지상(至上)의 것이지만 사실 전적으로 이 세상의 것으로만 볼 수 없는 점이다. 이것은 천국의 것으로 승화된다. 왜냐하면 화자가 영육을 다 맡긴 후 꿈꾸는 "최원(最遠)의 단계"는 겁은 날 테지만 먼 천국에서 그와 함께 사는 일이기 때문이다.

그런데 여기서 먼 천국에서 "그대"와 함께 살기를 바라는 사람은 "주근깨 있는 아가씨"이다. 이 아가씨의 등장으로 이 시에서는 지금까지 보이지 않았던 화자의 육체가 의미를 드러낸다. 그러나 그녀는, 자아의 부분 부분을, 즉 우리가 분석하고 표상할 수 있는 모든 부분을, 그 진실성 여부를 확인하기 위해 시험대에 올려 달라고 말한다. 그녀는 자신을 알기 위해, 즉 "이마에서 발바닥까지 체로 치고", "밀어붙이고", "떨어뜨리고", "가장 자잘한 애정까지 키질을 해" 보라고 한다. 일종의 진실성 테스트를 하라고 한다. 그러면서도 "눈[雪]만은 건드리지 않은 채 / 영원의 눈송이로 신성시하라"고 한다. 즉 자신의 지순한 한 부분은 손대지 말라는 부탁이다.

여기서 보듯이 이 시의 화자는 자신이 완전히 애인의 소유가 되었음을 강하게 주장하지만, 애인이 완전히 소유하는 것을 마음 한쪽으로 원하지 않음도 암시한다. 이중적 태도이다. 그녀의 "최후의 기쁨"은 자기를 완전히 양도하는 것이 아니다. 다음 연에서 그녀는 그에게 영혼과 육체를 이미 다 바쳤다고 언명하지만, 이 영혼과 육체는 적어도 자신이 알고 있는, 자신에 의해 범주화되고, 네 가지 시험을 해서 확인할 수 있는 부분들일 뿐이다. 자신의 눈 같은 부분은 손 대면 녹아 없어질지 모름을 암시한다.

자신의 육체에서 일어나는 변화를 더 곡진(曲盡)하게 제시한 시가 "저는 일찍 떠났죠―개를 데리고―(I started Early―Took my Dog―)"이다. 이 시에서 디킨슨은 또 자기 몸속에 차오르는 성애의 물결을 숨기지 않고 조수(潮水)의 이미지로 제시한다. 화자는 일찍 개를 데리고 바 닷가에 갔다. 지하실의 인어들이 그녀를 보러 나왔고("The Mermaids in the Basement / Came out to look at me―"), 프리깃함이 그녀를 밧줄걸 이로 생각하고 삼[麻]으로 된 손을 내 밀었다("Frigates . . . Extended Hempen Hands― / Presuming Me to be a Mouse―").

> 그러나 어떤 남자도 나를 움직이지 못 했죠―조수가
> 내 소박한 신발을 지나―
> 그리고 내 에이프런을 지나―그리고 내 벨트를―
> 그리고 내 보디스를―역시―지나갈 때까지―
>
> 그리고 그가 민들레 소매 위의―
> 이슬처럼 통째로
> 나를 삼킬 것처럼 했죠―
> 그리고 그때―나는 역시―떠났죠―
>
> 그리고 그는―그는 따라 왔죠―바로 뒤에―
> 나는 내 발목 위에 그의 은의 발굽을
> 느꼈죠―그러면 내 신발은
> 진주로 흘러 넘치겠지요―
>
> 마침내 우리는 단단한 도시를 만났죠―
> 아무도 그는 아는 것 같지 않았죠―
> 그리고 내게로의―거대한 시선으로
> 절하고―바다는 물러갔죠―
>
> But no Man moved Me―till the Tide
> Went past my simple Shoe―
> And past my Apron―and my Belt

And past my Bodice—too—

And made as He would eat me up—
As wholly as a Dew
Upon a Dandelion's Sleeve—
And then—I started—too—

And He—He followed—close behind—
I felt His Silver Heel
Upon my Ankle—Then my Shoes
Would overflow with Pearl—

Until We met the Solid Town—
No One He seemed to know—
And bowing—with a Mighty look—
At me—The Sea withdrew— (520)

　어떤 남자도 그녀를 움직이지 못했지만, 조수(潮水)가 밀려와 그녀의 신발에, 에이프런에, 벨트에, 보디스에 차올라, "민들레 소매에 있는 이슬"을 삼키듯이 그녀를 집어삼키려 했다. 그녀는 겁이 나서 뛰었고 조수는 바짝 뒤따랐으며, 그녀가 발목 위를 스치는 조수의 은(銀) 발꿈치를 느끼자 그녀의 신발은 진주로 가득 찰 것 같았다. 그들은 "단단한 도시"를 만났는데 그(조수)는 그곳의 아무도 모르는 것 같았으며 거대한 눈길로 그녀에게 절하고는 돌아서 갔다고 한다.

　이 시에서 가장 흥미 있고, 또 깊은 의미를 지니는 것이 "바다"인 만큼, 그 해석도 다양하다. 윈터즈(Ivor Winters)는 "여기서 바다는 전통적인 죽음의 상징으로 보았다. 즉 인간성과 의식의 분해를 지향하는 자연과 인간 본성의 모든 힘이고 특질" 즉 '죽음'이라는 것이다(30). 그리피스(Clark Griffiths)는 이것을 자연의 야성과 공포를 상징하는 '남성성'(male sexuality)으로 보았다(18-24). 코디(John Cody)는 이것을 '무의식'으로 해석한 뒤, '사람이 긴장하여 경계하지 않으면 무의식이 침범한다'는 것이 이 시의 주제라고 하면서, 화자가 바닷물에 잠기는 것은 "무의식과 본능적 충동에 의한 범람"을 의미한다고 한다(305-6). 또 폴락(Vivian R. Pollak)은 지금까지 나온 이런 바다의 의미를 논평하고 다음과 같은 의미를 제시한다.

> 이 시는 성적 체험을 하고 싶은 욕망과, 가능한 자아 절멸에 맞서고 싶은 결의, 이 두 가지 욕망 사이에 분열된 자아의 반대 감정 양립을 극화한 것이다. 화자는 "단단한 도시"를 향한 의무감을 재확인하고 있지만 이 재확인은 그녀가 교묘히 자신의 본능적, 성애적 적극성을 표한 뒤에 이뤄지는 것이다. 마지막 두 번째 연에서 "그때(Then)"가 나오고 특히 속임수 같은 가정법 동사가 나오는 말투는, 우리들에게 오르가즘을 생각하게 하는데 이 오르가즘은 있을 수도 없을 수도 있는 것이며, 단지 상징적으로 위장된 사건으로만 의식에 와 닿는 것이다. 만약 오르가즘이 일어났다면 체험 즉시 그것과 관련된 쾌감을 억압했을 것이다. 만약 오르가즘이 일어나려고 한다면 그녀는 의식을 파열하고 올라올 그 감각을 성공적으로 짓밟아버릴 것이다.(117)

어떻든 화자가 새로운 경험으로 만나는 이 바다는 얌전한 규수로서는 말하기 곤란한 성적인 그 무엇을 암시한다. 왜냐하면 바다가 화자의 가장 개인적인 옷, 즉 에이프런, 벨트, 보디스 속에 은밀히 차올라 왔기 때문이다. 화자는 인어들이 자기를 보러 나오는 데서 호기심을 가지다가, 조수가 온몸에 차오를 때 유혹을 느끼다가, 조수에 잡아먹히는 공포와 맞닥뜨리자 필사적으로 도망을 간다. 그녀가 도망을 가는 가운데 육체의 일부가 조수의 육체("His Silver Heel")와 섞이면서 오르가즘이라고 해야 할 쾌감까지 느낀다("I felt His Silver Heel / Upon my Ankle— Then my Shoes / Would overflow with Pearl—"). 그러나 이런 유혹의 과정은 "어떤 남자도 나를 움직이지 않았기" 때문에 외부 남자에게서 비롯된 것은 결코 아니다. 그런데 이 바다는 이슬처럼 잡아 삼킬 만큼 위협적이어서 화자는 그런 일에 겁을 집어먹는다. 그러나 이 바다는 "단단한 도시"를 만나면 아무도 아는 사람이 없어 화자에게 절하고 물러나기 때문에, 큰상징계에 의하여 억압받고 위축되는 무의식적 욕망, 오르가즘, 성욕, 쥐상스의 특성을 가지게 된다(「압젝션」 42-44).

그렇다면 이 시는 성적 체험을 향한 욕망과 또 자아 절멸의 위험이 있는 유혹으로부터의 도망이라는 두 요소 사이의 줄다리기이다. 화자는 "단단한 도시"에 뛰어 들어옴으로써 결국은 사회적으로 인정받지 못하는 성욕이나 쥐상스를 제어하는 결과를 가져온다. 그녀는 도시에 충실할 것을 맹세하지만 그 맹세는 묘하게도 그 본능적, 공격적, 자아멸절적(自我滅絕的) 성애의 쾌감을 맛본 후에 얻는 것이다.(「압젝션」 44-45)

디킨슨은 자주 자신도 모를 깊은 정신세계를 바다나 조수에 비유하곤 했다. "이 바다는 내 영혼 위에 금을 냈다— / 큰물이—바퀴의 흰 색 위에서처럼—(The Depth upon my Soul was notched— / As Flood—on Whites of Wheels—)"(788). 흰 차바퀴에 큰물의 흔적이 금으로 남듯이 내 영혼 위에 바다가 금을 냈다는 말이다. 혹은 "이 두뇌는 바다보다 깊다—(The Brain is deeper than the sea—)"(632)라고 한다. 그녀의 이런 바다에의 접근은 그녀가 19세 때 "해안은 더 안전하다. . . . 그러나 나는 바다와 싸우고 싶다."(L 39)라고 쓴 편지가 암시하듯이, 자신의 정신적, 심리적 세계에 대한 순진한 호기심에서 싹튼 모험이고, 한번은 정체성 확립을 위해서 겪어야 할 위험한 과정이었다(「압젝션」 43).

이런 정체성의 혼란을 암시하는 또 다른 글이 이른 바 '스승님에게로의 편지'(Master Letters)이다. 디킨슨이 죽은 후 그녀의 사물(私物) 속에서 스승 앞으로 썼으나 부치지 못한 세 통의 편지가 발견되었는데, 이 편지들은 초고인 듯 하다. 이 스승이 누구인지, 또 이 초고를 바탕으로 정서를 해서 스승에게 발송했는지는 알 길이 없다. 서우드(William R. Sherwood)는 이 편지를 디킨슨이 찰스 왜즈워스(Charles Wadsworth)에게 부쳤을 것이고 (그는 이 스승이 왜즈워스라고 추정함), 스승의 답장을 받고 스승에게의 마지막 편지(L 248)를 썼을 것이라고 추정한다 (78-88). 이 편지가 관심을 끄는 것은 지밀한 애인 관계의 사람에게 썼기 때문에, 가식이나 법의 규제가 최소화되었다는 점과, 아직 초고이어서 생각의 가닥에서나 통사에서나 라캉이 말하는 상징적 질서의 지배를 비교적 적게 받고 있다는 점이다. 더구나 이 편지에는 완전히 삭제하려는 부분과 더 나은 말로 고치려는 부분까지 볼 수 있어 그녀의 정돈되지 않은 정서 상태를 그대로 엿볼 수 있다.([ ] 안에 든 부분은 x표를 해서 지운 부분이다.)

스승님.
스승님께서 새가 총알에 맞는 것을 보신다면—그리고 새가 자신은 맞지 않았다고 말한다면—스승님은 그 예절에 눈물을 흘릴 테지요, 그러나 스승님은 그 말을 분명히 믿지 못할 테지요.
데이지의 가슴을 물들인 상처에서 나온 또 한 방울—그땐 믿으시겠죠? 토마스의 해부학에 대한 믿음이 그의 믿음에 대한 믿음보다 더 강했죠. 하느님은 절만드셨죠—[선생님] 스승님—저는—제 자신이 아니었어요. 그런 일이 어떻게 있었는지 모르겠어요. 그 분께서는 제 속에 심장을 만드셨죠—점점 심장은 저보다커졌죠—큰 아기를 데리고 있는—그리고 작은 어머니처럼 전 그를 안고 있는 것이 싫증이 났죠. .... 스승님도 가슴에 심장이 있죠—선생님—그것도 제 심장처럼—약간 왼쪽에 치우쳐 있나요—만약에 밤에 그 심장이 깨어난다면—그것은 불안해지고—아마도—그것은 그것에게—팀버릴이 되죠—그것은 그것에게 노래가 되죠? . . .

　베수비어스는 말하지 않죠—에트나도—안 그러죠—[스승님의] 그들 중 하나가—한 음절을 말했죠—천년 전에, 그리고 폼페이가 그걸 들었죠, 그리고 영원히 숨어버렸죠—그녀는 그 후 세상을 똑바로 쳐다 볼 수 없었죠—저 생각엔—부끄러운 폼페이—"필요한 것을 말하라"구요—스승님은 거머리가 어떤 것인지 아시죠—그리고 데이지의 팔이 작다[는 것을 기억해 줘요]—그리고 스승님은 수평선을 만지셨죠—그리고 바다는—스승님을 춤추게 만들도록 가까이 오지 않던가요? 저는 그 점에 대해서 스승님이 어떻게 하실지 알지 못해요—감사해요—스승님—그러나 만약 제가—스승님처럼—뺨에 수염이 있다면—그리고 스승님이—데이지의 꽃잎을 가지신다면—그리고 절 좋아하신다면—스승님은 어떻게 될까요? . . . 그러나 전 더 기다릴 수 있어요—제 개암색 머리카락이 얼룩덜룩해질 때까지—그리고 스승님이 지팡이를 짚을 때까지—그땐 전 제 시계를 볼 수 있죠—그리고 만약 해가 너무 저문다면—우린 천국으로의[의] 기회를 잡아 봐요—만약 제가 "흰옷을 입고" 온다면 저에게 어떻게 대하실래요? 스승님은 산 자를 안아—넣을—조그마한 가슴이 있는가요? . . .

　스승님—스승님이 제 얼굴을 들여다 보는 동안—제가 스승님의 얼굴을 들여다보는 것이 위안이 될 것이고—그 땐 저는 어두울 때까지 숲에서 놀래요—일몰이 우리를 찾지 못하는 곳에 스승님이 저를 데려다 놓고—그리고 진실한 자가 계속 올 때까지—이 도시가 가득 찰 때까지. . .

　저는 스승님께 말씀드리려 생각지 않았어요, 스승님은 "흰옷을 입고"도 오시지 않았으며, 제게 왜

　　　　장미는 아니나, 내 스스로 꽃 핌을 느꼈는지
　　　　새는 아니나—에테르 속을 말 타고 갔는지
　　　　　　　　를 말씀해 주시지 않았어요. (*L* 233)

　　디킨슨 특유의 생경한 이미지와 은유가 사랑의 "화산"을 담아내고 있어 시에 진배없는 압축미와 긴장을 느끼게 하면서도 대단히 애매하다. 이런 비등하는 열정 속에서 질서와 논리와 문법이라는 조직망은 용

해되기 마련이다. 베수비어스산과 폼페이의 비유는 이 스승과 화자간의 관계를 암시적으로 말해 준다. 즉 베수비어스산이 전혀 말을 않지만 천 년 전에 말한 꼭 한 음절 때문에 폼페이는 부끄러워 영원히 숨어버렸다고 한다. 베수비어스산의 폭발로 폼페이가 이 지상에서 사라진 유명한 역사적 사실을, 오래 전 침묵을 깨뜨린 스승의 한 음절 때문에 영원히 화자가 부끄러워서 몸을 숨기고 있는 것에 비유하고 있다. 활화산의 분출로 인하여 화자가 결코 세상을 바로 볼 수 없는 부끄러움을 가진다는 것은, 이 비유가 성적 비유임을 암시한다. 그리고는 화자 즉 '데이지'는 작은 팔을 가졌지만, 스승은 그것에서 광활한 수평선을 느낄 것이고, 스승님이 그 팔/수평선을 만지기만 하면, 바다는 스승님을 춤추도록 가까이 오지 않던가 하고 묻는다. 이 팔을 통해서 전해지는 것은 스승을 춤추게 만드는 쾌락의 바다일 것이다. 이때의 이 팔/바다와의 접촉은 피를 빼는 거머리의 흡착과 같으며, 화자가 스승에게 이 흡착의 관계로써 전하는 것은 스승을 춤추게 할 뜨거운 성애적 쾌감일 수 있다. 이러한 쾌감의 암시는 화자가 적절히 상징계 속에 편입시켜야 할 충동을 잘 통제하지 못한다는 뜻이고, 나아가서는 화자와 스승 간에 사회적으로는 지켜야 할 금도를 지키지 못하고 있다는 뜻이 된다. 그것 때문에 화자는 정체성의 와해를 잠정적으로 겪지 않으면 안 된다(「압젝션」 26-29).

한편 이런 정체성의 혼란은 예컨대, 또 단적으로, 그녀는 하느님이 만들었지만 자신은 자신이 아니고("I didn't be― myself"), 또 어떻게 자신이 만들어졌는지도 모른다고 하는 데서 엿볼 수 있다. 또 자기는 하느님이 그녀 안에 심장을 만들어 넣었지만 그 심장은 자기보다 훨씬 더 커져서 마치 큰 아이를 데리고 있는 작은 어머니와 같다고 한다. 그리고는 그(Master)의 심장도 그녀의 심장처럼 약간 왼쪽에 치우쳐 있고, 불안을 느끼는 밤엔 깨어나 팀버럴 소리를 내느냐고 묻는다. 또 만약 그녀의 턱에 '수염'이 나고 그가 그녀의 '꽃잎'을 가진다면 어떻게 되겠느냐고 묻는다. 이것은 그녀가 타자인 스승과 동일한 심장을 나눠 갖고, 그의 수염과 자신의 "꽃잎"(입술일까, 음순일까?)을 나눠 가질 수 있음을 암시하는 말이다. 이 두 사람의 심장은, 같은 정서로 물결치고 공명하여 개별성을 가지지 못할 뿐만 아니라 크기도 수시로 변한다. 또 그가 필요한 것이 무엇인가를 물었을 때 그녀는 "거머리를 아시잖아요?"라고 내뱉는데, 그 뜻은 그에 대한 욕망이 거머리처럼 자신에게 붙어서 자신의 생명의 피를 다 빨아버린다는 말이다. 지금까지의 이런 예들을 보면 그녀는 지극한 사랑의 경지에선 타자의 육체와 혼합도 가능하고, 그녀의 육체에 대한 인식은 무질서하고, 또 자신과 타자의 육체의 경계에 대한 인식도 불명료하고 불안정하다는 것을 알 수 있다(「압젝션」 29-30).

디킨슨은 다른 시에서 '음절'을 '신'(자연)과 구분되는 개념, 즉 "두뇌"(Brain)로 쓴 적이 있다.

> 이 두뇌는 꼭 하느님의 무게—
> 왜냐면—그들을 들어 보라—한 파운드 한 파운드
> 그리고 그들은 다를 것이다—다르다면—
> 음절이 소리와 다르듯이—

> The Brain is just the weight of God—
> For—Heft them—Pound for Pound—
> And they will differ—if they do—
> As Syllable from Sound— (632)

즉 두뇌가 하느님(자연)과 무게는 같지만, 음절이 소리와 다르듯이, 하느님(자연)과는 다르다고 한다. 따라서 앞의 편지에서 베수비어스산의 한 '음절'은 이해 가능한 기표였음을 암시한다. 그녀는 그에게 자신의 육체는 바다가 되고 수평선이 된다고 한다. 이처럼 그녀는 새, 폼페이, 작은 어머니실비아 플라스 등의 은유와, 심장, 수평선, 바다, 꽃잎 같은 환유 속으로 끝없이 미끄러져 가며, 윤곽이 뚜렷한 자신의 형상의 경계가 허물어지도록 유도하고 있다(「압젝션」 30-31).

스승에게 보낸 마지막 편지(*L* 248)에서도 육체에 대한 인식은 비슷하다. 그의 사랑은 "너무나 큰 사랑이어서 겁이 난다". "[그것이] 그녀의 작은 심장 한가운데로 들어와 풍덩 피를 튀겨 내는 그 소용돌이 속에서 파랗게 질리고 만다." 또 그는 그녀의 "갈색의 눈에 물이 댐 위로 넘쳐흐르게 한다."고 한다. 그녀는 골무만한 기침을 하고 옆구리엔 인디언의 손도끼를 차고 있다고 한다(「압젝션」 32). 이것은 앞에서처럼 자아에 대한 분명한 경계를 가지지 못하는 정체성의 위기에서 온 결과들이다.

디킨슨의 사랑과 성에 대한 탐구는 "겨울에 제 방에서(In Winter in my Room)"에서 남성성(masculinity)에 대한 탐구로 이어진다.

> 겨울에 제 방에서
> 핑크빛의, 야위고, 따스한―
> 벌레 한 마릴 만났죠―
> 하나 그건 벌레였고 벌레들은
> 그와는 절대 편하지
> 않을 거라 생각했죠―
> 벌레를 끈으로 옆의 무엇에
> 묶어 두고
> 방을 나갔죠.

In Winter in my Room
I came upon a Worm—
Pink, lank and warm—
But as he was a worm
And worms presume
Not quite with him at home—
Secured him by a string
To something neighboring
And went along. (1670)

그런데 조금 뒤 돌아와 보니까 그 벌레는 얼룩점 드문드문한 뱀 한 마리가 되어 방바닥을 둘러보고 있었다. 화자가 묶어 두었던 끈 역시 그대로였다. 화자가 "'넌 근사해'!('How fair you are'!)" 하니까 뱀이 겁이 나느냐고 물었다. 또 뱀은 가느다란 리듬에 따라 "무늬가 헤엄치듯 / 자길 내밀었다(As Patterns swim / Projected him)". 그래서 화자는 도망을 갔고, 한 먼 도시에 퍼져 앉으니 모든 게 꿈이었다는 것이다.

여기서 본 벌레/뱀은 대부분의 평론가들의 분석처럼 남성성으로 보인다. "'겁이 나' ... / '내가?'('Afraid' ... / 'Of me'?)"라고 뱀이 물으니까 "'친절성이 없어—'('No cordiality')"라고 화자가 말한 것은, 뱀에게서 공포를 느끼는 동시에 사랑받고 싶은 마음이 생겼기 때문일 것이다. "뱀은 내 속내를 짚으려 했죠—(He fathomed me—)"에서 두렵지만 어느 정도 안정된 교감이 이뤄진다. 머지(Jean McClure Mudge)는 1행의 어두운 겨울 방은 그녀의 '질(膣)'을 비유하고, 벌레/뱀은 바로 남근적 대용물을 암시한다고 한다. 처음엔 그것이 따뜻했으나 갑자기 커지자 두려움의 대상이 되고, 그것을 끈으로 묶어 둠은 소유 욕망과 통제 욕망을 나타낸다고 한다(106). 한편 라빙(Jerome Loving)은 뱀은 원래 에덴

동산에 있던 것인데, 인간이 타락하면서 이제는 예술가의 정신 속에 내려 와 있다고 한다(92). 이처럼 디킨슨은 비록 직접적으로 남성성의 특징을 말할 처지에 있지 않았지만, 남성성에 대한 탐구는 제한된 경험에도 불구하고 깊이 있는 통찰을 했음을 보여준다(「디킨슨」 73-74).

디킨슨은 남자 못지않게 여자와도 깊은 사랑을 나눈다. 특히 올케 수전과 주고받은 수 백 통의 편지가 남아 있는데 열정적이고 에로틱한 것이 많아 당시 사회 통념으로서는 수용되기 어려운 것들이다. 디킨슨이 22세 때 수전에게 보낸 한 통의 편지에는 디킨슨의 주체성이 완전히 함몰된, '레즈비언'의 관계가 드러난다(「디킨슨」 75).

> 수지, 정말 다음 일요일에 오니, 다시 내 것이 되어주고, 그리고 전처럼 키스해주겠니? 내가 정말 널 껴안을 수 있겠니, "어둡겠지만 얼굴을 마주 보며" 아니면 그런 환상일 뿐이니, 밝으면 깨어날 축복의 꿈을 꾸는 거니? 나는 그토록 널 원하고, 그토록 간절히 널 갖길 바라고, 도저히 못 기다리겠다는 느낌뿐이고, 지금 당장 널 가져야겠다는 느낌뿐—너의 얼굴을 다시 한 번 볼 수 있다, 그 기대로 몸이 뜨거워 열병이 날 지경이고, 내 가슴은 더 빨리 뛰고—[하략] (L 96)

VIII

디킨슨은 1872년 이후 세상을 떠날 때까지 거의 집밖을 나가지 않았다. 젊을 때는 사람을 좋아하는 성격이었으나 나이 듦에 따라 가족과 '영혼의 친구'만 대하는 칩거생활로 일관했다. 이땐 그녀는 흰옷만 입고 2층에서만 지냈으며 심지어는 거실에 온 손님조차 보지 않았다. 친한 사람에게만 수수께끼 같은 쪽지와 단편 시를 적어 보낼 뿐이었다. 병에 걸렸을 때도 의사는 조금 열린 문으로 그녀의 걸음걸이만 보고 진찰할 수밖에 없었다. 1882년 어머니가 세상을 떠난 후, 하인의 도움을 받으며 동생 라비니아와 외롭게 지내다가 브라이트병으로 조용히 임종을 맞은 것은 1886년 5월 15일이었다. 그 즈음 읍민들은 그녀의 집 2층에는, 허연 옷을 입은 유령이 산다고 수군거렸다. 생전에는 열 편의 시만 발표되었는데 모두 다른 사람이 몰래 익명으로 보낸 것이었다(「디킨슨」74-75).

디킨슨이 죽은 후 라비니아는 유품을 정리하다가 작은 상자 속에 900편의 시를 발견하고는 적잖게 놀랐다. 그녀는 언니가 자주 뭔가를 끌쩍거리는 것을 보았으나 늘 큰 관심은 없었다. 원고는 60권의 작은 책자로 되어 있었는데, 이 책자는 또 노끈으로 묶여 있었다. 이 책자는 종이를 4-6장을 접어서 아래위를 실로 철한 일종의 사제(私製) 노트였다. 시는 이런 노트가 49권이었고, 이중 46권은 1858년에서 65년까지 가장 창작력이 왕성하던 시기에 쓰여진 것 같고, 나머지 세 권은 1866년, 1871년 1872년에 쓴 것을 수합한 것 같다고 한다. 여기에 적힌 시는 대부분 깨끗이 정서했거나 정서에 가까운 것들이다(CP viii-ix, 「디킨슨」75).

그녀가 시인으로 알려진 것은 타드 부인(Mrs Mabel Loomis Todd)과 히긴슨이 115편을 골라 편집해 낸 1890년 이후였다. 동생 라비니아도 1899년까지 살면서 언니의 유고 출판에 앞장섰다. 이들의 첫 시집은 11판까지 팔렸고, 둘째 시집은 5판까지 팔려, 셋째 시집까지 냈다. 이 때 편집자들은 그녀의 난해한 시를 대폭 손질했는데 19세기 기준에 맞게 문장부호와 대문자를 바꿔 썼고, 애매한 표현은 쉬운 말로 갈기도 했다. 타드 부인은 디킨슨의 편지를 모아 날짜를 바꾸는 등 깊이 손을 대어 1894년에 출판하였다(CP ix. 「디킨슨」75).

모더니즘 운동이 일어나자 시의 전통적 형식에 맞추지 않은 것은 더 이상 결점이 아니었다. 또 여성주의자들은 그녀의 시를 동정적으로 이해했다. 1955년 토머스 존슨이 그녀의 모든 시를, 필체 등 여러 가지 요소를 고려하여 쓴 순서대로 배열하고, 대시와 대소문자도 원고 그대로 하여 시 전집을 내 놓았는데 오늘 연구가들은 모두 이 책을 이용한다. 그녀의 시는 제목이 없어서 존슨의 일련번호가 제목 행세를 한다. 질녀 비안키(Alexander E. Bianchi, Martha Dickinson)가 여러 번 고모의 편지를 모아 서간집을 내놓았으나, 서간집 결정판도 1955년에 역시 존슨이 출판한다. 그런데 디킨슨의 편지만 있고 답장이 없는 것은, 그녀의 사후 라비니아가 그녀의 편지를 모두 모아 불살랐기 때문인데, 언니의 뜻이 었으리라(「디킨슨」 75).

1993년에는 디킨슨의 일기 일부가 출판되어 또 세상이 떠들썩했다. 이 일기는 디킨슨의 집을 산 사람이 1916년에 리모델링 할 때 벽의 벽돌 틈에서 발견한 것이었다. 그때 벽돌공은 그것을 도시락 바구니 속에 숨겨 집에 가져가서 혼자 읽기를 즐기고 세상에 내놓지 않았다. 그가 1980년에 죽으면서 아내에게도 말하지 않았던 그 일기를 손자에게 넘겼고, 손자도 할아버지를 닮아 영구히 간직하고 싶었으나, 절대 그 이름을 밝히지 않겠다는 굳은 약속을 받고, 재미 풀러(Jamie Fuller)라는 여자에게 넘겼다. 풀러는 그 일기에 주석을 붙여 세상에 내놓았다. 1867년 3월 14일 시작하여 1868년 4월 12일에 끝나는 102일의 일기를 읽으면, 정말 그녀의 삶이 내면적인 삶이라는 것이 분명해진다.

인용문헌

박재열. 「어둔 이층방의 자수정: 에밀리 디킨슨」. 『낯선시』 2호(2006년 가을). 65-76. [「디킨슨」으로 표기]

_____. 「에밀리 디킨슨 시에 나타난 압젝션」. 『영미어문학』 제55호 (1999). 23-48. [「압젝션」으로 표기]

Cody, John. *After Great Pain: The Inner Life of Emily Dickinson.* Cambridge: The Belknap Press of Harvard UP, 1971.

Dickinson, Emily. *The Diary of Emily Dicinson.* Ed. Jamie Fuller. New York: St. Martin's Griffin, 1993.

_____. *Emily Dickinson: The Complete Poems.* Ed. Thomas H. Johnson. London: Faber & Faber, 1970. [*CP*로 표기]

_____. *The Letters of Emily Dickinson.* Cambridge: The Belknap P of Harvard, 1960. [*L*로 표기]

Griffiths, Clark. *The Long Shadow: Emily Dickinson's Tragic Poetry.* Princeton: Princeton UP, 1964.

Lease, Benjamin. *Emily Dickinson's Readings of Men and Books: Sacred Soundings.* Houndmills: Macmillan, 1990.

Loving, Jerome. *Emily Dickinson: The Poet on the Second Story.* Cambridge: Cambridge UP, 1986.

Martin, Wendy. *An American Triptych.* Chapel Hill and London: The U of North Carolina P, 1984.

Mudge, Jean McClure. *Emily Dickinson & the Image of Home.* Amherst: U of Massachusetts P, 1975.

Pollak, Vivian. *Dickinson: The Anxiety of Gender.* Ithaca and London: Cornell UP, 1984.

Ransom, John Crowe. "Emily Dickinson: A Poet Restored." *Emily Dickinson: A*

Collection of Critical Essays. Ed. Richard B. Sewall. Englewood Cliffs, N.J.: Prentice-Hall, 1963. 88-100.

Rich, Adrienne. On Lies, Secrets, and Silence: Selected Prose 1966-1978. New York & London: W. W. Norton, 1979.

Sherwood, William R. Circumference and Circumstance: Stages in the Mind and Art of Emily Dickinson. New York and London: Columbia UP, 1968.

Thackrey, Donald E. "The Communication of the Word." Emily Dickinson: A Collection of Critical Essays. Ed. Richard B. Sewall. Englewood Cliffs: Prentice-Hall, 1963. 51-69.

Whicher, George F. This Was a Poet: A Critical Biography of Emily Dickinson. New York & London: Charles Scribner's Sons, 1938.

Winters, Ivor. "Emily Dickinson and the Limit of Judgment." Emily Dickinson: A Collection of Critical Essays. Ed. Richard B. Sewall. Englewood Cliffs: Prentice-Hall, 1963. 28-40.

제 **2** 장 메어리앤 무어

I

메어리앤 크레이그 무어(Marianne Craig Moore, 1887-1972)는 시적 감수성, 시의 소재, 연의 형식 등에서 가장 독창적인 미국 시인중의 한 사람이다. 인간보다는 동물에 대한 예리한 관찰, 긴 문장을 길이가 들쑥날쑥하도록 잘라 놓은 시행, 시에 최대한 살린 산문의 특성, 흥분이나 과장된 톤을 최대한 줄인 차분한 목소리 등이 우선 특징으로 떠오른다. 『노톤 앤솔로지』(Norton Anthology)에서는 "무어는 언어의 정확성과 그녀가 말하듯 "참을 수 없는 정밀성(unbearable accuracy)"은, 연형(聯形)과 작시법의 복잡한 조직과는 대위선상에 놓인다. 파운드(Ezra Pound)는 절(節)을, 윌리엄스(W. C. Williams)는 행(行)을, 에이치 디(H. D.)는 이미지를, 스티븐스(Wallace Stevens)와 스타인(Gertrude Stein)은 낱말을 가지고 연구를 했다. 무어는 이들 동시대인들과는 달리 연 전체를 시의 단위로 이용했다"고 그녀의 시적 특징을 정의한다(1276). 이러한 시법은 로웰(Robert Lowell), 휴즈(Ted Hughes), 비숍(Elizabeth Bishop), 재럴(Randell Jarrell), 윌버(Richard Wilbur) 같은 동후배 시인들에게 많은 영향을 주었다.

그녀는 19세기의 여류시인인 디킨슨(Emily Dickinson)처럼 전통적이고 제약 받는 여성의 지위를 오히려 작품 활동에 도움이 되도록 이용했다. 그러나 디킨슨이 극소수의 문인을 제외하고는 만나지 못한 것과는 달리, 그녀는 당대 최고 시인들과 교류했으며, 그들의 문학운동에도 참여했으며, 대중적인 인기도 누렸다. 그녀는 시란 현실 세계를 떠난 것이지만, 그 형식 속에서 현실 세계를 복원할 수 있다고 생각하여, 시란 "진짜 두꺼비가 사는 상상의 정원(imaginary gardens with real toads in them)"이라는 유명한 말을 남긴다(CP 267).

무어는 1887년 11월 15일 미주리주(Missouri 州) 세인트루이스(St. Louis)의 교외 커크우드(Kirkwood)에서 건설기사면서 발명가인 존 밀턴 무어(John Milton Moore)와 메리 와너(Mary Warner) 사이에 태어났다. 그녀는 오빠가 있었지만 아버지는 본 적이 없다. 그녀의 아버지는 그녀가 태어나기 전에 연기 나지 않는 용광로 발명에 전념하다 실패하자, 정신병으로 매사추세츠주 정신병원에 입원하였으므로, 그는 그녀에게 없는 것이나 다름없다. 무어의 어머니는 친정에서 무어의 외할아버지가 돌아가실 때까지 그를 간호하면서 살았다. 그는 커크우드의 장로교 목사로 아주 박학했고 정이 많은 사람이었다.

엘리엇(T. S. Eliot)도 세인트루이스에서 그녀보다 열 달 뒤에 태어난다. 그의 할아버지도 유니테어리언 교회의 목사였으며, 두 사람은 목사 모임에서 몇 번 만난 적이 있다. 무어의 어머니는 무어를 데리고 펜실베이니아주 피츠버그(Pittsburgh)에 가서 잠깐 살다가, 그 주의 칼라일(Carlisle)로 이사를 간다. 무어가 메츠거 학교(Metzger Institute)에서 고등학교 과정을 마친 곳이 바로 그곳이다. 1905년 그녀는 펜실베이니아 브린 모어(Bryn Mawr)에 있는 브린 모어 대학(Bryn Mawr College)에 다니면서 처음 시를 쓰기 시작한다.『티핀 오밥』(*Tipyn O'Bob*), 대학 동창들의 동인지인『등불』(*Lantern*) 같은 잡지에「해파리」("A Jelly-Fish") 등 아홉 편의 시를 발표한 것은 이 즈음이다. 이 대학에는 에이치 디(H. D.)도 다니고 있었지만 깊은 교류를 없었던 것 같다. 무어는 역사, 법학, 정치학을 전공한 뒤 1909년에 문학사 학위를 받고 졸업한다. 그녀는 유달리 시각적 반응이 훌륭했기 때문에 졸업 후 한때 화가가 되려는 생각을 가지기도 했다. 1909년 봄에 발표한「해파리」는 세밀한 관찰에 근거한 작품으로 앞으로 그녀가 쓰게 될 시의 특징을 예견케 한다.

보일 듯 말 듯
　파동 치는 매력
호박(琥珀) 색조의 자수정이 그 안에
　살고, 그대 팔은
다가가며 녀석은 열었다
　닫는다. 그대는 그걸 잡으려
했고 녀석은 몸을 떤다.
　그대는 뜻을 버린다.

Visible, invisible,
　a fluctuating charm
an amber-tinctured amethyst
　inhabits it, your arm
approaches and it opens
　and it closes; you had meant
to catch it and it quivers;
　you abandon your intent. (*CP* 180)

　아직 이미지즘이 태동하기 전인데도 후일 나올 이미지스트들의 수법
을 스스로 개발하여 섬세하게 해파리와 그것을 잡으려는 의도를 그려낸
다. 이런 동물에 대한 정밀한 묘사를 무어는 평생 버리지 않았고, 자신의
그런 특징의 시를 쉽게 부르기 위해, 그녀는 '동물'(animal)에서 신조어
'animile'란 낱말을 만들어 썼다(Holley 78-9).[1]

---

1) 더 정확히 말하자면, 무어는 엘리엇과 새 시집 출판을 의논하는 과정에 1932년에서 1936년
까지 쓰여진 일련의 시들을 묶어 처음으로 'animile'이라고 불렀다. 이 낱말의 문자적인 의
미는 '동물에 관한'이지만, 홀리(Margaret Holley)가 추측하듯 이 낱말은 'Anglophile'(영국애
호가) 같은 낱말의 반향(反響)으로, 동물과의 유대감 내지 친연성을 나타내는 의미가 있다.
한편 무어나 홀리 같은 비평가는 'animile'로써 꼭 동물에 관한 시가 아니더라도 1932년에
서 1936년까지 쓰여진 시를 지칭하는데, 이 시기의 작품은 다른 시기와는 다른 특징이 있

후에 그녀는 생물학과 조직학 실험에 흥미를 느껴 의학 전공을 고려하기까지 한다. 그녀는 이때의 생물학 공부가 신나는 과목임을 다음과 같이 설명한다. "그리고 [생물의] 이름을 확인할 때, 공평무사할 목적으로 취하는 정확성, 경제적 서술, 논리학은, 상상력을 해방시킬—적어도 상상력과 관계를 가질—것 같았다"(Hall 23). 정확한 과학적 서술에서 상상력이 가동되는 것은 문학과 과학을 별개로 생각하지 않는 인식이라 할 수 있다. 어떻든 이런 연구는, 복잡한 형태의 동물에 애정을 가지고 평생토록 정밀묘사 하는 것이 문학의 필수 작업인 양 느끼게 만들었다. 또 시인과 과학자는 유사 관계를 가지느냐는 질문을 받고, 그녀는 양자의 강점을 철저히 이해하는데, 이 양자는 어떤 단서를 포착되면, 선택의 폭을 좁혀 그 단서가 정확하고 엄밀하게 드러나도록 최선의 노력을 하는 것이 공통점이라고 말한다. 시인이나 과학자 둘 다 목표는 내용(substance)인데, 과학은 단순히 발견물의 수집에 있는 것이 아니라, 발견의 과정에 있으므로, 과학은 정립된 것이 아니라 언제나 발전하여 가는 것이라고 말한다(Hall 44).

무어는 칼라일 상과대학(Carlisle Commercial College)에서 비서 과정을 이수한 뒤, 1915년까지 칼라일의 미국 인디언 학교(U.S. Indian School)에서 부기, 속기, 타자, 상업영어, 법학 등을 가르친다. 1911년 여름 그녀는 어머니와 같이 두 달 동안 영국, 스코틀랜드, 프랑스 등을 여행하면서, 글라스고, 옥스퍼드, 런던, 파리 등의 박물관을 둘러보았다. 파리에서는 좌안(left bank)에 머물면서, 미국 태생의 실비아 비치(Sylvia Beach)가 운영하던 서점 '셰익스피어 앤 컴퍼니'(Shakespeare and Company)까지 갔으나 스스로 작가라는 말을 하기가 부끄러워서

기 때문이다(Holley 78-9).

결국 자기소개를 하지 못했다. 그러나 그녀가 파운드에 관한 자료를 구한 곳은 거기에서였다. 당시 파운드는 런던에 있었고 앞으로 펼칠 이미지즘 운동을 구상하고 있을 때였으므로 무어의 이미지즘에 대한 관심은 이때부터 싹텄다고 볼 수 있다.

II

1915년부터 무어는 본격적으로 시를 발표한다. 단음절로 된 행에 각운을 넣고, 또 행을 한 줄씩 띄어서 쓰는 등의, 초기의 특징이 나타나는 「진보 정신에게」("To the Soul of 'Progress'")와 같은 시 7편을 『에고이스트』(Egoist)에 발표한다. 이 잡지는 에이치 디가 편집하는 격주간으로 이미지스트들의 글에 호의적인 잡지였으며, 무어는 이미 그들 작품의 섬세함과 압축미를 높이 평가하고 있던 터였다. 나중 에이미 로웰(Amy Lowell)이 주도하는 이미지즘 운동에 무어가 참여하는 것은 당연한 결과였다.

『시편』(Psalms)의 저자인 다윗(David)에 관한 시인 「당신이 잘 연주한 그 하프」("That Harp You Play So Well")를 포함한 네 편과, 브라우닝(Robert Browning)과 쇼(George Bernard Shaw)에 관한 시를 포함한 네 편을 시카고에서 발간되던, 또 실험적인 작품을 많이 싣던 『시』(Poetry: A Magazine of Verse)지에 발표한다. 또 블레이크(William Blake), 무어(George Moore)에 관한 두 편을 포함한 다섯 편을 앨프레드 크레임부그(Alfred Kreymbourg)가 편집위원으로 있던 『타인들』(Others)에 발표한다. 크레임부그는 무어의 시에 호감을 가져서 여러 번 발표 기회를 열어주었다. 무어가 전위 시와 비평에 특별히 관심을 가지고 독서를 하면서, 서평과 평론을 처음으로 쓴 것도 이 즈음이었다.

1916년 무어는 어머니와 같이 뉴저지주(New Jersey州) 채트햄(Chatham)으로 이사를 가서, 예일 대학을 졸업하고 장로교 목사가 된 오빠와 같이 산다. 그가 1918년 해군 군목으로 입대를 하자 모녀는 다시 뉴욕 맨해튼으로 집을 옮긴다. 이 무렵 그녀는 크레임부그 외에도, 사진작가 스티글리츠(Alfred Stieglitz), 시인 스티븐스, 윌리엄스와 교우하는데, 특히 에이치 디, 엘리엇, 파운드 등은 그녀의 시를 크게 호평한다. 에이치 디는 당시 애인이고 후원자였던 브라이어(Bryher) 즉 위니프레드 엘러먼(Winifred Ellerman)의 도움으로 무어에게는 알리지도 않고 『에고이스트』 등지에 발표된 그녀의 시 24편을 골라 『시』(Poems)라는 제목의 소시집을 1921년에 출판한다. 무어는 자신의 시집 출판은 시기상조이고, 더구나 초서(Geoffrey Chaucer), 단테(Dante Alighieri), 셰익스피어(William Shakespeare)의 시를 제외하고는 누구의 시라도 '시'라도 명칭은 적합하지 않다고 생각하던 터였기에 놀랍고 당황했다. 즉 자신의 작품은 '시'라는 이름을 붙일 수 있는 것이 못된다는 의미였다. 그러나 그 시집 발간 후 그 '시'라는 낱말에 대한 두려움은 없어져, '시'란 말은 "내 관찰, 리듬을 통한 실험, 작문 연습"을 지칭하는, 어쩔 수 없는 낱말로 받아들이게 된다. 그녀는 또 자기 글이 속할 다른 적절한 범주가 없기 때문에 '시'라고 부르게 된다고도 한다. 그 뒤 시선집을 묶자고 제안한 '페이버 앤드 페이버'(Faber & Faber)사나 '맥밀란'(Macmillan)사도 현명한 판단을 한 것 같지 않다고 그녀는 생각하는데, 이것은 시에 대한 지나친 겸손함 때문이었다(Hall 27).

1921년에서 25년까지 무어는 바로 집 앞에 있던 뉴욕 시립도서관 허드슨파크(Hudson Park) 분관에서 자원 봉사를 하면서, 어머니와 같이 신간 서평을 쓰는 재미에 폭 빠진다. 그러나 그녀가 좋아하는 내용의 책, 일테면 예술, 의학, 역사, 비평 서적의 비평은 쓰기 좋았으나, 소설, 영화소설은 쓰기가 조금 부담스러웠다. 1924년에 그녀의 '소시집'은 미국에서 53편으로 증편하여 『관찰』(*Observations*)이라는 제목으로 출판되는데, 이 안에 그녀의 시적 특징이 잘 나타나는 「물고기」("Fish")가 들어있다.

물고기가

혹옥(黑玉)을
헤쳐 건넌다.
　계속 까마귀빛 파란 홍합껍질의
　잿더미를 조절하면서.
　　파도 옆구리에 붙은

조개삿갓은
한 상처 난 부채처럼
　여닫지만
　그곳에 숨을 수 없다
　　왜냐면 가라앉은 태양
광선이,
유리 피륙처럼
　갈라져, 틈 속을 스포트라이트 빠르기로
　옮겨 다니기 때문—
　　안팎으로

청옥 바다
몸뚱이를 밝힌다.
　물은 절벽 무쇠 가장자리를 파고
　무쇠 쐐기를 박아 넣는다

그 위에 뜬 별들

핑크 색
쌀알, 잉크
　튀긴 해파리, 녹색 백합 같은
　게, 그리고 수중
　　독버섯이 서로서로에 미끄러진다.

모든
외부의
　오욕의 자국이 이 대담한
　건물에 남아 있다—
　　사고(事故)의 모든 물리적

특징—
배내기의
　생략, 다이너마이트 홈, 화상 흉터, 그리고
　손도끼로 찍은 곳, 이런 것들이
　　그 위에 뚜렷하다. 깊은 틈 있는 쪽은

죽어 있다.
반복된
　증거는 바다가 회춘할 수 없는 것을 먹고
　살 수 있음을
　　입증한다. 바다는
　　그 안에서 늙는다.

The Fish

wade

through black jade.
  Of the crow-blue mussel shells, one keeps
  adjusting the ash heaps;
    opening and shutting itself like

an

injured fan,
  The barnacles which encrust the side
  of the wave, cannot hide
    there for the submerged shafts of the

sun,

split like spun
  glass, move themselves with spotlight swiftness
  into the crevices—
    in and out, illuminating

the

turquoise sea
  of bodies. The water drives a wedge
  of iron through the iron edge
    of the cliff; whereupon the stars,

pink

rice-grains, ink-
  bespattered jellyfish, crabs like green
  lilies, and submarine
    toadstools, slide each on the other.

All

external

    marks of abuse are present on this

  defiant edifice—

      all the physical features of

ac-

cident—lack

    of cornice, dynamite grooves, burns, and

    hatchet strokes, these things stand

      out on it; the chasm side is

dead.

Repeated

    evidence has proved that it can live

  on what can not revive

      its youth. The sea grows old in it. (*CP* 32-3)

    따로 제목을 두지 않고 문장 첫머리가 제목이 되어 있는 이 시는, 바다 속의 절벽을 잠망경을 통해서 찬찬히 살핀 것처럼 사물 하나하나가 다 생생하다. 제목처럼 보이는 "물고기"가 주제를 암시하는 것은 아니다. 물고기의 언급이 제목에만 나오고, 다른 소재 즉, 조개삿갓, 바위 틈 속을 비추는 햇빛, 절벽, 게, 절벽 바위 위에 새겨진 세월의 상처 등이 이어서 나온다. 이것은 파노라마식으로, 종전의 한두 가지를 중점적으로 다루면서 다른 소재는 종속적인 것으로 다루던 방법과는 다르다.

    이 시에서 가장 당혹스런 문장은 "Of the crow-blue mussel shells, one keeps / adjusting the ash heaps; / opening and shutting itself like / an / injured fan,"인데, "잿더미를 조절하는" 주체가 누구냐 하는 문제이다.

이 문제는 "Of the crow-blue mussel shells"를 "the ash heaps" 다음에 붙여 읽을 것인가, 아니면 독립적으로 읽을 것인가 하는 문제와 연결된다. 독립적으로 읽을 땐 "one"은 "까마귀빛 푸른 홍합껍질" 중의 "하나"이며 이것이 "조절한다"는 뜻이 된다. 만약 "the ash heaps" 다음에 "Of the crow-blue mussel shells"가 연결되는 것으로 읽는다면, 이 "one"은 불특정 사람이 된다. 그 어느 것이든 찢어진 부채처럼 스스로를 여닫으면서 잿더미를 조절한다는 뜻이 된다. 어느 쪽이 꼭 맞다고 할 수 없는 애매함이 있다. 이것은 홍합껍질 즉 자연의 행태와, 불특정 사람 즉 인간의 행태를 동시에 암시한다고 보는 것이 좋을 것이다.

이 "one"을 "조개껍질"로 보는 문자적인 해석만 할 때, 홀리의 말처럼 "관찰한 사물은 스스로를 말하는" 셈이 된다. 즉 자연의 모습에 대한 인간적인 해석을 가하지 않는다는 뜻이 된다. 문자 그대로 색깔과 섬세함이 있고, 또 동작을 나타내는 동사를 수반하는 '물'이 있다(62). 한편 "one"을 '일반적인 인간'으로 볼 때에 이 시는 인간적인 차원의 알레고리로 읽힌다. 즉 잿더미를 조절하는 자는 이미 세상을 알 만큼 안 자이고, 그는 인간이 어떤 틈새("crevices")에 숨으려고 해도 결국 노출되는 법이고, 결국은 온몸에 상처자국을 남긴 채, 회춘시킬 수 없는 것을 먹고 산다는 것이다. 밀러(Cristanne Miller)는 이런 뜻으로 해석해서 이 시의 주제를 "인간의 파멸성과 그 뒤에 남은 것들의 부서지기 쉬운 균형"이라고 말한다(58).

이처럼 이 시에는 다중적인 의미가 있다. 무어의 시를 시각예술과 연관시켜 연구한 리벌(Linda Leavell)은, 이 시에 들어 있는 여러 층의 의미와 무의미의 유희가, 합성 입체주의(synthetic cubism)의 작품에 들어 있는 여러 층의 리얼리티와 일루전의 유희처럼 보인다고 한다. 이 시는 바다와 절벽이 만나는 곳을 제시하지만, 예상과 달리 바다는 "흑옥"이고,

삿갓조개는 '절벽'이 아니라 "파도 옆구리"에 붙어 있다는 것이다(76). 이러한 것들은 이 시를 뒤샹(Marcel Duchamp)의 「계단을 내려오는 누드」("Nude Descending a Staircase")처럼 보이게 한다.

이 시는 무어의 다른 시에서처럼 우선 연의 형식에서도 묘기를 보인다. 첫 행은 1음절, 둘째 행은 3음절, 셋째 행은 9음절, 넷째 행은 6 음절, 다섯 째 행은 7-8음절로 이뤄져 있으며, 1,2행, 3,4행은 각운을 이룬다. "all / external", "dead / Repeated"를 각운으로 처리한 것도 언어에 대한 예리한 감각에서 비롯된 것이다. 밀러는 무어가 각운에 대한 훌륭한 실험을 했지만, 우리들은 청각보다는 시각으로 각운을 느끼기 쉽게 되어 있다고 한다. 그는 또 무어는 전통적인 형식을 역설적으로 쓴다고 하는데, 이 말은 각운과 음절수에 따라 연형(聯形)을 자유롭게 하여 자기 시의 규칙성과 전통성을 최소화하는 한편, 구조물로서의 시의 특성은 최대한 살리는 것을 두고 하는 말이다(77). 그는 이 시가 종전의 자유시 작법에서 음절연(syllabic stanza) 작법으로 전환한 첫 시이며, 향후 40년간 이 방법을 고수한다고 말한다(76).

이 시에는 어느 행, 어느 연도 의미나 문장을 단락 지우지 못하는, 이른 바 '앙장망'(enjambment)을 이룬다. 시각적으로도 두 행마다 두 타(打)씩 들여 써 삐쭉삐쭉한 절벽을 연상시킴은 시의 내용을 시각적으로 보여주는 효과가 있다. 무엇보다도 이런 형식에서는 읽는 데 긴장이 느껴져 이미지가 진지하게 다가온다.

수사법은 종전과는 달리 예상 밖에서 비유의 대상을 찾는다. 예컨대 홍합껍질 더미를 잿더미에 비유하는데, 이것은 물에 관한 것에 불에 연관된 것을 가져옴을 뜻한다. 아마도 홍합껍질 더미도 생명이 다 타버린 재라는 뜻일 것이다. 그 외에도 절벽에는 다이너마이트 홈이 파여 있고, 손도끼 자국이 남아 있다고 하여 인간의 격렬한 힘과 격투를 떠올린다.

한편 절벽 사이로 보이는 바다는 "흑옥"이 되었다가 "청옥"이 되는 것은 명암에 따른 색깔의 변화 때문이리라. 앞에서 본「해파리」에서는 한 대상에 소박한 시선과 상상이 머물러 있었지만, 이 시에서는 체험이 다양한 자의 감수성이, 바다 속 경치를 폭 넓은 시각으로 소화해 낸다.

1924년 무어는 모더니스트들의 작품에 대단히 호의적인 『다이얼』 (Dial)지로부터 우수 작품상 명목으로 2,000 달러를 수상하는데, 이 잡지는 재력가인 스코필드 세이어(Scofield Thayer)가 재정과 편집의 일부를 담당하는 권위 있는 간행물이었다. 무어는, 세이어를 알기 시작한 1918년부터 이 문예지에 정기적으로 발표할 기회를 얻어왔었다. 이 상을 수상하게 된 데에는 세 편의 시가 크게 작용을 했는데, 그 중 하나가 『다이얼』지 1921년 7월호에 실린「묘지」("A Graveyard", 후에는 "A Grave"로 바뀜)이다. 이 시는 종전의 작품을 개작한 것으로, 겉으로는 유혹적인 바다지만, 실제로는 무엇이든 탐욕스럽게 삼켜버리는 멜빌 (Herman Melville)의 바다, 또 인간의 정복욕을 무참히 무너뜨리는 바이런(Lord George Gordon Byron)의 바다를 떠올린다. 초고에는 이 작품이 엄격하게 연의 형식을 밟아 가는 것이었으나 개작 때 자유시 형식으로 바뀐다.

바다는 잘 발굴한 무덤밖에는 보여줄 것이 아무 것도 없다.
전나무는 아무 말 없이, 각각의 꼭대기에는 윤곽용으로 마련한
에메랄드 칠면조 발을 얹고 도열해 섰다.
그러나 억압이 바다의 가장 분명한 특징은 아니다.
바다는 수집가이며, 강탈하는 인상을 곧 되돌려준다.
그대 외에도 그런 표정을 짓는 다른 사람들도 있다―
그 인상은 더 이상 항의가 아니며, 고기도 더 이상 그들을 조사하지 않는데
그들의 뼈가 남아 있지 않기 때문이다.

사람들은 무덤을 모독한다는 사실을 의식 못한 채 그물을 내리고
재빨리 노를 저어 간다—마치 죽음 같은 것이 없는 듯이
물거미의 발처럼 함께 움직이는 노(櫓)의 날.
바다가 해조류 사이를 스륵스륵 들어왔다 빠지는 동안, 주름이 거품의 그물망 아
래 아름답게—
진형(陣形)을 갖춰 노 사이로 퍼져 나가 숨소리도 없이 사라진다.
새들은 여전히 고양이 울음소리를 내며 최고 속도로 공중을 헤엄치고—
절벽 발치의 거북 껍질은 그 울음 아래 흔들리면서 고통을 당한다.
그리고 등대의 맥박과 부표 소음 하(下)의 바다는 여느 때처럼
떨어진 물건이 꼭 가라앉는 바다, 물건이 변하고 찌그러지더라도 의지도 의식도
없는 바다—
그런 바다가 아닌 듯한 표정으로 밀려온다.

the sea has nothing to give but a well excavated grave.
The firs stand in a procession, each with an emerald turkey-foot at the top,
reserved as their contours, saying nothing;
repression, however, is not the most obvious characteristic of the sea;
the sea is a collector, quick to return a rapacious look.
There are others besides you who have worn that look—
whose expression is no longer a protest; the fish no longer investigate them
for their bones have not lasted:
men lower nets, unconscious of the fact that they are desecrating a grave,
and row quickly away—the blades of the oars
moving together like the feet of water-spiders as if there were no such thing as
    death.
The wrinkles progress among themselves in a phalanx—beautiful under networks
    of foam,
and fade breathlessly while the sea rustles in and out of the seaweed;
the birds swim through the air at top speed, emitting cat-calls as heretofore—
the tortoise-shell scourges about the feet of the cliffs, in motion beneath them;

and the ocean, under the pulsation of lighthouses and noise of bell-buoys,

advances as usual, looking as if it were not that ocean in which dropped things are
     bound to sink—

in which if they turn and twist, it is neither with volition nor consciousness.

(CP 49-50)

에이치 디의 「산의 요정」("Oread")처럼 바다를 싱싱한 전나무로 묘사한 이 시는, 바다가 수많은 인간의 무덤이지만 전혀 그런 표정은 짓지 않고 밀려오는 장엄한 모습을 생생하게 제시한다. "전나무는 아무 말 없이, 각각의 꼭대기에는 윤곽용으로 마련한 / 에메랄드 칠면조 발을 얹고 도열해 섰다"는 이미지스트의 기법을 유감없이 보여 주는 멋진 표현이다. 또 "주름"이 "거품의 그물망" 밑으로 사라지는 모습은 대단히 섬세하다. 그러나 그 바다는 그물을 던지는 것조차 신성모독이 될 만큼 신성하고 영원한 것이다. 인간은 그런 바다를 경쟁적으로 바라보고 노를 저어 가지만 "고기도 더 이상 그들을 조사하지 않는데 / 그들의 뼈가 남아 있지 않기 때문이다"에서 바이런의 바다를 연상시킨다.

이 시는 한 사람("Man looking into the sea")에게 말하는 형식으로 되어 있다. 그러나 그 중심적 인물도 이 작품 후반에서는 별 의미가 없어지는 것은 앞에서 본 「물고기」와 같다. 이것은 초고의 목적이 인물을 이야기하는 것이었지만, 이 작품에서는 일반적인 현상을 탐구하는 것으로 바뀌었기 때문이라고 홀리는 말한다(51-2).

리벌은 이 작품이 나오게 된 1920년대에는 "문자 그대로에 대한 국민적인 광기(national mania for the literal)", 즉 "비초월적인 사물에 대한 기쁨(a delight in untranscendent things)"이 팽배해 있었고 무어도 그 흐름을 따랐다고 한다. 이 시기는 아무런 초월적 의미가 없는 윌리엄스의 「붉은 손수레」("The Red Wheelbarrow")가 격찬 받는 데케이드였다.

이 기간 동안 무어는 『다이얼』지와 관계를 갖기 시작한 때라, 콜라지 화가였던 그로즈(George Grosz)의 말, 즉 "사물에 대한 대량의 기쁨(a great amount of joy in the thing)"을 그 출판사의 정책을 집약한 말로 받아들이고 있었다고 한다(118-19). 다른 말로 하면, 이 시기는 관념적이거나 초월적인 의미보다는 사물 그 자체의 생생함이나 아름다움에서 큰 기쁨을 찾자는 시기였다.

그러나 리벌은 한층 더 깊이 있게 무어의 작품을 본다. 그녀가 본 무어는 순수하게 사물에 대한 기쁨만 추구하지 않았으며, 이 작품도 1차 대전 후 팽배한 물질주의에 대해 양가감정을 드러낸다고 분석한다. 예컨대 바다가 일종의 수집가라면, 수집활동에는 가치관이 들어 있고, 수집된 물건은 수집가의 가치관에 맞춰 선택된 것이기 때문에 개별성과 사물성이 손상을 입었을 것이라고 한다. 또 한 종족의 공예품을 박물관에 소장하는 것은, 그것의 원래의 용도와 환경을 부인하는 일종의 제국주의적인 처사이기 때문에, 순수하게 사물만을 제시하는 것과는 다르다는 것이다. 또 사물에 대한 기쁨이 꼭 있는 것도 아닌데, 왜냐하면 바다에선 떨어진 사물은 가라앉기 마련이고 결국은 부패하기 때문이다. 무어가 바라는 진정한 예술품은 「내가 그림을 살 때」("When I Buy Pictures")의 "상상의 소유주(imaginary possessor)"가 선택하는, 즉 작가의 "뚫어보는 시선으로 사물의 생명을 밝힌(lit with piercing glances into the life of things)" 것이어야 한다는 것이다(118-19). 이런 점에서 이들 작품은 그녀의 시학의 일부를 엿보게 하고 한편으로는 시대의 시학을 그녀가 어떻게 받아들였는가를 보여준다.

「뉴욕」("New York")은 1921년에 무어가 뉴욕으로 온 후, 그 당시 그녀가 관심을 보였던 미국적 소재로 쓴 시이다. 이 작품은 그 도시를 모피거래 중심지로 제유(提喩)하여 만연된 악덕을 비판하지만 직업을 찾는 사람들에겐 더 없이 좋은 곳으로 제시한다. 뉴욕은 한때 세인트루이스 다음으로 모피 거래가 성행하던 곳이었다. 노천에 펼쳐진 모피 시장의 생생한 모습으로 시작한다.

별처럼 총총한 원추형 담비 천막과 여기 저기 입주한 여우들,
모피 몸 너머 2인치나 길게 나부끼는 조모(粗毛).
"공단(貢緞) 수예품이 단색이어도 다양한 무늬가 있을지 모르는 것처럼"
여러 가지 얼룩이 박힌 하얀—사슴 가죽으로 점점인 땅,
그리고 바람으로 다져진 시들한 독수리 솜털.
그리고 비버 모피의 바지선[2], 흰눈에 정신 바짝 든 흰 모피들.

Starred with tepees of ermine and peopled with foxes,
the long guard-hairs waving two inches beyond the body of the pelt;
the ground dotted with deer-skins—white with various spots,
'as satin needlework in a single color may carry a varied pattern',
and wilting eagle's-down compacted by the wind;
and picardels of beaver-skin; white ones alert with snow. (*CP* 54)

조라크(Marguerite Zorach)의 「뉴욕 시」("The City of New York")라는, 뉴욕의 풍경을 담은 자수 태피스트리를 보고 영감을 얻어 쓴 것으로 추정되는 이 작품은, 오직 모피로 이익 추구에만 눈먼 사람이 모여 있는 뉴욕의 모습을 제시한다. 이것에는 마천루가 빽빽한 뉴욕이 담비, 여우, 사슴, 오소리, 비버, 퓨마 가죽의 패치워크(patchwork)로 표현되어 있다 (Leavell 120-23). 무어는 1921년에 모피 도매 거래 중심지가 자기가 태어났던 세인트루이스에서 지금 자기가 살고 있는 뉴욕으로 바뀌었다고 주석에서 밝힌다(*CP* 268).

---

2) "Picadels were apparently smaller river-barges"(Gunn 208).

모피 거래 시장을 "야만인의 로맨스(the savage's romance)"라고 부르는 데는 픽 웃음이 나온다. 거대 문명 도시인 뉴욕 시에 붙은 야만의 "원추형 담비 천막", "여기 저기 입주한 여우들", "조모(粗毛)" 등은 이 현대 도시와 비교할 때 심한 아이러니를 유발시키기 때문이다. 한편 "빽빽한 원추형 담비 천막과 여기 저기 입주한 여우들"의 "starred", "dotted" 같은 낱말에서, 화자의 시점이 높은 곳에 있는 것을 알 수 있는가 하면, "여러 가지 얼룩이 박힌 하얀"의 "spots" 같은 낱말에서, 흰색과 얼룩이 든 흰색을 구분할 만큼 그것이 내려와 있음도 알 수 있다. 조라크의 태피스트리가 다중의 병치된 이미지와 원근법을 쓰듯, 무어도 화자의 시점을 자유자재로 옮긴다. 리벌은, 5행의 "모피"(pelt)는 뉴욕에서 통상 입는 모피(fur)를 지칭하는 동시에 '뉴욕 주'의 모양을 암시하여, 이 시의 시선은 '뉴욕 시'에서 '뉴욕 주'로 확대된다고 한다. 그래서 "나이아가라 폭포"와 "생고기와 딸기"가 무리 없이 등장한다는 것이다(123).

"보석 가득한 여왕"과
모피 토시에 손 넣은 미녀에서
향수병 같이 생긴 황금 마차에서
모농거힐라 강과 앨리게이니 산맥의 만난점까지
황야의 스콜라 철학까지는 먼 거리이다.
그곳은 10전짜리 소설의 표지도 아니고
나이아가라 폭포, 점박이 말과 전선(戰船) 카누도 아니고,
"이 모피가 저기 보이는 다른 사람이 입은 종류보다 더 못하면
차라리 모피 안 입고 살 거예요"도 아니고─
생고기와 딸기로 환산하면 우주도 먹여 살릴 수 있다도 아니다.
그곳은 재간의 분위기도
발사 기계나, 개도 없이 [획득한]
수달, 비버, 퓨마 모피도 아니고,

약탈도 아니고
오직 '경험 해보기'일 뿐이다.

It is a far cry from the 'queen full of jewels'
and the beau with the muff,
from the gilt coach shaped like a perfume-bottle,
to the conjunction of the Monongahela and the Allegheny,
and the scholastic philosophy of the wilderness.
It is not the dime-novel exterior,
Niagara Falls, the calico horses and the war canoe;
It is not that 'if the fur is not finer than such as one sees others wear,
one would rather be without it'—
that estimated in raw meat and berries, we could feed the universe;
it is not the atmosphere of ingenuity,
the otter, the beaver, the puma skins
without shooting irons or dogs;
it is not the plunder,
but 'accessibility to experience.' (CP 54)

이 시 후반부 "It is a far cry"에서 끝까지는 이 뉴욕의 상업주의에 물든 모피 시장은 그 아래에 나열된 다양한 요소와는 거리가 멀고, 단지 "경험 해보기"의 의미만 있다는 내용이다. 즉 "보석 가득한 여왕", "모피 토시에 손 넣은 미녀", "향수병 같이 생긴 황금 마차"와는 거리가 멀 뿐만 아니라, 10전짜리 소설 표지에 그려진 것도 아니고, "나이아가라 폭포", "점박이 말과 전선(戰船) 카누"도 아니고, 최고품이 아니면 결코 입지 않겠다는 사치군의 말과도 거리가 멀고, 엄청난 가격, 총포나 개를 이용하지도 않고 "수달, 비버, 퓨마 모피"를 얻는 재간 있는 수렵, 또 약탈에 관한 문제와도 관계가 없다는 것이다.

한편 이 부분은 여왕, 미녀, 황금 마차 등 사치와 문명을 암시하는 화려한 이미지와, 인디언의 이름이 나오는 야만의 땅이 대조된다. "모농거힐라 강과 앨리게이니 산맥의 만난점"이라는 의외의 지명이 나오는데, 리벌은, 그 "만난점"엔 무어가 살았던 피츠버그(Pittsburgh)가 있고, 무어는 집에 이 강의 풍경을 담은 그림이 있었다는 윌리스(Patricia Willis)의 설명을 전한다(123-24).

리벌은 이 시에서 '아니다'고 부정한 데에서 두 가지 의미가 파생한다고 한다. 하나는 상업적 약탈을 비난하는 것이고, 다른 하나는 독자들로 하여금 19세기의 낭만적으로 보는 버릇을 버리고, 수수께끼이고, 패러독스인 황야, 즉 들어가면 실종되는("to go in is to be lost") 황야에 직접 들어 가보라는 것이다. 이렇게 보면 모두(冒頭)의 야만성(savage)도 두 가지 의미를 내포하게 된다. 하나는 속악한 뉴욕에 비해 "나이아가라 폭포", "전선(戰船) 카누"가 가지는 이상적인 원시사회의 야만성이고, 다른 하나는 이 주의 넉넉한 자원을 약탈하는 상업적인 행위의 그것이다. 그런 의미에서 "야만의 로맨스"는 역설적일 수밖에 없다(124). 이처럼 무어는 시에서 인간의 속악성이나 상업적 착취에 대한 비난을 암시하는 작품을 쓰면서, 그 시야를 역사적으로, 또 지리적으로 확대시켰다. 이러한 문제는 오늘날 부각되는 자연파괴 같은 환경문제나 상업적 약탈이라는 식민지적 문제를 야기시키기도 한다.

무어가 1920년에 오빠가 낀 한 단체와 함께 오른 워싱턴주의 레이니어산(Mount Rainier)을 과학적으로 정확하게, 또 고도의 색깔 있는 언어로 그린 시가 「문어」("An Octopus")라는 그녀의 장시이다. 거기엔 많은 인용이 나오는데 모두 주석이 붙어있다. 그녀는 이미 남이 앞에서 가장 좋은 방법으로 이야기를 했다면, 더 좋은 방법은 불가능하므로 그 사람의 말을 빌리는 것이 낫겠으며, 이때 그 출처는 꼭 밝혀야 한다고 생각한다. 한 작가에 매력을 느낀다면 그 작가의 말을 나눠 갖지 않는 것이 오히려 "이상하고도 허약한 상상력"이라는 것이다(Hall 30).

무어가 「침묵」("Silence")을 쓸 때 시대와 문맥이 다른 두 사람의 말을 인용한다. 앞의 긴 인용은 호난스(Miss A. M. Homans)의 아버지 말이고, 뒤의 짧은 것은 버크(Edmund Burke)의 말이다(CP 276).

나의 아버지는 말씀하시곤 했죠,
"훌륭한 사람은 결코 오래 방문하지 않으며,
또 롱펠로의 묘소나
하버드의 유리 꽃에선 결코 안내를 받지 않는다.
잡은 것을 제 공간으로 가져가는—
입에서 쥐꼬리가 구두끈처럼 늘어져 내리는
고양이처럼 그들은 자신을 믿고—
고독을 가끔 즐기는데,
그들은 기뻐했던 말 때문에
말을 싹 잃을 수도 있다.
가장 깊은 감정은 언제나 침묵을 통해서 나타난다.
침묵이 아니라 자제 속에서 나타난다."
"내 집을 너의 여관으로 삼아라"고 하실 때도 아버지가 경솔한 것은 아니죠.
여관은 주택이 아니죠.

My father used to say,
"Superior people never make long visits,
have to be shown Longfellow's grave
or the glass flowers at Harvard.
Self-reliant like the cat—
that takes its prey to privacy,
the mouse's limp tail hanging like a shoelace from its mouth—
they sometimes enjoy solitude,

and can be robbed of speech

by speech which has delighted them.

The deepest feeling always shows itself in silence;

not in silence, but restraint."

Nor was he insincere in saying, "Make my house your inn."

Inns are not residences. (CP 91)

　2행 반을 제외하고는 모두 인용된 말이다. 이 시는 오랫동안, "훌륭한 사람"은 독립심과 "자제력"으로 알아본다는 아버지의 말을 진지하게 음미하는 내용으로 해석해 왔다. 그러나 그렇게 소박하지 않다. 거기에는 아버지의 권위와, 딸의 그것에 대한 반발이 숨겨져 있다. 예컨대 이 시의 종결 부분의 "여관은 주택이 아니죠"라는 말은, 딸이 아버지 집에 살 수는 있지만 그 집은 정신적인 "주택"이 아니라 오히려 여관 쪽이 더 가깝다는 내용으로 아버지 말에 반발성 대꾸이다. 인용된 아버지 말은, 자기 딸은 침묵하고, 자제하고, 복종할 것이라고 전제하고서 충고하는 내용이다. 그러나 딸은 아버지의 말을 끝까지 그대로 인용한 뒤 대꾸하는데, 이 행위는 밀러에 따르면 흔히 가정(假定)된 권력의 구조를 붕괴시키는 의미가 있다고 한다. 아버지는 어떤 대화를 막아보자고 말을 했는데, 딸은 이 때를 대꾸할 수 있는 좋은 기회로 삼은 것이다. 더구나 지금 아버지는 어떤 반응도 보일 수 있는 처지가 아님을 암시한다. "나의 아버지는 말씀하시곤 했죠"라고 말하기 때문이다. 딸은 종전의 '지배하는 힘'보다는 미래의 '서로 나누는 힘'으로 구조화하기 위해 아버지의 말을 조정하는 셈이다(182-83). 그러기 위해서 딸은 아버지의 "자제"에 대한 생각은 받아들이지만, [남성] 행위의 "우수성"과 아버지의 안이한 엘리트적 통제적 언어관은 거부한다. 그런 점에서 밀러는, 이 시에는 딸과 가부장적 혹은 남근적 언어와의 관계를 여성주의적으로 분석할 수 있는 패러다임이 들어 있다고 말한다(183).

1925년 무어는 세이어로부터 『다이얼』지 편집업무를 인계받아, 폐간되던 1929년까지 그 업무를 수행한다. 폐간 뒤에는 여러 잡지에 자유롭게 기고하는데, 이 동안 『다이얼』의 후원자들로부터 재정적인 도움을 받는다. 1929년에 그녀는 어머니와 같이 브루클린으로 이사했으며, 어머니가 죽은 후에도 그곳에 살다가 1966년 맨해튼으로 다시 돌아온다. 이 『다이얼』지에 참여한 동안 그녀의 발표는 뜸했다. 그러나 1933년 그녀는 『시』(*Poetry*)지로부터 '헬런헤어레빈슨상'(Helen Haire Levinson Prize)을 수상하는데 그것을 계기로 국민적인 관심을 모았으며 새로운 창작 의욕을 되찾게 된다.

III

무어는 1932년과 35년 사이 정기간행물과 파운드가 편집한 『적극적 사화집』(*Active Anthology*, 1932) 등 작품집에 실렸던 시를 모아, 시집 『시선집』(*Selected Poems*, 1935)을 출판한다. 그녀가 명실 공히 모더니스트 시인으로 자리를 굳힐 수 있었던 것은 이 시집을 세상에 내놓음으로써였다. 엘리엇이 붙인 서문(Introduction)은 무어에 대한 가장 정확한 분석이고 평가이고 찬사이다. 그와는 시풍이 많이 다른데도 이런 찬사를 아끼지 않은 것은 그녀의 독창성과 진지한 실험정신을 높이 샀기 때문이다.

엘리엇은 작품에는 사후에 인정받게 되는 '위대함'(greatness)이 있지만 동시대인은 알아보기 힘들다고 한다. 그러나 작품이 가지는 '진실함'(genuineness)은 동시대인이라도 알아보고, 그것이 불후의 명성을 보중한다고 한다. 시인은 살았을 때의 기능과 죽었을 때의 기능이 다른데, 살았을 때에는 '산 언어'를 갖도록 고투를 벌이고, 죽어서는 같은 고투를 벌이는 후대 시인에게 모델을 된다고 한다. 그런 점에서 무어는 자기 생전에 "언어에 얼마간 봉사를 한(have done the language some service)" 몇 안 되는 시인이며, 그 덕택으로 영어가 생명을 유지하는데 도움을 얻었다고 한다.

그는 이어서 무어는 독창적인 시법을 쓰는 점을 지적한다. 에이치 디의 작품과 가까워 보이지만, 그보다 무어는 파운드의 "시는 산문만큼 잘 쓰여져야 한다"는 말에 충실했다고 한다. 그녀는 완벽한 산문을 강조했으며, 또 시의 귀족성("purple")보다는 산문의 정밀성을 주장했으며, 자신의 리듬, 자신의 시를 창안했으며, 개개 낱말에 대해서도 깊은 통찰을 했다고 한다. 엘리엇은 이어 그녀의 시를 보는 순간 가장 먼저 와 닿는 것은 통일된 정서보다는 정밀한 디테일이라고 한다. 사물에 대한 섬세한 관찰, 적절한 낱말의 사용 등은 자못 독자를 지루하게 할 수 있지만, 그녀의 시는 '형이상학파' 시의 효과와 같은 것이 있어서, 독자들로부터 지적 활동을 유도하고, 그것이 약한 독자에겐 정서적 가치를 읽고 즐기게 한다는 것이다. 또 그녀의 디테일은 부분뿐만 아니라, 앞에서 본 "한 상처 난 부채처럼 / 열었다 닫는" 홍합의 이미지처럼, 전체와도 관련을 가진다는 것이다. 이때 우리는 사물을 더 선명하게 보고, 마치 고배율의 현미경을 들여다보듯이 놀라게 된다고 한다. 따라서 그녀의 시를 '서정적' 혹은 '극적'이라고 말하기보다는, '묘사적'(descriptive)이라고 말하는 것이 더 접합하며, 그것은 가시적인 사물에 특이한 집중력을 유발시켜 점점 감정이 동심원적으로 팽창하도록 만드는 묘미가 있다고 한다.

엘리엇은 결론으로 14년간 지켜봤지만, 무어의 시는 우리 시대에 쓰여진 몇 안 되는 불후의 작품에 들어가며, 그녀의 독창적인 감수성, 깨어있는 지성, 깊은 감정의 시는 영어의 생명을 되지펴 놓는다고 한다 (60-5). 그러나 엘리엇의 이런 찬사에도 불구하고 이 시집의 판매는 부진했으며, 1940년에 가서 재고 50부를 권당 30센트라는 헐값으로 처분하게 된다.

이때쯤부터 무어는 큰 시적 발전을 보이지 않는다. 그녀의 경우 그 발전 과정을 추적하기란 사실 쉽지 않은데, 왜냐하면 그녀는 발표한 시를 개작하여 재발표하는 일이 많기 때문이다. 예컨대 「내 까마귀 플루토의 빅토 위고에게」("To Victor Hugo of My Crow Pluto", 1961)와 「기린에게」("To a Giraffe", 1963)는 옛 작품을 조금 개작한 경우이고, 율브리너의 난민아동 구호사업을 칭송하는 「율 브리너와 함께 구출」("Rescue with Yul Brynner", 1961)과, '뉴욕 양키즈'를 염두에 두고 시와 야구를 비교하는 「야구와 글쓰기」("Baseball and Writing", 1961)는 새로운 통찰력으로 거의 새로 쓴 작품이나 다름없다. 「뾰족탑 일꾼」("Steeple-Jack")은, 1925년에 「원숭이 퍼즐」("The Monkey Puzzle")을 마지막으로 쓰고, 상당한 공백기를 가진 뒤, 1932년에 『시』(Poetry)지에 발표한 것인데, 이 작품도 1961년에 개작한다. 이 시는 한 조용하고 아름다운 해변 도시를 여행 가이드처럼 상세히 묘사한다. 화려하고 이국적인 식물과 동물을 카탈로그식으로 나열한 뒤, 마을을 조용히 내려다보는 대학생 암브로즈(Ambrose)에게 초점을 맞춘다.

> 그[암브로즈]는 그 근본이 허세가 아닌
> 우아함을 좋아하며, 고풍스런,
> 설탕그릇 모양의, 좁은 널을 겹쳐 지은
> 여름 집과

진실하지 않은

교회 뾰족탑의 높이를 훤히 안다. 뾰족탑에선 진홍색을 입은
　　　한 사람이 거미가 실을 잦듯이
로프로 내린다. 그는 소설의 일부일지 모르지만
보도 위 간판엔 흑백으로 뾰족탑 일꾼 시 제이 풀(C. J. Poole)이라고
　　　쓰여 있다. 붉은 색 흰색으로 쓴
한 간판엔

위험이라고 쓰여 있다. 교회 주랑엔 네 개의 홈 파인
　　　기둥이 있는데, 각각은 돌 하나로 되어 있고
흰색을 칠해 겸손하게 만들어 두었다.

. . . .

뾰족탑 일꾼이, 뾰족탑에서
　　　희망을 상징할 단단하고 뾰족한 별에
금칠을 하는 동안, 교회 곁에
위험 간판을 세워 놓는 그런
　　　소박한 주민들이 사는, 그런 도시에 살 땐
위험할 수 없다.

　　　　　　Liking an elegance of which
the source is not bravado, he knows by heart the antique
sugar-bowl shaped summer-house of
　　　interlacing slats, and the pitch
of the church

spire, not true, from which a man in scarlet lets
　　　down a rope as a spider spins a thread;

he might be part of a novel, but on the sidewalk a
sign says C. J. Poole, Steeple Jack,

    in black and white; and one in red
and white says

Danger. The church portico has four fluted
    columns, each a single piece of stone, made
modester by white-wash.

. . . . .

It could not be dangerous to be living
    in a town like this, of simple people,
who have a steeple-jack placing danger signs by the church
while he is gilding the solid-
    pointed star, which on a steeple
stands for hope. (*CP* 6-7)

이 작품은 원래 「소설부분」("Part of a Novel"), 「시부분」("Part of a Poem"), 「연극부분」("Part of a Play")이라는 세 시 중, 「소설부분」으로 발표된 것이고, 「시부분」, 「연극부분」은 「학생」("The Student"), 「영웅」("The Hero")으로 발표되었다. 리벌은, 이 세 작품은 차례로 뉴잉글랜드의 해변도시, 미국, 가고 싶은 불특정 장소를 형상화했으며, '뾰족탑 일꾼'이 「학생」에서는 한 '유형'(type)이 되고, 「영웅」에서는 한 '원형'이 된다고 한다(212).

이 해변 도시에는 신기한 식물, 바다, 건물이 다 평화로워, 톰린슨(Charles Tomlinson)은 이 분위기속에 "정신적 안정"이 있다고 한다(6). 그러나 화자에겐 이 경치를 예술적으로 바라보는 눈이 있다. 그래서

"맑은 날 고기비늘처럼 격식 차린 / 파도로 새겨진 물에서 그대들 집으로 / 감미로운 바닷바람이 / 불어"(with the sweet sea air coming into your house / on a fine day, from water etched / with waves as formal as the scales / on a fish.) 온다. "그런 도시에 살기란 / 위험할 수 없을 것"은 당연하다.

그러나 이 마을을 내려다보는 뒤러(Dürer), 암브로즈, 그리고 뾰족탑 일꾼은 각기 높은 장소에서 보는 만큼, 그 시선들이 그렇게 소박한 것은 아니다. 다들 안정 뒤에 감춰진 위험과 혼란을 보며 아이러니를 느낀다. 집안에서는 좋은 날씨지만 "소금 늪(Salt marsh)"에는 폭풍이 밀려오는가 하면, 화려한 식물들 속에는 코브라는 아니지만 고양이가 쥐를 노린다. 교회의 뾰족탑도 통념과는 달리, 진실하지 않음을 소박한 시민들은 모른다. 이 시의 화자인 소설가는 이런 위험을 가볍게 본 나머지 위험이 없는 듯이 보지만, 표면 밑엔 가상과 현실, 질서와 혼란 사이의 긴장이 있다.

그러나 이런 긴장 위에 사치스럽지 않으나 풍요로운 삶이 펴져 있다. 여기의 '학생'은 자연에 중용(中庸)의 조화가 있듯이 마을 사람에게도 그것이 있음을 깨닫는다고 톰린슨은 지적한다(6). 그는 이 도시가 우아한 것은 그 근원이 허세에서 비롯된 것이 아니기 때문임을 알고 있다. 그는 "설탕그릇 모양의, 좁은 널을 겹쳐 지은 / 여름 집"을 훤히 알고 있다. 교회의 주랑 있는 현관은 "흰색을 칠해 겸손하게"까지 만들어져 있다. 이 시에선 자연과 문명이 조화를 이루는데, 자연과 문화에 관련한 낱말도 서로 상대의 것을 쓰고 있다. 예컨대 파도를 "격식을 차리는(formal)"이라고 하고, 마치 교회 첨탑은 사람이 짓는 것이 아니라 저절로 자라는 것처럼 "진실이 아니다"고 유머러스하게 말한다(Tomlinson 7). 위험 간판과 "희망을 상징하는" 별은 상극처럼 보이지만 친숙한 풍경에 무리 없이 묻힌다. 이 시는 표면적으로 무해하고 친숙한 면이 표면에 나타나 있으나, 그 톤은 장난스러울 정도로 가볍다.

앞에서 "상상의 소유주"가 선택하는 예술품은, "뚫어보는 시선으로 사물의 생명을 밝힌"(*CP* 48) 작품이라는 말은 무어의 시론을 엿보게 하는 단초가 된다. 1919년 7월에 『타인들』에 발표한 것을, 나중에 고쳐 아주 짧게 만든 「시」("Poetry")란 작품은 좀더 구체화된 그녀의 시론을 엿보게 한다. 1919년판의 부분이다.

> 저 역시 그건 싫죠. 이 모든 바이올린 너머에 중요한 것이 있죠.
> 그러나 그것을 완벽하게 경멸하면서 그걸 읽고 결국 그 안에서
> 진실한 것의 자리를 발견하죠.
> ⋯⋯⋯⋯
>
> 이런 모든 현상들은 중요하죠. 그러나 구분은
> 해야 하죠. 반문의 시인이 끌려가다 유명해질 때 결과는 시가 아니고
> 또 우리들 사이 시인이
> "상상력의 직역주의자"가
> 될 때까지도 [시가] 아니죠—오만함과
> 하찮음을 극복하고
>
> "그 안에 진짜 두꺼비를 가진 상상의 정원"을 검사 받도록 제시할 때까지도
> 그것[시]을 갖지 못하죠. 한편 만약 당신이 한 손으로
> 완전히 생것인 시의 원료를
> 요구하고 다른 손에 있는 것이 진실한 것을
> 요구한다면, 당신은 시에 관심이 있는 거죠.

I, too, dislike it: there are things that are important beyond all this fiddle.

Reading it, however, with a perfect contempt for it, one discovers in it after all, a place for the genuine.

. . . . .

                          all these phenomena are important. One must make a
distinction
  however: when dragged into prominence by half poets, the result is not poetry,
  nor till the poets among us can be
    "literalists of
    the imagination"—above
      insolence and triviality and can present

for inspection, "imaginary gardens with real toads in them," shall we have
  it. In the meantime, if you demand on the one hand,
    the raw material of poetry in
      all its rawness and
    that which is on the other hand
      genuine, you are interested in poetry. (*CP* 266-67)

버틀러(Samuel Butler)의 "내 자신 시를 썩 좋아하지는 않죠"라는 말의 대꾸로서 내 놓은 "저 역시 그건 싫죠"는, 시는 싫을 수도 있고 경멸할 수도 있다는 뜻이다. 그러나 시 속에는 "진실한 것의 자리"가 있으며, 그 자리가 곧 시라는 것이다. 문제는 "진실한 것"이 구체적으로 무엇을 뜻하느냐이다. 그것은 「내가 그림을 살 때」에서 언급한 "뚫어보는 시선으로 사물의 생명을 밝혀놓은" 것이고, 그 작품을 낳은 정신적 힘을 알아보게 하는 것("it must acknowledge the spiritual forces which have made it")일 것이다. 즉 예술품엔 사물의 생명에 대한 조명과 통찰이 있어야 하며 또 그 작품을 낳은 정신적 힘이 느껴져야 한다는 것이다.

이런 문제제기식 언급을 한 뒤, 화자는 지루할 정도로 사회적, 자연적, 문화적 현상을 카탈로그 식으로 나열한다. 그러나 이런 나열은 시란 무엇인가라는 문제와 직접 관계되는 것이 아니다. 인간의 상상력이 가서 요리하기 전의 현상들이거나, 예술적 차원 이외에서 의미를 지니는 것들이다. 그러나 무어는 이 시의 끝 부분에서 시인은 "상상력의 직역주의자"이고, 시는 "그 안에 진짜 두꺼비를 가진 상상의 정원"이라고 정의를 내린다. 시가 상상력의 산물이고, 또 시 속의 사물은 오히려 시밖의 사물보다 더 리얼해야 한다는 말이다. 중요한 것은 그 다음일 것 같다. 만약 우리가 한 손으로 "완전히 생것인 시의 원료를 / 요구하고" 다른 손에는 그 "진실한 것"을 요구한다면, 우리는 시에 관심이 있다고 한다. 다른 말로 하면 시인은 한 손에는 시의 '재료'가 필요하고 다른 한 손엔 그 재료를 상상력으로 요리한 예술품, 혹은 예술품으로 만들 수 있는 능력이 필요하다는 뜻이다. 그러나 이 두 가지를 양손에 쥐고 있어도, 시에 "관심이 있는" 사람일 뿐이다. 시인은 이 두 가지 즉 상상의 것 (the imaginary)과 현실의 것(the real)을 합쳐야 제대로 시를 만들 것이다. 피어스(Roy Harvey Pearce)도 비슷한 결론에 이른다.

> 그래서 진실한 것의 시험은, 묘사되는 것의 특질과 묘사, 양쪽에서 할 수 있다. 두꺼비의 리얼리티는, 정원이 상상의 것이라는 점, [이런 것을] 통제하는 존재로서 누군가 이 정원을 상상했고, 그 리얼리티를 고스란히 알릴 수 있는 유일한 환경을 그 정원에 제공했다는 사실을 꼭 필요로 한다. 그녀는 자신의 작품에 대해 촌평하면서 1938년에 "내겐, 형식이란 결정적인 내적확신의 외적 등가물이고 리듬은 그 사람이라고 느껴요"라고 말했다. (151)

다시 말하면 진실한 것은, 묘사되는 것 즉 재료와, 묘사하는 능력 양쪽에서 시험할 수 있다는 말이다. 상상의 정원의 두꺼비는 그 정원에 리얼리티를 제공한 사람의 상상력을 전제한다고 한다. 또 자신의 형식도 내적 확신에서 나오고, 리듬도 사람의 내면의 반영이라고 한다. 이런 내용은 그녀가 사물을 그저 객관적으로만 묘사하고 내면의 반영이 없는 것으로 생각한 사람들에겐 충격을 준다. 그녀는 또 "나는 결코 연 (stanza)을 '계획'하지 않아요. 낱말들이 염색체처럼 모여들어서 절차를 정하지요. 나는 배열에 영향을 미치거나 배열을 희석시킬 수는 있고, 다음으로 뒤따라 나오는 연이 첫 연과 같게 만들려고 애쓰죠"라고 말한다 (*A Marianne Moore Reader* 263). 이러한 생각은 시인이 "직역주의자"이어야 하고, 재료의 진실도 중요하지만, 궁극적으로는 재료보다는 묘사하는 능력이 훨씬 더 중요함을 시사한다.

IV

무어는 1932년에, 사화집에 자주 수록되는 「이렇게 훌륭한 백조는 없다」("No Swan So Fine") 「날쥐」("The Jerboa")를 발표한다. 전자의 백조는 도자기에 새겨진 백조인데 거만했던 프랑스의 루이 15세의 유품에 나오는 것임을 암시한다.

> "베르사유의 죽은 분수처럼
>   조용한 물은 없다." 거무스름하고 멍한,
> 곁눈질의 표정과 곤돌라 사공의 발을 가진 어떤 백조도,
> 주인이 누군지를 보여주려는
>   새끼사슴 황갈색의 눈,
> 황금 치열(齒列)의 칼라가 있는
> 사라사 무늬의 도자기 백조만큼 훌륭하지 않다.
> 맨드라미색 단추, 달리아,

섬게, 보릿짚국화의
루이 15세 촉대(燭臺) 나무 안에 들어
백조는 반들거리는
　꽃 조각(彫刻), 그 가지 같은 거품
위에 앉아 있다―
편안하고 큰 키로. 왕은 죽었다.

"No water so still as the
　　dead fountains of Versailles." No swan,
with swart blind look askance
and gondoliering legs, so fine
　　as the chintz china one with fawn-
brown eyes and toothed gold
collar on to show whose bird it was.

Lodged in the Louis Fifteenth
　　candelabrum-tree of cockscomb-
tinted buttons, dahlias,
sea urchins, and everlastings,
　　it perches on the branching foam
of polished sculptured
flowers―at ease and tall. The king is dead. (CP 19)

　이 시는 첫째 연에서 어떤 살아 있는 실제 백조도 도자기에 조각된 백조만큼 아름답지는 않다고 한다. 도자기 백조는 사라사 무명의 무늬, 황갈색 눈, 치열 같은 칼라로 장식되어 있다. 2연에서도 이 인공 백조는 어떤 자연 백조보다 아름답다고 시사한다. 이 백조는 원래 촉대 같은 인조 나무의 한 장식물이라고 한다. 이 도자기는 루이 15세의 왕실용으로 만든 것이지만 왕은 죽었다. 그의 위세를 생각하면, 이 공예품이 경매에 나온 것이 대단히 아이러니하다. 홀리는 1-2행의 '죽은 물'에 대한 인용은 원래 퍼시 필립(Percy Philip)의 말인데, 그는 베르사유가 1919년 1차 세계대전을 정리하는 회담 장소로 이용될 때, 회담에 아무 진전이 없음을 암시하기 위해 이 말을 했다고 한다. 또 "왕은 죽었다"는, 어떤 격언의 반쪽인데, 다른 반쪽은 미래를 염원하는 "국왕 만세!(Long Live the King!)"라는 것이다. 그런데, 이 격언대로 되었다면, 즉 왕의 정신이 지금까지 계승되었다면, 회담이 교착상태에 빠지지 않았을 것이고 우리는 안타까워할 이유가 없을 것이라고 한다(100).

이 시의 마지막 행도 아이러니를 자아낸다. 이 시를 읽을 때 앙장망(enjambment)이 많아 산문처럼 읽히는데, 마지막 행 "flower" 다음에서는 긴 휴지가 들어간다. 그 다음 "편안하고 큰 키로"는 조각된 백조만큼이나 실제 살아 있는 백조에게 하는 말로 들린다. 그러나 다음의 "왕은 죽었다"는 말은 앞의 생명이 넘치는 조각이나 실제 백조와는 너무 대조적이다. 이 구절은 앞의 "죽은" 분수와 끈이 닿는 부정적인 맥이다. 살아 있는 백조든, 조각된 백조든, 백조는 영원한 생명을 "편안하고 큰 키로" 향유하는데, 왕은 죽고 없음을 갑작스럽게 언급하는 것은 권력과 영화의 무상함을 시사한다.

「날쥐」도 인간의 허영과 허세를 꼬집기는 마찬가지이다. 이 시는 무어가 7년간의 침묵을 깨고 1932년에 발표한 작품이며, 1934년 엘리엇과 시집 출판을 상의할 때 동물에 관한 이 최신작을 시집 맨 앞에 내라는 제의를 받았다고 한다(Holley 78). 엘리엇이 자기의 시풍과는 전혀 다른 이 작품을 앞으로 내세우게 한 데에는 독창적인 경향이 보였기 때문일 것이다.

이 시는 자연의 소박함과, 인간의 부, 동물학대, 착취를 대비시킨다,

"과다"(Too Much)라는 소제목이 붙은 부분은 고대이집트나 로마의 사치스럽고 퇴폐한 생활과 공예품을 제시하는가 하면, "풍요"(Abundance)라는 소제목의 부분은 자연의 상징인 날쥐의 생태를 선명하게 묘사하면서, 사하라 사막이 날쥐에겐 '풍요'의 땅임을 보여준다. 이 시는 소박한 날쥐의 "풍요"가 이집트인과 로마인의 어마어마한 부, 노예, 착취보다 윤리적임을 암시한다.

"과다"는 세인트안젤로(St. Angelo) 교도소에 세워 놓은 솔방울 모양의 거대한 청동 조형물 이야기로 시작된다. 이것은 풍요나 생명력을 상징하지만, 권력과 억압의 도구를 암시한다고 한다. 그것은 그것이 놓인 교도소에 인간을 감금케 하는 권위가 자연스러운 것임을 로마 시민들에게 간접적으로 전달하기 위한 것이라고 락리츠(Andrew M. Lakritz)는 말한다(136). 그 다음부터 나오는 이미지와 서술은 퇴폐한 이집트인들의 공예품 제작과, 그들의 동물과 인간을 부리고 착취하는 여러 가지 사례들이다. 그들은 건물을 짓고, 거상(巨像)을 만들고, 노예를 부리고, 악어를 키우며, 비비(狒狒)에게 과일을 따게 하고, 뱀의 마법을 거는가 하면, 하마를 묶는 법, 점박이 도그캣(dogcat)으로 하여금 영양이나 야생염소를 몰게 하는 법을 활용한다. 그들은 가로수로 플라타너스, 대추야자, 라임 등을 심고, 못을 파서 꽃, 물고기, 개구리를 기른다. 또 소년들에게 새 보금자리, 몽구스와 뱀, 노와 뗏목, 오소리와 낙타 같은 작은 장난감을 만들어 주고, 자신들의 장난감도 만들어 가지는데, 다 취향이 저속한 사치품들이다. 그들이 난쟁이들을 데리고 있는 그림을 그리는 이유는, 가난한 자에게 권력을 휘두르면서, 적절할 환상과, 지배욕에서 오는 허영심을 갖기 위해서다. 그들은 식사를 "벌의 먹이"로 하지만, 화단과 외양간을 돌보는 사람은, 왕의 지팡이나 왕의 어머니가 쓰는 침대보다도 천하다. 그들은 "석회석 이마(limestone brows)"의 소와 금박 날개의 꿀벌을 숭상한다. 또 사람들이 현무암 뱀과 딱정벌레 초상화를 만들면, 왕은 그것들에게 자기 이름을 붙여주고, 왕은 자신의 이름도 그런 동물의 이름을 따라 짓는다. 왕은 뱀을 무서워하여, 파라오의 쥐, 즉 몽구스를 길들이는데, 궁궐 내 코브라 뱀을 잡도록 훈련된 이 쥐는 비록 흉상은 만들지 않지만 사람들이 늘 즐겁게 해 준다.

그러나 사막에 사는 "풍요"의 날쥐는 유명하지 않아도 행복하다. 밖으로 먹이를 구하러 나가거나 굴에 있는데, 그 굴은 반짝이는 은빛 모래 집이다.

> 오 휴식과
> 기쁨, 끝없는 모래,
> 엄청난 모래 회오리,
> 물도, 야자수도, 상아 침대도 없고,
> 작은 선인장만 있다. 그러나 아무도,
> 풍요롭기만 한 그 자처럼은 되지 않는다.

> O rest and
> joy, the boundless sand,
> the stupendous sandspout,
> no water, no palm trees, no ivory bed,
> tiny cactus; but one would not be he
> who has nothing but plenty. (*CP* 13)

자신의 쾌락과 유희를 위해 자연과 인간과 동물을 마구 착취하는 이집트의 파라오나 로마 황제와는 달리, 날쥐는 아무 것도 가지지 않지만 사하라 사막에서 만족스럽게 살아간다. 이 날쥐는 "흑인"(black)처럼 어떤 지배나, 또 지배하려는 욕구로부터도 자유로워, 우수성(excellence),

재치(wit), 휴식(rest), 기쁨(joy), 행복(happiness)을 누린다고 밀러는 지적한다(148).

'아프리카'의 어원인 '아프리카누스'(Africanus)는 '로마에서 보낸 정복자'라는 뜻이지만, 그래서 아프리카는 정복되어야 할 땅이란 뜻이지만, 날쥐(jerboa)는 '손대지 않은'의 뜻, 즉 정복될 수 없는 동물이라는 뜻이다. 날쥐에는, 폴짝폴짝 뛰어가는 모래 갈색의 것과, 우아하고 고급스러워 보이는 검은 색의 것 두 종류가 있는데, 이 검은 종류가 무시 받는 것은 인간의 무지 때문이라고 한다("the blacks, that choice race with an elegance / ignored by one's ignorance"). 이 날쥐는, 일부는 지상에 있고 일부는 천국에 있는 것처럼 날듯이 뛰어다니는데, "사막의 투명한 실수(the translucent mistake of the desert)" 즉 신기루 때문에 곤란을 당하는 일이 없다. 그러나 인간은 그것에 피해를 입는다(Lakritz 139). 날쥐는 흔들리지 않는 추처럼 꼬리를 꼿꼿이 세우고 밤이나 낮이나 성냥개비처럼 가는 뒷다리로 날아오른다. 새 머리 같은 머리를 돌릴 때 보면, 외형은 얼룩다람쥐 닮았고, 털은 뒤로 누웠고, 날씬한 귀는 그 털에 잠겨 있다. 날쥐를 뒤쫓거나 그 먹이 저장고를 약탈하면 저주를 받는다. 날쥐는 사막 빛깔을 띰으로써 사막을 존경하고, 위험에서 달아날 땐 앞발을 오므리어 털과 한 가지로 보이게 한다. 이처럼 이것은 주위 환경에서 자신을 내세우는 예가 없으며, 그것의 진정한 힘은 재산과 권력을 얻으려는 투쟁과, 정의하려는(define) 노력을 하지 않기 때문에 생겨난다. 그것은 파라오의 딱정벌레처럼 신성한 동물도 아니고 동산(動産)에 들지도 않으므로 이상화될 필요도 멸시받을 필요도 없다. 그것은 인간의 억압과 서열 매김에서 절대적으로 자유롭다(Miller 148).

베두인 피리의

고르지 않는 음정처럼
　다섯 번째와 일곱 번째에
　그러나 두 개의 긴 도약으로,
　　녀석은 작은 휠 캐스터를 단 듯이 다니며 주워 먹길 그치고
　　캥거루 속도로 양치류 씨앗 발자국을 남긴다.

By fifths and sevenths,
　in leap of two length,
　　like the uneven notes
　　of the Bedouin flute, it stops its gleaning
　　　on little wheel castors, and makes fern-seed
　　　footprints with kangaroo speed. (*CP* 14-5)

　무어는 이처럼 시의 연형이나 운율에 날쥐의 뛰는 모습을 담아낸다. 날쥐는 다섯 음절("fifths")의 1,2행, 일곱 음절("sevenths")의 6행, 그리고 긴 두 행 즉 4,5행의 "도약"처럼, 깡충깡충 뛰어다닌다. 이 시는 각 연의 1,2행과 마지막 두 행 즉 5,6행이 각운을 이룬다. 따라서 날쥐가 깡충깡충 뛰는 모습이 각행의 음절수의 "도약"과 같다. 그 뜀박질은 플래절렛(구멍이 여섯 개인 피리)에 맞추어야 한다("Its leaps should be set / to the flageolet")(*CP* 15). 그것은 뒷다리와 꼬리를, 세 모서리의 치펜데일 가구처럼 땅에 딛고 몸을 꼿꼿이 세운 채 굴로 뛰어간다. 이런 묘사는, 솔방울 조형물에서 예술이 자연을 모방한 것과는 달리, 자연 즉 날쥐가 공예품을 모방하고 있음을 보여준다. 그런데 베두인 또한 날쥐처럼 환경에 자족하는 사막의 방랑자이고 보면 이 연은 자연에 만족하는 여러 요소가 혼연일체를 이루고 있다.
　날쥐의 행동에 관한 이런 구체적이고도 날카로운 묘사는 거의 유례를 찾아 볼 수 없다. 디테일 하나하나가 다 살아 있다. 마치 다양한 사물

이 미적, 형이상학적 문제와 상관없이 그 스스로 드러나 있는 듯하다.

밀러는 이 시에서 아프리카 유목민이 날쥐처럼 묘사되었음을 지적한다. 이 흑인 유목민은 서구 사회의 눈으로 보면 가난할 수밖에 없지만, 반유물적, 반제국적인 만큼, 퇴폐적이고 착취하는 서구의 중산층에게는 오히려 도덕, 건강, 만족의 모범이 된다고 한다.

무어는 많은 시간을 브롱크스 동물원과, '브루클린 다저스'(Brooklyn Dodgers)의 홈구장인 에베츠 필드(Ebbets Field)에서 보냈으며, 브루클린 다저스가 로스앤젤레스로 이동하기 전까지 수년 간 열렬한 팬이었다. 그녀는 이 두 가지에 대한 열정을 다음과 같이 설명한 적이 있다.

> 왜 동물과 운동선수에 과도한 관심을 보이냐고요? 그들은 자신의 일에만 신경을 써서 예술의 소재이고, 예술의 표본이죠, 그렇잖아요? 천산갑, 코뿔새, 투수, 포수는 상대의 눈치를 보거나 상대를 잡아먹지 않죠—대화를 질질 끌지 않죠. 우리들로 하여금 자의식이 들게 하지 않죠. 가장 신경을 안 쓰고 있을 때 가장 멋져 보이죠. 프랭크벅 다큐멘터리(Frank Buck documentary)에서 저는 표범이 (강둑에 머리만 보이며 일광욕을 하는) 악어를 무시하는 것 봤죠—악어의 콧등을 툭 치고, 뒤돌아보지도 않고 제 갈 길만 갔죠. (Preface, *A Marianne Moor Reader*)

> 아마도 실제로는 전 몰라요. 기적적인 동작, 당시의 다저스의 한 사람인 돈 지머(Don Zimmer)의 왼편 뒤에서, 손을 날려 버릴 속도로 세게 날아오는 볼을 백핸드로 잡는 묘기에 무관심할 수 있는 사람을 제가 어떻게 설명해야 할지 모른다는 사실도, 저는 몰라요. (Preface, *A Marianne Moore Reader*)

그녀는 동물에 대한 이야기에서 남의 일에 조금도 신경을 쓰지 않고 제 할일에만 신경을 쓰는 동물의 생태가 바로 예술의 소재가 된다고 한다. 거기에는 손톱만큼도 눈치나 잡념이 없음을 암시한다. 또 야구선수 돈 지머의 묘기는 전혀 감정이나, 사상이나, 우주관이 개재할 수 없는 절묘한 동작으로 이것이 곧 예술로 통하는 순간임을 말한다. 이러한 절묘한 순간에는 설명이 불가능하고 내가 어떻게 설명해야 하는가 하는 생각마저도 없어지는 순간이다. 순간적인 집중력이 곧 예술과 통한다는 것이다.

V

무어는 『캐년 리뷰』(*Kenyon Review*), 『네이션』(*Nation*), 『뉴 리퍼블릭』(*New Republic*), 『파티잔 리뷰』(*Partisan Review*) 같은 권위지에 시를 발표하고, 그 시를 모아 『천산갑과 기타 시』(*The Pangolin and Other Verse*, 1936), 『세월은 무엇인가?』(*What Are Years?* 1941), 『그렇지만』(*Nevertheless*, 1944) 같은 시집을 묶어냈다.

이 시집들의 표제시는 다 대표시가 될 만큼 훌륭하다. 그녀는 놀랍게도 비늘을 가진, 개미를 잡아먹는 포유동물인 「천산갑」을, 훌륭한 예술가이고 기술자라는 점에서 레오나르도 다 빈치(Leonardo da Vinci)와 동등하게 본다. 또 천산갑의 우아하고 기능적인 체형을 가문비나무 솔방울, 솜엉겅퀴(artichoke), 웨스트민스터 사원의 철제공예에도 비유한다. 이처럼 그녀의 소재는 대부분 직접 관찰한 것이지만 폭넓은 독서에서 왔음도 주석으로 밝힌다. 「세월은 무엇인가?」는 극한 상황에서, 죽음도 사람을 격려하고 영혼이 강해지도록 해주는데, 그 힘이 어디에서 올까 하고 묻고는, 우리가 우리의 죽을 운명을 인정하고 갇힌 삶을 살더라도 스스로를 딛고 일어서는 자만이 깊이 보고 즐거움을 느낀다고 한다. 노래 부르면서 성장하는 새는 자기 몸을 쇠처럼 단단히 만들어 비록 갇힌 몸이지만 "만족은 천한 / 것이고 즐거움은 너무 순결한 것(satisfaction is a lowly / thing, how pure a thing is joy)"이라고 노래 해준다고 한다. 용기를 가지고 노력하여 즐거움을 얻는 삶이 곧 죽을 운명("mortality")의 삶이지만 영원한("eternity") 삶이기도 함을 시사한다. 「그렇지만」에서 무어는 몇 가지 식물의 강인한 생명력을 제시한 뒤 "버찌를 / 붉게 만들기 위해 어떤 수액이 / 저 가는 실을 통과해 갔을까!(What sap / went through that little thread / to make the cherry red!)" 하고 감탄하는데 이것은 어쩌면 무어 자신의 집요한 삶과 창의력에 대한 자찬일지 모른다.

1940년에 발표한 「유리 늑골의 보금자리」("A Glass-Ribbed Nest")는 후일 「낙지」("The Paper Nautilus")라는 제목으로 발표하게 된다. 이 'Paper Nautilus'는 우리나라의 '낙지'와는 생태가 다르다. 'Argonaut' 라고도 불리는 이것은 바닷물 표면에 떠다니며 사는데, 둥근 몸체와 여덟 개 발은 가진 것은 문어와 비슷하다. 암컷은 10cm 정도로 자라서는 종이처럼 얇은 알집(eggcase)을 두 개의 다리를 통해 분비하여 만드는데 큰 것은 30cm나 되고 모양은 암모나이트 같다. 이 낙지는 이 껍질에 들어가서 머리부분과 다리만 내어 지낸다.

이 시 첫 부분에서 화자는, 낙지가 "얇은 유리 껍질(thin glass shell)"을 짓는 것은, 용병(傭兵)에서 희망을 찾는 당국을 위한 것도 아니고, 티타임의 인기를 노리고 통근자의 소일거리를 생각하는 작가를 위한 것도 아니라, 바로 자신의 알을 낳기 위한 것이라고 말한다. 이 낙지의 집은 쉬 부서지기 쉬운 구조지만, 겉은 칙칙한 하얀 색으로, 안은 윤이 나며 모서리도 매끄럽게 만든 뒤, 그 속에 알을 낳아 밤낮 애지중지 지킨다고 한다. 낙지를 여성으로 받는다.

그녀는

알이 부화할 때까지
거의 먹지도 않는다.
　[알은] 자기 여덟 팔에 여덟 겹으로
　묻어두는데, 왜냐하면 어떤 의미로 그녀는
악마의 물고기기 때문이고, 유리 양(羊) 뿔 요람에 든 것은
　감춰져 있어 깨지지는 않는다.
　히드라에 충성하는 게에게

　물린 헤르쿨레스가
성공하는 데 방해를 받듯이
　껍질에서 나온, 집중
　보호된 알들은 해방되자
자유로이 껍질도 해방시켜 준다—
　말벌 집의 결점을 그대로 둔 채
　즉 흰색 위에 흰색, 파르테논 말의

　갈기 선 같은
촘촘히 그어진
　이오니아 딱지조개의 주름,
　그 둘레로 팔들은 마치
사랑이 믿을 수 있을 만큼 충분히 강한,
　유일한 보루임을 아는 것처럼
　스스로를 칭칭 감는다.

　　　　　　she scarcely

　　eats until the eggs are hatched.
Buried eight-fold in her eight
　　arms, for she is in
　　a sense a devil-

fish, her glass ram's-horn-cradled freight
   is hid but is not crushed;
      as Hercules, bitten

   by a crab loyal to the hydra,
was hindered to succeed,
   the intensively
     watched eggs coming from
the shell free it when they are freed—
   leaving its wasp-nest flaws
     of white on white, and close-

   laid Ionic chiton-folds
like the lines in the mane of
   a Parthenon horse,
     round which the arms had
wound themselves as if they knew love
   is the only fortress
     strong enough to trust to. (*CP* 121-22)

   "유리 양(羊) 뿔 요람에 든 것"은 양 뿔 모양의 낙지 껍질에 들어 있는 알을 말하며, 낙지는 감아서 죽이는 방법이 있지만, 그래서 "악마의 물고기(devil-fish)"라는 악명을 가지지만, 깊이 묻은 알을 눌러 깨뜨리는 일은 없다. 헤르쿨레스가 히드라 편인 게에게 물려서 방해를 받긴 하지만 결국은 히드라를 죽여 성공하는 것처럼, 낙지의 알도 어미의 과보호가 분명히 방해가 되지만 결국은 해방되어 "자유로이 껍질도 해방시킨다". 즉 그 껍질을 알 부화하는 임무에서 해방시킨다. 알이 떠나고 남는 껍질은 "말벌 집" 같은데, 거기에는 "이오니아 딱지 조개의 주름" 같고,

'파르테논 말'이라는 고대 말 조각품에서 보는 촘촘한 말갈기의 주름 같은 것이 나 있다. 그 위로 낙지는 팔로 "사랑이 믿을 수 있을 만큼 충분히 강한, / 유일한 보루임을 아는 것처럼" 칭칭 감는다.

이 시는 낙지 같은 두족류의 모성애에 초점을 맞추어 정밀한 묘사를 하지만 한편으로는 인간의 본성을 떠올려 우의적(寓意的)이다. 낙지가 그 주름 많은 집을 여덟 팔로 여덟 겹으로 껴안고 있을 땐 그 사랑이 맹목적으로 보이기도 한다. 이 낙지가 "사랑이 믿을 수 있는 유일한 보루임을" 믿는 것이 인간의 속성이 아닐까.

1945년 무어는 구겐하임 문예창작 지원금을 받으며, 일년 뒤엔 미국예술문학아카데미와 국립예술문학협회의 공동 지원금을 받는다. 여유가 생기자 그녀는 오든(W. H. Auden)의 제안을 받아들여, 장 드 라 퐁텐(Jean de La Fontaine)의 『우화 선집』(*Fables choisies, mises en vers*)을 꼼꼼하게 번역하기 시작한다. 그녀는 전부터 이 작품의 현실적이면서 도덕적인 메시지와 독창적인 기법을 늘 감탄해 왔던 터였다. 그녀는 이 계획에 근 10년간 창작 에너지를 쏟아 부었지만, 막상 원고를 처음 출판사에 넘겼을 때 출판사가 난색을 표하자 큰 심리적 상처를 입는다. 그러나 한 인터뷰에서 그녀는 그 번역 작업으로 자신의 글쓰기 훈련에 크게 도움이 되었다고 했다(Hall 34). 이 번역 원고를 추고하면서 그녀는 가끔씩 워싱턴의 세인트 엘리자베스 병원(St Elizabeth Hospital)에 감금되어 있는 파운드를 방문하며 용돈도 집어 준다. 방문이 여의치 않으면 편지를 쓴다.

1950년대에도 무어는 몇 개 상과 함께 대중적인 인정도 받는데, 인기는 그 이후에도 시들지 않는다. 1951년에 『시선집』(*Selected Poems*)으로 '퓰리처상', 1952년에는 '국민도서상'(National Book Award), 1953년에는 '볼링겐상'(Bollingen Prize)을 받으며, 시집도 1952년까지 5,000

부가 팔린다. 공식적으로 '국민도서상'를 수상할 때 그녀는, 자주 인용되는 말, 즉 자기 작품은 다른 데 집어넣을 수 있는 장르가 없기 때문에 시로 불린다는 말을 하면서, 자기는 "행복한 삼류 문사(a happy hack)"일 뿐이라고 했다. 그녀의 『우화 선집』은 네 번이나 추고한 끝에 1954년에야 출판되는데, 이 때 많은 호평을 받긴 했지만, 이 번역은 그녀의 최상의 시작과는 거리가 있다는 것이 일반적인 의견이었다. 그러나 프랑스 정부는 그 번역에 감사하기 위해 '예술문학십자장'(Croix de Chevalier des Arts et Lettres)을 수여했다.

한편 그녀는 비평 활동도 활발하게 벌였으며, 보건(Louise Bogan), 커밍즈(E. E. Cummings), 꼭또(Jean Cocteau), 파운드, 파블로바(Anna Pavlova) 등에 관한 평론을 『선입견』(Predilections, 1955)에 수록한다. 그녀는 1921년 11월에 파블로바의 발레 공연을 보았는데, 에이치 디와 브라이어에게 보낸 편지에 쓴 자세하고도 섬세한 묘사를 읽으면, 꼭 5분짜리 컬러 필름을 보는 것 같다. 「안나 파블로바」(1944)에서, 파블로바는 자기 기술에 시를 담아내어 자신의 공연을 '완벽'한 수준에 이르게 한다고 칭찬했는데, 이때 그녀는 여러 가지 예술 형식의 상호관계성을 인식한 것이다.

이어 무어는 『방파제처럼』(Like a Bulwark, 1956), 『오, 용이 되다니』(O to Be a Dragon, 1959), 『말해다오, 말해다오』(Tell Me, Tell Me, 1966) 등의 시집과, 『기행(奇行)과 기교』(Idiosyncrasy and Technique, 1959), 『시와 비평』(Poetry and Criticism, 1965) 등의 산문집을 연이어 출간한다.

그녀는 꾸준히 글을 쓰는 한편 사회적으로도 명사 대접을 받는다. 그녀의 삼각 모자와 검은 케이프는 대중적 행사 때 착용하는 단골 복장이었다. 그 모자는 두꺼비 머리 같은 자기 머리의 단점을 잘 감춰주기에 자기가 좋아하는 모자라고 했다. 『라이프』(Life), 『뉴욕 타임즈』(New

York Times), 『뉴요커』(New Yorker) 등은 그녀의 시와 삶을 특집 기사로 다뤘으며, 뉴욕 시장을 초대하는 모임에 비공식적 호스티스 역할도 했다. 또 포드 모터즈(Ford Motors) 회사로부터 신차(新車)의 이름을 지어달라는 요청을 받고 19개 이상을 지어 줬으나 "에드젤"(Edsel)만이 채택되었다. 이런 활동의 대단원은 건강이 안 좋았지만 1968년 양키 스타디움에서 벌어진 야구 개막식에서 시구를 한 것이다. 그녀는 야구의 형식이 감탄할 정도로 복잡하게 얽혀 있어, 만약 자기가 다른 그런 형식을 창안만 한다면 더 바랄 것이 없을 것이라고 말하여, 야구가 훌륭한 예술임을 강조했다. 그러나 건강은 악화되어 1968년 여름 이후 여섯 편만 발표한 뒤 몇 번 중풍에 걸려 2년간 자리보전하다가 1972년 2월 5일에 뉴욕 자택에서 세상을 떠난다. 그녀는 평생 결혼을 하지 않았다.

VI

엘리엇이 그녀의 『시선집』 서문에서 했던, 그녀는 "내 평생 [본 사람 중에] 언어에 봉사한 소수의 사람 중의 하나"라는 말은 무어의 시의 특징을 꿰뚫는 말이다. 무어는 17세기의 조지 허버트(George Herbert)처럼 다양한 시형을 연구한 사람이면서 자유시를 쓰기도 한 사람이다. 그녀의 작시법에는 전통적인 것에서 자유시까지 다양하며 그녀는 자유자재로 시형을 바꿨다.

톰린슨은 무어의 시를 보면서 가장 특이한 것은 독특한 음절에 기초를 둔 시형이라고 한다. 이것이 그녀의 시를 다른 사람의 것과 변별케 하는 동시에, 기교적으로 자유로움과 격식간의 관계를 보여주는 장치라고 한다. 한편 그는 로웰(Robert Lowell)이 "메어리앤 무어는 새로운 종류의 영시를 창안한 자, 매우 압축된 공간에 산문의 빛과 다양성을 고정시킬 수 있는 자"라고 했음을 전한다(7). 톰린슨은 이어서 무어의 독특한 시형의 전례(前例)를 추적하면서, 무어의 가장 독특한 점이 이른 바 '음절시'(syllabic verse)를 쓴 점이라고 한다. 음절시는 음의 강약이나 장단에 따르지 않고 음절의 수에 의해 운율을 잡아 나가는 시인데, 사실 1차 세계대전 전에 음절 형식(syllabic form)에 대한 관심이 미국 시에 널리 퍼져 있었다. 크랩시(Adelaide Crapsey) 같은 사람은 일본의 단가(短歌)나 하이쿠(俳歌)의 형식을 5행시 형태로 받아들여 영어화 하였는데, 그의 「삼인조」("Triad")라는 시는 2음절, 4음절, 6음절, 8음절, 2음절로 된 5행시이다. 무어의 「멜랑크손」("Melancthon")의 행별 음절수도 4음절, 6음절, 13음절, 13음절로 되어 있고, 행 끝에서 의미를 단락지지 않는 이른 바 '열린 행미(行尾)'(open-endedness)로 되어 있어, 의미는 한 연에서 다른 연으로 물결처럼 넘어 간다(Tomlinson 7-8).

> ... 보이는 사물이 르네상스일 때
>
> 결점(缺點)들이 일어서서 소리를
> 친다. 내가 반대로
> 　　말할 건가? 내 관절에 들어붙은
> 　　강의 침전물이 나를 백발로 만들지만 나는 그런 것에
>
> 익숙해져 있고, 그것은
> 거기에 붙어있을지 모른다. 그것을
> 떼 내라, 그럼 내 자신 ... 는 끝장이다.
>
> 　　　... the blemishes stand up and shout when the object
> in view was a

renaissance; shall I say

      the contrary? The sediment of the river which

      encrusts my joints, makes me very gray but I am used

to it, it may

remain there, do away

with it and I am myself done away with . . . ('Melacthon' ll. 8-16)[3]

이 예문에서 "in view was a"가 첫 4음절이고 그 다음이 6음절, 그 다음이 13음절, 그 다음이 또 13음절로 되어서 한 연을 이루지만 의미는 그 연에서 끝나지 않는다. 톰린슨은 여기에 이 음절수와 연관되어 뚜렷해지는 '각운 설계'(rhyme scheme)가 있는데, 두 번째 행 끝의 "a"는 그 다음 행 끝의 "say"와 각운을 이루고, 두 행 밑의 "may", 세 행 밑의 "away" 하고도 각운을 이루며, 마지막 부분의 "to it"은 "with it"과 각운은 아니지만 운을 이룬다고 한다(8).

이처럼 무어의 시는 정형시의 형태를 띠지만, 연형은 음절수에 기초를 둔 것이어서 복잡하며, 한 시 안에서는 같은 연형이 되풀이된다. 각운은 있지만 불규칙할 때가 많아 전통적인 방법은 아니다. 이런 독창적인 시형을 창안한 데에는 영시의 전형적인 운율이 주는 규칙성을 최소화하려는 의도가 숨어 있다. 무어는 또 운율의 단위로서 행의 기능을 최소화하기 위해, 각운을 희석시키고, 마감되지 않은 행(run-on line) 뒤에 중요하지 않는 낱말이나 하이픈을 넣어, 마감하는 행과 잇는 방법을 썼다. 음절시에서는 전통적으로 리듬의 단위를 대위법적으로 배치하는데, 무어는 이 방법 또한 최소화하고 그 대신 파운드의 주장과 같이 '어

---

3) 이 작품은 'Melacthon'이라는 작품으로 『시전집』(*The Complete Poems of Marianne Moore*)에 수록되지 않았다. http://www.arlindo-correia.com/160504.html에서 원문을 읽을 수 있다.

구 리듬'(phrase rhythm)을 활용하였다(147). 이 어구 리듬 방법은 어구
가 가지는 일종의 내재율로서 이미지스트들이 주장한 내용이다. 따라
서 벨루프(Robert Beloof)는 무어의 시가 주는 느낌은 자유시가 주는 것
과 흡사하다고 했지만(147), 그보다는 사실 훨씬 더 복잡하고 미묘하다.
독자가 그런 그녀의 시를 완전 이해하기 위해선 전문가적 이해능력이
있어야 하는 까닭으로 그녀가 "시인의 시인"으로 불리는 것도 무리가
아니다.

　무어는, 톰린슨 등이 한 그녀의 시 분석을 머리로 계산하고 있었다기
보다는 감각적으로 알고 있었을 것이다. 그녀는 홀과의 인터뷰에서, 음
절시에 관한 원칙은 무엇이며, 그것은 자유시와는 어떻게 다른가에 대
한 질문을 받고, 자기가 쓴 것은 누가 정의를 쉽게 할 수 있는 것이 아니
라고 전제한 뒤, "피류의 잡아당기는 힘이 인력의 지배를 받듯이, 나는
문장이 잡아당기는 힘의 지배를 받는다"(Hall 33)라고 했다. 이 말은 자
기 시는 '자유시'다, '음절시'다 라는 정의 이전의 것이고, 시의 문장이
이미 그 행과 리듬을 결정하기 때문에 자신은 그것을 찾아서 드러낼 뿐
이라는 뜻이다.

　무어는 그런 글쓰기 양식을 어디서 배웠으며, 전례가 있느냐는 질문
을 받고, 파운드 같은 사람은 라 포르그(La Forgue)나 프랑스 작가를 들
먹이지만, 자기는 전혀 그런 사람의 영향을 받아서 쓴 것은 아니라고 했
다(Hall 30). 그러면서 자기는 어떤 연의 형태를 미리 계획하는 것이 아
니라, 앞에서 얘기했듯이 "염색체처럼 낱말이 모여서 과정을 결정짓
게" 놓아둔다고 했다. 이런 [낱말의] 배열에 대해 그녀는 영향을 주거나
희석시킬 수는 있고, 다음 연이 앞 연과 꼭 같은 것이 되도록 노력은 하
지만, 첫 연의 자연스러움을 유지시키는 일이 쉽지만은 않다고 했다
(Hall 34).

무어는 또 자신은 시의 운율을 많이 이용하는 쪽이며, 처음 시를 쓰기 시작할 때 떠오르는 매력적인 한두 낱말의 구절(phrase)은 보통 꼭 같이 매력적인 어떤 생각이나 대상을 떠올린다고 했다. 그녀는 자신의 시구 "그 도약은 / 플래절렛에 맞춰져야 한다"를 인용하면서 "나는 가벼운 각운, 두드러지지 않는 각운, 거창하지 않되 두드러지는 각운을 좋아 한다"고 했다. 그녀는 이어서 "나는 리듬과 악센트에 애정을 가지고 있고 어물어물하면서도 내 율격을 맞춰 나간다. 나는 연을 단위로 삼으며... 악센트가 들어가지 않는 음절과, 악센트가 상당히 들어가는 유사 각운 (near-rhyme)을 좋아한다"고 했다(Hall 28-9). 그녀는 앞에서 말했듯이 전통적인 리듬의 단위와 뚜렷한 각운이나 억양은 "거창한" 것으로 보아 피하려 했던 것이 확실하다. 이런 확고한 자기 나름의 시적 방법이 있었기 때문에 현대에 와서 여러 가지 변화와 실험이 있었지만, 그녀는 그런 것에 휩쓸리지 않았다.

엘리엇은 『시선집』 서문에서 무어의 시는 정확한 형식적 패턴을 가지면서 미뉴에트처럼 우아하다고 평한다. 그녀의 시에는 각운이 없을 수도 있고, 각운이나 유운(assonance)이 불규칙하게 들어갈 수도 있고, 각운이 무운과 섞여 규칙적인 패턴을 만들 수도 있다고 한다. 그녀의 각운이 전통적인 각운 형식과는 다른 점은, 각운이 주는 강세와, 의미가 주는 강세가 일치하지 않는 점이라고 한다. 각운이 운율이나 의미 패턴과 일치하지 않을 때, 무거운 각운이 되거나 가벼운 각운이 되는데, 이 가벼운 각운 구사에서는 무어를 따를 사람이 없다고 한다(64).

무어는, 초서나 와이엇(Sir Thomas Wyatt)이나 그랬듯이, 오랫동안 시인에게 매력적이었던 산문적 말이나 글에서, 재료와 운율을 시에 가져와 이용하는 실험을 했다. 그녀는, 시인은 보통 산문을 가볍게 생각하는데, 산문의 특징인 "정확성, 절약된 말, 논리"는 시인의 "상상력"을 해방시켜 준다고 했다. 그녀는 산문의 특성을 시에 옮기는 이런 노력을, "서류와 교과서를 차별하는 것은 / 전혀 타당치 않다"(nor is it valid / to discriminate against 'business documents and / school books')(CP 267)라는 말로 암시한다. 서류와 교과서의 내용이나 운율이 시에서 배제되어 할 이유가 없다는 뜻이다. 그녀는 자기 시의 독특한 문체는 산문 문체가 (prose stylist)의 영향을 받은 것이냐는 질문을 받고, 사실 그들의 영향을 많이 받았다고 인정을 했다. 그녀는 존슨(Samuel Johnson), 버크 (Edmund Burke) 등의 위트 있는 표현을 예로 들었다.

VII

무어는, 파운드, 윌리엄스 등과 함께 자신의 방법을 찾기 위한 다양한 실험과 끈질긴 노력 끝에 미국의 시를 새로운 감각과 운율에 올려놓는 데 기여한 가장 독창적인 시인 중의 한 사람이다. 그녀의 시에는 어떤 '전통'과 연계되는 인유(allusion)는 거의 찾아볼 수 없고, 또 문학이라는 전통 속에서도 그녀의 위치도 쉽게 정하기는 어렵다. 많은 모더니스트처럼 무어도 전통과는 결별하였지만, 그들과는 달리 시의 사회적 임무를 거의 염두에 두지 않았으며, 시로써 현대 문명에 대한 명상이나 비평을 시도하지도 않았다.

무어의 가장 큰 매력은 사물에 대한 섬세하고도 날카로운 묘사에 있다. 그 묘사가 평면적인 묘사에 그치지 않는 것은, 그 사물에 대한 깊은 애정과 그것과 인간 삶과의 연관성이 시사되기 때문이다. 그녀는 연륜을 더함에 따라 시의 주제도 폭과 깊이를 더해갔는데, 초기 작품에서는 기강이나 영웅적인 행동에 관련된 것을 많이 보여줬지만, 후기에는 정신적인 아름다움이나 사랑의 필요성을 강조했다. 이 후기시에 나타난 정서에는 인간의 품위와 존엄성이 고루고루 인정되는, 정치적, 사회적 제도에 대한 희망이 녹아 있다. 그녀는 또 점차로 한 가지 대상에서 벗어나 여러 대상을 정밀하게 조사하고 비교한다. 그녀는 특히 동물과 체육 선수들의 특징을 묘사하는 일에 기쁨을 느꼈고, 이 두 가지 유기체를 예술의 주요한 소재와 표본으로 삼았다.

그녀는 자신의 도덕을 설명할 때 독선이 없었다. 그녀가 하고 싶은 선언적인 말은 다른 사람의 입으로 하게하고, 또 다른 사람의 견해에 대해 촌평만 함으로써, 어떤 문제에 대한 견해를 직접 피력하는 것을 피했다. 이런 이유로 해서 비평가들은 아직 그녀의 생각에 대해 일치된 견해를 갖지 못한다. 그녀의 표현에는 재치와 날카로움, 언어적 매력, 신선한 관찰이 특징이며, 독서의 기억은 인용 어구에 남아 있다. 그녀는 마치 독자가 자기처럼 어떤 사물을 처음 보는 것처럼, 날카로운 시선으로 리얼리티를 보게 만들고, 또 은연중에 독자들에겐 낱말이 주는 힘에 주목하고 그것을 실제 이용해 보도록 종용한다.

그녀는 용기, 충성, 인내, 겸손, 자발성, 변하지 않는 신념의 미덕을 겸비했다. 그녀는 홀과의 인터뷰에서 "좋은 시를 쓰기 위해서 사람이 착해야 하냐고요? 셰익스피어의 악한들은 글은 모르는 것은 아니잖아요? 그러나 올곧음(rectitude)은 암시적인 메아리를 가지지요. 그리고 성실성이 없다면 사람은 제가 읽는 그런 종류의 책을 쓰지 못할 것 같아요"(42)라고 말해 글쓰기에서 도덕성과 성실성이 기반이 되어야 함을 암시했다.

인용문헌

Baym, Nina, ed. *The Norton Anthology of American Literature*. Fifth ed. Vol. 2. New York & London: W. W. Norton, 1998.

Beloof. Robert. "Prosody and Tone: The 'Mathematics' of Marianne Moore." *Marianne Moore: A Collection of Critical Essays*. Englewood Cliffs: Prentice-Hall, 1969. 144-149.

Eliot, T. S. Introduction to *Selected Poems*. *Marianne Moore: A Collection of Critical Essays*. Englewood Cliffs: Prentice-Hall, 1969. 60-65.

Gunn, Thom. "Observations of the Octopus-Mountain." *Modern Movement: A TLS Companion*. Ed. John Gross. Chicago: The U of Chicago P, 1993. 207-215.

Hall, Donald. "The Art of Poetry: Marianne Moore, *An Interview with Donald Hall*." *Marianne Moore: A Collection of Critical Essays*. Ed. Charles Tomlinson. Englewood Cliffs: Prentice-Hall, 1969. 20-45.

Holley, Margaret. *The Poetry of Marianne Moore: A Study in Voice and Value*. Cambridge: Cambridge UP, 1987.

Lakritz, Andrew M. *Modernism and the Other in Stevens, Frost, and Moore*. Gainsville: UP of Florida, 1996.

Leavell, Linda. *Marianne Moore and the Visual Arts: Prismatic Color*. Baton Rouge and London: Louisiana State UP, 1995.

Miller, Cristanne. *Marianne Moore: Questions of Authority*. Cambridge: Harvard UP, 1995.

Moore, Marianne. *A Marianne Moore Reader*. New York: Viking P, 1961.

_____. *The Complete Poems of Marianne Moore*. New York: Macmillan & The Viking Press, 1967. [CP로 표기]

Pearce, Roy Harvey. 'Marianne Moore.' *Marianne Moore: A Collection of Critical Essays*. Ed. Charles Tomlinson. Englewood Cliffs: Prentice-Hall, 1969. 150-158.

Tomlinson, Charles. 'Introduction: Marianne Moore: Her Poetry and Her Critics.'
Marianne Moore: A Collection of Critical Essays. Ed. Charles Tomlinson. Englewood
Cliffs: Prentice-Hall, 1969. 1-16.

제**3**장 **엘리자베스 비숍**

I

어떤 작가든 그의 유년시절은 장차 그 작가의 문학에 심대한 영향을 끼치고 또 많은 글감을 제공하지만, 엘리자베스 비숍(Elizabeth Bishop, 1911-1979)만큼 유년시절에서 삶의 깊은 의미와 소재를 천착한 작가도 흔치 않을 것이다. 그녀가 유년기의 불안과 고독과 불안정에서 완전히 헤쳐 나온 것은 밀리어(Brett C. Millier) 말대로 그녀가 마흔 한 살 때인 1952년, 브라질에서 로타 데 마세도 소아레스(Lota de Macedo Soares)와 새 살림을 차렸을 때이다. 생활이 안정되자 그녀는 아주머니와 사촌을 통해 자신의 가족사를 캐기 시작했고, 고향 마을에 자기가 살았던 것과 꼭 같은 집을 사려고까지 했다. 이때부터 그녀의 산문, 시, 편지에는 유년시절의 이야기가 줄을 잇는다. 이 글들은 대부분 일인칭으로 쓰여진 과거를 회상하는 내용들이다(1).

비숍은 1911년 2월 8일 매사추세츠주(Massachusetts州) 우스터 (Worcester)에서 건설회사 중역인 윌리엄 토머스 비숍(William Thomas Bishop)과 어머니 거트루드 부머 비숍(Gertrude Bulmer Bishop) 사이에 태어났다. 아버지는 유능한 감정인(鑑定人)이며 할아버지의 회사의 부사장이었다. 이 할아버지의 회사는 보스턴의 랜드마크를 건설할 만큼 성공적인 건설업체였다. 그러나 아버지는 시름시름 앓아오던 지병으로 비숍이 태어난 지 여덟 달만에 세상을 떠난다. 그녀의 어머니는 원래 영국의 '배타는' 가문 출신으로, 그녀의 외증조부는 세이블갑(岬)(Cape Sable) 가까운 바다에서 실종되기까지 했다. 비숍의 피에는 이와 같이 외가 쪽의 방랑과 모험의 기질이 흐른다(Millier 2).

그녀의 어머니는 스케이트를 잘 타는 지식인이었는데 남편이 죽자 그 충격으로 정신병을 앓으며 정신병원과 요양소의 입원과 퇴원을 반복하고, 보스턴, 우스터, 친정 곳인 캐나다 노바스코샤(Nova Scotia)의 그레이트빌리지(Great Village)를 오간다. 그래서 비숍에게는 어머니에 대한 기억이 많지 않고, 그나마 있는 기억도 단편적이다. 비숍이 세 살 때 모녀는 보스턴의 한 유원지에서 백조처럼 생긴 배를 탔는데, 진짜 백조가 근처에 헤엄치고 있었다. 어머니는 백조에게 땅콩을 주다가 손가락이 물려, 검은 장갑 사이로 빨간 피가 뚝뚝 떨어졌다. 비숍이 세 살 때까지 어머니는 '검은 장갑'을 끼고 있었으며, 이것은 그녀가 그때까지 남편의 죽음을 애도하여 상복을 입고 있었다는 뜻이다. 그러나 비숍에게 이 어머니는 그립고, 보고 싶은 존재가 아니었던 것 같다. 어머니는 1934년 비숍이 대학 졸업을 하기 직전에 노바스코샤의 한 요양원에서 세상을 떠난다. 비숍은 장례식에 가지도 않았던 것 같으나, 어머니와 외가에 대한 기억을 담은 반자서전적인 글을 몇 편 쓴다. 이 글의 내용은 훗날 쓴 「마을에서」("In the Village")에서 더 구체화되어 발표된다(Millier 3-6).

「마을에서」는, 어머니가 그레이트빌리지에 와서 함께 산 1916년 봄의 몇 주와 그녀가 그곳을 마지막으로 떠나 요양원으로 가던 때를 다섯 살 먹은 소녀의 입장에서 보고 차분하게 이야기하는 내용이다. 이때 외가 가족은 그녀의 어머니에게 5년간이나 벗지 않던 상복을 벗게 하려고 무색옷을 맞춰 주는데, 그 옷을 가봉하던 날 어머니는 어린 딸에게는 평생 잊히지 않을 공포의 비명을 지른다. 이 비명은 소녀의 의식 속에서는 마을의 모든 사물 속에 가라앉아 있다. 「마을에서」는 사물 속에 비명이 들어 있음을 암시하는 내용으로 시작된다(Millier 8-11).

> 한 비명소리, 한 비명의 메아리가 노바스코샤의 그 마을 위에 걸려 있다. 아무도 그것을 들은 사람은 없다. 그것은 영원히 거기에 걸려 있고, 너무 어둡고 너무 파래서 여행자들이 스위스의 하늘에 비교하는 그 맑은 하늘에 작은 얼룩이 되어,

그 하늘은 지평선 주변—아니면 눈 가 주변인가—느릅나무 위의 꽃구름의 색깔 주변, 귀리 밭의 제비꽃 주변이 점점 더 어두워지는 것 같고, 하늘은 물론이고 숲 과 바다 위에도 어둠을 푸는 그 무엇이 된다. 비명은 그처럼 기억 속에 들리지 않 게 걸려 있다—과거에도 현재에도 그리고 과거와 현재 사이의 여러 해 동안에도. 아마도 우선 그건 큰 소리는 아닐 것이다. 그건 여기에 영원히 살러 온 것이다— 큰소리는 아니지만 영원히 살러 온 것이다. 그것의 높이는 마을의 높이이다. 교 회 뾰족탑 꼭대기의 피뢰침을 손톱으로 튕겨 보아라, 그 소리가 날 것이다.

(*Collected Prose* 251)

위안을 찾아야 할 하늘과 구름과 제비꽃에는 비명의 검은 그림자가 있다는 뜻이다. 이 소녀는 비명의 기억에서 헤어나지 못한다. 이 산문에 는 그녀의 시에서처럼 어머니와 관련된 고통과 즐거움이 얽혀 있고 그 때의 촉각, 청각, 취각, 미각, 시각이 다 생생하게 살아나 있다(Millier 9). 그러나 이 소녀 화자는 그녀의 어머니를 '어머니'라고 부르지 않고, 그 냥 기쁘게 해드려야 할, 또 같이 있으면 불안해지는 손님 정도로 묘사한 다. 그녀에겐 시냇물이 흐르는 목초지가 더 편안했으며, 그녀의 집은 불 안하고 위험한 곳이었다. 이런 비명과 정신병 발작 이후 어머니는 외가 를 떠나 돌아오지 않았고 비숍은 물론 어머니를 더 이상 보지 못한다. 그녀는 노바스코샤의 어느 요양원에 있다가 1934년 5월에 세상을 떠난 다.

사실상 고아가 된 비숍은 목장과 과수원이 많은 조용한 해변 마을 그 레이트빌리지에서 자라는데, 어머니에 대한 아픈 기억은 있었지만, 그 곳에 관한 기억은 대체로 밝은 편이다. 외할머니는 딸의 그런 처지에도 불구하고 꿋꿋했으며, 장로교회 집사면서 갖바치였던 외할아버지도 가 정에 성실한 인물이었다. 또 그레이스 이모(Aunt Grace)를 비롯한 이모 들이 친정에 무시로 들락거리며 비숍을 돌보았고, 외숙부모도 따뜻하였다. 비숍이 입학한 학교는 1학년에서 12학년까지 한 교실에서 수업하는 작은 마을 학교였는데, 거기에 하이틴이었던 멋쟁이 막내 이모도 다니고 있었다. 비숍은 이 작은 시골 학교에서, 석판, 지도 등 신기한 것도 만나고, 또 무서운 것도 만난다(Millier 14-5).

이 그레이트빌리지는 전통적인 한국의 마을처럼 온 마을사람들이 가족처럼 친하게 지냈다. 비숍은 마을사람들에게서 끈끈한 가족애를 느꼈다. 그녀의 외갓집은 그녀가 잊지 못하는, 근사한 가족 초상화가 걸려있는 거실이 있었고, 가족뿐만 아니라 마을사람의 초상까지도 거기서 치른 적이 있다. 비숍은 기관지염, 홍역 등 잔병치레를 많이 했는데, 이땐 그레이스 이모는 침대 가에서 책을 읽어주고, 외할머니는 단풍나무 시럽으로 엿(taffy)을 고아 '바치기도' 했다. 비숍은 초원, 시냇가, 숲 속을 거닐면서 요정을 상상하기도 하고, 자신을 사내아이라고 가정하여 화려한 미래를 꿈꾸기도 했다(Millier 18).

이 소녀의 평화는 1917년 가을 친할아버지와 할머니가 와서, 비숍과 상의도 하지 않고, 그녀를 우스터로 데려가버림으로써 깨어지고 만다. 친족들은 외족들보다 훨씬 부유했는데, 이 친할아버지와 할머니는, 비숍이 손자 대의 유일한 혈육이라는 점 외에도, 그녀를 캐나다 촌구석에 처박아둘 것이 아니라 데려와서 제대로 된 교육을 시키고 싶었을 것이다. 그러나 비숍은 이 강제적인 이주를 후일 "납치"라고 기록한다. 친가에 와 보니, 모든 마을사람이 다 가족이나 다름없던 외가 마을과는 너무 대조적이었다. 친가는 물질적으로는 부유했으나 모든 것이 냉랭했다. 맨발로 자유로이 나다닐 수도 없었고, 할머니의 말씀을 잘 들어야 했고, 지정된 친구만 사귀어야 했다. 하인들은 수시로 바뀌어 전혀 정이 붙지 않았지만, 누구든 시중을 받는 것도 귀찮았다. 이후 비숍은 브라질에 정착할 때까지 거의 가정적 분위기를 가져보지 못한다. 캐나다인으로서

단풍나무 잎과 영국에 대한 충성심을 가슴에 담아 왔지만, 그것을 1차 세계대전 중이라 초미국주의(Super-Americanism)로 대치하지 않으면 안 되었다(Millier 21). 9개월을 이 친가에서 보내는데 정신적으로는 괴로움이 많았다. 한번은 에마(Emma)라는, 할머니가 정해준 친구가 비숍의 부모에 대해 물었을 때, 비숍은 아버지는 돌아가셨다고 바로 대답했지만, 어머니도 어디로 가서서 돌아가셨다고 했다. 사실 그때까지는 번연히 살아 있던 어머니를 그렇게 말한 것이 소녀의 마음속에선 오래 죄밑이 되었다.

이 친가에 있을 때 플로렌스 아주머니(Aunt Florence)와 같이 치과에 갔던 기억이 있다. 후일 그녀는 이 체험으로 「대기실에서」("In the Waiting Room")라는 시를 쓴다. 이때 그녀는 자아와 타자의 세계에 대한 두려울 정도의 혼란을 겪고 있었는데 그것이 그 시에 암시되어 있다.(Millier 9) 그것은 이때 그녀가 정서적으로 안정을 찾지 못했기 때문이었으리라. 이 기간 동안 비숍에게 외로움과 불안 같은 정신적인 고통 못지않게 여러 가지 질병도 찾아왔다. 기관지염, 천식, 습진, 심지어는 무도병(舞蹈病)까지 괴롭혔고, 집 안팎에 있는 거의 모든 것이 알레르기의 원인이 되었다. 결석을 하고 병석에 누울 수밖에 없었다. 1918년 5월에 매사추세츠주 리비어(Revere)에 시집와서 살던 모드 이모(Aunt Maud)가 와서 그녀를 자기 집으로 데려가지 않을 수 없었다. 이 이모는 큰이모로서 가난했지만 교양 있는 여성이었기 때문에 친가에서는 학비와 생활비를 댈 테니 아이를 맡아 달라고 했던 것이다. 이 큰이모는 지성으로 그녀를 돌봐 줄 뿐만 아니라 처음으로 시인들을 알게 해 주었다. 그 이모집에는 테니슨(Alfred Tennyson), 브라우닝(Robert Browning), 에머슨(Ralph Waldo Emerson), 칼라일(Thomas Carlyle)의 시집과 산문집이 있었다. 휘트먼(Walt Whitman)과 홉킨스(G. M. Hopkins)의 시집,

해리엇 먼로(Harriet Monroe)의 사화집을 통해 비숍이 어린 나이에 19세기와 20세기의 시단을 알게 된 것도 이 무렵이었고, 여덟 살 때부터 시를 쓰기 시작한 것도 이 큰이모의 덕택이었다. 그러나 그녀는 건강 때문에 열네 살 때까지 정식 교육을 거의 받지 못한다. 큰이모는 여름철 두 달은 그레이트빌리지 외가에 가도록 허락해 주어 그것이 그나마 큰 기쁨이었다. 1923년 그녀는 보스턴에서 열린 에세이 콘테스트에서 '미국주의'에 관한 글을 써서 5달러짜리 금붙이를 상으로 받는다. 1923년부터 5년간 그녀는 케이프 코드(Cape Cod)에서 열린 '소녀해양학교'에 가서 하이킹, 수영, 항해 기술을 익힌다. 1924년에 소거스 고등학교(Saugus High School)를 일년 다니고, 1926-7년에는 노스쇼어컨트리데이 학교(North Shore Country Day School)를 다니고, 그 뒤 대학준비학교인 월넛힐 학교(Walnut Hill School)를 다닌다. 노스쇼어컨트리데이 학교에 다닐 때부터 그녀는 문학적 재질을 드러내어 교내신문에 시를 발표하였다. 월넛힐 학교는 기숙학교였는데, 학비는 친가에서 부담했지만 휴가 때에는 갈 곳이 없어 그것이 늘 걱정거리였고, 그것이 또 그녀를 외롭게 만들었다. 그러나 첫 크리스마스 때에는 다시 그레이트빌리지에 갔고, 그것이 그녀에게는 마지막 외가 방문이었다. 이 학교에 다니는 동안 그녀는 영어 선생님과 문예지 편집 선생님의 사랑을 받았다. 이 학교에 들어간 첫해 봄에 그녀는 『블루 펜슬』(*Blue Pencil*)이라는 문예지에 시와 단편을 발표한다. 이 즈음 그녀는 활발하게 습작을 하는데, 수준 높은 소네트, 소설, 에세이, 서평, 드라마, 서간문 등을 쓴다. 비숍은 1929년에 여자 명문대학인 바사 대학(Vassar College)에 지원하나 수학성적이 미달하여, 다시 한 학기를 월넛힐 학교에 다닌 후, 그 이듬해 가을에 정식으로 그 대학에 입학한다(Millier 21-40).

1934년 바사 대학 도서관 직원이 소개하여 메어리앤 무어(Marianne

Moore)를 알게 된 후부터 그녀의 영향을 많이 받는다. 무어는 엘리엇과 파운드의 친구로서 그들의 현대시 시론에 적극 동조할 뿐만 아니라 이미지즘 운동에도 참여한 모더니즘 1세대 시인이었다. 비숍은 특히 그녀에게서 사물을 꼼꼼하고 치밀하게 묘사하는 법을 배운다. 그녀가 바사를 졸업하고 뉴욕에 와 코넬 의과대학(Cornell Medical School)에 등록을 하자, 무어는 적극 의학공부를 그만 두라고 설득을 하여 결국 그만둔다. 4년이 지난 후 비숍은 무어를 가족처럼 '기븐 네임'(given name)으로 부르게 되었고, 그녀처럼 평생 독신의 길을 택한다. 이 두 시인은 1972년 무어가 죽을 때까지 많은 서신왕래를 하면서 각별한 사제지정과 우정을 나눈다.

II

비숍의 첫 시집 『남과 북』(North & South)에 실린 작품은, 북쪽에서 쓴 것과 남쪽에서 쓴 것으로 구분되며, 이 시집을 내는 데는 대략 11년이 걸렸다. 아이러니, 복잡한 연형(聯形), 과소평가, 애매성 같은 것에서는 신비평가와 형이상학파 시인들의 영향을 확인할 수 있다. 그러나 그녀는 그 시대 젊은 시인들과는 달리 신비평가의 시에서 한계를 보고 그들의 작품을 의무처럼 따르지는 않는다. 그녀의 독창성은 1935년에 나온 「지도」("Map")에서 발견되며, 다른 동시대 시인, 일테면 로드키(Theodore Roethke)나 베리먼(John Berryman)처럼 전적으로 형식주의를 따라가지 않았다.

북에서 쓴 시는 그녀가 플로리다로 내려가기 전, 즉 1938년 이전의 작품으로 일상적인 사물에 대한 날카로우면서도 냉혹한 관찰과 내면화가 들어 있다. 이 시들은 작지만 사물을 깊게 천착하는 특징이 있으며, 곳곳에 놀라운 발견이 있다. 반면 남쪽에서 쓴 시와 『차가운 봄』(*A Cold Spring*)의 작품은 1939년부터 1946년까지 쓰여진 것들로, 대체로 외부 세계의 광경을 집중 묘사하는 작품들이다. 비숍은 이 북쪽에 거주할 당시 그 시선은 언제나 사람이나 경치에만 쏠려 있는 것이 아니라 더러 그녀 말대로 "상상의 섬(islands of the Imagination)"에도 가 있었다("On Being Alone" 18). 1935년에 발표된 「지도」는, 사실과 상상의 세계를 넘나드는 광활하면서도 치밀한 상상력을 보여준다. 그것은 비숍이 뉴욕 그리니치빌리지(Greenwich Village)에서 쓸쓸하게 보내던 어느 겨울날, 벽에 걸린 지도를 보고 쓴 시이다.

이 지도는 "녹색으로 그늘진" 육지, "평평하고 고요한" 뉴펀들랜드, "유리 밑의 만(灣)", "바다까지 뛰어나가는" "읍의 이름들", "인접 산맥을 넘는" "도시 이름들"이 나오는 여느 지도와 같다. 그러나 이런 객관적 묘사 속에서도 상상력은 작용하고 있다. 지도에는 육지 가장자리를 따라 그림자가 그려져 있는데, 화자는 그것으로 해안선의 실제 모습을 상상한다. 즉 해안선 절벽에 난 잡초들은 바다 쪽, 즉 육지의 녹색에서 바다의 푸른색 쪽으로 매달리듯이 나 있다("Shadows, or are they shallows, at its edges / showing the line of long sea-weeded ledges / where weeds hang to the simple blue from green")는 것이다. 또 육지는 바다를 흐트러지지 않도록 허리를 구부려 조심하여 밑에서부터 당겨 올리지 않는가 하고 묻는 것도, 상상력에서 나온 유머이다.

> 뉴펀들랜드 그림자는 평평하고 고요하게 놓여 있다.
> 래브라도는 황색인데, 그곳엔 꿈에 잠긴 에스키모가
> 기름을 뿌려놓았다. 아름다운 만(灣)이 꽃으로 필 것을 기대하듯이,

혹은 보이지 않는 물고기에게 깨끗한 어망을 주기라도 하듯이
우리는 유리 밑의 만을 쓰다듬을 수 있다.
바닷가 소읍(小邑)의 이름들은 바다까지 뛰어나가고,
도시의 이름들은 인접 산맥을 넘는다.
—여기서 인쇄공도 감정이
그 원인을 훌쩍 넘을 때의 홍분을 체험한다.
이들 반도(半島)가 피류의 부드러운 촉감을 쓰다듬는 여인들처럼
엄지와 검지 사이의 물을 잡는다.

The shadow of Newfoundland lies flat and still.
Labrador's yellow, where the moony Eskimo
has oiled it. We can stroke these lovely bays,
under a glass as if they were expected to blossom,
or as if to provide a clean cage for invisible fish.
The names of seashore towns run out to sea,
the names of cities cross the neighboring mountains
—the printer here experiencing the same excitement
as when emotion too far exceeds its cause.
These peninsulas take the water between thumb and finger
like women feeling for the smoothness of yard-goods. (*CP* 3)

래브라도는 에스키모가 기름을 뿌려서 황색이라고 말하는가 하면,
만에서는 꽃이 피고, 또 만은 보이지 않는 고기의 어망이 되어준다고 암
시한다. 이 꽃과 어항을 쓰다듬어 보는 것도 상상의 손이다. 이런 지도
를 인쇄하는 인쇄공은, 감정이 그 원인보다 더 커졌을 때의 홍분을 느낄
것이라고 한다. 또 반도는, 여인들이 부드러움을 느끼려고 천을 만져 보
는 것처럼 만의 물을 만져볼 것이라고 한다. 무미건조한 지도에 인간적
인 감정을 불어넣어 한결 생동감을 가진 미적 구조로, 나아가서는 예술

품으로 승화시킨다.

셋째 연에서 육지의 구르는 언덕은, 실은 바다의 파도를 본받아 생긴 것이고, 지도의 바다가 육지보다 더 조용함은 마음의 귀로 듣기 때문이다. 노르웨이는 산토끼가 흥분하여 남쪽으로 달려가는 형상이고, 단면도는 육지의 높이뿐만 아니라 바다의 깊이까지 보여준다. 나라마다 특정한 색깔을 칠한 것을 보고 화자는, 그 색깔은 누가 정했는가를 묻는다. 이 시는 지형학에서는 특별히 어떤 지방을 더 크게 그려주는, 그런 편애가 있을 수 없다고 한다("Topography displays no favorites"). 또 그 지도에서 북쪽이 "서쪽만큼 가깝다"면 그것은 또 서쪽만큼 멀기도 한데, 그 이유는 지도의 이미지는 만질 수 있는 그 무엇과는 연결이 안 되기 때문이다(Costello 237).

지도제작자는 일반적인 생각만큼 객관적이지 않음을 암시한다. 그는 상반된 두 가지 작업을 하는데, 하나는 지형을 객관적으로 재현하는 것이고, 다른 하나는 지도가 미적 형식을 갖도록 예술적 감각을 살리는 일이다. 지도제작자는 전체적 조화에 맞춰 나라별 색깔을 정한다. 2행에서 육지는 "녹색으로 그늘져 있다" 함도, 지도는 그 자체의 형식과 미를 가진 예술품으로 처리했기 때문이다. 역사가는 어디까지나 과학적, 객관적이지만, 지도제작자는 그보다 더욱 미학적으로 고려한다. 그는 추상적인 컬러리스트이지만, 바다와 땅을 새로 표현한다는 점에서 시인과 비슷하다. 세계를 조심스럽게 축소하고 재현하고, 색깔이나 선으로 톤, 정서를 표현하는 것 모두 시인과 비슷하다(Travisano 41).

비숍이 「지도」에서 현실과 상상의 조화를 보여 보여줬다면 「상상의 빙산」("The Imaginary Iceberg")(*CP* 4)에서는 빙산을 통해 자신이 상상한 "서리 낀 예술의 궁전"(Kalstone 26)을 제시한다. 이 시의 화자가 여행이 끝장 나더라도 배보다는 빙산을 갖겠다("W'd rather have the iceberg than the ship, / although it meant the end of travel")는 것은 소통과 교류보다는 외외(巍巍)한 절대 경지를 원한다는 뜻이다. 이 빙산은 실재하지 않지만, "그루터기처럼 조용하고(stock-still)", 대리석처럼 움직이는("moving marble") 바다 위에 엄숙하게 떠있어, 경이롭고 신비롭다. 2연에서는 이 빙산이 화자의 고고한 예술적 경지임을 암시한다. 빙산은 "눈이라도 빼 줄 경치(a scene a sailor'd give his eyes for)"가 될 만큼 고혹적이고 의연하므로, "배는 무시당할(The ship's ignored)" 수밖에 없다. "그 거울 같은 꼭대기(its glassy pinnacles)"가 교류하는 것은 "하늘의 타원 성운(elliptics in the sky)"이며, 그 경치를 보고 감탄하는 관광객의 소리는 "서투른 수사(artlessly rhetorical)"에 그친다. 빙산의 "하얀 봉우리의 지혜는 / 태양과 치고받는다(The wits of these white peaks / spar with the sun)". 그러나 "빙산은 그 무게를 / 이동하는 무대 위에 올려놓고 서서 응시할(Its weight the iceberg dares / upon a shifting stage and stands and stares)" 뿐이다. 빙산이 "안에서 면을 깎아(cuts its facets from within)" 다이아몬드 면 같은 면을 만드는 것은, 예술가의 자기 수련과정과 다르지 않다. 그러나 우리는 이런 차고도 참혹한 공간을 견딜 수 없어 빙산을 벗어나 "구름이 더 따뜻한 하늘로 달리는(clouds run in a warmer sky)" 곳으로 떠난다. 빙산은 전혀 보이지 않는 요소로부터 저절로 만들어지지만, 무형이 아니라 "살이 있고, 아름답고, 불가분으로 서 있다(fleshed, fair, erected indivisible)". 이 상상의 빙산은 위험천만하지만, 그것이 비숍 자신의 폐쇄적인 삶과 예술에 대한 은유이기도 하다.

「지도」와 「상상의 빙산」에서 삶이든 예술이든 그녀 자신의 내면이 상상을 통해서 구체화된다면 「인간 나방」("Man-Moth")은 정신적으로 공허한 삶을 살아가는 인간에게 초점을 맞춘다. 비숍이 대학을 나와 뉴

욕에 머무를 때인 25세 때 쓴 이 작품은, 우리나라 이상(李箱)의 '조감
도'(鳥瞰圖)가 오식(誤植)으로 "오감도(烏瞰圖)"가 되었듯이, '맘모
스'(Mammoth)가 오식으로 "인간 나방(Man-Moth)"이 되었다. 이 시의
주인공은 제목이 암시하듯이 인간이면서 나방이어서, 친숙한 현실과
기괴한 환상의 세계를 카프카의 『변신』의 주인공처럼 넘나들어, 로웰
(Robert Lowell)은 카프카의 작품만큼 독창적이라고 한다("From an
Interview" 197). 또 그는 달빛을 찾아 날아오르는 나방이처럼 빛을 추
구하는 지상세계와, 고치 속처럼 어둡고 외로운 지하세계를 용케 넘어
다닌다.

> 여기 위에
> 건물의 금에는 망가진 달빛이 가득 들어 있다.
> 인간의 전 그림자는 그의 모자만큼 클 뿐이다.
> 그림자는 그의 발치에 인형 하나가 설 정도의 원(圓)처럼 놓여 있고,
> 그는 끝이 달의 자력에 끌리는, 거꾸로 선 핀이 된다.

> Here, above,
> cracks in the buildings are filled with battered moonlight.
> The whole shadow of Man is only as big as his hat.
> It lies at his feet like a circle for a doll to stand on,
> and he makes an inverted pin, the point magnetized to the moon. (*CP* 14-5)

달빛 속에서는 사물이 환상적으로 보이는 만큼, 이 '인간 나방'도 핀
의 끝이 달로 향해 거꾸로 선 것처럼 거꾸로 서 있다. 그러나 이 인간 나
방은 가끔 보도(步道)의 가장자리 밑에 있는 구멍을 통해 올라와 건물
의 얼굴에 불안하게 오른다. 그는 달이 하늘 꼭대기에 있는 작은 구멍이

라고 생각하고선 건물의 전면을 타고 가능한 한 높이 올라가 탐사하기를 바란다. 그가 튜브 같은 두루마리를 통해 빛을 향해 올라가는 것은 인간 나방의 끈질긴, 또 영웅적인 행위이다.

그러나 그의 집은 시멘트로 된 지하철이다. 이곳 또한 침침하여 사물들은 환상적으로 보인다. 지상에서 지하로 내려오는 것은 노출된 삶에서 고독과 소외의 삶으로 옮겨옴을 뜻한다. 그는 기차의 역방향에 앉아서 감히 바깥을 내다보지도 못하는데, 왜냐하면 세 번째 레일이 창가로 달리는 것은 그에게는 독(毒)으로 느껴지기 때문이다. 그의 삶은 꿈에서나 생시에서나 매일 침목이 지나가는 것처럼 단조롭고 반복적이다. 그는 불안하고 비이성적인 공포를 느낀다.

그런데 만일 누가 그를 잡아 플래시를 비춘다면, 그는 불빛에 꼼짝 못하는, 시각이 퇴화된 동굴 속 동물 같은 반응을 보일 것이다. 그는, 벌이 위급하면 유일한 무기이고 생명인 침으로 쏘듯이, 눈에서 눈물 한 방울을 내놓을 것이다. 그러나 그는 순박하게 그것을 손바닥으로 훔쳐 곧 삼켜버릴 것이다. 만약 우리가 그것을 보게 된다면, 그는 그것을 건네줄 것이고, 또 우리가 그것을 맛본다면 충분히 차고 맑음을 알 것이다. 그것은 다름 아닌 차고도 맑은 그의 영혼이기 때문이다. 이 시에서 비숍이 탐구하는 것은 도시인의 좌절된 어두운 삶이다. 인간 나방은 영웅적으로 무엇을 추구하는 자이고, 예술가이고, 겁쟁이고, '촌놈'이지만 (Travisano 31), 그는 더 없이 순수하고 내면의 노출을 꺼리는 자이기도 하다. 눈물을 건네줌은 희생과 자기노출을 감내하겠다는 뜻이다. 플래시를 갖다 대면 눈꺼풀의 털이 난 지평선 안쪽에 보이는 것은 어둠("an entire night")이다.

인간 나방의 삶은 「사랑이 누워 자네」("Love Lies Sleeping")(*CP* 16-7)에서 여러 가지 환경에 위협 당하는 인간으로 나타난다. 이 시는 첫 부분과 끝부분에 각각 '이른 아침'과 '큐피드'에게 부탁하는 내용으로 되어 있는데, 첫 부분에서는 '이른 아침'에게 현란한 밤의 빛과 숙취 속의 불빛들을 거둬가고 낮을 가져오라고("now draw us into daylight in our beds") 한다. 바깥은 차츰 밝아져 유리병 속 "화학 정원(chemical garden)"같은 도시를 드러낸다. 사고사를 떠올리는, 꽝 하는 굉음이 들리고, 살수차가 지나가자, 그 건물 곳곳에는 무엇을 치고 긁는 온갖 소리가 몰려오는데, 그것은 경고의 소리이면서 큐피드에게 부탁하는 소리이다. 이 시의 화자는 모든 사람의 가슴에 들어 있는 큐피드에게, 그는 결국 사람의 마음속에 사니까 사람들이 큐피드의 일 즉 사랑하는 일을 하러 나갈 때 그들은 애정으로 대하고, 벌하더라도 가볍게 하라고 당부한다("Scourge them with roses only"). 왜냐하면 다음 아침이 오면 몇몇 사람은 침대 가장자리에 머리를 떨어뜨리고 얼굴을 돌려, "도시의 // 이미지가 거꾸로 왜곡된 채 / 그의 뜬 눈에 나타날 테니까(the image of // the city grows down into his open eyes / inverted and distorted.)". 화자는 말을 고쳐 "아니 내 의미는 / 그가 조금이라도 볼 수 있다면 / 왜곡되고 게시된 모습을 볼 테니까(No. I mean / distorted and revealed, / if he sees it at all)"(CP 17)라고 말한다. 가드너(Thomas Gardner)는 이 두 부탁의 말 속에는 "잠재적으로 불능을 가져오고, 잠재적으로 계시의 압력"도 가져오는 내용이 들어이다고 한다(43).

1935년 여름, 대학을 졸업한 비숍은 무어로부터 몇 명의 프랑스 현대 시인의 이름을 소개 받아 프랑스로 건너간다. 대학 친구였던 제지회사 사장의 딸 루이스 크레인(Louise Crane)으로부터 재정적인 도움을 얻어, 그녀는 브르타뉴(Bretagne)의 작은 어촌에서 한 달을 보낸 후, 파리에 와서도 몇 달을 보낸다. 그 후 1937년 여름에도 파리를 방문하는데, 이때 그녀는 프랑스 아방가르드 시인과 친분을 쌓는다. 그녀는 "나는 30

년대에 초현실주의에 대해 관심이 많았고"(Brown 294-95) 프랑스에 있을 때 "초현실주의 시와 산문을 많이 읽었죠"(Brown 297)라고 이야기한 적이 있지만, 그녀는 정통 초현실주의자가 된 것은 아니다. 그녀는 '심리 자동현상'(psychic automatism)에는 전혀 관심이 없었고, 브르통(André Breton)의 「초현실주의 선언문」("Manifesto of Surrealism")에도 냉담했다. 그녀가 초현실주의자와 공통점이 있다면, 꿈같은 상태에 대한 관심뿐이었고, 꿈을 다루는 방법도 그들과는 근본적인 차이가 있었다. 멀런(Richard Mullen)에 따르면, "그녀는 논리적 통제를 뒤집으려고 하지도 않고, 우리들이 세상을 지각할 때, 의식의 힘과 무의식의 힘의 역할 사이에 '분열'(split)이 있음도 인정하지 않으려 했다"(64). 그러나 이런 태도는 초현실주의를 염두에 두고 쓴 실험작인 「파리 오전 7시」("Paris, 7 A. M.")를 읽으면 엿볼 수 있다.

> 나는 아파트의 각각의 시계에 한 번씩 간다.
> 무식한 얼굴에서부터, 어떤 바늘은 연극적으로 한쪽을 가리키고
> 어떤 바늘은 다른 쪽을 가리킨다.
> 시간은 별이다. 시간은 너무
> 갈리어져 나와, 나날은 교외를 도는 여행이고,
> 별을 에워싸는 원이고, 겹쳐지는 원이다.
> 겨울 날씨의 짧은 반음(半 音) 음계가
> 펼친 비둘기 날개다.
> 겨울은 젖은 깃털로 죽은 날개, 비둘기 날개 밑에 살아 있다.

> I make a trip to each clock in the apartment:
> some hands point histrionically one way
> and some point others, from the ignorant faces.
> Time is an Etoile; the hours diverge

so much that days are journeys round the suburbs,

circles surrounding stars, overlapping circles.

The short, half-tone scale of winter weathers

is a spread pigeon's wing.

Winter lives under a pigeon's wing, a dead wing with damp feathers. (*CP* 26)

이 시에는 현실과 비현실이 섞여 구분하기가 어렵다. 시계 바늘도 "연극적으로" 각각 다른 곳을 가리키고 있어 일관성이 없다. "시간 (time)"은 "별(Etoile)"처럼 높은 곳에 있다. 그것은 선형(線形)으로 흘러 내려야 질서가 서겠지만, "시간(hours)"이 "너무 / 갈리어져 나와, 나날 은 교외를 도는 여행이고, / 별을 에워싸는 원이고, 겹쳐지는 원이다." 즉 "시간"이 단선으로 흐르지 못하고, 복선으로 흐르거나, 같은 곳을 맴 돌거나, 서로 겹쳐져 있다. 이런 곳에 "겨울 날씨의 짧은 반음 음계"가 "펼친 비둘기 날개"로 가시화 되고, 그 가시화된 반음의 겨울이, 펼친 비 둘기의 죽은 날개 밑에 고여 있다.

이 시는 사실적 표현을 극복하기 위한 실험인 만큼, 사실성을 배제하 려고 애썼다. 그럼에도 불구하고 시간과 장소를 명기하고 창 밖으로 내 다보이는 경치를 사실적으로 제시하여 전체 시가 단단한 구조 위에 서 있다. 비숍은 어떻게 초자연적인 요소와 사실적인 요소를 결합하여 한 층 더 높은 리얼리티를 얻을 것인가에 대해 고민한 듯하다. 이 이후에도 그녀는 이처럼 난해한 시는 쓰지 않았던 것을 보면 리얼리티 획득에는 비현실적인 것이 크게 도움이 되지 않음을 알았을 것이다.

비숍은, 객관적 묘사와 상상력은 배타적인 관계가 아니라 서로 보완 해 주는 관계라고 보았다. 그녀는 한 에세이에서 자신이 추구하는 정확 성이란 세세한 면까지 정밀한 언어로 표현하는 것만이 아니라고 한다. 진정 포착해야 하는 것은 사물의 고유한 생명과 인간적, 동물적 신비라고 한다. 비숍은 발데스(Gregorio Valdes)라는 화가에 대해 글을 썼는데 (*The Collected Prose* 51-60), 그 화가가 한번은 세면대 옆에 있는 수건걸이를 없애고 그 대신 수건걸이와 꼭 같은 그림을 그려뒀더니, 그의 아저씨가 세수를 한 뒤 모르고 그 그림의 수건을 당기려 했다고 한다. 트라비사노는 비숍의 그 발데스에 대한 이야기에서 그녀의 예술론을 다음과 같이 유추해낸다.

> 그녀는 정밀성(precision)을 중요시했지만, 고전적 '있을 법한 일'(verisimilitude)이 목표는 아니었다. 사실 그녀는 그것이 방해가 될 수 있음도 암시했다. 그녀가 느낀 발데스의 매력의 비밀은 다른 데 있었다. 그의 많은 작품은 비숍의 작품처럼 다른 작품을 베낀 것이 많다. 그러나 「커다란 졸작 그림」("Large Bad Picture")이 보여주듯, 2차 재료에서 베낀 것이라고 해서 신선함이 없는 것은 아니다. 신선함은 예술가가 어떻게 반응하느냐, 그 반응의 질에서 나온다. 발데스는 변별성이 없었다. (93)

비숍에게는, 예술에서 사실성이나 정확한 묘사보다도, 낡은 것이든 새로운 것이든 예술가가 사물에 어떤 반응을 보이느냐가 더 중요하다는 말이다. 「커다란 졸작 그림」에서 화자는 자기 종조부가 그린 졸작 그림에 창의적인 반응을 하여 그림은 졸작이지만 그것에 근거한 시는 성공작으로 만든다. 화자는 이 바다풍경 그림에서 몇 군데 결점을 찾아내는데, "완벽한 파도(perfect waves)", "탄 성냥개비 같은 노(櫓)(their spars like burnt match-sticks)", "층운 속에 n자로 걸려 있는 검은 새 (black birds / hanging in n's in banks)"가 그 예이다. 그러나 그는 6연에서 획기적인 변화를 일으킨다. 즉 어설픈 그림이지만 바다에 대한 욕구가 어느 정도 충족되자, 이 그림을 완전하게 만드는 일을 돕고 나오기 때문이다. 또 상상력을 작용하여 그 뒷부분의 태양과 배가 지적인 존재인 것처럼 보이게까지 한다. 게다가 화자는 반복적으로 "rolling", "crying", "round" 같은 낱말을 써서 한층 시적 분위기를 띄운다 (Travisano 91). 요컨대 그는 형편없는 그림을 대했어도, 그것을 새롭게 인식함으로써 풍요로운 의미를 창조할 수 있었던 것이다.

한편 비숍은 「조반을 위한 기적」("A Miracle for Breakfast")(CP 18-9)에서 환상까지도 정확하고 실감 있게 표현한다. 이 작품은 각 연 여섯 행이, 정해진 여섯 낱말로만 끝나는 '세스티나'(sestina) 형식이다. 이 시는 대공황 때 자주 있었을 실업자 무료 급식소 광경 같은 장소를 제시하는데, 급식을 기다리는 사람들은, 그리스도의 기적에서처럼 다들 큼직한 빵과 커피를 배급받을 것이라고 상상한다. 그러나 발코니에 나타난 사람은, 기다리는 사람들에게 빵 부스러기와 커피 한 방울을 나눠줄 뿐이고 기적은 일어나지 않는다. 화자는 곧 "빵 조각에 가까운 한 눈으로 (with one eye close to the crumb)" 환상을 보게 된다. 정상적인 눈이 아니라 "빵 조각"으로 환영을 보는 셈인데, 거기엔 아름다운 빌라가 서 있고, 커피 냄새가 흘러나오고, 새들이 만든 발코니가 있고, "회랑과 대리석 방(galleries and marble chambers)"이 있고, 곤충, 새, 강(江) 등이 만든 "나의 빵 조각 / 나의 저택(My crumb / my mansion)"이 있다. 그는 환상을 보기 때문에 "빵 조각"과 저택이 구분이 안 된다. 곤충이 밀의 수정(受精)을 도왔듯이 새와 강도 그 빌라를 만드는데 도왔을 것이다. 그는 발을 올려놓고 한가하게 커피를 마시는 환상을 가진다. 그러나 기적은 태양빛을 반사하는 건너 쪽 엉뚱한 발코니에서 일어나는 것 같다. 그러나 이 환상도 마지막 연(envoy)에서 키츠의 「나이팅게일 송시」("Ode to a Nightingale")에서처럼 깨어지고 만다. 이때의 환상은 결코 기적이 아니며, 늘 보던 사물이라도 열심히 오래 관찰하면 다른 모습으로 보이는 그런 착시현상이다.

이처럼 비숍은 1937년 이전에는 대체로 폐쇄된 생활과 사고를 했고 이런 점이 시에도 잘 나타나 있다. 즉 그녀는 사실성에 기반을 두고 시를 썼지만, 그것은 쉽게 환상 혹은 상상과 섞이는 것이었다. 그녀는 이 기간 동안 다양하게 사실성을 실험해 보았지만 그녀의 글에 결정적인 변화를 준 것은 다름 아닌 환경의 변화였다. 그녀는 플로리다(Florida)로 이사를 가게 되는데 거기서 그녀는 새로운 삶, 생각, 시적 방법을 모색한다.

III

비숍이 1939년 플로리다에 내려 간 후 쓴 「플로리다」("Florida")에는 종전의 작품과는 다른 특성이 나타난다. 맹그로브 뿌리가 엉켜 있는 플로리다주의 한 늪을 묘사하는 것으로 시작하는 이 시는 시각적으로든 청각적으로든 자연의 모습을 대단히 사실적으로 제시하여, 겉으로는 어디에도 화자의 내면이나 관념적인 주제가 암시되어 있지 않는 것 같다. 낭만적이지도 않고 현란하지도 않다. 심지어 죽어서 해골을 남긴 것도 있는 그대로 생생하게 표현되어 있다. 플로리다 이전 시는 시인의 명상의 결과로, 시의 속은 소라의 속처럼 말려져 깊이 박혀 있지 않았던가.

이 시는 마치 여러 보석을 꿰어 목걸이를 만들 듯이 여러 이미지를 꿰어놓았다. 이 시의 호흡 또한 부드럽고 무리가 없다. 한 행에 네 번 강세가 들어가지만, 관찰 대상에 맞춰 강세의 수나 행의 길이가 달라진다. 트라비사노는 이것은 무어의 영향이라고 하는데, 무어는 시의 첫 부분에서 여러 가지를 진열하는 특성을 가졌다(60). 그리고 긴 문장도 여러 개의 개별 이미지를 꿰어 놓은 것 같다.

가장 아름다운 이름을 가진 주(州),
소금물에 떠 있는 주,
맹그로브 뿌리로 한 덩어리가 된 주
살아있을 땐 무더기무더기 굴을 붙여 주고
죽었을 땐 점점이 폭격을 맞은 듯 하얀 늪에 해골을 뿌려두고,
풀이 돋아나는 고대의 대포 탄알 같은
파란 작은 언덕을, 뿌려 두는.
푸르고 하얀 긴 S자형의 새와,
울화가 터져 매번 갑작스레
음계를 높이는, 보이지 않는 신경질적인 새들이
가득한 주.
스스로의 현란함에 당황하는 풍금조.
그리고 어릿광대 놀음이 재미인 펠리컨.

The state with the prettiest name,
the state that floats in brackish water,
held together by mangrove roots
that bear while living oysters in clusters,
and when dead strew white swamps with skeletons,
dotted as if bombarded, with green hummocks
like ancient cannon-balls sprouting grass.
The state full of long S-shaped birds, blue and white,
and unseen hysterical birds who rush up the scale
every time in a tantrum.
Tanagers embarrassed by their flashiness,
and pelicans whose delight it is to clown. (*CP* 32)

이 시의 가장 큰 특징은 터져 나오는 싱싱한 이미지이지만, 그러나 전체를 한 꺼풀만 벗기면 화자의 인식과 책략을 지각할 수 있다. 객관적인 묘사 같지만 그 뒤엔 희극적인 묘사, 과소평가, 의인화 등 여러 기법이 들어있다. 우선 "하얀 늪에 해골을... / 뿌려놓은 맹그로브 뿌리", "울화가 터져 매번 갑작스레 / 음계를 높이는, 보이지 않는 신경질적인 새", "어릿광대 놀음이 재미인 펠리컨", "해변에 조개삿갓 붙은 껍질과 / 사람 눈 두 배인 / 둥그런 눈구멍[眼窩]이 있는 커다란 하얀 해골(their barnacled shells on the beaches, / and their large white skulls with round eye-sockets / twice the size of a man's)"을 남기는 거북 등은 모두 희극적인 의인화이다. 이러한 묘사는 과학자의 객관적 묘사와는 달리 자연의 모습을 인간적인 용어로 해석한다.

또 죽음의 에너지와 삶의 에너지가 대조를 이룬 것도 볼 수가 있다. 사실 조류(鳥類)나 식물들이 강한 생명력을 내뿜고 있지만, 그 뒤에는 거북 껍질이 보여주듯 죽음이 온다는 것을 보여준다. 또 이 시의 시간적 이동을 볼 때, 대낮에서 밤으로 이동을 하는데, 이것 또한 화려한 삶에서 죽음으로의 이동을 시사한다. 그렇더라도 이 시의 힘은 그런 암시적인 주제에서 비롯되는 것이 아니라 사물이 갖고 있는 힘에서 나온다. 이 작품은 종전의 내적 풍경의 제시나, 화자의 방식으로 세계를 재구성하는 방법을 보류한 것 같다.

「플로리다」가 삶의 활력과 죽음의 대조를 다뤘다면 「쿠치」("Cootchie")는 자연의 흑백과 인간의 흑백 문제를 다룬 작품이다. 백인인 미스 룰라(Miss Lula)가 평생 데리고 있던 흑인 하녀 쿠치(Cootchie)가 세상을 떠난다. 미스 룰라는 귀가 먹어서 쿠치가 죽었다는 이야기도 제대로 듣지 못하니 도덕적 양심이 귀먹었다는 암시이다. 까만 쿠치가 묻힌 곳은 이백토(泥白土)라는 하얀 흙 속이고, 그 장례일은 하늘이 "달

갈처럼 흰(egg-white)" 날이었다. 이런 인간과 자연의 흑백 대조는 어떻게 보면 조화롭지만, 인간의 흑백은 아픈 차별을 야기시킨다. 백인과 흑인은 저녁을 먹을 때도 장소가 다르다. 이런 인간적 차별을 받았던 쿠치가 묻힌 무덤은, 등대는 알 테지만("the lighthouse will discover Coochie's grave"), 대수롭잖은 것으로 쳐버리고, "바다는 필사적으로 / 꼬리에 꼬리를 문 파도만 내보낸다(the sea, desperate, / will proffer wave after wave)". 쿠치에 대해 자연은 너무 무심하고, 자연의 질서를 따르는 바다도, 인종차별이라는 섭리의 위반을 보고도 "파도만 내 보낸다".

일년 뒤에 발표된 「물고기」("The Fish")도 관념적인 진술은 없지만 그 마음의 관찰을 통해 특별한 주제를 보여준다. 이 시의 화자는 거대한 물고기를 잡아 입가에 낚시를 꼭 끼운 채 보트 옆에 달아 오는데, 그 물고기는 망가졌지만 존경스럽고 수수하다. 그 갈색 피부는 오래된 벽지마냥 너덜너덜하고, 거기엔 삿갓조개와 하얀 바다 이[虱]가 붙어 있다. 피로 물든 아가미가 산소를 내 쉬는 것을 보고, 화자는 하얀 살과 큰 모란꽃 같은 분홍빛 부레를 상상한다. 그는 자신의 눈보다 훨씬 큰 고기의 눈을 응시하는데, 눈 속의 홍채는, 젤라틴 같은 렌즈를 통해 보는 바랜 은종이 같다. 물고기는 눈을 조금 움직였지만 화자에 대한 답례는 아니다. 그것은 햇빛을 향하여 은박지를 살짝 건드리는 것 같다. 아랫입술엔 낡은 낚싯줄이 다섯 개가 달려 있는데, 고기가 그것을 끊었을 때, 팽팽했다가 끊어져, 끝은 오그라져 있다. 입에 너덜거리는 낚싯줄은, 리본 달린 매달 같고, 낚싯줄의 다섯 오라기는 지혜의 수염 같다. 볼수록 승리감이 작은 전셋배를 가득 채우고, 뱃바닥 괸 물에는 기름이 무지개를 펼쳐놓은 것 같다. 오렌지색 녹이 낀 파래박, 햇빛에 금이 난 가로장, 끈 달린 노걸이 뱃전까지 모든 게 무지개가 아닌가! 화자는 자신도 모른 채 물고기를 놓아 준다.

이 시는 사실적으로 묘사를 하면서 물고기에 대한 반응을 시시각각 달리하고 그것을 축적하여 종결부분에서는 하나의 높은 인식에 도달한다. 이 시에서도 몇몇 형용사는 인간의 행동이나 태도를 나타내어, 이 물고기도 은연중에 외경심을 불러낸다. 즉 "불평의(grunting)", "망가졌지만(battered)", "존경스럽고(venerable)", "수수하게(homely)" 같은 표현이 작용한 것이다. 화자가 고기 입에 박힌 다섯 개의 낚시 바늘을 이야기할 때 시는 예리한 관찰에서 도덕적 이야기로 바뀐다. 「조반을 위한 기적」("A Miracle for Breakfast")에서처럼 이 집요한 관찰은 끝내 거의 종교적인 비전까지 끌어내는데, 상처를 입은 영웅적인 순교자가 떠오르기 때문이다.

이 시는 종결부분에서 특이한 에피파니를 보여준다. 화자는 이런 거물을 잡았으니 전셋배에는 승리감으로 가득 찼다고 말한다. 그러나 화자의 시선은 다른 아름다움에 뺏겨 있다. 녹슨 엔진 둘레의 괸 물에서부터 오렌지색 녹이 낀 파래박, 햇빛에 금이 난 가로장, 끈 달린 노걸이 뱃전까지, 기름이 둥둥 떠 있어, 온 주위가 "무지개, 무지개, 무지개!(rainbow, rainbow, rainbow!)"이다. 이것은 기름만의 무지개가 아니라, 고기의 무지개이고, 화자의 도덕적, 정신적인 무지개이기도 해서, 여기도 비치고 저기도 비친다. 화자는 자기도 모르는 사이에 모든 사물이 다 아름다움으로 연결되어 있다는 깨달음을 얻는다. 그 뒤의 행동은 무의식적으로 고기를 놓아주는데, 이런 행동은 합리적인 결론에 의해서가 아니라 직관적으로 이뤄진다. 이때의 에피파니는 어떤 논리적인 결론이 아니라, 순간적 깨달음이고, 잠깐 스쳐 가는 우주에 대한 통찰이다. 불교적으로 보면, 화자는 물고기를 약간 편집증적으로 보아 왔는데, 이것은 그의 마음이 말하자면 '기반(羈絆)'에 얽매어 있었다는 증거이다. 그러나 무지개의 황홀한 빛깔과 만유(萬有) 속에 내재하는 그 아름다움을 보고는 스스로 기반을 벗어 던지고 황홀감과 해방감에 휩싸인다. 그는 곧 물고기를 놓아준다.

문학사가들은 이미지즘의 원칙을 이용한 이 특이한 비숍의 사실적 재현 방법을 충분히 인식하지 못했다. 로웰(Robert Lowell)은 16년 뒤 이 방법으로 처음으로 「스컹크 시간」("Skunk Hour")와 『인생 연구』(*Life Studies*)를 쓴다. 그는, 비숍의 기법 즉 과소평가된 이야기체, 극적으로 전개되는 이미지와 강한 디테일, 표면은 비개인적이지만 그 표면을 뚫고 나오는 고백적 계시(revelation) 등의 기법을 배우게 되는데, 이런 기법이 시단에 신선한 충격을 주었고, 그의 영향은 또 다른 시인에게도 미친다. 이처럼 이 묵시적 서사 기법은 원래 비숍의 것이었으나 후일 이 시대의 일반적인 기법 중의 하나가 된다(Travisano 154).

비숍의 두 번째 시집 『차가운 봄』은 애쉬베리(John Ashbery)를 필두로 하여 많은 비평가들이 첫 시집만큼 훌륭하지 않다고 한다. 애쉬베리는 이 시집에 "약간 실망을 했으며", 첫째 시집의 높은 수준과는 거리가 있다고 했다(203). 그러나 「2,000 개 이상의 삽화와 완벽한 용어색인」("Over 2,000 Illustrations and a Complete Concordance")(*CP* 57-59)과 「집어장에서」("At the Fishhouse")(*CP* 64-66)는 대체로 첫 시집의 수준을 유지한다고 한다. 「2,000개 이상 . . .」을 먼저 보기로 하자.

이 작품은 성경의 삽화를 살피는 첫째 부분, 시인의 여행을 보여 주는 둘째 부분, 성경으로 돌아와 그리스도의 탄생에서 계시의 에너지를 느끼는 셋째 부분으로 나뉘어져 있다. 화자는 첫 행에서 성경의 삽화를 보고 떠났던 실제 여행이 무의미했음을 토로한다. 그는 그것이 성경처럼 "진지하고 새겨둘 만한(serious and engravable)" 정도가 아니었다고 아쉬워한다. 성경에 그려놓은 그림도 사실은 "슬프고 조용하기만 하여(sad and still)" 성경의 깊은 의미를 체화시키지 못한다. 세계7대 기적의 장면, "묘소(Tomb)"와 "묘혈(Pit)"과 "지하납골당(Sepulcher)"을 가리키는 한 아랍인의 모습, 낙타나 말과 함께 인간이 사라진, 대추야자, 자갈만 깔린 정원, 말라버린 샘, 벽돌 도관의 삽화가 있고, 보이지 않는 실에 매달린 듯한 점점의 새와, 또 실에 끌려 올라오는 듯한 연기의 삽화가 깊은 감동을 주지 못한다. 한 페이지에 걸쳐 있는 삽화든, 대각선으로 배열된 여러 장면의 삽화든, 점각(點刻)의 원 안에 배열된 삽화든, 자세히 보면 이들은 모두 분해되어 버린다. 화자는 새겨놓은 선 자체를 따라가지만 이미지의 내적 의미를 충분히 터득하지 못하고 이미지마저 잃어버린다.

> 끌로 새겨 넣은 선, 모래 위에 물결처럼 떨어져
> 움직이는 선,
> 그리고 고통스럽게, 마지막으로,
> 물 같은 프리즘의 흰색 푸른색으로 점화하는 선들을 가로질러
> 퍼져가는 신(神)의 지문(指紋), 폭풍을 흩으며,
> 시선은 무겁게 떨어져 내린다.

> The eye drops, weighted, through the lines
> the burin made, the lines that move apart
> like ripples above sand,
> dispersing storms, God's spreading fingerprint,
> and painfully, finally, that ignite
> in watery prismatic white-and-blue. (CP 57)

강판에 그리느라 끌로 새긴 선들 사이로 시선이 떨어지면서 신의 지문, 폭풍 같은 이미지도 해체해 버린다. 그 선들은 모래 위 물결무늬 같다. "물 같은 프리즘의 흰색 푸른색으로 점화하는 선들"은 둘째 부분에

서 실제 여행담을 들려주도록 동기를 점화시키는 선들이다. 결국 삽화가 기대했던 질서는 와해되어 모래바람으로 흩어지는가 하면 "퍼져가는 신의 지문"도 별로 안심을 주지 못한다.

이 여행은 진짜 여행의 대안이 될 수 없다. 둘째 부분은, 여러 나라의 실제 여행의 추억이다. 일곱 곳의 여행 기억인데, 성경의 삽화와 배경은 비슷하다. "세인트 존 협곡(Narrows at St. John)"의 기억, 로마 베드로 사원에서의 실망감, 멕시코에서의 죽은 자와 죽은화산의 목격 등은 정신적인 공허함을 느끼게 한다. 그리고 뚱뚱한 안내인이 추파를 던지던 볼루빌리스(Volubilis)의 속악성, 딩글항(Dingle港)의 산기(産氣) 있는 공작부인의 모습, 벨리댄서와 창녀들을 통해 본 마라케쉬(Marrakesh)의 퇴폐상, 그 근처의 방치된 성자의 무덤의 황폐상이 화자에게 정신적인 허탈감을 안긴다. 성자의 무덤은 성경에 삽화로 나와 있는 "묘소(Tomb)"와 "묘혈(Pit)"과 "지하납골당(Sepulcher)"의 장면을 떠올린다. 이것은 실체험과 성경의 삽화가 결합되는 경우이다.

셋째 부분은 다시 그 무거운 책 성경으로 돌아온다. "모든 것이 '그리고'와 '그리고'로 연결되어 있다"로 시작한다. 체험에서나 시에서나 '그러므로'(since, therefore)가 없어도 본디 모든 것이 인과적, 상징적 연결임을 암시한다. 실제 여행은 "진지하고 새겨둘 만한" 것이 못되고, 성경의 삽화로 진실에 대한 추구도 실패했고 여행 중에 본 유적지나 성지도 실망스럽거나 당혹스러움만 안겨주었다. 그래서 "왜 우리는 거기 갔으면서도 / 유서 깊은 성탄을 볼 수 없었을까?(Why couldn't we have seen / this old Nativity while we were at it?)"라고 반문한다. 이제 셋째 방법 즉 상상을 통해서 보는 법을 시험한다. 여행에서 예수의 탄생을 볼 수 없었던 것은 사물의 연관성을 들여다보는 통찰력, 즉 마음을 통한 관찰력이 미흡했기 때문이다. 이제 마음의 투시력은 충분하여 신의 탄생을 비전으로, 즉 에피파니로 체험한다.

     —조금 열린 어둠, 빛으로 부서지는 바위,
    흔들리지 않는 숨을 멈춘
    무색의, 불꽃도 없는, 마음대로 짚에 붙은 불꽃,
    그리고 안에서 달래진, 애완동물을 데리고 있는 가족,
    —그리고 우리 아이의 시각에서 눈길을 돌린.

    —the dark ajar, the rocks breaking with light,
    an undisturbed, unbreathing flame,
    colorless, sparkless, freely fed on straw,
    and, lulled within, a family with pets,
    —and looked and looked our infant sight away. (*CP* 58-59)

  홉킨스(G. M. Hopkins)의 「별빛의 밤」("The Starlight Night")에서 별이 총총한 울타리 안의 그리스도 가족을 보듯이 이 비전으로도 그리스도의 가족을 보게 된다. 역설적이게도 어둠이 조금 열려 있고 그 안을 보면 바위가 빛으로 부서지고, 바람의 방해를 받지 않고, 숨도 쉬지 않는 불꽃이 색깔도 없이 자유로이 짚에 붙어 타고 있다. 필경 영혼의 불이거나 천국의 불이다. 또 그곳은 관능의 세계가 아닌 영혼이나 상상의 세계이다. 안에는 [아기 달래는] 소리가 나고 애완동물도 있다. 대화체 언어에서 엄격한 신성이 느껴지기보다는 가족적 분위기가 느껴지는데, 문제는 "—and looked and looked our infant sight away"이다. 이 구절이 한 가지 명료한 뜻만 가지지 않아 신탁의 말처럼 애매하면서도 그 울림과 반향은 대단히 크다. 따라서 해석이 다양할 수밖에 없다. 예컨대, 트라비사노는 우리들이 세속적인 여행에서는 영원하고 진지한 것을 찾기란 불가능함을 암시한 뒤, 신선한 "유아의 시각(infant sight)"을 얻도록 노력해야 함을 암시한다고 한다. 우리가 유아로 돌아가는 것이 아니라, 체험의 눈으로 보되 아이의 호기심과 경이감으로 보는 것이라고 한다 (121). 한편 코스텔로(Bonnie Costello)는 시적 화자가 환영(illusion)을 통하여 이 장면의 아이(유아)와 동일시되지만, 그 마지막 행은 그 동일시가 지속 불가능함을 암시한다고 한다. "away"의 뜻은 두 가지인데, 시간을 잊고 영원히 그 순수의 장면을 들여다 볼 수 있다는 뜻과, 그 반대로 그 관찰은 시간 속에서 일어나는 만큼 순수성이나 유아의 시각은 곧 사라질지 모른다는 뜻이 그것이라고 한다(137). 어떻든 이 장면은 "기독교도"들의 매력, 즉 지금 세상에서는 어렵지만 에피파니에 대한 향수를 불러내 주는 부분이라고 한다(138).

이 장면의 뜻은 결국 "다윈의 편지"("The 'Darwin' Letter")에서 말한 "자기를 잊어버리는, 완전히 무용(無用)한 집중력"에서 찾아볼 수 있다. 이 "다윈의 편지"는, 비숍이 스티븐슨(Anne Stevenson)이라는 여성에게 자신이 초현실주의자인 클레(Klee)와 에른스트(Ernst)와 어떻게 다른가를 설명하기 위해 보낸 편지이다.

> 꿈, 예술 작품 (몇몇), 일상생활에서 [보는] 언제나 더 성공적인 초현실주의의 감지, 예기치 않았던 감정이입의 순간 (그런가요?) 등은, 그게 무엇이든 실제로는 전모는 결코 볼 수 없지만, 엄청나게 중요해 보이는 것을 주변시야로 포착 가능하게 하지요. 우리가 전적으로 비합리적이라고는 믿지 않으며—저는 다윈에게 찬탄을 보내요! 다윈을 읽으면서 그의 끝없는 영웅적인 관찰, 거의 무의식적이고 자동적인 관찰로 쌓아 가는 아름답고도 단단한 사례에 감탄하게 되죠—그리고 는 갑작스런 긴장의 이완, 자기망각의 한 단계가 오고, 그의 작업이 이상하다고 느껴지게 되고, 젊은 외로운 사람이 보이고, 그의 눈이 사실과 미세한 디테일에 고정되어 있다가, 미지의 세계로 가라앉거나 어지럼증과 함께 미끄러져 들어가

는 것이 보이게 되죠. 예술을 체험할 때, 예술에서 원할 것 같은 것은, 예술 창조
에 꼭 필요한 바로 그것, 즉 자기를 잊어버리는, 완전히 무용한 집중력이죠.
("The 'Darwin' Letter")

이 글을 원 글에서 떼어 놓으니 난삽하고 애매하다. 비숍은 초현실주
의 방법이나 감정이입의 방법으로, 전모는 다 볼 수 없지만, 예기치 않
게 엄청난 것을 언뜻 보는 경우가 있다고 한다. 다윈이 거의 무의식적이
고 자동적인 관찰, 즉 "영웅적인 관찰"로 단단한 사례를 쌓아 가는 모습
을 보고 비숍은 감탄한다. 이때 갑작스럽게 긴장이 이완되면서, 그가 외
롭게 사실과 미세한 디테일에 눈을 고정시키고 있다가 미지의 세계로
가라앉거나 어지럼증과 함께 미끄러져 들어간다고 한다. 다윈의 이런
체험은 에피파니이며, 미지의 세계로 들어가는 것은 그가 비전이거나
트랜스에 든 것을 암시한다. 요컨대 축적된 수많은 관찰의 사례가 현기
증 나는 에피파니를 불러올 수 있다는 것이다. 그것은 또한 "예술을 체
험할 때, 예술에서 원할 것 같으며, 예술 창조에 꼭 필요한" 것, 즉 자기
를 잊게 되는, "완전히 무용한 집중력"이라는 것이다. 이 글은 다윈이
취하는 연구방법이 꼭 과학적이고 합리적인 것은 아님을 시사한다. 그
의 방법은 비숍이 시에서 수많은 사례 즉 디테일을 세밀히 축적한 후에
에피파니를 불러오는 과정과 비슷하다. 「물고기」에서 보았듯이, 또 뒤
에 「대기실에서」에서 보게 되듯이, 그녀도 많은 디테일을 축적해 가다
가, 갑자기 하나의 깊은 통찰 즉 에피파니에 도달한다. 이 말은, 트라비
사노에 따르면, 화자는 첫 부분에서는 삽화를 통해서, 둘째 부분에서는
여행을 통해서, 많은 사례를 축적한 다음, 이 셋째 부분에서는 자기를
잊게 되는, "완전히 무용한 집중력"을 가짐으로써, 신의 가족의 비전,
즉 트랜스, 즉 '에피파니'를 얻게 된다는 것이다.

신을 보았다고 해서 비숍이 신화를 추구한 것은 아니다. 그녀는 파운드나 예이츠나 엘리엇이 개인적인 신화를 찾는 것과는 달리, 사물을 신선하게 보는 방법을 찾았다. 그녀의 관점에서 보면 신화는 금지사항이나 다름없었다. 그 점에서 그녀는 누구보다도 윌리엄스(W. C. Williams)와 비슷하다. 사실 그녀의 작품은 그의 것보다도 신화에서 멀다. 브라운(Ashley Brown)이 시인은 자기 작품을 받쳐줄 기독교든 아니든 간에 신화를 가질 필요가 있지 않겠느냐고 묻자 그녀는 이렇게 대답했다. "경우에 따라 다르죠―어떤 사람은 필요하고 어떤 사람은 안 그렇죠. 우리는 우리를 받쳐 줄 무엇이 필요하지만 아마 우리가 의식할 필요는 없는 거죠. 로버트 로웰을 보시오. 교회를 떠난 후 꼭 같이 좋은 시를 썼어요. 폴 클레(Paul Klee)를 보시오. 동시에 그리는 그림이 16점이나 되었죠. 그는 분명히, 기댈 표현된 신화가 없었지만, 그의 성공은 상당하죠"(Brown 295). 그녀의 "경우에 따라 다르죠"는 시적 기교와 창작 심리에 관한 질문에 대한 포괄적인 답변이다. 비숍은 어디에 믿음을 부과하기보다는 가치의 발견을 강조한다. 그녀에겐 도그마를 벗어나는 것이 자유로 통하는 길이다.

앞에서 본 「물고기」와 비슷한 정밀한 묘사를 한 것이 「집어장(集魚場)에서」라는 시이다. 이 시는 캐나다 노바스코샤의 퇴락한 한 어촌 마을을 배경으로 하며, 비숍은 이 어촌의 여러 가지 이미지를 끌어 모은다. 진동하는 대구 냄새, 하늘의 불확실한 빛 등. 이곳은 "모든 것이 은빛(All is silver)"인 황폐한 배경을 가지지만, 이상하게 고양된 분위기다. 군데군데 상실의 흔적이 있고 많은 것들이 세월로 퇴락해 있다. 바다와 그 주변과 도구들, 즉 벤치, 새우 통발, 돛대, 작고 낡은 건물이 모두 은색으로 퇴락되어있다. 이들은 각각 비바람 때문에 낡고, 칙칙하고, 거칠고, 쇠퇴했지만, 숭엄한 느낌을 준다. 대구 비늘은, "작은 무지개 빛 파리가 기어 다니는(small iridescent flies crawling)" 무지개 빛 손수레를 온통 회칠한 듯 보이게 만든다. 낡은 것에서 정이 묻어나고, 부패한 것과 불결한 것에서는 향수가 불려나온다.

이 시의 바다는 아직 삶의 터전이라기보다는 차라리 삶의 주 적(賊) 같다. 그것은 무엇을 닳게 하지만 결코 쇠퇴하지 않는다. 노인도 "오래된 목제 캡스턴(ancient wooden capstan)"처럼 한창 때가 지나갔고, 그와 나눈 몇 마디도 퇴락한 마을 이야기다. "날이 거의 다 닳은 / 그 검은 칼 (that old knife, / the blade of which is almost worn away)"도 퇴락한 마을의 상징이다.

이런 인간 세계는 혹독한 북대서양과 대조를 이룬다. 바다에 비교하면 집어장은 쇠락의 기운이 있지만 안전하고 마음 편한 곳이다. 바다는 "차고 어둡고 깊고 절대적으로 맑아 / 어떤 인간도 참을 수 없다(Cold dark deep and absolutely clear, / element bearable to no mortal)". 얼음처럼 찬 바다의 이미지는 상상의 빙산과는 달리, 맑고 움직이는, 죽음뿐만 아니라 삶의 원천이다. 화자는 저녁마다 물개를 보는데, "녀석은 전신침례를 믿는 / 나처럼 음악에 관심이 있어서 / 녀석에게 세례교회 찬송가를 불러주곤 했다.(He was interested in music; / like me a believer in total immersion, / so I used to sing him Baptist hymns.)" 비숍은 "전신침례"의 문자 그대로의 의미가 아니라, 실체험에서의 전심침례를 믿는다.

화자는 앞에서 「물고기」에서처럼 물개를 인간적으로 본다. 예컨대 물개는 음악에 대한 관심이 있고, 어깨를 으쓱 해 보이기도 한다. 그러나 바다는 "차고 어둡고 깊고 절대적으로 맑은 / 그 맑은 회색 얼음 같은 물(Cold dark deep and absolutely clear, / the clear gray icy water)"이다. 한편 화자는 수백만 크리스마스트리가 서 있는 땅을 돌아보고, 다시 오랫동안 찬 바다를 보았지만 바다는 편안한 것이 되지 못한다.

나는 물을 보고 또 보았다, 같은 바다, 같은 것,
약간은, 돌 위에 늘 같이 흔들리는,
돌 위에 얼음처럼 자유로운,
돌 그리고 세상 위에.

I have seen it over and over, the same sea, the same,
slightly, indifferently swinging above the stones,
icily free above the stones,
above the stones and then the world. (*CP* 65)

시는 관찰에서 점점 명상으로 흘러가면서, 같은 낱말이나 음의 반복으로 주술적 효과를 나타난다. 낱말의 반복("over", "the same", "above"), 유음("above", "stones"), 두운("same sea", "slightly, indifferently swinging above the stones") 등이 이용되기 때문이다(Travisano 126).

마지막 구("then the world")의 갑작스러운 반전은 더 넓고 더 깊은 사색의 차원으로 이끈다. 의인화된 바다는 장엄하면서도 무관심하고 변함이 없지만, 화자는 이질적이고 도전적이고 본질적인 바다를 더 깊이 탐구한다.

만약 손을 집어넣는다면
금방 손목이 아릴 것이고
뼈가 아리기 시작할 것이고 손은 화끈거릴 것이다,
마치 물은 돌에 붙어 흑회색(黑灰色) 불꽃으로 타는
불이 변성한 것 같다.
맛을 본다면 처음엔 쓴 맛,
다음엔 짠 맛, 다음엔 분명 혀를 화끈거리게 할 것이다.
그것은 우리가 상상하는 인식의 모습과 같다.
어둡고, 짜고, 맑고, 움직이고, 완전히 자유롭고,

이 세계의 차고 딱딱한 입에서
나오고, 바위의 가슴에서 나오고,
영원히 흐르고 끌려나오고
우리의 인식은 흐르고 있고 흘러가 역사적이 되므로.

If you should dip your hand in,
your wrist would ache immediately,
your bones would begin to ache and your hand would burn
as if the water were a transmutation of fire
that feeds on stones and burns with a dark gray flame.
If you tasted it, it would first taste bitter,
then briny, then surely burn your tongue.
It is like what we imagine knowledge to be:
dark, salt, clear, moving, utterly free,
drawn from the cold hard mouth
of the world, derived from the rocky breasts
forever, flowing and drawn, and since
our knowledge is historical, flowing, and flown. (*CP* 65-66)

　　이 바다는 바닷물에 손을 집어넣는 자에게 그의 손을 자를 듯한 혹독
한 아픔을 주므로, 그것은 일상의 바다가 아니다. 물은 돌에 붙어 흑회
색 불꽃으로 타는 불처럼 보인다. 여기서 물과 불은 비드니(Martin
Bidney)가 말하는 에피파니에 중요한 4원소의 두 가지이며(9), 특히 이
두 가지가 변성을 함으로써 궁극적으로는 물과 불이 동질임을 보여준
다. 본질이 일상의 경계를 무너뜨리고 모습을 드러내는 신비로운 순간
이 된다. 계시의 순간엔 사물은 변성을 하고 경계를 허물어뜨릴 뿐만 아
니라 일상의 옷으로 가려져 있던 진실을 드러낸다. 바닷물의 맛이 "처
음엔 쓴 맛, / 다음엔 짠 맛, 다음엔 분명 혀를 화끈거리게" 하여 일상적

인 맛과는 다르다. 이 바다는 강물이 모여 이뤄졌다기보다는, 딱딱한 바위 입과 바위 가슴이 녹아서 이뤄진 것이다. 그 세계는 진리의 세계와 같아서, "영원히 흐르면서 끌려나오고", 또 우리는 역사적으로 인식하므로 옛날에도 그렇게 흘러왔지만 지금도 계속 흐르는 유동(flux)의 세계임을 깨닫게 한다. 화자는 이 바다를 통해 변성하고 유동하는 우주의 한 단면을 얼핏 본다.

IV

1951년 11월 마흔 살의 비숍은 남아메리카를 한 바퀴 도는 화물선 크루즈 여행을 떠난다. 그녀는 첫 기착지인 브라질에서 여행의 나머지 부분은 모두 포기하고 정착하게 된다. 이런 결단에는 자신의 기존의 감성 세계와 문화적 개념을 벗어나 예견 불가능하고 놀라운 것을 추구하려는 의지가 숨어 있었다. 그녀의 시집 『여행 문제』(*Questions of Travel*)에는 시적 방향전환도 보이는데, 종전에 그녀가 밀봉된 환경에서 섬세하게 지도 제작, 즉 상징주의적 미학을 추구했다면, 이때부터는 그때까지 보류해 왔던 여행으로 한 지방에 관한 체험을 쌓고 그것의 지리적, 역사적 사실을 탐구한다. 그녀는 「여행 문제」에서 브라질 같은 곳에 와서 신기한 광경과 역사를 접하지 않았더라면 후회했을 것이라고 한다. "그러나 분명히 길가의 이 가로수 / 정말 아름다움이 한창인 이 가로수를 / 보지 않았다면 후회했을 것이다(But surely it would have been a pity / not to have seen the trees along this road, / really exaggerated in their beauty)"(*CP* 93). 그녀의 역사적 통찰은 이제는 도서관이 아니라 현장에서 이뤄진다. 이 시집에서 그녀는 브라질의 문화사를 탐구할 뿐만 아니라 노바스코샤에서 보낸 유년기의 개인 역사도 탐구한다.

비숍이 처음 기착한 산토스항(Santos港)은 그녀의 「산토스에 도착」("Arrival at Santos")에 생생하게 묘사되어 있다. 한 척의 배가 달려오는데, 그 배엔 국기가 아니라 "이상하고 빛나는 넝마(strange and brilliant rag)"가 달려있다. 그녀는 사닥다리를 타고 뒤로 내리는데 한 늙은 미국인 여자는 보트 갈고리에 스커트를 찢긴다. 그들이 내린 곳은 스물여섯 척의 화물선이 푸른 커피 열매를 실으려고 기다리는 한적한 부두였다. 항구 관계자들이 무성의하게 항구를 방치해 뒀음을 암시한다.

> 항구는 우표와 비누처럼 필수품이지만
>
> 항구는 항구가 어떤 인상을 줄 것인지 거의 신경을 안 쓰거나
> 아니면 이번처럼 문제가 안 되므로
> 비누나 우표의 튀지 않는 색깔만 시도할 뿐이다—
> 비누처럼 닳아 없어지고, 배위에서 쓴 편지를 부칠 때
>
> 우표처럼 흘러버리는.

> Ports are necessities, like postage stamps, or soap,
>
> but they seldom seem to care what impression they make,
> or, like this, only attempt, since it does not matter,
> the unassertive colors of soap, or postage stamps—
> wasting away like the former, slipping the way the latter
> do when we mail the letters we wrote on the boat. (*CP* 90)

그녀가 그곳에 내린 표면적인 이유는 옻나무과의 과일을 잘못 먹어

서 그 알레르기를 치료하기 위해서였다. 그러나 그녀는 곧 그 나라에 반해 여행의 나머지 부분을 취소한다. 이 결정에 중요한 역할을 한 사람은, 몇 해 전 뉴욕에 있을 때부터 알아왔던 친구 로타 데 마세도 소아레스(Lota de Macedo Soares)였다. 『여행 문제』가 헌정된 로타 소아레스는 지식인이며, 위트와 재능이 넘치는 브라질의 사회적, 정치적 명사였다. 그녀는 재빨리 비숍을 브라질의 예술인, 지식인들 한가운데로 데려 갈 수 있었다. 그들은 리오에서 한 아파트를 썼으며, 페트로폴리스(Petrópolis)에 별장을 설계해서 지었는데, 그것이 건축상을 받았다. 이 때 그녀는 미국에 있을 때보다 더 편안하고 행복하다고 했다. 그리고 볼 것도 많아 그녀는 1951년부터 1969년까지 근 18년을 브라질에 살았다. 방학 때 하버드 대학에 강의하러 나왔지만, 꼭 아우로 프레토(Auro Prêto)에 자기가 개수한 18세기 집으로 돌아갈 정도로 브라질에 대한 애착이 컸다.

브라질에 관한 시는 대부분 개인적인 이야기가 아니다. 『여행 문제』의 브라질 시편은 하나의 연속물이라 할 수 있으며, 관찰자가 키워 가는 문화적 통찰이며, 대상과 동일화해 가는 과정의 이야기이다. 첫 시에서 관광객은 이국적이고 복잡한 문화에 놀란다. 세관, 지형, 기후, 우표 등 모든 것에는 설명될 수 없는 이상한 의미가 있었다.

「브라질, 1502년 1월 1일」("Brazil, January 1, 1502")(*CP* 91-92)은 이 시집의 브라질 시편 중 두 번째 시로, 역사적 사건을 다루는 몇 안 되는 시 중의 하나이다. 이 시의 화자는, 첫 포르투갈 탐험가가 리오 데 자네이로(Rio de Janeiro), 즉 '일월의 강'(River of January)의 하구에 상륙했을 때를 상상한다. 일월은 브라질에서는 여름이므로 식물들이 한창 무성할 때다. 그러나 이 시는 자연을 직접 묘사한 것이 아니라, 태피스트리에 묘사된 것을 통해 간접적으로 묘사한 것이어서 자연은 그 탐험가의 기존관념에 따라 굴절될 수밖에 없다.

　이 탐험가들은 자신들이 훈련 받은 대로 야생의 자연을 예술품으로 본다. 비숍이 암시하듯이 브라질 정복자들의 정신적, 역사적 토양은 뿌리가 깊다. 케네스 클라크 경(Sir Kenneth Clark)의 『예술로의 경치』(*Landscape into Art*)에서 따온 제사(題辭) "... 수놓인 자연... 태피스트리가 된 경치(... embroidered nature ... tapestried landscape.)"는, 그들이 경치를 태피스트리로 보는 결정적인 암시이다. 클라크는 사방이 둘러싸인 중세 및 르네상스 초기의 예술 정원을 이야기하는데, 이 기독교 정복자들은 식물이 무성한 브라질 경치를 고국의 태피스트리에서 보았던 정원 정도로 생각한다. 첫 두 행은 포르투갈인이 상륙한 그해 일월 이후 식물이 무성한 리오의 여름은 크게 변하지 않았음을 말한다. 현대 독자들도 이 경치를, 소유해야 할 태피스트리로 보는 그 탐험가의 시각을 공유할지 모른다("Januaries, Nature greets our eyes / exactly as she must have greeted theirs").

　다양한 색깔을 섞어 촘촘히 짠 이 피륙은 새롭고 사치스러운 것이다. "일 평방 인치의 피륙에도 잎들로 넘쳐난다(every square inch filling in with foliage—)". "수놓은(embroidered)" 듯한 구문 또한 장면뿐만 아니라 태피스트리의 직조된 세계도 적절히 떠올린다. 그들은 리오의 여름 경치가 낯설지 않고, 어릴 때부터 보아온 선악이 공존하는 그림과 같다고 본다. 거기에는 "큰 상징적 새(big symbolic birds)"가 있고 "전면에는 (in the foreground)" "죄악... / 다섯 마리 검댕 같은 용(there is Sin: / five sooty dragons)"이 있다. 그들이 악을 제시하는 것은 그들에겐 뿌리 깊은 신학적 인식 때문이다. 여기에는 또 지옥과 에덴이 있다. 한 바위를 덮고 있는 바위를 이끼류가 수놓고 있는데, 그것은 "밑에서 아름다운 지옥 불 모양의 녹색 이끼의 위협을 받고(threatened from underneath by moss / in lovely hell-green flames)", "위에서 비스듬하게 또 깔끔하게 공성(攻城) 사다다리 넝쿨의 공격을 받는다(attacked above / by scaling-ladder vines, oblique and neat)". 이 이국적인 넝쿨 식물을 사닥다리에, 또 포르투갈어의 "한 잎은 예, 그리고 한 잎은 아니오(one leaf yes and one leaf no)"라는 속담에 비유한다. 더구나 이들 남성 관찰자에겐 도마뱀 같은 파충류도 요부(妖婦)를 암시하는 언어로 묘사된다. 그것은 실제는 전갈 모양을 하고 있지만, 마치 요부가 위험한 존재인 것처럼 제시한다. 이 태피스트리는 포르투갈 신화에서 보던 유혹과 위험의 뿌리 깊은 역사적 알레고리이다.

이러한 악의 현장을 평정할 수 있는 사람은 "삐걱거리는 갑옷을 입은(in creaking armor)" 기독교도 기사들이다. 그러나 이들은 "못처럼 단단하고 / 못처럼 작다(hard as nails, / tiny as nails)". 자기들로선 경건한 정복자지만, 미사를 마치고 나오면서 성스런 가사에 음탕한 곡을 붙여 흥얼거린다. 그들은 원(原) 에덴에서 하느님이 내리신 명령 즉 "열매를 맺고, 퍼트리고, 지상을 사람으로 가득 채우고 정복하라, 그리고 모든 지상과 지상에서 움직이는 모든 산 것을... 지배하라"(창세기 1:28)는 말씀을 실행하려고 숲으로 떠난다. 그들은 정복자의 취향으로 "전적으로 새로운 쾌락(a brand-new pleasure)" 즉 강간을 하려든다. 그래서 그들은 드리워져 있는 태피스트리를 찢어 젖힌다("they ripped away into the hanging fabric"). 일단 고국의 통제에서 벗어나 자유롭게 즐길 수단은 열매를 맺을 수 있는 강간이며, 그것을 위해 그들은 태피스트리를 찢는 것이다. 이 정복자들은 경치가 익숙하여 두렵지 않으며, 또 법으로부터도 자유롭다. 그들은 자신들의 종교적 신념에 따라 자연을 재조직한다. 그들은 비도덕적이며, 후회나 자의식 없이 강간도 하느님의 이름으로 자행한다. 그러나 정글은 1502년처럼 아직 울창한 생명의 태피스트리로 남아 있다는 사실은, 아무도 그것을 정복할 수 없었음을 암시한다.

아마존 강에 사는 마법사의 세계를 독백 형식으로 쓴 시가 「강사람」("Riverman")(*CP* 105)이다. 이 시의 화자는 바로 '사카카'(sacaca)라는, 종족의 질병을 책임지는 마법사로, 정령과 교류하고 초자연적인 세계를 넘나드는 신비한 인물이다. 이 '강사람'은 자기 종족에게 봉사하려는("to get you health and money") 겸손하고도 도전적인 상상 속의 인물이다. 그러나 그가 달을 보고 "가솔린 램프 맨틀(Gasoline-lamp mantle)" 같다고 언급하는 것을 보면 그는 전적으로 전설 속의 인물이 아닌 현대인이다. 그는 아마존 강으로 들어가 그 물 속의 궁전에서 카샤사(cachaça)라는 술을 마시고 녹색 여송연을 피워 머리가 어질어질해질 때, 키가 크고 아름다운 루한딘하(Luhandinha)라는 뱀을 만난다. 그녀(뱀)가 그의 귀와 코에 담배연기를 뿜어주면 그는 그녀의 말도 이해하게 된다. 인류학자이면서 교육 행정가였던 미국인 왜글리(Charles Wagley)의 저서 『아마존 마을』(*Amazon Town*)에 근거해서 쓴 이 시는, 이미 그 전통이 사라진 사카카의 세계를 되살리는 의미가 있다. 그러나 왜글리가 객관적으로 이 주술사 문화를 기록했다면, 비숍은 그 전통 속에 들어가서 그 전통을 몸으로 받아들였다고 할 것이다.

비숍이 브라질에 있는 동안 이미지는 선명하지만, 철학적, 도덕적 문제를 다루는 시도 쓰는데, 그 중 하나가 「아르마딜로」("The Armadillo")(*CP* 103-4)이다. 브라질에서는 '성 요한 축일'을 연등 같은 기구(氣球)를 만들어 하늘에 띄움으로 축하한다. 이 기구를 뜨게 하기 위해선 안에 공기를 뜨겁게 하는 장치를 만들어 넣는다. 화재의 위험이 있으므로 지금은 금지되어 있지만, 과거에는 이것을 공중에 많이 띄워 장관을 연출하기도 했다. 이 시에서도 이 기구 이야기를 다룬다.

"종이 방(房)들이 심장처럼 명멸하는 빛으로 / 붉게 물들고 가득해진다(the paper chambers flush and fill with light / that comes and goes, like hearts)". 그러나 후반부에서는 이 기구 하나가 "집 뒤 절벽에 / 불 달걀처럼 퍽 하고 깨졌다(splattered like an egg of fire / against the cliff behind the house)"고 한다. 물론 주위에 불이 붙었다. 올빼미가 비명을 지르면서 날아오르자, 그 보금자리는 금방 타버린다. 아르마딜로도 머리와 꼬리를 내린 채 그 화재 현장을 떠나고 토끼도 귀를 쫑긋해서 뛰어나온다.

빛의 아름다움을 펼쳐보려는 인간의 행위가, 신인공노할 파괴행위가 되어 비명과 분노를 일으킨 것이다. 생태적으로도 도덕적으로도 암시하는 바가 크다. 비숍은 결코 웅장한 문체를 쓰지 않지만, 마지막 연을 이탤릭으로 써서 인간의 자연에 대한 무관심과 부도덕성을 강조한다. 불붙은 기구가 아기 토끼("*Too pretty, dreamlike mimicry!*"), 올빼미("*piercing cry / and panic*"), 그리고 갑옷을 입은 아르마딜로("*a weak mailed fist / clenched ignorant against the sky!*") 등에게 얼마나 큰 재앙을 가져다주었는가를 보여준다. "자기도 모르게 하늘을 향해 움켜 쥔 / 연약한 비늘갑옷 주먹"은 바로 하늘을 원망하는 인간의 모습과 다르지 않다.

이 시는 동료시인들이나 후배 시인들에게 많은 영향을 준 시로 알려져 있다. 앞에서도 언급했듯이 특히 로웰은 여러 번 비숍에게 진 빚을 이야기한 바 있다. 1957년 6월 그는 "내 자신의 시가 무거운 갑옷 때문에 늪지에 끌려와서 죽게 되는 선사시대 괴물 같단 말이야"라고 자기의 문체에 대해 불만을 고백한 적이 있다. 비숍과 로웰은 10년 이상 시를 교환해 읽어 왔는데, 로웰이 특히 이 「아르마딜로」를 대단히 좋아한 이유는, 도덕적으로 절박한 음조가 들어 있고 그것에서 비롯된 분노가 깊은 감명을 주기 때문이었다. 그는 나중에 이 시에 관하여 "그녀의 시를 재독해 보니까 나의 낡은 시적 방법이라는 껍데기를 깨고 나오는 방법이 들어 있었기 때문에, 나는 내 시「스컹크 시간」을 그녀에게 헌정했다. 그녀의 리듬, 이디엄, 이미지, 연의 구조 등이 더 현대 세기에서 나온 것으로 보였다.「스컹크 시간」은「아르마딜로」를 모델로 했으며 . . .「스컹크 시간」과「아르마딜로」는 짧은 행으로 된 연(聯)이 있고, 흐르는 듯한 묘사를 하되 하나의 동물로 끝난다"고 말했다("On 'Skunk Hour'" 199). 그의「스컹크 시간」은 새 문체로 쓴 첫 작품으로 1957년 9월에 초고를 썼으며, 연이어『인생 연구』의 근간을 이루는 자전적인 연작시들도 이 방법을 이용했다. 나중에 한 편지에서 로웰은 이렇게 적었다. "나는 당신의 아르마딜로를 내 스컹크와 비슷한 시로, 수업에서 다뤘고, [그 수업은 내가] 좀스런 표절자라는 느낌으로 끝났다오". 물론「스컹크 시간」같은 시는 표절 작품은 아니지만, 그녀의 작품에서 자기 자신의 고질적인 문체, 즉 "큰 북을 너무 크게 두들기는" 경향에서 벗어날 탈출구를 얻었다는 뜻으로 한 말이다(Travisano 153에서 재인용).

트라비사노는 이 작품의 특징을 네 가지로 정리하는데 이 특징은 대부분의 그녀 시의 공통점일 것이다. 첫째, 그녀의 시는 보통 대화체이고 평범하지만 그 속에는 언제나 노래하는 이디엄과 목소리가 있다. 그러나 웅변조나 강도를 넣는 순간에는 그것이 자연히 고조되겠지만 이것을 적절히 통제하는 점, 둘째, 과소평가 되어 있지만 대단히 큰 상징적 무게를 지니는 일상의 디테일을 다루는 점, 셋째, 시를 "쓰면서 생각하는" 듯하여, 현장감을 주면서 독자들에게 이미지의 상징적인 의미를 조금씩 심어주는 점, 넷째, 일상생활의 디테일을 이용하여 신비감, 도덕적 애매성, 혹은 심리적 긴장감을 갖도록 조절하는 점 등이다(154).

「도요새」("Sandpiper")는 이 네 가지 특성을 고루 갖춘 작품이다. 이 시의 화자는 바로 "장밋빛, 자수정 빛의 수정 알갱이(quartz grains, rose and amethyst)", 즉 모래알 속에서 투명하고 영롱한 색채를 발견한다. 이 새는 자기 발가락 사이로 대서양이 들어 왔다 나가는 것을 보고, 그때 빠져 나가는 모래 알갱이에 관심을 집중시킨다. 세계도 "미세하고 광대하고 투명하니까(minute and vast and clear)" 거의 모래알과 다름이 없다는 생각이 들었을 것이다. 이것은 "한 알의 모래 속에서 세계를 보는(To see the world in a gain of sand)"("The Auguries of Innocence") 블레이크(William Blake)의 발견과 같으니 "블레이크의 제자(a student of Blake)"라고 할 만하다. "이 새는 달리고, 남쪽으로, 까다롭고, 어색하게 . . . 달리면서(He runs, he runs to the south, finical, awkward)", 대서양의 거대한 파도의 위협에서 공포를 느끼지만 잘 통제해낸다("in a state of controlled panic"). 이 도요새는 무엇을 찾는 일에만 매달려 있고 특히 작은 것(particularity) 속에서 일반적인 것(generality)을 찾는다는 뜻에서 평범한 사물에서 진리를 찾아내는 시인과 다르지 않다.

V

비숍의 마지막 시집 『지리 3』(Geography III)은 그녀의 예술적 발전의 마지막 단계를 보여준다. 그녀는 초기에, 폐쇄된 생활을 선택하여 그 폐해를 감수하는 인간을 소재로 우화 같은 시를 보여주었는데, 거기에는 고독과 상상의 나라로의 의식적인 비상이 있었음을 보았다. 작가의 불안은 등장인물로 객관화되긴 해도 그녀는 의연했다. 이 고독과 불안을 극복하는 그녀의 방법은 "자신을 잊는, 완벽하게 쓸모없는 정신집중"에 빠지는 것이었다.

브라질에 체재하는 동안 나오게 된 유년에 관한 시와 이야기는 새로운 관점과 새로운 목소리를 가진 것이 많다. 이제 시인은 개인의 역사를 지닌 인간으로 등장한다. 비숍의 후기 시는 개인적이고 친밀한 분위기를 주지만 고백적이라고는 할 수 없다. 이때 쓴 시들은 10 살 이후의 삶은 거의 보여주지 않는데, 일곱 살 때의 기억으로 쓴 「대기실에서」에는 그녀의 삶에 대한 깊은 통찰이 배어 있다.

이 시의 화자는 어느 겨울날 저녁 콘수엘로 아주머니(Aunt Consuelo)와 같이 치과에 가서 대기실에 앉아 치료 받고 있는 아주머니를 기다린다. 대기실에는 방한용 덧신과 외투를 입은 어른들, 램프, 잡지들로 가득했다. 화자는 『내셔널 지오그래픽』(*National Geographic*)지(紙)를 읽으면서 사진들을 주의 깊게 살폈다. 불줄기로 흘러넘치는 화산, 승마복을 입은 오사(Osa)와 마틴 존슨(Martin Johnson), 막대에 걸려 있는 죽은 사람과 "긴 돼지"라는 제목, 줄에 칭칭 감긴 뾰족한 머리의 아기들, 나체의 검둥이 여인 등. 그녀는, 자신의 세계만큼 유용하고, 이상하고, 유혹적이고, 끔찍한 다른 세계도 있음을 알게 된다. 『내셔날 지오그래픽』지를 읽는 간접 여행을 통해 그녀는 갑자기 소유와 정체의 혼란을 겪는다. 화자는 인종적, 문화적 경계를 뛰어넘는 공동 인간성을 불안하게 인식하고, 나아가 여타 인류와 갑작스런 연대감 혹은 동일성을 강하게 느낀다.

이 소녀가 먼 문화권의 간접 체험에 빠져 있는 동안, 안에서 아! 하는 아주머니의 고통의 목소리가 들린 것이다. 그때서야 화자는 아주머니가 바보 같고 겁이 많은 여자임을 안다. 화자를 완전히 놀라게 한 것은 그 아주머니가 곧 화자 자신이라는 사실이다. 화자가 바로 바보 같은 아주머니가 되어, 심한 정체성의 혼란이 일어난 것이다.

나—우리는 떨어지고, 떨어지고 있었다.

우리의 눈은
1918년 2월호
『내셔널 지오그래픽』지 표지에 고정되어 있었다.

I—we—were falling, falling,
our eyes glued to the cover
of the National Geographic,
February, 1918. (*CP* 160)

  화자는 둥글고 빙빙 도는 세상에서 차갑고, 검푸른 공간 속으로 떨어지는 느낌을 막아보려고 애를 쓴다. 삼일이 지나면 "넌 일곱 살이 될 거야(three days / and you'll be seven years old.)"라는 말을 하여 한 시점을 잡아 거기에서 혼란에 빠진 자신의 정체를 매달려고 한다. 모든 사람은 혼자이고 모두는 떨어지고 있어서, 그녀의 시선은 불안을 막으려고, 잡지의 발행일자 같은 작고 확실한 것에 매달린 것이다.

  그러나 나는 느꼈다. 너는 하나의 *나*이고,
  너는 하나의 *엘리자베스*이고,
  너는 *그들* 중 한 명이다.
  어떻게 너도 하나가 되어야 하지?
  나는 감히 나란 것이 무엇이었는지
  알아 볼 엄두도 거의 나지 않았다.

  But I felt: you are an *I*,
  you are an *Elizabeth*,
  you are one of *them*.
  Why should you be one, too?
  I scarcely dared to look

to see what it was I was. *(CP 160)*

하나의 엘리자베스가 된다는 것은 그녀를 그들 중 하나로 만드는 것이다. 곁눈질로 살피니 회색 무릎들, 바지와 치마와 장화들, 램프 밑에 놓인 각기 다른 두 개씩의 손들이 보였고, 결코 더 이상한 일이 일어나지 않았고, 일어날 수도 없음을 화자는 알았다. 화자는 왜 자신이 아주 머니, 혹은 누구가 되어야 할까 궁금하게 여긴다. 장화, 손, 목구멍에서 느낀 가족 목소리, 혹은 심지어 『내셔널 지오그래픽』지와 저 끔찍하게 늘어져 있는 젖가슴들과 어떤 유사성이 있어서, 그들 모두가 하나가 될까? 어떻게 "있을 것 같지 않은(unlikely)" 일이 일어날까? 이 소녀는 계속 답할 수 없는 근본적인 질문을 한다. "내가 어떻게 저들과 같이 여기에 와 있지?(How had I come to be here, / like them?)"

대기실은 환했고 너무 더웠지만 그녀는 큰 검은 파도 밑으로 미끄러져 들어가고 있었다. 그러나 어떻든 화자는 대기실 안으로 돌아왔다. 전쟁은 계속되었고, 바깥 매사추세츠주, 우스터엔 밤과 눈과 추위가 내렸다. 그리고 여전히 1918년 2월 5일이었다. 현기증 나는 혼란이 갑자기 멈춘 것이다. "전쟁이 계속된다"는 것은 1차 세계대전이라는 사실(事實)의 인정이고, "밤과 진창과 추위" 즉 춥고 어두운 이 세계를 언급함으로 그 너무나 명료한 사실을 다시 확인하는 것이다.

화자가 시간과 공간의 질서 밖으로 나간 것은 리얼리티의 다른 면을 체험한 것이다. 거기서 그녀는 자신의 주체와 객체 사이의 경계를 잃었으며, 심지어는 먼 오지(奧地)의 흑인 여성과도 지리적, 문화적, 인종적 경계를 잃었다. 이것은 공간상의 혼란인 동시에 주체성의 혼란이었다. 여기서 그녀가 매달리려고 애쓴 것은 선형적 시간이며, 그 중 한 눈금인 1918년 2월 5일이었다.

정체성이 아니라 자신이 살던 도시를 읽고 대륙을 잃은 뒤("I lost two cities, lovely ones. . . two rivers, a continent")(*CP* 178) 다시 나만의 폐쇄된 공간, 나만의 밀실을 염원하는 시가 「삼월 말」("The End of March")이다. 얼음 같은 바람이 불어오는 날 화자는 해변을 걷는다. 찬 바람을 맞으니 얼굴 한쪽만 얼얼해진다. 큰 파도가 닥치고 캐나다 기러기가 외롭게 날고 하늘은 어둡다. 모래 위에는 사자 발자국 같은 개 발자국이 찍혀 있고, 엉킨 연실 같은 것이 풀려져 유령처럼 파도위에 넘실거린다. 철도 침목을 높이 세우고 그 위에 누각처럼 방 둘 되는 건물을 올려놓은 퇴락한 구조물을 보고 그녀는 강한 유혹을 느낀다. 그래서 그녀는 그것을 "내 비밀의 꿈의 집, / 내 원(原) 꿈의 집(my proto-dream-house, / my crypto-dream-house)"으로 만들고 싶어 한다.

> 나는 거기에 물러나 아무 것도 안 하거나
> 장식이 없는 두 방에서 영원히 큰일은 하고 싶지 않고,
> 쌍안경을 통해 보고, 지루한 책,
> 오랜, 긴, 긴 책을 읽고, 필요 없는 노트를 하고
> 혼자 중얼거리고, 그리고, 안개 낀 날에
> 작은 방울들이 빛이 무거워 미끄러져 내리는 것을 보고 싶다.
> 밤엔, 아메리카식의 럼주.
> 나는 부엌 성냥으로 그 술에 불을 붙이면
> 예쁜 투명한 푸른 불꽃이
> 창에 둘이 되어 너울거리리라.

> I'd like to retire there and do nothing,
> or nothing much, forever, in two bare rooms:
> look through binoculars, read boring books,
> old, long, long books, and write down useless notes,

talk to myself, and, foggy days,

watch the droplets slipping, heavy with light.

At night, a grog a l'américaine.

I'd blaze it with a kitchen match

and lovely diaphanous blue flame

would waver, doubled in the window. (CP 179-80)

이것은 은자의 생활과 비슷하다. 그러나 실제 그 구조물은 입구가 막혀 있어 들어 갈 수 없다. 돌아오는 길은 다른 쪽 뺨이 찬바람에 얼얼해진다. 화자는 기운 해를 보고 해가 마지막 썰물 때 거대한 발자국을 남기면서 해변을 걸었고, 자기가 가지고 놀려고 연을 떼어 간 것은 아닐까 하는 생각을 한다.

아마도 『지리 3』 시집의 어떤 시도 「큰사슴」("The Moose")(CP 169-73) 처럼 비숍의 만년의 모든 에너지를 쏟아 부은 작품은 없을 것이다. 20년이 걸린 이 작품은 1972년에 발표된 그녀의 가장 긴 시로, 내면의 잔잔한 감정과 바깥세상의 자그마한 사건들이 조화를 이루고 있다. 첫 낱말 "From"은 고향에서 버스로 떠남을 말한다.

첫 6연은 긴 한 문장으로 버스가 출발하는 바닷가 마을의 특징을 제시한다. 그 마을은 쳇바퀴 도는 것 같은 "생선과 빵과 차"의 단조로운 일상에 묶여 있는 곳으로, 친숙하지만 경이로운 자연의 경치를 보여준다. 펀디(Fundy) 만은 간조(干潮) 때는 텅 비었다가 만조(滿潮) 때는, 세인트 존 강의 흐름까지 역류시킨다. 이런 강 어구를 지나 버스는 미지의 세계로 들어간다. 빨간 해는 실개천을 붉게 물들이고, 깔끔한 교회는 하얀 미늘 면이 바래지고, 펀디 바닷가의 대합처럼 골이 진다.

비숍의 시에는 언제나 이야기가 옆길로 빠지지만, 사실은 점차 독자 모르게 상징적인 무게를 축적해 나간다. 지금까지 긴 부사절이 지난 후

비로소 주어와 동사("a bus journeys west")가 나온다. 관찰자는 버스를 타고 몇 지역을 통과하고, 바깥은 점차 꿈같은 땅으로 바뀌면서 지나간다. 버스는 충실하고 인내력 있게 기다릴 줄 아는("waits, patient") 만큼 인간적이다. 서두의 목가적인 이미지는 버스 여행 이야기로 바뀌는데, 이 버스는 이 가난한 시골 사람들의 이동 수단이면서 그들이 이야기를 털어놓는 사랑방과도 같다. 안개가 버스를 에워싸서 버스가 떠나온 장소를 초현실적인 장소로 변형시킨다. 한편 내용전개의 속도가 빨라진다. 긴 여섯 연의 첫 문장 뒤에, 딱딱 끊어진 문장이 나와 대조를 이룬다. 버스가 더 빨리 달림에 따라 사람은 길가 경치를 '힐끔힐끔' 보게 된다. 언급한 마을 이름을 보면 노바스코샤 고향에서 멀지 않다. 지명에도 각운이 효과적이다("Base River", "Lower", "Upper", "supper").

버스가 빠르니까 모든 것이 감각에만 스친다. 버스의 진행이 냄새("the smell of salt hay"), 소리("rattles"), 불안정한 흔들림("trembles") 등 감각으로만 전해진다. 신비롭게 퍼진 안개 속에서 고무 부츠를 신은 두 여인이 오른다("Two rubber boots show"). "양털 같은" 뉴브런즈윅(New Brunswick) 숲 소나무에 걸린 빛과 안개는 까슬까슬한 털과 같다. 안개 속에서 승객이 잠에 빠져 드는 것은 자연스럽다. 엿듣는 대화 중에, "할아버지의 목소리"는 가정적이고, 사람들은 다 아는 사실을 다시 재확인하고 있는 것이다. 그러나 그 이야기는 간단없이 속살댄다. 연금 생활하는 남자와 여자의 이야기, 또 사람이 죽고, 병들고, 재혼하고, 여자가 아이 낳다가 죽는, 다 그렇고 그런 이야기들이다. "예" 하는 특이한 긍정의 소리는 심지어 죽음까지 긍정하는 것 같다. 이 소리는 "반쯤 신음하고, 반쯤 수용(half groan, half acceptance)" 하는 체념의 소리이다.

이들의 목소리는 확실히 그레이트빌리지(Great Village)에서 그녀가 느꼈던 외조부모의 목소리와 다르지 않다. 이야기는 버스의 진행과는 반대방향으로, 즉 꿈같은 고향 쪽으로 흘러간다. "낡은 깃털 침대에서 (in the old featherbed)" 화자는 어릴 때 느꼈던 포근한 집안 분위기를 느낀다. 죽음의 이야기는 비숍의 어머니 거트루드(Gertrude)와 아버지의 죽음에 관한 것일까. 그녀는 어릴 때 이런 대화를 엿들었을지도 모른다. 승객들은 떠나온 고향의 달고도 슬픈 이야기에 젖어 잠들어 간다. 이 시의 극적 반전이 일어난 곳은 이때이다. 갑자기 버스 기사는 덜컥 하고 버스를 멈추었고 헤드라이트를 껐다. 놀랍게도 큰사슴 한 마리가 캄캄한 숲에서 나와 길 한 가운데 서 있는 것이다. 신기해서 사람들의 잠들었던 모든 감각이 깨어난다. 그 큰사슴은 접근하여 버스의 뜨거운 후드 냄새를 맡는다.

> 키가 장대 같고, 뿔이 없고,
> 교회처럼 높고
> 집처럼 가정적이고
> (즉 집처럼 안전했다).
> 한 남자의 목소리가 우릴 안심시켰다
> "절대 해치지 않아. . . "
> . . . .
>
> 여유를 가지고
> 녀석은 점잖게 다른 세상의 태도로
> 버스를 살핀다.
> 왜 왜 우리는
> (우리 모두는)
> 이 달콤한 기쁨의 감정을 느끼지?
> . . . .
> 그리곤 희미한
> 큰사슴 냄새,

콕 쏘는 가솔린 냄새가 났다.

Towering, antlerless,
high as a church,
homely as a house
(or, safe as houses).
A man's voice assures us
"Perfectly harmless. . . ."

. . . . .

Taking her time,
she looks the bus over,
grand, otherworldly.
Why, why do we feel
(we all feel) this sweet
sensation of joy?

. . . . .

then there's a dim
smell of moose, an acrid
smell of gasoline. (CP 173)

　큰사슴은 버스의 상황을 관찰한다. "꿰뚫을 수 없는 숲(the impenetrable wood)"에서 나온 큰사슴은 위협적이기보다는 "교회처럼 높고" "집처럼 안전한" 동물이다. 승객은 짜릿한 희열감을 느끼는데, 그것은 앞서 가졌던 일반적인 슬픔과 체념과는 대조된다. 목을 빼낸 사람들은 이 동물의 광경을 더 못 보는 것이 아쉬웠지만 그들은 조용히 여행을 다시 시작한다. 결국 사람은 큰사슴을 떠나 익숙한 일상으로 돌아간다. "달콤한" "희미한 큰사슴 냄새"를 현실의 "콕 쏘는 가솔린 냄새"가 대신한다. 석유냄새는 사람들을 모두 세속적인 삶으로 데려간다. 큰사슴을 만난 것은 신을 만난 것처럼 초월적인 순간이었고, 그 순간은 금방 지나가는 희미한 빛일 뿐이다.

비숍은 18년간 살았던 브라질을 떠나 1970년부터는 보스턴에 거주하면서 1977년까지 하버드에서 가르친다. 그녀는 두 시집의 합본인 『남과 북과 차가운 봄』(*North & South and A Cold Spring*)으로 풀리처상을 타고, 『시전집』(*The Complete Poems*)으로 '국민도서상'(National Book Award)를 수상하고 1979년에 세상을 떠난다.

VI

옥타비오 빠스(Octavio Paz)는 비숍에 대해 이렇게 쓴 적이 있다.

20세기 시는 수다스러워졌다. 우리들은 낱말의 바다에 빠지는 것이 아니라 낱말의 늪에 빠진다. 우리는, 시가, 낱말이 말해 주는 바에 있는 것이 아니라, 낱말 사이에 이야기되는 것, 휴지(休止)와 침묵 속에 잠깐 스쳐 나타나는 것에 있음을 잊어버렸다. 대학의 시 창작 워크숍에는 젊은 시인들에게 필수 과목으로 넣어야 한다. 즉 침묵하는 법을. 과묵의 엄청남 힘—이것이 엘리자베스 비숍의 시가 주는 큰 교훈이다. 그녀의 시가 우리들에게 가르치는 것은 없다. 그 시를 듣는 것은 교훈을 듣는 것이 아니다. 그것은 정신적 체험만큼 커다란 언어적 정신적 즐거움이다. 엘리자베스 비숍에 경청하고, 그녀의 낱말이 우리에게 말하는 바를 들어보고, 그 낱말을 통해 그녀의 침묵이 말하는 바를 들어보자. (213)

빠스는 우선 현대시가 "낱말의 늪"이라고 단정하는 것은 그것이 과도하게 의미전달에 목적을 둔 때문일 것이다. 비숍은 말수를 대폭 줄이고, 톤을 가라앉히고, 일상적인 것을 조금도 과장하거나 강조하지 않고, 차분하고 겸허한 목소리로 말한다. 그녀에겐 감상(感傷)과 자기연민은 금물이다. 문장은 질서정연하고 투명하여 잘 쓰여진 산문의 경지에 이른다. 그녀는 피사체에 정확하게 초점을 모으기 때문에, 묘사는 정확하고 세밀하며, 디테일 하나하나가 다 살아난다. 그래서 로웰의 말처럼 그녀의 묘사는 빛이 나고 섬세하여, 그녀는 살아 있는 사람 중에 가장 훌륭한 장인(匠人)이다("From 'Thomas, Bishop, and Williams'" 186).

그러나 생생한 묘사 속에는 화자의 깊은 감정과 명상이 배어 있다. 감정과 명상은 신선한 사물의 빛깔, 촉감, 소리, 향기에 묻혀 있고, 커피를 마신 뒤의 잔향 같은 것이다. 비숍은 엘리엇이나 파운드처럼 직접 사회문화적 현장을 제시하지는 않았지만, 그녀의 시 속에도 유구한 역사가 암시되어 있다. 유년에 관한 시든, 브라질에서 쓴 시든, 시간적 원근법으로 제시된 경치인 만큼 그 구도 속에서 인간은 오히려 허약하고 왜소해 보인다.

비숍은 사물의 디테일에 관심을 가졌다는 점에서 윌리엄스와 비슷하지만, 그녀의 가장 가까운 모델은 무어였다. 두 시인은 묘사 기법, 이국적인 대상, 도덕적이고, 위트 있고, 점잖고, 내성적인 기질 등에서 공통점이 있지만, 비숍은 그녀를 모방했다기보다는 발전시키고 변형시켰다는 표현이 더 맞을 것이다. 비숍의 시는, 시인 자신이 시에 들어 있거나, 시가 극적이거나, 시에 시인이 아니더라도 주인공이 있다는 점에서도 그녀의 것과는 다르다. 그녀는 꿈과 알레고리도 이용하며, 운율은 강세와 음절수를 고려하는 전통적인 방법을 버리지 않는다(Lowell, "From 'Thomas, Bishop, and Williams'" 188).

비숍의 방법은 '빛나는 디테일'(Luminous Detail)을 주장한 파운드의 그것과도 비슷하고, 객관적 상관물을 제시한 엘리엇과도 공통점이 있다. 그러나 비숍은 "어떤 아이디어도 사물로(No ideas but in things)"를 강조한 윌리엄스만큼 사물만 강조한 것이 아니며, 이미지에 파운드나 엘리엇만큼 문화적, 역사적, 종교적 의미를 충전시킨 것도 아니다. 그녀는 그들만큼 주지적(主知的)이지 않아서, 모더니즘의 주류에서 벗어난 것처럼 보이나, 사물과 언어와 시형을 재삼 깊이 탐구하여 그것에서 신선하고도 새로운 경지를 발굴해 낸 것은, 20세기 시인들이 개척하지 못한 새로운 영역이다.

인용문헌

Ashbery, John. "The Complete Poems." *Elizabeth Bishop and Her Art*. Ed. Lloyd Schwartz and Sybil P. Estess. Ann Arbor: The U of Michigan, 1983. 201-205.

Bidney, Martin. *Patterns of Epiphany*. Carbondale and Edwardsville: Southern Illinois UP, 1997.

Bishop, Elizabeth. *The Complete Poems: 1927-1979*. New York: Farrar, Straus and Giroux, 1979. [*CP*로 표기]]

_____. *The Collected Prose*. Ed. Robert Giroux. New York: Farrar, Straus and Giroux, 1984.

_____. "The 'Darwin' Letter." *Elizabeth Bishop and Her Art*. Ed. Lloyd Schwartz and Sybil P. Estess. Ann Arbor: The U of Michigan, 1983. 288.

_____. "On Being Alone." *The Blue Pencil* 12 (June 1929): 18.

Brown, Ashley. "An Interview with Elizabeth Bishop." *Elizabeth Bishop and Her Art*. Ed. Lloyd Schwartz and Sybil P. Estess. Ann Arbor: The U of Michigan, 1983. 289-302.

Costello, Bonnie. *Elizabeth Bishop: Questions of Mastery*. Cambridge: Harvard UP, 1991.

Kalstone, David. *Five Temperaments*. New York: Oxford UP, 1977.

Lowell, Robert. "From an Interview." *Elizabeth Bishop and Her Art*. Ed. Lloyd Schwartz and Sybil P. Estess. Ann Arbor: The U of Michigan, 1983. 197.

_____. "From 'Thomas, Bishop, and Williams.'" *Elizabeth Bishop and Her Art*. Ed. Lloyd Schwartz and Sybil P. Estess. Ann Arbor: The U of Michigan, 1983. 186-189.

_____. "On 'Skunk Hour.'" *Elizabeth Bishop and Her Art*. Ed. Lloyd Schwartz and Sybil P. Estess. Ann Arbor: The U of Michigan, 1983. 199.

Millier, Brett C. *Elizabeth Bishop: Life and the Memory of It*. Berkeley, Los Angeles, and Oxford: U of California P, 1993.

Mullen, Richard. "Elizabeth Bishop's Surrealist Inheritance." *American Literature* 54 (March 1982): 63-80.

Paz, Octavio. "Elizabeth Bishop, or the Power of Reticence." *Elizabeth Bishop and Her Art*. Ed. Lloyd Schwartz and Sybil P. Estess. Ann Arbor: The U of Michigan, 1983. 211-213.

Travisano, Thomas J. *Elizabeth Bishop: Her Artistic Development*. Charlottesville: UP of Virginia, 1989.

제 **4**장 궨돌린 브룩스

I

20세기 미국문학이 그 전시대의 문학과 다른 점 중의 하나는 흑인문학이 미국문학의 중요한 요소로 자리 잡게 됐다는 점일 것이다. 물론 19세기에도 흑인들의 문학이 있었지만 본격적으로 흑인들이 자신들의 정서와 삶, 역사와 문화, 신화와 미래가 백인들과는 다르다는 것을 범민족적으로 깨닫고 문학으로 개화시킨 것은 20세기에 들어와서이다. 20세기 흑인문학을 선도한 사람 중의 대표적인 사람은 랭스턴 휴즈(Langston Hughes, 1902-1967)이며, 특히 시카고에서 여성으로서 흑인문학의 자존심을 살린 사람은 궨돌린 브룩스(Gwendolyn Brooks, 1917-2000)일 것이다.

휴즈가 멸시받고 버려져 있던 흑인의 정신을 일으킨 시인이라면, 브룩스는 흑인의 정신뿐만 아니라 흑인의 밑바닥 삶을 감동적으로 그려낸 시인이다. 휴즈가 흑인의 전통과 믿음을 1920년대의 할렘(Harlem)의 톤으로 노래했다면, 브룩스는 흑인 공동체의 삶을 2차대전 후의 시카고의 흑인빈민가의 톤으로 노래한다. 또 휴즈가 소박한 언어로 흑인의 피 속에 잠든 민족의 이념과 신화를 일깨웠다면, 브룩스는 섬세한 여성의 시선으로 가난한 이웃의 초상화를 꼼꼼하게 그려 낸다. 휴즈가 이미 잊혀진 자신의 핏줄 속에 녹아 있는 검은 아프리카의 톰톰 북소리를 재생했다면, 브룩스는 미국 대륙에서 끈질기게 목숨을 이어가고 있는 오늘날 흑인들의 삶의 리듬을 알뜰하게 살려낸다. 휴즈의 민족적 신화와 염원이 브룩스에게서 사실적인 세밀화로 가시화 된다.

미국의 흑인이 자신은 누구인가, 또 자신의 민족과 전통은 어디에서 어떻게 시작되었는가에 대한 공동체적 의문을 갖게 것은 1920년대의 일이다. 남북전쟁이 끝나고 노예해방선언이 있자 많은 흑인들은 고용 및 교육의 기회가 보다 균등한 뉴욕과 시카고 같은 북부 도시로 이주하기 시작하였는데, 이렇게 대도시로 이주한 흑인들은 상호간의 교류가 활발해지고, 교육정도가 높아져, 자신의 민족과 문화적 전통에 대하여 돌아볼 여유를 갖게 된다. 그 결과 그들은 자신들이 더 이상 문화적으로 타민족에 예속될 것이 아니라, 문화적 뿌리를 찾아 그것을 계승 발전시켜야 할 필요성을 인식하게 된다.

흑인들은 길게는 300년을 백인과 같은 땅에서, 같은 언어를 쓰며, 같은 제도 하에서 살았지만, 굴종, 멸시, 수탈의 과거 때문에 백인들과는 다른 정서와 전통을 가졌다. 더욱이 그들의 조상이 다른 대륙에서 이주해 온 까닭으로, 믿음, 습속, 예절, 음악, 구비문학이 달랐다. 그래서 그들은 그들 말대로 지도상에는 아무 데도 영토는 없었지만 정신적으로는 하나의 공동체였고, 분명히 미국 국민과는 다른 또 하나의 국민이었다. 이런 흑인들이 1920년대에 갖기 시작한 주체적인 자각은 '나는 왜 백인을 부러워하며 백인을 흉내내는가?'라는 자문에서 비롯된다. 휴즈는 검은 색에 여러 가지 부정적인 의미를 부여하는 것은 백인들이며, 흑인에 대한 차별은 이런 선입견에서 비롯된 것이라고 말한다. 그는 흑인 누구에게나 백인이 되고 싶은 무의식적인 욕구가 있고, 자신도 백인의 의식과 전통 속에서 백인과 같은 예술 활동을 하고 있음을 깨달았다고 자백한다. 그것은 곧 흑인의 고유한 전통과 문화를 살려야겠다는 또 다른 깨달음으로 이어진다. 흑인의 전통과 이념에 바탕을 둔 뉴욕의 흑인 문화, 곧 '할렘 르네상스'(Harlem Renaissance)는 이런 깨달음에서 비롯된 것이다. 휴즈는 바로 이 르네상스의 주도적 역할을 한 인물 중의 한 사람으로서 자신들의 피 속에 녹아 있는 먼 아프리카 대륙의 북소리와, 노예 민족의 애환과, 민족의 역사와 장래를 흑인 특유의 우렁찬 목소리로 이끌어 내었다. 그는 흑인의 정서를 대변한 민족 시인이었고, 민족의 장래에 끝없이 희망을 불어넣었던 선지자와도 같았다.

II

브룩스가 태어난 가정은 부모의 학력이 좀 높다는 점을 제외하고는 당시의 전형적인 도시 흑인 가정이었다. 그녀는 1917년 6월 7일 캔자스 주 토피카(Topeka)에서 맏딸로 태어나지만 그 어머니가 출산을 위해 잠시 친정에 내려갔을 뿐, 사실은 시카고 태생이나 마찬가지이며, 평생 시카고를 떠난 적도 거의 없었다. 어머니 케지아 윔즈(Keziah Wims)는 2년간의 엠포리아 사범학교(Emporia Normal School)를 마치고 초등학교에서 교편을 잡은 적이 있는 교양여성이고, 아버지 데이비드 브룩스(David Brooks)는 의사가 되려고 피스크 대학(Fisk University)에 입학했으나 가정 형편상 일 년만에 학업을 중단하고 돈벌이에 나선 사람이었다. 원래 브룩스의 할아버지는 노예였는데 도망쳐 북군에 들었다. 전쟁 후 남의 땅을 소작하였으나, 지주로부터 받은 박해는 노예 때나 나을 것이 없었다. 그가 가난과 굶주림으로 세상을 떠나자, 가족 부양의 책임은 자연히 데이비드에게 돌아갔고, 그 때문에 그는 공부를 포기해야만 했다. 그는 1900년대에 시카고에 왔다.

데이비드가 맥킨리 음악출판회사(McKinley Music Publishing Company)의 수위로 일할 때, 친구의 소개로 갈색 피부의 예쁜, 피아니스트 지망생인 케지아를 만나서 사귀다가, 그녀의 캔자스 집에 내려가서 결혼한다. 그들이 처음으로 집을 사서 정착한 곳은 정원이 잘 가꿔진 사우스 챔프레인(South Champlain) 4332번지였으며, 그 당시 이 동네의 거리는 여느 거리만큼 깨끗하였다. 이 거리에 브룩스가는 흑인으로는 두 번째로 이사 왔으며, 그 후 계속 흑인이 몰려들어 나중에는 흑인가로 바뀐다.

브룩스는 여섯 살에 포리스트빌 초등학교(Forrestville Elementary School)에 들어간다. 이때 그녀의 가정은 조용하고, 정돈되고, 예절이 있고, 사랑이 넘쳤으며, 가족들은 매사에 자제력, 의무감, 품위, 근면을 존중하면서 무엇보다도 친절을 가장 큰 미덕으로 여겼다(Hager 3). 그러나 그녀는 가정생활과는 판이한, 차별과 따돌림의 세상이 있음을 알게 된다. 그녀는 싸울 줄도 모르고, 운동과 블랙잭 놀이도 잘하지 못했고, 자전거도 잘 타지 못했다. 그래서 그녀에게 가장 신나는 때는 뒤쪽 현관에서 하늘에 그려지는 구름의 세계를 우두커니 쳐다볼 때였다. 불라 이모(Aunt Beulah)가 토피카에서 올라올 때 유행에 맞는 예쁜 옷을 지어줬지만, 그 옷마저도 친구들에겐 멸시의 대상이 되었다. 그녀가 벽지 속의 꽃처럼 조용히 있으면 아이들은 "늙고 건방진 계집애(ol' stuck-up heifer)"라고 놀렸다. 같은 흑인이라도 그 부모가 의사, 법률가, 시청공무원, 우체국 직원, 교사면 또 대우가 달랐다. 거기다가 피부색은 검었고, 머리카락은 꼬불꼬불하고, 부유한 가정 출신이 아니니 인기를 얻을 요소가 전혀 없었다. 그러나 무엇보다도 피부색에 따른 차별을 제일 참을 수 없었다. 그러나 집에 오면 언제나 다시 에덴동산에 돌아온 것처럼 마음이 편안했다.

이처럼 브룩스에겐, 사회적 냉대와 인종적 멸시가 견디기 힘든 '집밖'과, 가족의 사랑이 넘치는 '집안'이라는 두 세계가 있었다. '집안'에서 그녀는 부모는 물론이고 자식이 없었던 이모들의 사랑까지 듬뿍 받았지만, 그녀가 배운 첫 번째 '집밖'의 진리는 두뇌가 '밝아야' 성공하는 것이 아니라 피부가 '밝아야' 성공한다는 것이었다. 그런데 그녀의 피부는 아름다운 '부티 나는 갈색'도 아니요, 의사나 변호사집 아이의 '보통 가무

잠잠한' 정도도 아닌, 아주 피할 수 없는 검은 색이었다. 그녀가 '집밖'에서 차별과 멸시로 마음을 다쳐 오면, 어머니는 스스로 피아노 반주를 하면서 노래를 부르거나, 파이를 만들어 웅어리진 마음을 녹였고, 아버지도 바이브레이션이 있는 깊은 바리톤의 목소리로 노래를 부르거나 시를 읽어 아픔을 녹여 주었다. 그녀의 "아버지는 시와 음악을 특히 애호하고, 어릴 때부터 브룩스 남매에게 이야기를 읽어 주고, 발라드를 불러 주고, 옛 시를 읽어" 주는 자상한 아버지였다("Studs Terkel Interviews Gwendolyn Brooks, 1961" 27).

가난은 모든 흑인의 운명인 것처럼 브룩스의 집도 예외는 아니었다. 아버지의 음악회사의 주급이 초과수당까지 합해야 30 달러 남짓하여 살기에 빠듯했는데, 경제대공황이 닥치자 18 달러로 내려가더니 급기야 10 달러로 곤두박질 쳤다. 참다못해 브룩스의 어머니는 아이 둘을 데리고 친정으로 내려 가 버렸다. 얼마 후 아버지가 아이들을 데려 왔고 그 얼마 후 마지못해 어머니도 집으로 돌아 왔다. 이때 메주콩처럼 콩을 무르게 삶아 끼니를 때워야 할 때도 있었다.

브룩스는 파티에 관한 한 참 쓰라린 기억이 있었다. 파티에 가는 날에는 모든 10대가 그렇듯이 그녀도 한껏 '광'을 냈지만, 아무리 꾸며도 우울해질 수밖에 없었던 것은 곱슬곱슬한 머리카락 때문이었다. 그녀는 이 꼬불꼬불한 머리카락을 빗을 달구어 하나하나 펴서는 웨이브를 넣었는데, 조금이라도 백인들의 머리카락을 닮고 싶었기 때문이었다. 불라 이모가 해준 유행하는 옷도 입고, 또 거트루드 아주머니(Aunt Gertrude) 한테 춤을 배워 춤 실력도 갖추었다. 그러나 막상 춤이 시작되자 대부분의 아이들은 서로 몸을 밀착시키는 원스텝을 췄지 점잖은 찰스턴은 추지 않았다. 더구나 새카만 피부의 브룩스에게 같이 춤을 추자고 제의하는 남자애는 없었다. '우체국'이라는 키스 게임(kissing game)을 시작했는데 여학생들은 돌아다니며 남학생들이 던지는 말을 재치 있게 받으며 깔깔거렸다. '우체국'으로부터 편지를 받은 여학생들은 신이 나서 한바탕 웃음꽃을 피우다가, 은밀히 편지 보낸 남학생과 으슥한 곳에서 키스를 나눴다. 그녀에겐 거의 편지가 오지 않으니, 파티가 오히려 공포였다. 남학생들은 서슴없이 그녀를 보고 짓궂게 "이 애는 실패작 중에 실패작"이라고 말할 정도였다. 자연히 사람 모이는 곳에는 나가지 않았으며, 동생 레이몬드(Raymond)와 체커 놀이를 하거나 혼자서 하는 일에 빠져 들었다.

브룩스는 학교에서 돌아오면 친구와 남학생들 이야기를 할 때도 있었지만, 대부분 뒤뜰에서 종이 인형을 가지고 놀거나, 공상을 하거나, 글을 읽고, 쓰고, 그림을 그렸다. 그녀는 종이 인형으로 정부(政府)도 조직하고, 극장도 만들고, 심지어는 그들과 잔치까지 벌였다. 또 하늘의 구름을 보면서 상상의 날개를 펼쳤다(Kent 17).

장성한 후 그녀는 자신이 여러 가지 문화적 "세뇌"의 희생양이라고 믿는다. 그녀는 타고난 자질과 본성으로 자유롭게 살 수 있는 것이 아니라, 환경과 서적 즉 흑인을 차별하는 문화의 악영향을 받아 평생 동안 부끄러움과 위축감을 떨쳐버릴 수가 없었기 때문이다(Kent 6-7).

브룩스는 시를 쓰기 시작했는데, 그것이 기쁨을 주는 내면과의 순수한 소통이었다. 그녀가 시를 정리해 두는 노트를 만든 것은 11살 때부터였다. 이 노트에 정리한 시들을 보면 그 주제나 실험이 대단히 다양하다. 자연, 계절의 변화, 권선징악의 도덕적 내용을 다룬 것이 많은데 물론 어머니의 영향이었다. 또 죽음을 애도하는 시가 있는가 하면 하느님의 축복이 자연으로 나타난다는 시도 있다. 사춘기에 느끼는 기성세대에 대한 반항심이 있는가 하면, 남자세계를 동경하며 한 남자를 껴안는 환상과, 장차 가정을 이루며 아이를 낳는 상상을 담은 것도 있다. 또 그림(Grimm) 동화집이나 안데르센(Andersen) 동화집을 읽고 쓴 것이 있는가 하면, 상상과 환상의 세계에 놀면서 그 상상과 환상의 인물과 경치를 읊은 것도 있다. 특히 가족이나 가정을 다룬 시는 대체로 행복한 어투로 되어 있고 감사를 표하는 내용이 많다. 또 이때의 시에는 워즈워스(William Wordsworth), 브라이언트(William Cullen Bryant), 롱펠로(Henry Wadsworth Longfellow), 키츠(John Keats)의 영향이 보이며, 발라드 시형 등 전통적인 시형과 각운(rhyme)을 실험하지만, 자유시 형식도 실험해 본다.

1933년 그녀는 할렘 르네상스의 주역 중 한 사람인 흑인작가 제임스 웰던 존슨(James Weldon Johnson)에게 시를 보냈더니 그는 재주가 많다고 하면서 현대시를 좀 읽어보라고 충고를 한다. 그때까지 그녀가 읽었던 현대 작가는 휴즈와 카운티 컬린(Countee Cullen)이 고작이었는데, 그때부터 엘리엇(T. S. Eliot), 파운드(Ezra Pound), 커밍스(e. e. cummings) 등을 읽게 된다. 사실 1941년 보울턴(Inez Stark Boulton)이 지도하는 문예창작교실에 나가기 전까지 그녀는 현대시 기법을 거의 모르고 있었다. 그녀는 주제를 넓혀 인종 문제까지 다루기 시작하지만 그래도 가장 많이 다룬 주제는 역시 사랑, 특히 짝사랑이었다. 그녀는 시카고 메트로폴리탄 교회에서 감격적으로 휴즈를 만나는데, 이때 그는 그녀의 시를 보고는 즉석에서 재주가 출중하다면서 계속 시작에 전념하라고 따뜻한 격려를 아끼지 않았다. 성인이 된 뒤에도 그녀는 휴즈와는 존경과 우정의 관계를 가진다.

그녀는 고등학교에서도 '왕따'는 피할 수 없었다. 하이드파크브랜치 고등학교(Hyde Park Branch High School)에서 백인들이 흑인에게 가하는 차별에 충격을 받는다. 흑인은 백인의 안중에는 전혀 없는, 그런 류의 인종차별을 피부로 느끼게 되자, 대부분 조용히 혼자 지낼 수밖에 없었다. 그녀는 흑인 학교인 웬덜필립스 고등학교(Wendell Phillips High School)로 전학을 가는데, 그 학교에서도 그녀는 유행하는 춤, '우체국 놀이'하고는 거리가 멀었기 때문에 인기가 있을 리 없었다. 그녀는 다시 엥글우드 고등학교(Englewood High School)로 전학을 가도, 거기서도 마찬가지였다. 그러나 이상하게도 한 부잣집 백인 아이가 자기 주변을 맴돌며 접근하였고, 그것을 보고 흑인 남학생은 동족 보호본능으로 그녀에게 특별히 관심을 가지는 이상한 관계를 만들었다. 이 학교에 다니는 동안 몇 과목의 선생님들이 그녀의 글 솜씨를 칭찬해 주어 그녀는 끝까지 학교에 다닐 힘을 얻는다. 특히 학교 신문에 발표한 글 때문에 선생님이나 학생들 사이에 시인으로 인정을 받는다. 그녀가 이 학교를 졸업할 때엔 시작(詩作)은 피할 수 없는 운명처럼 보였다.

이 학교에 다닐 때 한 가지 쓰라린 추억은 잊을 수가 없다. 브룩스는 급우들의 파티 초청을 받은 적이 없었기 때문에 그녀 가족이 스스로 파티를 열기로 했다. 어머니, 이모들이 다 발 벗고 나섰다. 마지막 장식까지 신경을 써서 준비했지만 약속이나 한 듯이, 시간이 되어도 한 명도 나타나지 않았다. 결국 가족 파티만 한 셈인데 브룩스가 팔짱을 끼고 탈기해 있자 이모들이 나서서 적극 그녀를 위로했다. 몹시 가난했지만, 그녀는 1934년 윌슨 전문대학(Wilson Junior College)에 입학한다. 이 대학은 신설 2년제 시립대학으로, 책값을 뺀 등록금은 학기당 6 달러밖에 되지 않았기 때문에 입학이 가능했다. 그녀는 점점 많은 신문 잡지에 글을 발표했고, 계획적으로 일년에 몇 편을 발표해야 한다는 목표를 설정해 두고 정진했다.

III

대학입학 후 브룩스의 시에는 흑인의 정체성에 관한 주제가 자주 등장한다. 그녀는 당당하게 걷는 흑인에 대해 민족적 자긍심을 느끼는가 하면 흑인을 이해 못하는 사람이면 동족이라도 경멸했다. 그녀에겐 당시 헤비급 권투 챔피언인 조 루이스(Joe Louis)가 멋져 보였지만, 입사지원서에 자기소개를 하면서 "저는 흑인의 이목구비를 가졌습니다만 못생긴데가 없습니다"라고 쓴 것에 분노를 느꼈다. 그녀는 "저는 흑인의 이목구비를 가졌습니다―그리고 못 생긴데가 없습니다"라고 당당히 쓰지 않은 것이 너무 안타까웠다. 무솔리니가 피부가 "어두운 사람은 밝은 사람에게 굴복해야 한다"라고 한 말을 듣고는, 한 시에서 하느님에게 꼭 "목소리"를 내어 달라고 기도를 한다. 그러나 그녀의 시는 사랑에 관한 것이 많다. 행복한 사랑, 짝사랑, 냉정한 사랑, 깊은 사랑 등. 한편 그녀는 휴즈의 작품에 영향을 받아 더욱 일상생활에서 소재를 찾아, 더 세심하게 관찰하고 모든 소리를 한층 더 귀 기울여 들었다.

브룩스는 1937년에 『뉴스 리뷰』(*News Review*)라는 제호로 등사판 신문을 만들어 5 센트에 팔았다. 문화 행사 보도, 연설문, 사건 보도, 사설, 시, 산문, 흑인의 삶을 고발한 만화, 에밀리 디킨슨(Emily Dickinson)의 시구, 흑인 작가에 대한 퀴즈 등이 실렸다. 그녀는 좋은 일자리를 찾았으나 쉽지 않자 파출부로도 나가기까지 했다. 부끄러워 당시에는 이야기조차 할 수 없었지만 나중에 이때 경험을 살려 「빨간 모자의 브론즈빌 여인」("Bronzeville Woman in Red Cap")이라는 시를 쓴다. 『메카에서』(*In the Mecca*)라는 시집은 이때 한 주술사의 건물에서 일할 때 얻은 체험에서 나온 것이다. 프렌치(E. N. French)라는 사람이, 해몽도 해 주는 등, 답답한 사람들에게 일종의 점쟁이 같은 상담 행각을 벌였는데 그녀는 그의 조수로서 일한다. 나중에 설교를 해야 하는 부목사가 되어 달라는 요청을 듣자 그녀는 그 일을 그만둔다(Kent 42).

그러나 지적 사회적 활동은 넓혀 나간다. 그녀는 전미흑인지위향상협회(National Association for the Advancement of Colored People, NAACP)의 청년회의(Youth Council)에 참여한다. 이 단체는 젊은 흑인 작가와 지식인으로 구성된, 당시 좌익단체를 제외하면 가장 과격한 단체였다. 이때 만났던 사람은 대부분 나중에 쟁쟁한 작가나 지도자가 된다.

브룩스는 차츰 대인관계에서 자신감을 얻는다. 지식인들은 아무래도 초·중등학교 때와는 달리 피부색보다는 그녀가 가진 생각과 정서를 이해했기 때문이다. 그녀는 젊은 남자를 편안하게 맞이하여 오래 걷고 이야기하는 데이트를 즐길 여유도 가진다. 어느 날 헨리 블레이클리(Henry Blakely)라는 시 쓰는 남자가 YMCA의 현관에 나타나서, 그녀의 친구 하나가 '청년회의'에 오면 글 쓰는 아가씨를 만날 수 있다는 말을 듣고 찾아 왔다고 했다. 브룩스가 보니 그는 남자에게서 기대했던 품위를 갖고 있었다. 그녀는 "저 남자가 내가 결혼할 남자"임을 금방 느끼게 된다(Kent 44).

브룩스는 형편이 비슷한 이 가난한 흑인 청년과 1939년 9월에 결혼한 후, 43번가와 사우스파크(South Park) 모퉁이에 있는 타이슨 아파트(Tyson Apartment)에 입주하는데, 사실 이 아파트는 키치네트 즉 방과 부엌이 붙어 있는 아파트였다. 이때의 삶이 「키치네트 빌딩」("Kitchenette Building")에 투영되어 있다. 브룩스 부부는 얼마 후 사우스챔플린(South Champlain)의 방 두 개인 아파트로 이사를 갔지만, 거기에는 3층의 다섯 세대가 목욕탕은 하나를 쓰도록 되어 있었다.

우리는 건조한 시간의 물건이고 회색으로 된, 회색의
본의 아닌 계획이다. "꿈"은 "월세", "마누라 먹여 살리기",
"남자 만족 주기" 같은 강하지 않은, 어지러운 소리를 낸다.

그러나 꿈은 양파 김을 통하여 그 흰색과 보라색을
올릴 수 있고, 튀긴 감자와 복도에서 익고 있는
어제 쓰레기와 싸울 수 있고, 펄럭일 수 있고
이쪽 방 아래쪽에서 아리아 한 곡을 불러 줄 수 있을까

We are things of dry hours and the involuntary plan,
Grayed in, and gray. "Dream" makes a giddy sound, not strong
Like "rent," "feeding a wife," "satisfying a man."

But could a dream sent up through onion fumes
Its white and violet, fight with fried potatoes
And yesterday's garbage ripening in the hall,
Flutter, or sing an aria down these rooms (*Blacks* 20)

가난하여 "월세" 내기와 "마누라 먹여 살리기"에 급급한, 가난한 "회
색의" 건물 속의 "회색의" 인간들에게, "꿈"은 어떤 의미를 지닐까? 그
"꿈"은 부엌의 "양파 김", "감자튀김", "썩는 쓰레기 냄새"의 현실 속에
서도, 사람들이 따뜻이 품어 주면 희망과 낭만을 가져줄 수 있을까? 이
아파트 주변의 상황을 돌아볼 때 아무 것도 꿈을 가지는 것을 허용치 않
을 것 같다. 첫 행의 "물건"은, 이미 우리는 도시의 살벌한 환경의 지배
를 받는, 물건과 같은 존재임을 암시한다. "본의 아닌 계획"은 영 우리의
의지와는 상관없이 일어날 불길한 사건을 떠올린다. "회색으로 된
(grayed in)"은 "다시 우울하고 한계를 정한 물리적 심리적 환경"을 나
타낸다고 쇼(Harry R. Shaw)는 말한다. 이 동사를 수동형으로 씀으로써

흑인들은 환경의 지배를 받는 볼모의 처지임을 암시하며, "회색의 (gray)"는 바로 이런 "회색으로 된" 상황의 결과라는 것이다. 여기서 꿈은 장소에 어울리지 않은 것이 되는데, 일상적 물리적 환경이 꿈의 약한 숨통을 틀어막았기 때문이다. 그는 3연에서 꿈과 심리적 정신적 환경이 대비되어 있다고 한다(62-63). 즉 "우리가 기꺼이 그 꿈을 모셔들이고, / 시간을 내어 따뜻이 해 주고, 깨끗이 씻어 주고, / 메시지를 기대하고 다시 그 꿈을 시작케 해 주어도(Even if we were willing to let it in, / Had time to warm it, keep it very clean, / Anticipate a message, let it begin)", 즉 꿈을 되살려 원래의 모습대로 만들어 주어도, 과연 꿈은 아리아를 불러 줄 수 있을까, 즉 우리에게 희망을 줄 수 있을까 하고 의문을 제시한다. 그러나 "우린 궁금하다. 잘 되진 않겠지! 얼마간은!(We wonder. But not well! not for a minute!)"이라는 유보적인 결론밖에 내릴 수가 없다. 더 급한 것은 "다섯 번째가 지금 목욕탕에서 나왔으므로 / 물이 식었으리란 생각뿐, 그런 물에 들어가길 바랄 뿐(Since Number Five is out of the bathroom now, / We think of lukewarm water, hope to get in it)"이다. 즉 "다섯 번째"가 나오면 공동 목욕탕에 들어가기를 기다리는데, 이런 꿈에 관한 사치스러운 생각보다는 자기가 들어갔을 때 물이 다 식어버리면 어쩌나하는 현실적인 걱정이 더 앞선다.

브룩스는 전미흑인지위향상협회의 서기직을 맡았는데 주로 예술가와 작가 클럽을 조직하는 것이 임무였다. 남편 헨리는 흑인 보험회사에 취직을 했다. 그녀는 남편과 함께 이네즈 커닝햄 스타크(Inez Cunningham Stark)가 흑인문학청년을 상대로 연 시창작교실에 나갔으며, 이 교실에서 브룩스 부부는 남다른 재능과 열정을 보인 결과, 시 발표 지면도 유수한 문학잡지로 넓힐 수가 있었다. 그녀가 스물 여덟 살이던 1945년에 나온 처녀 시집 『브론즈빌의 거리』(A Street in Bronzeville)는 자신이 살고 있던 동네의 가난한 흑인들의 삶을 하나하나 그려서 모은 초상화집이다.

이 빈민촌에는 "종일 예쁜 깃털의 새가 명랑한 피리소리로 울었지만(Though the pretty-coated birds had piped so lightly all the day)" "그러나 북적대는 어둠 속에서 그들은 한마디도 하지 않았다(But in the crowding darkness not a word did they say)"고 제시하는 「늙은 부부」("the old-marrieds")가 있다. "남편은 작은 골목에서 연인들을 보고 / 아내는 감미로운 것으로 막혀 있는 아침 이야기를 들었다(And he had seen the lovers in the little side-streets. / And she had heard the morning stories clogged with sweets)".

> 사랑하기엔 참 좋은 때다. 한밤이다. 5월이다.
> 그러나 북적대는 어둠 속에서 한마디도 그들은 하지 않았다.

> It was quite a time for loving. It was midnight. It was May.
> But in the crowding darkness not a word did they say. (*Blacks* 19)

이들은 '할렘 르네상스'에서 보던 과거에 대한 긍지나 낭만, 미래에 대한 장밋빛 희망을 가지지 못한 채, 다만 현재의 어둠에 길이 막혀 있는 막막한 부부이다. 멜헴(D. H. Melhem)은 이 시에 나오는 "막혀있는(clogged)"이라는 낱말의 의미, 행복한 소리에 묻혀 있는 조용한 부부의 존재, 1행의 마지막 행에서의 반복 등은 부부의 말없는 친밀감보다는, 그들의 "부식된" 관계를 보여준다고 말한다(22).

또 이 동네에는 낙태를 함으로 죽은 자식에 대한 연민과 죄책감을 이야기하는 「어머니」("The Mother")가 있다. "머리카락이 몇 개 났거나 전혀 없는 작고 축축한 펄프 덩어리(The damp small pulps with a little or with no hair)" 즉 태아의 "낙태는 그대의 망각을 허용치 않으리라 (Abortions will not let you forget)"고 한다. 낙태를 한 여성은 결코 자기가 버린 생명을 잊을 수 없다. 이 생명체는 결코 "공기를 접하지 못한 가수와 노동자(The singers and workers that never handled the air)" 즉 공기 속에 나와 활동을 할 기회를 미리 뺏겨버린 자들이다. 그것은 태어나지 못했으니 결코 자라면서 꾸중 듣고 맞을 일이 없고, 손가락 못 빨도록 손가락 싸매 줄 일 없고, 그 애 보라고 귀신 왔다고 내쫓을 일도 없을 것이다. 그러나 화자는 살아 있었다면 일어났을 일과 낙태를 시켜서 더 이상 일어나지 않았던 일을 하나하나 상상한다.

> 나는 바람의 목소리 속에서 희미한 내 죽은 아이들의 목소릴 들었다.
> 나는 수축시켰다. 나는 그 아이들이 절대 빨아보지 못 할 내 젖가슴에
> 희미한 자식들을 편안히 놓는다.
> 애들아, 나는 말했다, 내가 죄를 지었다면, 내가
> 너희들의 끝없는 성장에서 너희들의 행복과
> 생명을 앗았다면,
> 내가 너희들의 출생과 이름,
> 너희 아기들의 곧은 눈물 줄기와 놀이,
> 너희 뽐내는 혹은 사랑스런 애인, 너의 소동, 너의 결혼, 아픔과 너의 죽음을 내가
> 훔쳤다면,
> 내가 너희 첫 호흡에 독을 탔다면
> 이런 고의적인 행동이지만 고의가 아니었음을 믿어다오.

> I have heard in the voices of the wind the voices of my dim killed children.
> I have contracted. I have eased
> My dim dears at the breasts they could never suck.
> I have said, Sweets, if I sinned, if I seized
> Your luck

And your lives from your unfinished reach,

If I stole your births and your names,

Your straight baby tears and your games,

Your stilted or lovely loves, your tumults, your marriages, aches, and your deaths,

If I poisoned the beginnings of your breaths,

Believe that even in my deliberateness I was not deliberate. (*Blacks* 21)

그러나 화자는 왜 자신이 훌쩍거리는지, 또 왜 그 죄가 자신의 죄가 아니라고 훌쩍거리는지 알 수가 없다. 그러나 태아는 "생기지 않았다(You were never made)"라는 말 또한 생각해 보면 틀린 말이다. 왜냐하면 자궁속이지만 "너희는 태어났고, 너희는 몸이 있었고, 너희는 죽었기(You were born, you had body, you died)" 때문이다. "단지 너희들은 결코 킬킬거리지도, 계획하지도, 울지도 않았을 뿐이라는 것이다(It is just that you never giggled or planned or cried)". 그러나 화자는 죽은 모든 태아를 사랑하니 믿어다오라고 간곡히 말한다.

카터 대통령 부처의 초청으로 백악관에서 낭송을 한 적이 있는 이 시는 낙태 문제를 제기하는 화자의 독백이다. 화자는 물론 깊은 죄책감에 사로잡혀 있다. "나는 수축시켰다"는 임신으로 팽창된 자궁이 수축되어 원상태로 된 것을 암시한다. 화자는 "이런 고의적인 행동에조차 고의가 아니었음을 믿어다오"라고 말한 것은, 낙태를 시켜 생명을 앗은 것은 고의였지만, 사실은 화자 혼자만의 고의는 아니었다는 뜻이다. 그렇지만 죄의식은 어쩔 수 없어 "그 죄가 내 죄가 아니라고 훌쩍거릴까?(Whine that the crime was other than mine?)"하고 묻는다. 쇼는 이 시에는 있을 수 있었던 일과 실제 일어난 일 사이의 큰 대조가 있는데, 이것은 꿈과 현실 사이의 완곡한 변증법이라고 말한다. 어머니의 상상 속에서는 아이가 자라고 있는데, "어쨌든 그 후 너희는 죽었다"라고 말

함으로써 어머니는 환상에서 현실로 깨어난 것이라고 한다(56). 브룩스는 이 시에 대해 다음과 같이 해설을 붙인 적이 있다. 이 어머니는 "당신들의 영예로운 그리고 칭찬 받는 그리고 '관행적인' 어머니는 거의 아니죠. 그러나 그녀의 세계가 아이들을 죽이기로 결정을 내리는 것이 아니라 *자기가* 내리는, 그런 [류의] 낯선 어머니도 아니죠. 이 결정은 훌륭한 것도 아니고, 단순한 것도 아니며, 그 정서적 결과도 훌륭하지도 않고 단순하지도 않죠"(*RPO* 184).

바람난 여자로 타락할지 모르는 「앞마당의 노래」("A Song in the Front Yard")의 '앞마당'의 아가씨 역시 브론즈빌의 주민이다. 이 아가씨는 한평생 앞마당에만 있었기 때문에 "나는 거칠고 버려진 주린 잡초가 자라는 / 뒤편을 엿보고 싶다. / 아가씨는 장미가 싫증이 난다(I want a peek at the back / Where it's rough and untended and hungry weed grows. / A girl gets sick of a rose.)"고 한다. 이 아가씨는 뒤뜰을 통해 골목으로 빠져 고아원 아이가 노는 곳에서 즐거운 시간을 갖고 싶고, 고아원 아이처럼 멋진 일을 하고 싶다고 한다. 어머니는 비웃겠지만 아이들은 꼭 아홉 시 15분 전에 들어올 필요가 없다는 말도 한다.

> 어머니는 자니 매이가 자라면
> 나쁜 여자가 될 것이라 하신다.
> 조지는 멀지 않아 교도소에나 갈 것이라 하신다.
> (그 애가 지난겨울 우리 뒷대문을 팔아먹었기에)
>
> 나는 괜찮다고 말한다. 정직해요, 나는 말한다.
> 그런데 나도 역시 못된 여자가 되고 싶다,
> 밤처럼 검은 레이스의 화려한 스타킹을 신고 싶고
> 얼굴에 화장을 하고 거리를 활보하고 싶다.

My mother, she tells me that Johnnie Mae
Will grow up to be a bad woman.
That George'll be taken to Jail soon or late
(On account of last winter he sold our back gate).

But I say it's fine. Honest, I do.
And I'd like to be a bad woman, too,
And wear the brave stockings of night-black lace
And strut down the streets with paint on my face. (*Blacks* 28)

어머니는 뒷마당과 관련된 자니 매이는 나쁜 여자가 될 것이라고 하고 조지도 그 집 뒷문을 떼어갔기에 교도소에 갈 것이라고 한다. 이처럼 어머니는 청소년의 비행에 대해 엄격하고 단죄하듯이 말한다. 그러나 화자에겐 그런 것은 문제가 되지 않으며, 심지어 자신도 거리를 활보하는 나쁜 여자가 되고 싶다고 한다. 브룩스는 이 작품을 이야기하면서 "그 아가씨가 바로 나죠.... 우린 일정한 시간에는 꼭 앞마당에 나와야 했죠.... 우린 시내를 걸어 다닐 수 있는 애들이 부러웠죠"라고 말한 적이 있다("Studs Terkel Interviews Gwendolyn Brooks, 1961" 23).

멜헴은 이 뒷대문이 없어진 것은 이 화자의 꿈이 자신의 환경을 넘어서는 것을 암시한다고 하며, 앞뜰은 프로이트의 해석에 따르면 "초자아"이고 뒤뜰은 "자아/이드/리비도"라고 한다(26). 한편 쇼는 앞마당을 "상류층의 삶(high life)"의 터로 보면서, 뒷마당 사람이 앞마당의 착한 사람보다 호의적으로 묘사되어 있다고 분석한다. "고아원 아이"는 하류층 아이들이고, 장미에 지친 소녀는 「키치네트 빌딩」의 적절치 않는 꿈처럼, 앞뒤가 맞지 않는 부조화를 삭여낼 수 없는 사람이라고 한다. 이 시에는 나쁜 일에 빠지고 싶은 동경, 언젠가 나쁘기 때문에 싸울 수 있는 많은 흑인, 핍박받는 사람을 마음으로 수용하려는 조용한 동정이 엿보인다고 한다. 압제자가 말하는 착한 것을 거부하면 나쁜 사람이 되지만, 나쁜 것을 받아들이면 나쁜 사람도 착해 보일 수 있음을 암시한다고 한다. 그것이 장미는 나쁘고 잡초가 좋아지는 이유이다. 이 시의 아가씨가 매춘을 암시하면서 "화려한"이라는 낱말을 쓴 것은, 그녀의 행위가 정신적 죽음을 자초함을 그녀도 의식한다는 시사이다.[1] 그러나 그녀는 놀 사람이 없는 공허한 앞뜰에서 시들거나, 아니면 위험하지만 완전한 삶을 뒤뜰에서 누리거나, 양자택일을 해야 하며, 그 문제는 상류층 삶을 택하느냐 아니면 삶을 버리느냐 하는 문제와도 같다는 것이다 (69-70).

이 주제는 「새디와 모드」("Sadie and Maud")에서 더욱 심화되는데, 이 시에서도 상류층 삶을 택하느냐 아니면 삶을 버리느냐 하는, 비슷한 질문을 한다. '열심히 삶을 빗기며' 살아가는 억척같은 새디와, 대학을 나와 고독한 독신 생활을 하는 모드는 이 질문에 대한 답이 된다. "촘촘한 빗으로 / 열심히 삶을 긁은(scraped life / With a fine-tooth comb)" 새디는, 가장 활기 넘치는 활동을 한다. 그러나 사생아 둘을 낳아 자기 성을 붙인 것을 보고, 모드와 엄마와 아빠를 비롯한 모든 사람이 창피하여 죽을 뻔 한다. 새디는 사회적 규범과는 상관없이 자연스런 삶의 원칙에 따라 산 반면, 모드는 사회적 규범과 전통적 가치관을 존중한다. 새디는 비록 사생아를 낳았지만 삶의 문제에 관한 한 적극적으로 대처하고 그 사생아 딸들도 어머니를 닮는다. 그러나 모드는 대학에서 가서 학문을 연마하면서 결혼도 하지 않아 고독한 생활을 한다. 멜헴은 "새디의 삶은 재정적으로 또 사회적으로 제약을 받지만, 모드나 심지어 아마 어머

---

1) 쇼는 "화려한(brave)"이라는 낱말은 "상류층 생활", 매춘, 혹은 일반적 방탕을 암시한다고 한다. 이것은 브룩스의 비밀스럽지만 일관된 이미지라는 것이다(Shaw 181-82).

니마저도 가져 볼 수 없는 정신적인 박력을 가지고 있다"고 말한다(29). 쇼는, 시의 톤이 모드보다는 새디에게 더 우호적이어서, 사람들은 옛집에 혼자 사는 "날씬한 갈색의 깜찍한 아가씨" 모드를 불쌍히 여길 것이라고 한다. 그녀의 무력증과 고독은 곧 정신적 죽음을 가져오지만 "온 나라에서 / 가장 활기 넘치는" 새디는 결코 삶의 활기를 잃지 않는다고 한다(70).

한편 「링컨 묘지로 가는 드 위트 윌리엄에 관하여」("Of De Witt Williams on His Way to Lincoln Cemetery")에는 '알라바마에서 태어나'서 '일리노이에서 자란' "한 / 평범한 흑인 소년(a / Plain black boy)" 이 흑인영가의 가사처럼 영원한 고향으로 실려 가는 장례 행렬을 제시한다.

> 풀 홀을 지나가라.
> 쇼를 지나가라.
> 관 속에서 눈 감은 채
> 그러나 아마 그는 알 것이다.
>
> 사십칠 번가를 내려가
> 고가 철도 밑을 빠져
> 그리고 그가 그렇게 좋아하던
> 노스웨스트 코너, 프레리를 지나가라.
>
> 워위크와 사보이—
> 댄스홀을 잊지 말라,
> 거기서 여자를 구했고, 거기서
> 액질의 기쁨을 마신 곳.
>
> Drive him past the Pool Hall.

Drive him past the Show.
Blind within his casket,
But maybe he will know.

Down through Forty-seventh Street:
Underneath the L,
And Northwest Corner, Prairie,
That he loved so well.

Don't forget the Dance Halls—
Warwick and Savoy,
Where he picked his women, where
He drank his liquid joy. (*Blacks* 39)

이 시는, 흑인영가 "스윙 로우 스윙 로우 스위트 채리엇(Swing low swing low sweet chariot)"를 인용한 만큼 드 위트 윌리엄이 그 영가가 암시하는 영원한 안식처인 천국으로 돌아간다는 내세적인 의미와, 그가 시카고의 유흥가에서 떠돌며 즐겼던 현세적인 의미를 대비시킨다. 그의 장례 행렬이 시카고의 흑인 빈민촌인 브론즈빌의 간선 도로 47번가를 지나 흑인묘지인 '링컨 묘지'로 물 흐르듯이 지나가는 것은, 흑인들이 붐비던 시카고의 번화가 사우스사이드(South Side)의 쾌락과 낭만을 영원한 안식 및 천국과 대비시켜 묘한 아이러니를 자아낸다. 쇼는 그의 이동은, 여자를 구하고 "액질의 기쁨을 마신 곳"에서 "평범한 흑인 소년"에게 더 맞는 집(home) 즉 묘지까지의 이동이라고 한다(83). 멜헴도 이 평범한 소년, 즉 '보통 인간'은 브룩스의 다른 주인공처럼 환경에 붙들려 있다가 이제 영가의 가사가 암시하듯 해방을 맞는다고 풀이한다. 그는 결국 "여자"와 "액질의 기쁨"의 묶임에서 벗어나, "관" 즉 "채리엇"을 타고 더 자유로운 세계로의 탈출을 한다는 것이다(31).

한편 희미하게나 아프리카와의 민족적인 연계가 암시되는 「빈터」 ("The Vacant Lot')가 있는데, 이 작품에선 지금은 없어진 한 건물과 그 건물에 살던 사람들을 다룬다.

> 콜리 씨 부인의 삼층 벽돌집은
> 여기엔 남아 있지 않다.
> 그녀의 땅딸막한 모습이
> 지하실 문에서 나오는 것을 보는 일은 사라졌다.
> 그녀의 아프리카인 사위(정당한 왕위 계승자)를
> 보는 일은 사라졌다.
> 그의 크고 희고 강하고 차가운 네모난 이빨
> 그리고 그의 자그마한 돌 같은 눈과 더불어 사라졌다.
> 그리고 작달막하고 뚱뚱한 딸이
> 폐하가 일보러 나가신 후
> 남자들을 불러 들였다가
> 다시 내 보내는 것을 보는 일은 사라졌다.

> Mrs. Coley's three-flat brick
> Isn't here any more.
> All done with seeing her fat little form
> Burst out of the basement door;
> And with seeing her African son-in-law
> (Rightful heir to the throne)
> With his great white strong cold squares of teeth
> And his little eyes of stone;
> And with seeing the squat fat daughter
> Letting in the men
> When majesty has gone for the day—

And letting them out again. (*Blacks* 41)

이 시는 교묘하게 "아프리카인 사위"에서 아이러니를 보여준다. 그는 "정당한 왕위 계승자"이고 "폐하"라고 불리는 거만한 자이지만 그가 출타를 하면 그의 땅딸막한 아내가 남자를 불러들여 매춘을 하지 않으면 안 된다. 이것이 오쟁이 지는 "폐하"의 감춰진 실상이다. 화자는 고소하게 생각한다고 멜헴은 평한다(32). 그러나 그 집은 이미 사라졌고 마을에는 빈터의 전설만 남아 있다.

이 시집에서, 159행으로 가장 길고 다양한 기법과 복합적인 의미를 담은 작품이 「새틴레그즈 스미스의 일요일」("The Sundays of Satin-Legs Smith")이다. 주인공 '새틴레그즈 스미스'는 빈민 출신이지만 유행을 좇고 사치생활을 하여 자신의 무능과 열등감을 감추려는 사람이다. 그런 점에서 이 시는 브룩스가 흑인 사회에서 보는 한 인간의 정신적인 빈곤을, 가끔 각운이 들어가는 무운시(blank verse)로 제시한 작품이다.

이 시의 주인공은 아침에 호텔에서 눈을 떠서 시내에서 빈둥거리다가 저녁을 먹는 새틴레그즈 스미스이다. 그러나 전편에 냉소적인 톤이 흘러 곧잘 아이러니를 느끼게 한다. 새틴레그즈 스미스는 사치스런 의복과 사랑에 빠진 여성들로 해서 마음이 한껏 들떠 있는 상태이다. 그는 가난에 찌든 과거를 애써 의식적으로 부정하고 현재는 왕처럼 통치하려 한다("he deigns his reign"). 그의 이름 "Satin-Legs Smith"도 평범한 이름 "Smith"에다 사치스런 느낌이 나는 "Satin-Legs"를 결합시켰다. 그는 자신의 자존심을 높이기 위해 가능한 모든 방법을 취한다. 그는 "명료한 섬망 상태(a clear delirium)"로 잠에서 깨어난다. 그는 자신의 과거를 숨기기 위해 주변 세계에 대한 정직하고 진솔한 시선은 거의 접어버린다. 잠들 때만이 그는 자신의 누추한 과거로 돌아오며, 자신이 누구이며 무얼 하는 사람인지를 깨닫게 된다. 그러나 그는 곧잘 파자마와 함께 그의 초라한 시절을 벗어버리며("He sheds, with his pajamas, his shabby days"), 현실을 직시할 때 느끼는 분노와 두려움도 함께 잠재워버린다 (Shaw 66).

그는 과시용으로 향기를 필요로 하지만 그렇다고 꽃을 쓰지 않는데, 왜냐하면 꽃은 그에게 죽음을 상기시키기 때문이다. 이 시는 이 주인공의 이면 생활을 독자에게 알릴 때 가끔 "평범한 흑인 소년(plain black boy)"의 이미지를 드러내는데, 이때 화자와는 다른 목소리가 나와 그의 비천했던 과거 생활을 독자들에게 직접 꼬집어 이야기한다. 켄트 (George E. Kent)는 이 목소리를 "전통적인 생각을 가진 백인 관찰자" 라고 풀이하고(68) 쇼는 그냥 '페르소나'(persona)라고 한다(66).

> 그러나 당신은 잊고 있거나 아니면 알았던가요,
> 그의 양배추와 땋은 머리의 유산,
> 옛적 골목길, 쓰레기통과 절친했던 것을,
> 장미가 가장 유쾌한 사람까지도 홍조를 띠게 하고 (그렇게들 말하죠)
> 감미로운 목련이 샤넬까지도 부끄럽게 하는
> 저 멀리 깊은 (그러나 언제나 아름다운) 남부에서.

> But you forget, or did you ever know,
> His heritage of cabbage and pigtails,
> Old intimacy with alleys, garbage pails,
> Down in the deep (But always beautiful) South
> Where roses blush their blithest (it is said)
> And sweet magnolias put Chanel to shame. (*Blacks* 43)

그는 꽃이 어떤 화장품보다도 향기로웠던 남부에서 가난한 생활을 했기 때문에 그에겐 꽃이 곧 부끄러운 과거를 상기시키며, 나아가 그의 진정한 자아를 상기시킨다. 그래서 그는 그에게서 꽃향기가 나되 과거가 연상되지 않도록 양복 깃에는 꽃이 아니라 깃털을 꽂고("a feather one, for his lapel"), 꽃향기 대신 "로션, 라벤더, 기름(lotion, lavender, oil)"을 쓴다.

이 주인공의 벽장 안("the innards of his closet")을 들여다보면 "그의 세심하고도 진지한 사랑(his meticulous and serious love)"이 얼마나 본능적이고 속악한 것인지 알 수 있다. 거기에는 다이아몬드나 진주가 있는 것이 아니라 화려하고도 번지르르한 양복이 몇 벌 들어 있다. 그는 그 양복을 입을 때 냉소를 머금고 건방을 떨겠지만 "펑퍼짐한 바지는 점점 끝이 좁아들어 / 정확하게 질식을 시킬 의도로 되어 있어(Ballooning pants that taper off to ends / Scheduled to choke precisely)" 그만큼 위험한 것이 된다.

> 밝은 우산 같은
> 모자가 있고, 회전(會戰)을 위한 좁은 현수막 같은
> 신경질적인 넥타이가 있다.

> Here are hats
> Like bright umbrellas; and hysterical ties
> Like narrow banners for some gathering war. (*Blacks* 44)

그는 삶이라는 전쟁에서 옷이 최선의 무기이다. 그러나 그는 자신이 정말 필요한 것이 무엇인지 모른다. 쇼는 그래서 "분명한 섬망 상태"라는 아이러니가 여기에서 그 뜻이 분명해진다고 한다. 즉 꼭 알아야 할 것에 대해서는 섬망 상태로 있고 자신의 허영심을 북돋을 행동에 대해

서는 분명히 알기 때문이다. "동전 땡그랑거리는 거래 아래에는 / 보여 주지도 쓰지도 못하는 / 황금의 충동(Below the tinkling of little coins / The gold impulse not possible to show / Or spend)"만 도사리고 있다. "쌓아오면서 지키지 못한 약속(Promise piled over and betrayed)"은 스스로에게 인간이 되라는 약속이겠지만, 그는 오래 전부터 자기 충족에만 신경 쓴 나머지, 위험이 따르는 그 약속은 포기해버렸다. 그래서 쇼는 그는 이제 정신적으로 죽은 것이나 같고 잠재의식 속에서는 완전히 불능상태라고 한다(67). 그런 그의 욕구를 만족시키고 자존심을 갖게 하는 유일한 것이 옷일 것이다.

그렇다면 옷을 입은 그 자신의 몸이 곧 그 자신의 예술 작품이라 할 수 있다. 그는 비참한 생각이 떠오르기 때문에 다른 예술 활동은 불가능하다. 꽃이 그랬던 것처럼 "곧은 전통(straight tradition)"의 예술 활동은 그에게 비참한 기억이나 죽음만 상기시킨다. "대리석, 복잡한 돌(marble, complicated stone)"도 묘소의 돌일지 모르고, "바로크, 로코코(baroque, rococo)"마저 괴기스럽고 죽음을 암시할지 모른다.

"그는 호텔 계단 아래로 춤추듯이 걷는다. . . (He dances down the hotel steps. . .)"에서 그의 숙소인 호텔을 떠나 하루 일과를 시작한다. 그러나 그가 만나는 주변의 소리와 장면들은 지저분하고 불쾌한 것들이다. 돈으로 산 키스와 맥주는 뱉어져 있고 쏟아져 있다. 여러 가지 소리가 가난하거나 병든 환경에서 나온다. 여러 가지 장면 또한 삭막하다. 그는 자동전축에서 블루스가 나오는 것을 듣지만, 쇼가 말하는 입바른 '페르소나'는 이 주인공이 고전 음악을 수용할 수 없음을 말한다. 즉 그는 어릴 때 너무 가난해서 불쾌한 기억이 상기되기 때문이다. 그는 한편으로 그의 조상이 만들어 낸 인물이어서("The pasts of his ancestors lean against / him") 그의 정체성마저 희미해진다("Fog out his identity"). 더 아니러니한 것은, 이 주인공은 너무 무력해서 영화의 하얀 여주인공을 보고도 즐길 수가 없다("it is sin / For his eye to eat of")는 점이다. '미키 마우스'나 즐길 뿐이다.

그는 어떻든 "그의 아가씨를 조의 식당에 모셔 간다(Squires his lady to dinner at Joe's Eats)". "Squires"라는 낱말은 지체 높은 사람들이 쓰는 점잖은 말인 것을 고려한다면, 그는 이 말을 씀으로써 자기의 분노를 완화시키고 약점을 감추려고 한다. 그러나 그는 매일요일 여자를 바꾼다("His lady alters . . . From Sunday to Sunday"). 조의 식당은 식사의 질에서 새틴레그즈 스미스의 삶과 유사한데, 그 식당은 식사의 '질'보다는 '양'을 중시하기 때문이다. "당신은 배가 불러서 나간다(You go out full)"는 것은, 양을 채워 나간다는 뜻이어서 우습기도 하고 슬프기도 하다. "그리고 한결같이 또 겁 없이 밤의 부드러운 장화는 귀가한다(And even and intrepid / The tender boots of night come to home)"에서 "부드러운 장화"는 여성을 암시한다. 쇼는 "겁 없는"을 뜻하는 "intrepid"는, "brave"처럼 상류생활을 암시하고, 특히 '매춘'을 암시한다고 풀이한다(69). 그렇다면 이 주인공의 삶은 관능적인 것을 추구하는 수준으로 타락해 있으며, 약간만 그런 생활에서 벗어나도 공포나 불편을 느낄 것이다. 그가 바라는 것은 "새로 구운 갈색 빵(new brown bread)", "기다리는 꿀이 깊고도 뜨거운 꿀단지(a honey bowl / Whose waiting honey is deep and hot)" 같은 여자의 몸이다. 그 몸은 더운 "여름의 땅(summer earth)"과 같아서 무엇을 "받아들이고, 부드럽고, 절대적인 . . .(Receptive, soft, and absolute. . .)"것이다. 그렇다면 "그녀의 몸"은 일용할 음식이고 성적 쾌락인 동시에 죽음을 암시한다. "여름의 땅"에 무덤을 심는다고 생각해 볼 때 "받아들이고, 부드럽고, 절대적인 . . ."이 어느 정도 의미를 얻는다. 이 무덤의 이미지는 정신적인 죽음을 암시하지만, 심는다는 뜻에서 재생의 희망을 암시한다고 쇼는 말한다(89).

한편 이 시에 대한 켄트의 해석은 다르다. 그는 이 시가 사회에 대한 무언의 항의인데 왜냐 하면 주인공 새틴레그즈 스미스는 기본적으로 예술가이고, 빗나갔지만 그의 예술은 미에 대한 포기할 수 없는 의지를 암시하기 때문이라는 것이다. 이 주인공은 자기가 처한 환경의 희생자가 아니라 나름대로 활발하게 창작을 하는 사람이라고 한다(69). 멜헴은 이 주인공이 엘리엇의 프루프록(Prufrock) 같은 반영웅(antihero)인데, 엘리엇은 프루프록을 통해 인간을 도덕적으로 개선시키려고 노력했지만, 브룩스는 빈곤과 차별 측면에서 사회악을 진단하려 한다고 풀이한다(34).

IV

『브론즈빌의 거리』가 나온 후 브룩스는 두 가지 작품을 기획한다. 하나는 나중에 『모드 마사』(Maud Martha)라는 이름으로 나오게 되는 작품이고 다른 하나는 한 젊은 흑인 여성을 중점적으로 제시한 시 모음집인 『애니 앨런』(Annie Allen)이다. 전자는 출판사에서 보류되고 후자는 1949년에 하퍼사(Harper社)에서 출판된다.

후자의 원고를 하퍼사에 냈을 때 그 출판사의 편집인 엘리자베스 로렌스(Elizabeth Lawrence)는 이 시집은 과도기적 작품이 될 것이라고 했다. 『브론즈빌의 거리』는 형식보다는 내용에 중점을 둔 만큼 의미가 분명한 작품이지만, 시카고의 흑인 여성인 '애니 앨런'의 성장과정을 3인칭과 1인칭으로, 또 다양한 각운 구조(rhyme scheme)로 그린 이 새 시집은 시의 형식을 강조한 나머지, 형식이 내용에 스며들어 그것을 흐리게

하는 특성이 엿보인다고 지적했다(77). 이 책이 나온 후 라이트(Richard Wright)도 이 시집은, 형식에 대한 다양한 변화와, 고전적 언어와 구어의 혼용이 훌륭하다고 평한다(Kent 79). 백인들의 관점에서 백인의 시적 장치로 쓰여졌다는 흑인 비평가로부터 껄끄러운 평도 듣지만, 백인들로부터는 발라드, 소네트 등의 형식을 씀으로써 더 친숙해졌다는 호평을 얻어내기도 한다. 이『애니 앨런』으로 브룩스는 흑인으로는 처음으로 퓰리처상을 받는다.

이 시집에서 가장 많은 지면을 차지하는 시가 장시「애니어드」("The Anniad")로 7행시(septet) 43연으로 되어 있다. "애니어드(Anniad)"는 'Annie'에 서사시를 나타내는 'ad'가 붙은 것으로, 결국 '애니의 이야기'란 뜻이다. 주제는 사랑에 대한 낙관적인 생각을 가지고 있던 한 순진한 아가씨가 사랑을 한 후 맞게 되는 정신적인 파멸을 다룬다. 대부분의 브룩스의 시가 단순해 보이지만 이 시에는『베어울프』(*Beowulf*)에서 보는 고대영어의 특성을 살린 기법에서부터 신고전주의시의 기법까지 다양한 방법과 독특한 시형식이 들어 있다.

이 시의 모두에는 서사시의 '기원'(invocation)처럼, 주인공 아가씨는 "더 높은 신이 잊어먹었고 / 더 낮은 신은 꾸짖는(Whom the higher gods forgot / Whom the lower gods berate)" 인물임을 말한다. 그녀는 이름이 없고 다만 "상냥한 초콜릿(sweet and chocolate)"으로 지칭되어 귀여운 흑인여성임을 암시한다. 이 시의 화자는 시의 새로운 전기나 장면을 도입할 때 "상냥한 초콜릿을 생각해 보라(Think of sweet and chocolate)" 혹은 "익어 있는 뛰노는 여자를 생각해 보라(Think of ripe and rompabout)" 와 같이 아무개를 "생각해 보라"고 하여 주의를 환기시킨다. 브룩스는 이 시에서 과감하게 관사 등을 제거하는데, 예컨대 "ripe"나 "rompabout" 는 각각 "다 익어있는 여자", "멋모르고 뛰어 노는 여자"의 뜻으로 읽어야 한다. 이 점에서 이 낱말들은 주어 역할과 술어 역할을 다하여 한자 (漢字)와 비슷한 기능을 가진다. 어떻든 그녀는 "자기 수확물은 단추로 잠가 둔 / 아무 장식물도 한 번도 써 본적이 없는(All her harvest buttoned in, / All her ornaments untried)" 순진하고 꿈 많은 아가씨이다. 그녀의 남편감은 "살림 넉넉하고 바닷눈이고 / 자기 비밀을 문질러 캐내고 / 암시된 신부감을 알아보는 팔라딘(the paladin / Prosperous and ocean-eyed / Who shall rub her secrets out / And behold the hinted bride)"이어야 하는데, 한 마디로 잘 생기고 여성을 잘 이해하는 기사이어야 한다는 뜻이다. 브룩스는 여기서 그 남자의 눈을 "ocean-eyed"라고 표현하는데, 이것은 호메로스가 "모든 것을 아는 조브(all-seeing Jove)"라고 한 표현에서 배운 것이다. 그녀는 거울을 들여다보며 마법에 의지하는데 이때의 분위기는 앞의 중세의 로맨스적인 분위기에서 누추한 현재의 현실로 푹 떨어져 있다.

자신의 거울에서
수(繡)가 없는 갈색을 보고 있는
마법의 아가씨를 생각해 보라.
못난 장미를 거기에 찍는,
정서적으로는 검고 사나운
머리카락을 알아서
그 모든 분노를 빗겨내리는.

Think of thaumaturgic lass
Looking in her looking-glass
At the unembroidered brown;
Printing bastard roses there;
Then emotionally aware

Of the black and boisterous hair,

Taming all that anger down. (*Blacks* 100)

그녀가 마법의 거울을 통해 들여다 본 것은 자신의 갈색 몸이고 그 몸에는 아무 장식이 없다. 그 모습이 싫어서 장미 무늬를 만들어서 거울의 자기 영상에 붙여본다고 멜헴은 해석한다(65). 어떻든 그녀는 머리카락이 브룩스가 어릴 때 느꼈던 것처럼 화나게 하는 것이지만 그것을 곱게 빗어 내린다. 이 장면은 자신의 낭만적이고 중세적인 그녀의 상상과는 매우 대조되는, 아가씨의 가난한 현실을 보여준다.

6연에서 "황갈색의 남자(man of tan)"가 나타나 마음껏 그녀의 "봄(springtime)"을 갉아먹는다. 그도 역시 흑인이다. 그의 이마에는 "신격이 번쩍거려(the godhead glitters)" 그녀는 그 앞에서 "금빛의 겸손으로 / 쓰러진다(falls / In her gilt humility)". 그 남자(팔라딘)는 여자가 올려다놓은 천국에서 내려와서 포켓 형편에 맞게 그녀를 초라한 방으로 데려가는데, 그 방은 그녀에겐 순종을 맹세하는 교회의 결혼식장과 다름없다. 12연에서 운명을 결정짓는 자("Doomer")가 와서 그를 데려가, 그는 소총 쏘는 법을 배운 뒤, 바다 건너 "육봉처럼 생긴 지옥(hunched hells)" 즉 전쟁터로 간다. 여자의 생각과 몸은 "전초전으로 끝날 거야. / 그러면 그이는 너에게 돌아올 거야(Skirmishes can do. / The he will come back to you)"라고 말한다. 그는 온갖 욕망을 안고 돌아오지만, 전후의 삶은 모래처럼 시시하고 활기가 없다. 그는 활력을 되찾고 싶지만 "자기의 무능에 몸이 떨릴 뿐이다(Shudders for his impotence)". 그는 자기 여자가 너무 부드러워 자신에게는 맞지 않음을 발견한다. 그가 원하는 여성은

혀를 볼 안에 말아 넣고
응시를 하면 가제가 쉬 소리를 내고
길에는 기름이 사리는
현란한 황금의 비명

But a gorgeous and gold shriek
With her tongue tucked in her cheek,
Hissing gauzes in her gaze,
Coiling oil in her ways. (*Blacks* 104)

을 내는, 한 마디로 에너지로 넘치는 현란한 여성이다. 그런데 이 여성
은 뱀의 특성을 톡톡히 가진 여성인데, 우선 혀를 입안에 말아 넣는 행
동은 뱀이 잘 하는 짓이다. 또 그녀가 응시하면 가제에선 뱀이 지나가는
쉬 소리("Hissing")가 나고, 그녀가 가는 길엔 뱀 사린 것처럼 기름의 흔
적이 남게 된다. 이 부분의 또 다른 재미는 음악적 효과에 있다. 1,2,3행
에는 두운(alliteration)이 들어 있고 넷째 행에는 "Coil"과 "oil"이 유음
(assonance)을 이룬다. 이처럼 브룩스는 고대 영시의 리듬을 자유자재로
살려내고 있다.

어떻든 그 남자는 "단풍나무 요정(banshee)", 집시 여인, "약병 같은
여자(vinaigrettes)", "저질 꿀 같은 여자(bad honey)", "미친 주신제 아가
씨(mad bacchanalian lass)" 등을 사귄다. 한편 "상냥한 초콜릿"은 아무
찾아주는 사람이 없어 겨울 눈 속, 봄의 풀밭, 여름의 미식가의 모임, 11
월의 낙엽 지는 공원에서 위안을 찾아 헤맨다. 그녀는 친구에게 보석을
다 나눠 준 뒤 "오 인간들이여, 내게 오라!(Come, oh populace, to me!)"
하고 외친다. 그리고는 자신의 처지를 알 것 같은 고전작가들의 작품을
읽고, 무용과 음악도 공부해 본다. 그러나 이때 변화가 일어난다. 늘 남

편의 노예라고 생각하던 마음의 태도, 즉 "죄인의 마법(culprit magics)"은 풀려버리며, 금욕적인 태도 또한 사라진다. 그녀는 마침내 마음속에서 남편을 내려놓기로 한다. 그러나 남편은 아이들을 잘 키우고 품위 있고 우아한 삶의 태도는 버리지 말라고 충고하지만, 이미 그녀에게 향기, 선명한 색깔, 꽃잎 무늬 따위는 사라졌고, 사랑의 마법도 다 풀려버린 후다. 남자도 주색에 빠져 몸이 쇠할 대로 쇠한 데다, 해외에서 얻은 병이 도져간다. 화자는 고대그리스 연극의 합창단처럼 "그 독아(毒牙)의 플라밍고 거품과 / 가짜인 허구의 금을 죽여라(Kill that fanged flamingo foam / And fictive gold that mocks)"라고 충고한다. 남자는 이미 폐결핵에 걸려 있어 그 붉은 가래는 독아 같은("fanged") 붉은 거품일지 모르고, 그가 누려온 낭만적 기사도적 삶은 화려한 모조품이고, 허구의 금일지 모른다는 뜻이다. 또 화자는 "해골을 침대에 뉘여라(Skeleton, settle, down in bed)"라고 하는데 더 이상 돌아다니지 말고 본 여자에게 돌아가서 거기서 생을 마감하라는 암시이다. 그녀는 그와 사별한 후 그의 "녹과 기침(rust and cough)"을 받아들이는데, 그것이 그녀의 슬픔이고 정신적인 죽음이다. 그는 "새싹들(sprouts)"을 낳아 "캐러멜 인형(caramel dolls)"처럼 아내에게 맡겨놓은 처지이다. 그는 또 자기가 차고 키스한 기억일랑 버리고, 그녀 입술에 다른 오점도 수용하라고 말한다(Leaves his mistress to dismiss / memories of his kick and kiss, / Grant her lips another smear). 자기에 대한 애증(愛憎)일랑 잊고, 좋은 남자 있으면 같이 사귀라는 뜻이다. 그녀는 곧 술집에서 자기가 사귈 남자를 구한다("Slit her eyes and find her fool"). 그녀는 또 전과는 달리, 누가 나오라는 전화만 오면 머리를 감고 잘 차려 입고 나가는데, 쇼는 이것을 그녀의 매춘 행각이라고 본다(90). 그러나 어둠이 몰려오면 환상과 고통에 시달린다.

성난 어둠 속에는 거친 것과
가시 있는 것이 틀림없는
수백의 발뒤꿈치를 타고 간다.
그리고 몸 없는 벌이 쏜다.
사이클론의 중심이 빙빙 돈다.
약탈당한 잔디는 팽창하고 나눠져서
그녀를 슬프게 안으로 빨아들인다.

In the indignant dark there ride
Roughnesses and spiny things
On infallible hundred heels.
And a bodiless bee stings.
Cyclone concentration reels.
Harried sods dilate, divide,
Suck her sorrowfully inside. (*Blacks* 109)

　　결국 그녀는 스물넷이지만 이미 삶은 망가져 버린다. 그녀는 희망과
긍지가 없는 불쌍한 존재로 전락된다. 그러나 그녀는 희미한 오랑캐꽃
을 만지면서 일요일의 태양을 끌어안고 키치네트에서 추억을 떠올리며
삶을 추스른다.

　　이처럼 브룩스는 전후(戰後)의 한 젊은 흑인 여성의 비극을 형상화했
지만 한편으로는 현실에서 보는 빈부의 차에도 주목한다. 가난한 동네
에 익숙해져 있는 화자는, 시카고의 최부유층이 모여 사는 「시카고, 베
벌리힐즈」("Beverly Hills, Chicago")를 차로 지나가 보는데, "발밑의 마
른 갈색의 기침(dry brown, coughing beneath their feet)" 소리가 들리지
만 잡역부가 곧 와서 치울 것이어서, "이 사람들은 자기 황금의 정원을
걷기만(These people walk their golden gardens)" 하면 된다고 한다. 그
래서 이 호사스런 부자촌을 그냥 지나가 보는 것 자체가 행운이라는 생

각을 한다. 이 정원은 흐트러진 곳이 없이 반듯하며, "잎사귀마저도 여기서는 더 아름다운 양식으로 떨어지고(Even the leaves fall down in lovelier patterns here)", "쓰레기, 그 쓰레기도 깔끔한 광채이어서(the refuse, the refuse is a neat brilliancy)" 화자는 부러움을 느낀다. 이곳 사람들은 "영원한 황금이 닿은 부드러움과 느린 걸음으로 / 집안으로 아름답게 흘러들어(When they flow sweetly into their houses / With softness and slowness touched by that everlasting gold)" 차를 마신다. 그러나 그들의 차는 "물에 검은 점을 뿌리고 설탕과 시장에 나오는 가장 싼 레몬주스를 넣는(throw some little black dots into some water and add sugar and the juice of the cheapest lemons that are sold)" 화자의 차와는 많이 다르다.

이처럼 부자는 가난한 사람과 크게 다른 것 같지만 실상은 "내일 가장 피땀 나는 육체적 노동으로 모든 생활비를 / 다시 벌어야 할 일(the living all to be made again in the sweatingest physical manner / Tomorrow)"은 같다. 또 이 사람들도 당연히 그 고생을 모른다고 말하지 않을 것이라고 한다. "단지 황금 반점이 찍힌 아름다운 깃발로 고생을 한다는 것이고(Merely that it is trouble with a gold-flecked beautiful banner)", 죽으면 "값비싼 꽃 속에 훌륭한 시체가 될(They make excellent corpses, among the expensive flowers)" 뿐이라는 것이다. 그러니 이들을 보고 분개할 일도, 미워할 일도 아니다. "소나무의 한 점 숨결이 부는 동안, 이런 것들이 / 우리 것과는 얼마나 다른가(while a breath of pine blows, / How different these are from our own)"를 생각할 뿐이다. 화자는 결국 문제는 소유의 정도 차가 아니냐는 생각을 한다. 그녀는 차를 몰면서 "목소리가 조금 쉬어지는(our voices are a little gruff)"(*Blacks* 128-29) 감상에 젖는다.

V

1951년 9월 브룩스는 딸을 낳자 기쁨에 젖어 더 편안하게 살 집을 사기로 마음먹는다. 그러나 그것이 쉽지 않았던 것은 돈도 돈이려니와 흑인으로서 여러 가지 보이지 않는 제약이 있었기 때문이다. 어떻든 돈부터 마련할 요량으로 자신의 성장 과정을 반영한 반자전적인 소설을 쓰게 되는데 그것이 세상에 나온 것이 『모드 마사』이다. 이 작품은 한 검은 피부의 아가씨인 모드를 주인공으로 하여, 그녀의 열등감과 사회적 멸시에도 불구하고, 자신의 품위와 위엄을 지켜나가는 능력을 보여주는, 브룩스의 체험을 근거로 하여 쓴 소설이다. 『뉴욕 타임즈』(*New York Times*)가 "신선하고, 유쾌하고, 통찰력과 리듬과 깊은 뜻이 있어, 그런 종류로는 유례가 없는" 작품이라고 격찬하는 등, 도하 신문잡지에서 크게 다루었다.

1953년 브룩스 가족은 시카고 사우스에반즈(South Evans)의 아담한 집으로 이사를 간다. 1955년 여름 에미트 틸(Emett Till)이라는 시카고 소년이, 미시시피의 한 백인 여성을 성적으로 접근했다는 이유로 몽둥이로 맞아 죽어, 강에 버려진 사건이 벌어졌고, 가해자는 곧 방면되어 나왔다. 미 전역에서 이 사건을 연일 보도했다. 브룩스는 바로 아들 또래의 시카고 소년이 그런 비극을 당한 것이 너무 가슴이 아팠다. 이때 쓴 시가 「에미트 틸의 발라드의 마지막 사행시」("The Last Quatrain of the Ballad of Emmet Till")이다. 이 틸이 죽고 장례도 치른 후 어머니의 가슴에 다가드는 억울함을 매우 절제된 감정과 언어로 표현한다.

> 에미트의 어머니는 예쁜 얼굴의 여자다.
>   당겨 만든 태피 캔디 색
>   그녀는 붉은 방에 앉아있다,

블랙커피를 마시며,
그녀는 죽은 아들에게 키스한다.
그리고 마음이 아프다.
붉은 프레리의
바람 부는 회색의 카오스.

Emmett's mother is a pretty-faced thing;
the tint of pulled taffy.
She sits in a red room,
drinking black coffee.
She kisses her killed boy.
And she is sorry.
Chaos in windy grays
through a red prairie. (*Blacks* 340)

"태피 캔디"는 우리가 엿을 만들 때 생엿을 여러 번 당겨서 만들듯이 당겨서 만드는 캔디이다. 브룩스는 같은 소재로 「브론즈빌의 어머니가 미시시피에서 서성이다. 한편, 미시시피 어머니는 베이컨을 굽다」("A Bronzeville Mother Loiters in Mississippi. Meanwhile, a Mississippi Mother Burns Bacon")라는 긴 시도 쓰는데, 틸이 여기서는 "다크 빌 런"(Dark Villain)으로 나오며, 백인 여자를 추행하려다 남편에게 잡히는 내용으로 되어 있다. "브론즈빌의 어머니"가 이 틸의 진짜 어머니라면, "미시시피의 어머니"는 남편 "파인 프린스(Fine Prince)"의 도움으로 추행을 모면한 남부의 백인 주부인데, 이 시는 이 강간 미수 사건을 이 백인 주부의 시각에서 꼼꼼하게 묘사한다. 주부로서의 그녀의 현실과, 중세 때의 한 장면 같은 낭만적인 환상이 교차되는 심리적인 묘사가 깊은 인상을 준다. 놀라운 것은 이 백인 여성의 심리에는, 자신이 피해

자이지만 백인 남성들만큼 이 흑인 소년에 대한 적개심이 크지 않다는 점이다. 이것은 아들과 같은 이 범죄 소년에 대한 브룩스의 어머니 같은 연민 때문일 것이다.

흑인 문제가 사회문제로 부각되고 있던 때에 브룩스는 동시를 썼다. 그녀는 그것을 하퍼사에 보냈더니 관심을 가지고 다시 더 써 보내라고 하였다. 매일 한 편씩 열다섯 편을 써 보내서 나온 것이 『브론즈빌 소년 소녀』(*Bronzeville Boys and Girls*)이다. 이 동시집은 흑인 소년 소녀를 주인공으로 했다기보다는 일반적인 아동, 그래서 누구와도 친할 수 있는 아이들을 주인공으로 하여 그들의 정서를 다룬다. 그래서 이 시들은 시인이 보냈던 에덴 생활과 같았던 유년 시절의 반영이라고 할 수 있다.

이 동시집의 후속편으로 『브론즈빌의 남자와 여자』(*Bronzeville Men and Women*)를 구상했는데 이것이 나중에 제목을 바뀌어 『콩 먹는 사람들』(*The Bean Eaters*, 1960)로 세상에 나오게 된다. 이 시집도 가난에 찌들린 사람들을 다룬 시집인데, 그 참혹한 가난에 선뜻 평하려는 사람이 없을 정도였다고 한다. 브룩스 가족이 대공황 때 가난하여 삶은 콩으로 끼니를 때운 적이 있었는데, 「콩 먹는 사람들」("The Bean Eaters")은 이 때의 체험이 소재가 된 것이다. 남의 집 뒷방에서 "이빠진" 접시에서 콩을 먹고 있는 노부부가 형편이 좋았던 과거를 기념하는 온갖 잡동사니를 모아두고 있는 장면이, 6.25때 가난했던 우리들의 부모가 쓸만한 온갖 잡동사니를 모아두던 장면을 연상시킨다. "그들은 대부분 콩을 먹는다, 이 늙은 노랑 부부. / 정찬은 어쩌다가 있는 일. / 삐걱거리는 소박한 널판자 위의 소박한 이빠진 접시 / 평평한 주석 쟁반(They eat beans mostly, this old yellow pair. / Dinner is a casual affair. / Plain chipware on a plain and creaking wood, / Tin flatware)".

이 노부부에게 "염주와 영수증과 / 인형과 옷가지, 담배 부스러기, 꽃

병과 술 장식이 꽉 찬 셋방 뒷방에서 콩 그릇 위로 허리 굽힐 때(As they lean over the beans in their rented back room that is full of beads and receipts / and dolls and cloths, tobacco crumbs, vases and fringes.)" (*Blacks* 330) 여러 가지 생각이 떠오른다. "번쩍임과 쑤시는 아픔으로(with twinklings and twinges)"에는 두운(alliteration)이 있어 인상적인데, 이 여러 가지 잡동사니에는 즐거운 기억("번쩍임")과 아팠던 기억("쑤시는 아픔")을 상기시키는 것이 있다. 쇼는 이 부부는 물건을 모아두고 활동에서 물러날 준비를 하지만, 2연에 나오는 "그러나(But)"는, 정리하고 깔끔하게 하려는 욕망을 나타내는데, 그 욕망은 포기와 방임을 허용하지 않고 계속 살겠다는 결의를 보인다고 한다(80).

「우린 참 차갑다」("We Real Cool")는 낭송의 묘미가 있는 작품이어서 시인이 자작시 낭송 요청을 받으면 자주 낭송하는 작품이다. 이 작품은 매 행이 "We"로 끝나고 그 앞의 단어가 두 행씩 같은 모음으로 끝나 묘한 여운과 감동을 준다. 브룩스는 휴즈의 영향으로 대도시의 흑인의 언어를 쓰지만 그녀의 시어는 자신이 실제로 채집한 생생한 언어이다. 이 시도 절제된 흑인의 언어로, 흑인 소년 한 패거리가 학교를 뛰쳐나와 낮에는 숨어 있다가 늦은 시간에 강도처럼 행인을 쳐서 금품을 탈취하는 내용을 담고 있다. 그들은 자신의 이런 강도짓을 자랑삼아 노래하며 술을 마신다. 그들은 재즈를 추어 6월 기쁨을 발산해 보지만, 결국 죄과에 값하는 방법은 일찍 죽음을 맞이하는 수밖에 없다.

> 우린 참 차갑다. 우린
> 학교를 나왔다. 우린
>
> 늦도록 숨는다. 우린
> 정통으로 친다. 우린

죄악을 노래한다. 우린
진(gin)을 묽게 탄다. 우린

6월을 재즈한다. 우린
일찍 죽는다.

We real cool. We
Left School. We

Lurk Late. We
Strike straight. We

Sing sin. We
Thin gin. We

Jazz June. We
Die Soon. (*Blacks* 331)

"We"라는 낱말에 대해 브룩스 자신이 말한 적이 있다. "'we'는 앞의 낱말과 거의 붙어 있는 걸로 생각되고, 일종의 잃어버려진 느낌, 일종의 어떤 정체성에 매달리려는 당황스런 노력, 일종의—작은 비명을 주는 것이 바로 'we'에요. 그러나 이 'we'가 나와서 곧고 크게 서 있을 수는 없죠"("Studs Terkel Interviews Gwendolyn Brooks, 1961" 29).

1954년 5월 17일 모든 학교에서 인종차별교육을 철폐하라는 대법원의 판결이 있은 후, 그 여파로 리틀록(Little Rock)에서는 엄청난 폭력사태가 일어난다. 인종차별금지를 반대하려는 폭도들이 흑인 청소년들에게 폭행을 자행한 것이다. 브룩스는 이 사건을 접하고 「시카고 디펜더지는 리틀록에 사람을 파견한다」("The Chicago *Defender* Sends a Man to

Little Rock")라는 시를 쓰는데, 여기서 그녀는 그 도시의 시민은 여느 도시의 시민들처럼 일상적인 일을 하고 있었다고 말한다. 그곳으로 파견된 기자도 "이들은 다른 곳의 사람과 같습니다"라는 내용만 송고하니 편집자는 백 번이나 왜 그러냐고 묻는다는 것이다. 돌을 던지고, 낫으로 여학생을 상해한 일은 있었지만 "린치를 당한 가장 아름다운 분은 우리 주님(The loveliest lynchee is our Lord)"이라고 한다. 그녀는 흑백인의 편협한 자기중심적 논리로 볼 것이 아니라 인간 보편성에 근거를 두고 이 사건을 보라는 주문을 이 시에 담은 것이다.

그러나 「빨간 모자의 브론즈빌 여인」은 하인을 노예처럼 부리는 거만한 악덕 여주인을 고발하는 내용으로, 브룩스가 잠깐 가정부로 일했을 때의 체험을 근거로 해서 쓴 시이다. 반면 흑인 여성이 백인 집을 방문하여 환대를 받는 내용을 담은 「브론즈빌의 베시가 뉴버팔로 해변 집의 메리와 노먼을 방문하다」("Bessie of Bronzeville Visits Mary and Norman at a Beach-house in New Buffalo")도 있다.

브룩스는 한 평생 고생하던 아버지가 세상을 떠나자 아버지를 추모하는 시를 쓴다. 아버지의 장례식에는 그가 존경하는 리차드슨(Theodore Richardson) 목사가 설교를 했는데, 그 목사 또한 세상을 떠나자 브룩스는 그를 위한 추도시 「고해자는 마리아의 재림을 생각한다—시오도어 리차드슨 목사를 위하여」("A Penitent Considers Another Coming of Mary—For Reverend Theodore Richardson")를 쓴다. 여기서 그녀는 마리아가, 어머니가 용서하듯이 용서하시며, 제2의 구세주는 오늘 우리를 벌하실까 하고 묻는다. 마리아는 "머릴 가로젓지 않으시며 / 이 군사적 분위기를 그냥 두지 않으시며 / 현대의 건초를 재가하시고는 그 위에 / 아기를 놓으시리라(She would not shake her head and leave / This military air, / But ratify a modern hay, / And put her Baby there)(Blacks 366)고 한다. 마리아는 우리를 용서할지 모르지만 제2의 구세주는 다시 태어나서 우리를 벌하실지 모른다는 뜻이다. 이처럼 이 시는 그리스도의 재림을 예언하는 내용을 담고 있다.

『콩 먹는 사람들』은 흑인의 정서나 주장만 대변하는 시집은 결코 아니다. 이 시집을 주의 깊게 읽으면, 인종차별과 인종무차별간, 집단과 개인간, 사회와 형이상학간에 치밀한 균형을 이루려는 의도가 숨어 있음을 볼 수 있다. 그것은 논리와 사회문제의 차원에서 그러하므로, 백인 비평가는 이 시집이 서정성을 잃었다고 말하기도 한다. 물론 이런 태도는 일부 흑인들에게도 달갑지 않았고 그런 점에서 향후 그녀는 많은 젊은 흑인작가들로부터 민족의식에 관한 한 큰 자극을 받게 된다.

1960년대에는 흑인 문제를 다루는 많은 세미나 개최가 이뤄진다. 이러한 현상은 다양한 힘이 분출된 1960년대의 미국 사회의 한 단면과 관계가 있다. 많은 흑인운동가가 암살당하고 심지어는 대통령까지 암살당하던 이 시대는, 한마디로 흑인운동이 백인들의 분노를 샀고, 그 결과 백인들이 시민권 운동 논쟁에서 주도권을 쥐려 한 시기이다. 이때 새로운 흑인 세대가 등장하는데, 이들은 기존의 민권운동의 조직을 전적으로 부정하고, 새로운 전략, 즉 범민중적 시민 불복종운동으로 개혁을 이루려는 자들이었다. 한편 이런 과격 운동은 브룩스 같은 일부 온건한 흑인작가에게는, 자신들의 진정한 자립을 위해서는 자신의 내면의 자원을 개발해야 한다는 자성(自省)으로도 이어진다. 만약 그들처럼 무리한 흑백인 분리를 하면 사실 브룩스 자신도 발붙일 곳이 없었으리라. 또 그녀의 시는 흑인의 이야기를 했지만 결국은 흑인과 백인이 동등하고 평화롭게 살아가는 조화로운 사회를 위한 것이었고, 정치적으로 그녀는, 마틴 루터 킹(Martin Luther King) 같은 이른바 인종차별폐지론자(Integrationist)였지, 맬컴 엑스(Malcom X) 같은 극단적인 흑백분리론자(Separatist)는 아니었다.

VI

   브룩스의 삶에서 가장 큰 변화는 1967년 4월 21일에서 23일까지 피
스크 대학(Fisk University)에서 있었던 '제2차 연례흑인작가회의'(Second
Annual Writers' Conference)에서 왔는데, 이곳에서 그녀는 "갑자기 만
나야 할 신세대 흑인(New Black)"을 보았고 "내 주변에서 내가 본 젊은
흑인의 표정, 걸음걸이, 말, 행동에서 널리 퍼져 있는 에너지, 전기(電
氣)를 감지했죠"라고 말한다. 즉 그녀는 온몸이 전기에 감전되듯이 새
로운 물결을 느꼈다는 것이다. 그녀는 "사우스다코타 주립 대학에서
'사랑'을 받았어요. 여기선, 차가운 존경을 받았죠"라고 덧붙인다("The
Field of Fever, The time of The Tall-Walkers" 75).
   이 회의에서 그녀도 발표를 했지만 실제로 가장 큰 감명을 받은 것은
동료 연사들의 강연이었다. 첫 연사로 나온 존 핸릭 클라크(John
Henrik Clark)는 흑인들의 역사와 문화를 이야기했는데, 흑인들이 미국
으로 팔려오기 전에 이미 훌륭한 역사와 문화가 있었고, 정체성이 있었
다고 역설했다. 그들의 문학은, 노예기(奴隸期)에는 구전문학이나 청
원문학으로 존재하다가 할렘 르네상스로 꽃 피운 후 '항거문학'으로 발
전했다고 했다. 두 번째 연사인 레론 베넷(Lerone Bennett)은, 앞으로
'총체적인 인권 투쟁'에 참여하기 위해선 흑인 작가는 내적 외적 혁명
을 해야 한다고 역설했다. 그는 백인지상주의자들이 만들어 놓은 도구
와 개념에는 그들의 전제(前提)들이 들어 있으므로, 그것을 걸어내는
일이 중요하다고 했다. 그는 인권, 인간성, 예술, 문학, 인간투쟁의 문제

에 관한 한, 백인들의 기존의 판이 아니라 새 판을 짜야한다고 역설했다. 이런 주장들을 들은 브룩스는 너무 감명을 받은 나머지 "나는 불가해하고 불편한 동화의 나라"에 있었다고 후일 술회한다(Kent 198).

두 번째 세션에는 두 여성시인이 연사였는데 마가레트 대너(Margaret Danner)와 브룩스였다. 대너를 소개하는 사회자가 흑인 시가 하렘 르네상스에서는 꽃피었으나 그 이후에는 사회적 투쟁을 이끌어낼 만한 시가 쇠퇴했다고 서두를 꺼냈다. 그는 분명히 할렘 르네상스 이후의 흑인 시, 특히 흑인들의 사회적 경제적 문제를 다루는 시를 모르고 있었을 것이다. 대너는 대부분 이 사회자를 비난하는 이야기를 했다. 그녀는 우선 그 학생이 흑인시를 잘 모른다고 전제하고, 표면적으로 나타나지 않아도 흑인문제를 암시하는 시가 많은데도 잘 파악하지 못하고 있으니 앞으로 열심히 읽어보라고 따끔하면서도 어머니답게 충고를 했다. 그 다음에 연단에 오른 브룩스는 청중들의 열기가 푹 식었음을 직감했다. 그녀는 한 마디로 흑인운동가 입장에서 보면 케케묵은, 시의 일반적인 이야기를, 그것도 짧게 하니, 같잖다는 웃음과 박수가 터져 나왔다. 그녀는 그 뒤 자기 시와 산문을 낭송하고 자기 시를 작곡한 음악가를 소개하며 시간을 채웠다.

브룩스는 세 번째 세션의 극작가 르로이 존스(LeRoi Jones)와 로널드 밀너(Ronald Milner)의 강연도 감명 깊게 들었다. 존스는 흑인 극장은 흑인 사회로 돌아가서 백인들이 왜곡해 놓은 흑인성(Blackness)을 바로잡고 구체화하는 것이 중요하다고 주장했다. 거기서 흑인들이 줄기차게 지켜온 아름다움을 찾아 삶의 새로운 흑인 극장, 삶의 새로운 비전을 보여줘야 한다고 했다. 이 존스와 밀너 세션에서는 흑인의 힘과 흑인예술운동이 결합하여, 북부 빈민가의 고통스럽고도 절망적인 삶을 잘 극화해 낸 데 의미가 있었다.

그날 대너와 브룩스는 젊은이들로부터 충격적인 충고를 감수해야만 했다. 그들은 자기들의 시가 인권운동에 유익하리라고 생각했지만, 젊은이들은 브룩스에게 중산층을 가치관의 버릴 것, 억압에 대해 강한 반발을 할 것, 흑인 사회와 배타적인 동질화를 이룰 것 등을 따갑도록 이야기했다.

이 피스크 대학 세미나 이전의 그녀의 생각은 "어떤 종류의 사회에서든 흑인 작가의 과업은 모든 작가의 과업이다"이라는 말이 암시하듯이, 흑인작가와 비흑인작가의 구분을 하지 않았다(Kent 182). 그러나 바로 이때부터 그녀는 민족에 관한 분명한 의식을 가지게 된다. 그녀는 백인 비평가들이 기대하는 자유주의적 경향을 멀리하고, 더 적극적으로 정치, 폭력, 흑인문제 등을 이해하려 애쓰고, 문체 또한 시어를 통한 이미지 제시 및 서술에서 벗어나, 재즈풍의 힘차고 즉흥적인, 아프리카 노래를 가미한 구어 중심으로 바꾸게 된다. 그녀의 작품은 1967년을 분기점으로 하여 전기 작품과 후기 작품 나누어 볼 수 있는데, 전기 작품은 휴즈나 컬런 같은 시인의 이상을 좇아 흑백인이 함께 사는 통합 사회를 꿈꿔 온 만큼, 그녀의 시가 백인들에게도 인기가 높았다. 그러나 후기작품은 호전적인 흑인 작가와 뜻을 같이하고, 흑인들의 체험과 분노, 특히 흑인 여성의 복합적인 삶에 대한 인식을 많이 다뤄, 자신의 작품이 아프리카계 미국인의 작품임을 확실히 보여준다.

이런 흑인들에 의해 쓰여진 시를 '흑인시'라고 할 때 그 시들은 몇 가지 특징을 지닌다. 우선 도시적 색채를 띤다. 즉 시의 언어, 형식, 의도, 의미가 현대 산업화된 도시 환경에서 자라난 특유한 감성으로 쓰여진 것이다. 언어는 도시 빈민가의 언어, 특히 남부의 흑인 발음이 주가 되지만, 여러 방언들이 뒤섞여 있다. 흑인 시인이 빈민굴의 언어를 쓰길 좋아하는 것은 흑인들의 정서적 공감대와, 공동체적 체험, 흑인들의 일체성을 되찾기 위한 노력이며, 그러기 위해서 흑인시는 언제나 솔직하고, 분명한 의도를 갖는다. 그렇지만 브룩스는 이런 흑인시의 공통적 특성에 충실한 것은 아니었다. 그녀의 언어는 아직도 전통 영어에 뿌리를 두었고, 여성관도 그 어머니에게서 교육받은 대로 보수적인 경향을 띠었다. 그녀는 어디까지나 백인들이 신뢰하고 협조를 아끼지 않을 그런 인물이었다.

브룩스는 1968년에 『메카에서』(In the Mecca)라는 시집을 상재하는데, 이 시집에는 피스크 대학에서 '뉴 블랙'(New Black)과의 뜨거운 만남이 계기가 되어 얻은 '흑인 의식'이 눈떠 있다. '메카'는 원래 호화 건물이었으나 지금은 낡을 대로 낡아 176세대에 2,000명이나 되는 가난한 흑인들이 비좁게 세 들어 사는 건물이다. 시인은 이곳 세입자들의 삶과 체험을 통해, 한 흑인사회의 단면을 파노라마 형태로 보여준다. 807행으로 된 브룩스 시 중에서 가장 긴 이 시는 다양한 형식과 리듬과 톤으로 되어 있으나, 대부분은 자유시 형식이다. 따라서 등장인물도 각양각색의 유형이 동원된다. 그들은 유형이 다른 만큼 각자 추구하는 것이 다르고, 종교, 철학, 습관이 다르다. 그래서 공동으로 믿을 어떤 신이 있을 수 있는가를 묻는다.

> 퓨마를 관리하는 신
> 산 위를 뛰어 다니는 신,
> 별과 혜성과 달을 밝히는
> 모든 신이 있는데
> 그들의 한 가지 믿음은 무엇인가?
> 그들이 함께 하는 것은 무엇인가?

When there were all those gods

administering to panthers,

jumping over mountains,

and lighting stars and comets and a moon,

what was their one Belief?

what was their joining thing? (*Blacks* 409-10)

미로처럼 얽혀 있는 이 건물이나 인간관계에서 쉽게 의미를 발견하기란 쉽지 않다. 외관상으로는 이야기가 '페피타'(Pepita)라는 소녀를 잃어버려서 그녀를 찾는 일에 집중되어 있고, 그 일의 중심에는 소녀의 어머니 샐리 부인(Mrs Sallie)이 있다. 주로 샐리 부인이 여러 주민과 이야기하는 가운데 이 흑인사회의 정신적, 물리적 환경이 드러난다. 그녀는 백인 집에서 가정부로 일하며 자녀를 아홉이나 두었는데 죽은 페피타를 제외하고 모두들 등장하여 동생을 찾는다. 이때 그들은 각기 엉뚱할 정도로 개성적인 꿈과 태도를 보인다. 이 작품은 이런 다양한 인물의 대화를 모아서 한 작품을 이루는 콜라주 수법으로 이루어져 있는데, 이들을 묶어 주는 역할은 샐리 부인 외에도 앨프레드(Alfred)가 한다. 그는 지식인으로서 고대 그리스 연극의 합창단처럼 사건의 앞일을 암시하고, 현재 상황을 해석하고, 요약해 준다. 경찰이 와서 조사를 하니 잃어버린 아이는 자메이카인 에드워드(Edward)의 간이침대 밑에 살해되어 있었다.

이 작품의 의미는 여러 층으로 분석할 수 있다. 이 메카라는 건물이 퇴락한 것처럼 그 흑인사회 또한 경제적, 종교적, 도덕적, 예술적으로 퇴락한 점이 드러난다. 종교적인 측면에서 볼 때 믿음을 잃은 현대인의 한 단면을 보여주면서 또한 기존 종교에 대한 패러디가 들어 있다. 앨프레드는 삼위일체를 부정하고, 살인자 에드워드는 자기 죄를 세 번 부정한다. '메카'라는 성스런 도시 이름도 이 사회가 종교적 사회임을 암시한다. 주술사이면서 약장수인 예언가 윌리엄스(Prophet Williams), 광신적인 성 줄리아(St. Julia), 딜 아주머니(Aunt Dill)는 사이비이든 아니든, 종교적인 인물이고, 종교적 임무와 밀접한 관계가 있다. 주민들은 가난과 불행에 찌들려 있기 때문에 조금이라도 그들의 환경을 벗어나 초자연적인 세계에서 위안과 구제를 받기를 기원한다. 예컨대 이본(Yvonne)은 사랑에 대한 백일몽으로 현실을 탈피하여 구원을 바라고, 멜로디 메리(Melodie Mary)는, 쥐나 바퀴벌레를 포함한 모든 가지지 못한 자나 억압받는 자를 옹호함으로써 구원을 바란다. 이처럼 그들의 대화 중에서 쉽게 정신적 황폐나 죽음을 감지할 수 있지만, 새로운 에토스를 꿈꾸는 앨프레드의 대사 중에는 재생의 암시도 있다. "물질적 붕괴 / 그것은 건축이다(A material collapse / that is Construction)"(*Blacks* 433).

브룩스는 1971년 인터뷰에서 자기 시는 앞으로 모든 흑인을 불러주는 것을 목적으로 삼을 것이라고 했다. 즉 모든 직종의 흑인들에게 다가가 즐거움을 주고 조명할 것이라는 뜻이다(*RPO* 181). 『메카에서』가 그런 뜻을 반영하고 있다. 그녀는 자서전에서 "내 종교는 사람이다. 살아있는. . ."(*Report from Part Two* 148)이라는 말을 할 만큼 그녀는 평생 동안 보잘 것 없는 사람들을 관찰하고 숙고하여 시로 형상화하였다. 그녀가 숙고한다는 말은 일종의 '트랜스(trance)'를 가진다는 말과 통한다.

> 시 쓰기에는 너무 많은 일이 관여 됩니다—저는 시 쓰기가 마술적 과정임을 암시하는 것을 좋아하지는 않지만 가끔 우리들이 실제로 약간의 트랜스에 빠져야 할 것 같습니다. . . . 왜냐하면 "두뇌작업"은 그 작업 전부는 할 수 없으니까. . . . 자기 몰입 트랜스는 우리가 한 생각이나 추측이나 감정에 대해 중점적으로 흥분해 있을 때 가능해지는 것입니다. (*RPO* 183)

그녀는 『메카에서』에서 아프리카로부터 이어지는 리듬을 잇는가 하면 언어의 미묘한 의미나 뉘앙스를 최대한 이용한다. 그래서 뉴슨 호스트(Adele S. Newson-Horst)는 내가 아는 궨돌린 브룩스는 "다른 예술가가 페인트와 진흙 혹은 음(音)으로 작업하기를 좋아하는 것처럼 언어로 작업하기를 좋아하는 예술가"이라고 말한다(74).

VII

브룩스는 불량 청소년들에게 글쓰기 지도를 하던 젊은이 월터 브랫포드(Walter Bradford)와 그의 친구 단 리(Don L. Lee, Haki R. Madhubuti)와 친해져서 이 둘을 사실상의 양자로 삼는다. 이들과 다른 문학청년들이 브룩스 집에 와서 시에 관한 토론을 벌였는데, 그들은 전적으로 새로운 세상을 바라는 민족주의적인 시각을 가지고 있었다. 사실 브룩스는 이들로부터 많은 것을 배운다. 그들은 브룩스에게 그녀의 문학은 백인 문학과 유럽적 시각에서 출발한 것이 아니냐고 완곡하게 물어 반성을 이끌어내려고 노력한다. 이 젊은이들은 흑인운동과의 연계 고리 역할을 해주고, 흑인의 현실을 체계적으로 보도록 도와주지만, 그녀는 인간의 보편적인 주제를 버리고 흑인연대만 강조하는 일은 없었다. 이 흑인 젊은이들은 또 그녀의 방법은 백인들의 민권운동에 대한 대처, 조직적인 착취에서 오는 절망과 공포, 인종문제에 대한 비타협적인 태도, 유럽인의 토착민의 삶의 파괴 등의 어려운 문제를 설명하고 해결하기에는 부적절하다는 점을 강하게 암시하였다. 그러나 이들은 1967년 8월 시카고 미국흑인문화협회의 워크숍에 공로가 큰 예술가의 초상화를 그려주는 '존경의 벽'(Wall of Respect)을 45번가와 랭리가(Langley街)에 헌정할 때, 유수한 흑인작가와 함께 그녀의 초상도 포함시켜 준다.

브룩스는 후진 양성에도 남다른 애정을 가졌다. 젊은 작가를 아프리카로 보내 새로운 민족적 영감을 갖게 하는가 하면, 학생들에게 장학금도 제공하고 '궨돌린 브룩스 시 상'(Gwendolyn Brooks Poetry Prize)도 제정하여 수상하였다.

1971년 그녀가 민족의 뿌리라 할 수 있는 아프리카를 방문하고 돌아왔을 때, 모든 흑인에게 흑인만의 연대감, 즉 모든 흑인은 아프리카의 아들딸이라는 동포애를 심으려고 노력한다. 이때부터 그녀는 자신에게 주어진 흑인으로서의 정신적, 신체적 유산을 소중하게 생각하면서, 머리카락을 일부러 길게 펴려고 했던 행동을 새삼 부끄러워한다. 1972년엔 그녀는 "할렘 르네상스는 일군의 흑인작가들이 자기들 작품을 백인들에게 읽어주는 것이었죠. 글쓰기에서의 진정한 혁명은, 지금 단 리 같은 젊은 시인이 우리 측 사람들에게 [작품을] 읽어주는 것과 같은, 흑인 지역사회의 거리와 지역 센터에서 지금 진행되고 있는 것이죠"라고 말한다(Askante 54-5).

브룩스가 1969년에, 자신을 키워준 유명한 출판사인 하퍼앤드로우사(社)와 결별하고 더들리 랜덜(Dudley Randall)이라는 흑인이 경영하던 브로드사이드 출판사(Broadside Press)나 단 리(Don L. Lee)가 세운 서드월드 출판사(Third World Press)와 관련을 맺은 것은 상당한 상징적 의미를 지닌다. 그녀는 이후 이들 출판사에서 책을 낸다. 킹 목사의 암살 뒤의 소요를 다룬 『폭동』(Riot, 1969), 모범적 흑인 지도자를 다룬 『가족사진』(Family Pictures, 1970), 『고독』(Aloneness, 1971) 등에는 흑인 민족주의 운동과 민족적 연대감, 흑인의 삶을 마비케 하는 정치적, 경제적, 사회적 불평등, 흑인운동과 현실에 대한 시인의 환멸감 등이 거의 직설적인 언어로 번득이고 있다. 『손짓』(Beckonings, 1975)과 『흑인 독본』(Primer for Blacks, 1980)에는 흑인 동포들에게 자긍심을 가지라는 권

고와 함께 필요하다면 백인들의 압박에서 이탈해 나오라, 또 필요하다면 폭력적, 무정부적 행동도 불사하라는 등, 일찍이 보지 못하던 과격한 주장을 담고 있고, 『상륙』(*To Disembark*, 1981)에는 흑인들의 디아스포라 문제를 다룬다. 1986년에는 남아프리카의 소요와 비극을 다룬 『요하네스버그 인근 소년과 기타 시』(*The Near-Johannesburg Boy and Other Poems*)라는 시집이, 1987년에는 『흑인들』(*Blacks*)이라는 전집이 나오고, 1988년에는 『고트셀크와 그랜드 타란텔』(*Gottschalk and the Grande Tarantelle*)이 출판되는데 특히 후자에는 만델라의 부인인 위니 만델라 (Winnie Mandela)가 1인칭 주인공으로 이야기하는 시가 있어 눈길을 끈다. 한편 그녀는 1971년부터는 연간으로 창간된 『흑인 입장』(*Black Position*)이라는 저널을 편집하다가, 나중에는 발행인까지 맡게 된다.

브룩스는 시창작 지도, 시낭송, 세미나 참석, 강연 등으로 바쁜 나날을 보내다 "손에 펜을 쥔 채" 83세를 일기로 2000년 12월 3일에 타계하여 자기 시에 나오는 묘지인 링컨 묘지에 안장된다.

인용문헌

Askante, Molefi Kate. "Gwendolyn Brooks as the Bridge over the Generations." *Gwendolyn Brooks and Working Writers*. Ed. Jacqueline Imani Bryant. Chicago: Third World P, 2007. 54-56.

Brooks, Gwendolyn. *Blacks*. Chicago: Third World P. 1987. [*Blacks*로 표기]]

_____. "The Field of Fever, The Time of the Tall-Walkers." *Black Women Writers (1950-1980): A Critical Evaluation*. Ed. Mari Evans. Garden City: Anchor P/Doubleday, 1984.

_____. *Report from Part One*. Detroit: Broadside P, 1972. [*RPO*로 표기]]

_____. *Report from Part Two*. Chicago: Third World P, 1996.

_____. *Selected Poems*. New York: HarperCollins Publishers, 1999.

_____. "Studs Terkel Interviews Gwendolyn Brooks, 1961." *Selected Poems: Gwendolyn Brooks: P.S.* New York: Harperperennial, 1963. 18-33.

Hager, Hal. "Meet Gwendolyn Brooks." *Selected Poems: Gwendolyn Brooks: P.S.* New York: Harperperennial, 1963. 2-11.

Kent, George E. *A Life of Gwendolyn Brooks*. Lexington: UP of Kentucky, 1990.

Melhem, D. H. *Gwendolyn Brooks: Poetry and the Heroic Voice*. Lexington: UP of Kentucky, 1987.

Newson-Horst, Adele S. "Gwendolyn Elizabeth Brooks." *Gwendolyn Brooks and Working Writers*. Ed. Jacqueline Imani Bryant. Chicago: Third World Press, 2007. 73-75.

Shaw, Harry B. *Gwendolyn Brooks*. Boston: Twayne Publishers, 1980.

제 **5** 장 에이드리엔 리치

오늘날 미국 시단에 에이드리엔 리치(Adrienne Rich, 1929-)만큼 사회적, 정치적, 문화적 삶에 영향력을 행사하는 사람은 없을 것이다. 그녀는 지금 미국을 대표하는 시인 중 한 사람일 뿐만 아니라, 1960년대부터 싹 트기 시작한 여성운동에 불을 지핀 여성주의 이론가이며 운동가이기도 하다. 특히 그녀는 여성의 감성, 육체, 언어를 깊이 탐구하여, 가부장제나 남성우월주의에 근거한 사회적인 제도와 인습에 새로운 인식과 개혁을 요구한 선각자이다. 그녀는 1960년대부터 지금까지 성(sexuality), 인종, 언어, 권력, 여성문화 등에서 유창하고도 도전적인 목소리를 내 놓은 나머지, 오늘날 여성주의를 다루고자 하는 사람은 누구든 그녀를 피해갈 수 없다. 작가가 글을 쓸 때 당연히 현실의 체험을 바탕으로 하지만, 그녀의 글쓰기는 단순한 체험에 근거한 글을 넘어, 어떤 면에서 시와 삶의 기본 개념에 도전하는 것이며, 나아가서는 일그러진 문화 전반에 대한 개혁을 선도하는 것이다.

리치는 1929년 5월 16일 메릴랜드주(Maryland州) 볼티모어(Baltimore)에서 아버지 아널드 리치(Arnold Rich)와 어머니 헬런 존스(Helen Jones) 사이에 태어났다. 재정적으로 유복하였지만, 아버지가 유태인이고 그 도시가 반유대인 도시여서 그들의 삶은 소외될 수밖에 없었다. 아버지는 존스홉킨스 대학교(Johns Hopkins University)의 병리학자였는데, 어린 딸에게 4학년 때까지 자상하게 글을 가르쳤다. 그는 어린 나이에 딸이 시를 쓰도록, 특히 시의 운율에 관한 재능을 개발하도록 독려했다. "아버지는 내가 기존 율격에 맞추는 의미에서, 좋은 시를 쓰도록 배우는데 관심이 많았죠. 나는 강약육보격(datylic hexameter)과 . . . 사포시체(sapphics)까지도 연습을 했지요." 딸에게 높은 기준을 강요한 그는

"형식주의와 엄격한 율격"을 좋아했으며, 자유시를 꽤나 혐오하였다 (Martin 173). 그의 서재에는 빅토리아조 시인과 라파엘전파(Pre-Raphaelites) 의 시집이 주종을 이루었으며, 그의 지도로 그녀는 테니슨(Alfred Tennyson), 키츠(John Keats), 아널드(Matthew Arnold), 블레이크(Willi am Blake), 로세티(Dante Gabriel Rossetti), 스윈번(Algernon Charles Swinburne), 칼라일(Thomas Carlyle), 페이터(Walter Pater) 등 주로 빅 토리아조 시인의 작품을 읽었다. 이때 아버지를 포함한 '남성시인'이 이른 바 "문학적 스승"("WWDA" 93)이었으며, 그녀는 시를 쓰면서 아 버지의 기준에 맞추려고 노력하였지만, 이 의무감과 개인적 기호 간에 는 사실 간격이 있었다.

리치의 어머니는 파리와 빈에서 유학한 피아니스트였는데, 결혼한 후에는 헌신적으로 남편의 뒷바라지를 했다. 전차를 타고 장보러 다녔 으며, 차를 산 후에는 남편을 실어 날랐으며, 그가 수업이나 실험을 마 치고 나올 때까지 몇 시간이고 기다리곤 했다. 리치는 "훌륭한 구식 여 학교"라고 말한 롤랜드파크컨트리 학교(Roland Park Country School) 를 졸업한 후 레드클립 대학(Radcliffe College)에 입학했지만 거기서 그 녀는 4년간 여교수는 한 사람도 보지 못했다고 한다. 재학 시 그녀는 "프로스트(Robert Frost), 딜런 토머스(Dylan Thomas), 단(John Donne), 오든(W. H. Auden), 맥니스(Louis MacNeice), 스티븐스(Wallace Stevens), 예이츠(W. B Yeats)" 등의 시를 읽고 이들 남자 시인의 시로부 터 시 기법을 터득했다. 1951년에 그녀는 대학을 우등으로 졸업하고, 처녀시집 『세계의 변화』(A Change of World)를 상재하는데, 이것을 오 든은 '예일청년시인상'(Yale Younger Poets Series)의 수상작으로 선정 하였다. 이때 그녀는 엘리엇(T. S. Eliot), 로웰(Robert Lowell), 파운드 (Ezra Pound), 스티븐스, 프로스트의 문체를 모방하였고("WWDA"

94), 시법 또한 남성적인 환상과 신화에 맞는, 전통적인 것이었다.

『세계의 변화』의 「서문」("Foreword to *A Change of World* ")을 오든이 쓴다. 그는 거기서, 시는 인격과 같은데, 리치의 시를 보면 "깔끔하고 겸손하게 차려입고, 조용히 말하지만 입 안에서 중얼거리지 않고, 선배 시인을 존경하지만 그들에게 겁먹는 일은 없고, 거짓말을 하지 않는다"고 진단한다(127). 이 시집의 시는 전통적인 남성 미학에 근거를 둔 것으로, 각운이 들어가고 정교하게 다듬은 것이어서 자유시와는 거리가 있다.

리치는 구겐하임 장려금(Guggenheim Fellowship)으로 1년간 유럽 여행을 한 뒤 1953년 하버드의 경제학 교수인 앨프레드 콘래드(Alfred H. Conrad)와 결혼하여 케임브리지에서 살았다. 그 후 5년간 아들 셋을 낳아 기르면서 틈틈이 시를 썼다. 그녀의 일기를 보면 이때 그녀는 정서적으로나 예술적으로 갈등을 느끼기 시작하는데, 그것은 전통적인 여성의 역할과 예술가의 그것 사이, 또 성적, 창조적 역할과, 사랑과 분노 사이에서 오는 갈등이었다. 50대 후반과 60년대 초반에 느낀, 그녀가 이름 붙일 수 없는 갈등 때문에 그녀는 이상한 죄의식과 "괴물 같음"을 느꼈으나, 그때는 아직 그것에 대한 깊은 통찰이나 분석은 고사하고, 넓은 의미의 문화적 인식도 없었다고 한다. 사실 그녀는 대학 재학 중에도 시를 쓰려면 이미 자신이 분열되는 모습을 보게 되는데, 그것은 자신을 정의하려는 자신과, 남성과의 관계 속의 자신 사이에서 오는 분열이었다. 「제니퍼 아주머니의 호랑이」("Aunt Jennifer's Tigers")에서 그녀는, 상상으로 한 여성의 초상화를 그리면서, 자신의 남성과의 관계를 제니퍼 아주머니에 투영한다.

제니퍼 아주머니의 호랑이들은 병풍을 가로질러 뛰어다닌다.

녹색 세계의 화려한 황수정 주민.
녀석들은 나무 아래의 인간을 두려워하지 않는다.
녀석들은 기사처럼 매끄럽고 확실하게 걷는다.

털실 사이를 펄럭펄럭 제니퍼 아주머니의 손가락은
상아 바늘 잡아당기는 것도 힘이 든다.
아저씨의 크고 묵직한 결혼반지가
제니퍼 아주머니의 손가락에 무겁게 앉아 있다.

아주머니가 돌아가시면 그녀의 공포에 질린 손은
여전히 자신을 지배했던 시련의 반지를 낀 채로 누울 것이다.
아주머니가 수놓은 병풍의 호랑이들은
당당하고 겁 없이 계속 뛰어다닐 것이다.

Aunt Jennifer's tigers prance across a screen,
Bright topaz denizens of a world of green.
They do not fear the men beneath the tree;
They pace in sleek chivalric certainty.

Aunt Jennifer's fingers fluttering through her wool
Find even the ivory needle hard to pull.
The massive weight of Uncle's wedding band
Sits heavily upon Aunt Jennifer's hand.

When Aunt is dead, her terrified hands will lie
Still ringed with ordeals she was mastered by.
The tigers in the panel that she made
Will go on prancing, proud and unafraid. (*CEP* 4)

이 시에서 제니퍼 아주머니는 인간들을 두려워하지 않는 호랑이를 수놓느라 온종일 애쓴다. 이 호랑이는 여성이 꿈꾸는 자유분방한 삶이거나 아니면 그런 남성 세계를 암시한다. 그녀는 자신이 수놓고 있는 호랑이와 달리 인습에 얽매인 채 살아가는 데 아이러니가 있다. 초연한 체하지만 이 제니퍼 아주머니는 "여전히 자신을 지배했던 시련의 반지를 낀 채로" 살아야 하는 여성이다. 그녀는 묵직한 반지의 지배를 받을 뿐만 아니라 "상아 바늘 잡아당기는 것도 힘이 든다". 그러나 리치는 이 시에서 형식주의 방법을 쓰고, 객관적, 관찰자적 톤을 가지고, 심지어는 제니퍼를 다른 세대의 사람으로 만듦으로써 자신과는 별개의 인물로 만들려 애썼다고 한다("WWDA" 94). 그러나 이 아주머니가 가지는 현실적 어려움은 리치 자신이 시작(詩作)을 할 때 가지는 부담일지 모른다. 그녀는 그때 상황을 이렇게 말한다. "이때는 50년대였는데, 그 전에 있었던 여성주의의 여파로, 중산층 여성은 남편을 전문직 학교에 보내고는 집안에서 대가족을 보살피는, 그런 완벽한 가사를 업으로 했죠"(LSS 42).

「하지 않은 말」("An Unsaid Word")에서 그녀는, 이미 "자기 남자(her man)"의 마음은 딴 데로 떠돌지만, 그래도 평화를 지키면서 남자를 자유롭게 놓아두는 여성을 다룬다. 남자의 생각이 여자에게로 되돌아왔을 때, 여자는 그가 떠난 자리에 "여전히 그의 것(still his own)"으로서 있다. 여성은 이렇게 순응하는 것이 가장 어려운 일임을 깨달으면서 남자 앞에서는 침묵하는 여성으로 제시된다.

둘째 시집 『다이아몬드 절단기』(The Diamond Cutters)에는, 모더니스트들의 형식주의에서 보는 거리두기 기법을 통해 소외와 상실을 다룬다. 이 시집의 세 편의 시 「뷜라드의 그림」("Picture by Vuillard"), 「박물관의 사랑」("Love in the Museum"), 「이상적 경치」("Ideal Landscape")

는 그림에서 보는 현실의 모습을 제시하는 한편, 「죄악 속의 삶」("Living in Sin")은 한 여성의 연인과 생활환경에 대한 불만을 암시한다. 예술이 요구하는 완벽한 공간이 있음을 시사하는 「박물관의 사랑」의 마지막 연이다.

> 그러나 예술은 거리를 요구하지요. 제가 언제나
> 그대의 완벽함을 감식하는 사람이 되어 드릴까요.
> 그대의 포즈와 제 점검 사이로
> 화랑의 공간이 조용히 흐르는 곳에 머무세요.
> 한 불완전한 행동이 인간의 손길만큼
> 불편한 요구를 해오지 않도록.

> But art requires a distance: let me be
> Always the connoisseur of your perfection.
> Stay where the spaces of the gallery
> Flow calm between your pose and my inspection,
> Lest one imperfect gesture make demands
> As troubling as the touch of human hands. (*CEP* 113)

벨라스케스(Velasquez)의 그림에 그려진 왕녀(Infanta)에게 말하는 형식으로 된 이 시는, 시인의 예술관을 엿보게 하는 작품이다. 화자는 자신 즉 시인과 그림 속의 왕녀 사이에 "화랑의 공간이 조용히 흐르도록" 거리를 둬 달라고 요청한다. 이 말은, 예술가나 여성이 자신의 이상적 의미에 충실하려면 대상과의 "거리"가 필요하다는 뜻이다(Ratcliffe 109). 자칫 "불완전한 행동"이 일을 꼬이게 할 수 있기 때문이다. 언어, 운율, 각운이 그녀의 정갈한 예술관만큼 우아하고 세련되어 있다.

이 시집이 나오자 재럴(Randal Jarrell)은 극찬한다. 그녀를 "매혹적인 시인(enchanting poet)"이라고 부르면서, 투명하고 장중한 그녀의 시 뒤에 있는 시인은 필시 요정 이야기에 나오는 공주가 아닐 수 없다고 했다. 그녀의 율격은 편안하고 투명하여, 물과 공기에 가깝고, 그녀는 보통 시인보다 더 완벽하고, 그녀의 불완전한 것마저도, 어리고 자연스러운 것이 어색해도 더 감동을 주는 것처럼, 감동을 준다고 했다(127).

세 아들을 둔 리치는 어머니로서 또 아내로서 가사에 몰두한다. 자연히 시 쓸 시간이 없었다. 예술과 가사 노동 사이에는 언제나 갈등과 불안이 있었다. 남편은 글 쓰는 것을 반대하지 않았지만 자기 일만큼 탐탁하게 생각하지 않았다. 아이들도 마찬가지였다. "아이(들)은 분주한 놀이, 자기의 공상의 세계에 빠질지 모른다. 그러나 내가 자기와 관련 없는 세계에 빠져든다는 것을 느끼는 순간 내 손을 잡아당기고, 도움을 청하고, 타자기 키를 쾅쾅 친다"(OWB 23). 또 가정주부로서 그녀는 "빅토리아조의 유한 숙녀, 집안의 천사 역, 또 빅토리아조의 요리사, 식모, 세탁 하녀, 가정교사, 유모 역할"(OWB 27)을 해야만 했다. 그때는 이미 진공소제기나 세탁기 같은 편리한 기구들이 있었지만 빅토리아조에 있었던 하인이 따로 없었기 때문에, 전업 가정주부에게는 자기 시간이 거의 없었다. 제 2시집을 낸 후 리치는 가사에 골몰하느라 8년간 시집을 내지 못한다.

II

1963년에 실체험에 근거한 시를 모아 출판한 『며느리의 스냅 사진』(Snapshots of a Daughter-in-Law)은 한마디로 성공작이었고, 그녀의 문체나 주제에 있어 상당한 변화를 보여, 그녀의 전체 작품에서 중요한 분수령이 된다. 언어는 더욱 자유롭고, 친숙하고, 주제로는 주로 언어, 경계, 저항, 탈출, 인생의 중요한 순간 등을 다뤘다. 이 시집은 성공한 시인으로서의 열망과 전통적인 가치 사이에서 오는 분노와 실망을 담은 것으로서, 울스톤크래프트(Mary Wollstonecraft)와 보봐르(Simone de Beauvoir) 등을 언급한 것을 보면, 이미 이때 그녀가 여성주의 속에서 작업하였음 암시한다. 그러나 시간에 쪼들리기는 마찬가지였다. 이 즈음, 그녀는 쫓기면서, 자투리 시간을 이용하여 독서를 하고, 노트에 갈겨쓰고, 토막 시를 쓸 수밖에 없었다. 아이 기르기가 쉽지 않았다. 젊은 아내로서 또 어머니로서 느낀 불만과 갈등은 여성의 삶을 이해하는 계기가 되었다.

이 시집에서 그녀는 문체를 더욱 개성 있는 것으로 바꾼다. 전통적인 작시법의 제약에서 벗어나 여성으로서 자유롭게 자신의 갈등을 이야기한다. 그때까지 그녀는 스스로 여성 시인이라고 인정한 적이 없었다. 「하지 않은 말」, 「제니퍼 아주머니의 호랑이」 같은 작품을 보면 여성은 남편과 사회로부터 소외된 채 일정 거리를 두고 묘사되어 있거나, 엄격한 각운법과 율격을 써서, 표면 아래 들끓는 감정은 순화되어 있었다. 그러나 이 시집에서 리치는, 여성에게 헌신을 요구하는 사회, 즉 남성들이 제도화한 결혼과 어머니 역할을 위해 여성의 희생을 바라는 사회에 대한, 여성의 분노와 무력증을 주저 없이, 또 거침없이, 쏟아낸다. 이 시집의 시들도 "아이가 잠시 잠든 사이, 서재에서 잠깐, 단편적으로 끌쩍인 것이거나, 잘 깨는 아이 때문에 새벽 세 시에 깨서" 쓴 것이라고 한다(LSS 44).

표제시 「며느리의 스냅 사진」("Snapshots of a Daughter-in-Law")은 쓰는 데에 2년 이상이나 걸렸으며, 10부작으로 종전 작품보다는 더 길고 느슨하다. 이 시에서 리치는 여성주의 감성을 수용하여 남성 지배하의 시어머니와 며느리 두 세대의 마음속에 일어나는 분노와 갈등을 앨범 형식으로 제시한다. 이 연작시는 시간과 내용에 있어 전후 이동을 하며, 현대 여성이 가정에서 받는 억압을 시화하고, 역사적 여성 인물을 제시한다. 또 근본적으로 종전의 형식주의로부터 벗어나는 출발점이 된다.

1부에서는 한 시어머니의 한창 아름다웠을 때에 대한 추억이다. 그녀는 젊었을 땐 유행을 좇는 옷을 입었고, 피아니스트 코르토(Cortot)가 "감미로운 기억이 추억 속으로 향기처럼 떠가네"라고 쓴 적이 있는 쇼팽의 서곡을 연주하는 쉬리브포트(Shreveport)의 멋쟁이였다. 그러나 지금은 화려했던 웨딩 케이크처럼 속이 썩었고, 속엔 필요 없는 체험들만 가득하고, 의심, 루머, 환상들만, 단순한 사실이라는 칼날에 흩어져 갈 뿐이다("crumbling to pieces under the knife-edge / of mere fact")(*CEP* 145). 아직 인생의 한창 때인데도 말이다. 그러나 딸이나 며느리는 뻔뻔스럽고, 늘 불만의 눈빛이며, 차 스푼을 닦지만 어머니 세대와는 방법마저 다르다.

2부에서는 스스로 미쳐 간다고 생각하는 한 여성을 제시하는데, 이여성은 반항하라는 목소리가 떠나지 않으나 따를 수가 없다("WWDA" 97). 그녀는 싱크대에 커피포트를 내동댕이쳤을 때 천사들이 나무라는 소리를 듣자, 멋쩍어 시선을 정원에서 젖은 하늘로 옮긴다. 그들이 참지말라고 한 지 꼭 일주일만이다. 그 뒤 천사들의 충고는 "실컷 원하는 대로 해라, 그리고는 네 자신을 구하라, 남이 구해 주지 않는다"였다. 가끔 그녀는 멍하니 뜨거운 수돗물 아래 팔을 넣어 스스로 화상을 입거나, 성냥불에 손톱을 태우거나, 주전자 뜨거운 수증기에 손을 집어넣기도 한다. 매일 아침 모래가 눈에 들어가는 것 외엔 아무 해를 입지 않으니, 그녀는 천사가 속삭여 주었다고 믿는다.

그러나 3부에서 "생각하는 여성은 '괴물'과 함께 자며, 자기 자신을 물고 있는 [바로 그] 부리가 된다(A thinking woman sleeps with monsters. / The beak that grips her, she becomes)"(*CEP* 146)고 한다. 마틴(Wendy Martin)은 이것은 여성적 에너지가 내부로 향해져 죄의식, 불안, 히스테리로 나타날 때, 분노가 곪아 우울증, 자기혐오증, 심지어는 광증이나 자살에까지 이르는 것을 은유적으로 표현한 것이라고 한다(177). 자연은 여전히 넉넉하지만, 타락한 이 시대와 격조를 잃은 삶의 양식은, 볼록한 가방과 같은데, 그 가방 안에는 곰팡이 핀 신부 부케, 생리통 진통제, "평평한 여우머리와 난초 아래 / 형편없는 보디카의 젖가슴(the terrible breasts / of Boadicea beneath flat foxes' heads and orchids)"(*CEP* 146) 등 철지난 것들만이 들어있다. 다 여성에 관한 한, 정상(定常)과 생기를 잃고 시들고 부패했음을 암시하는 말이다. 그러나 그런 여성끼리의 싸움은 구석에 내몰린 복수의 여신의 앙칼진 모습을 띤다. 여성의 싸움은 이성이나 정의에 호소하는 것이 아니라 개인적 이익, 편견, 감정에 따른 것이고(Gelpi & Gelpi 13 note), 서로의 등에 꽂은 칼처럼 녹슨 채 앙금이 그대로 남는 싸움이다. 그러나 여성들은 공통의 것을 느끼는 만큼, 어떤 면에서 자매와 마찬가지이다("*ma semblable, ma soeur!* ")(*CEP* 146). 여성은 서로를 너무 잘 알지만, 상대의 멸시를 눈치 챘을 때 가시에 찔린 것처럼 오래 아픔이 남는다. 여성은 한가할 때가 없다. 전기다리미가 뜨거울 때를 기다리면서 독서를 하고, 디킨슨처럼 젤리가 끓고 거죽이 더껑이질 때 "내 삶─장전된 총─은 서 있었죠(My Life had stood ─a Loaded Gun─)"(*CEP* 146)라고 쓴다. 아니면 "이것저것 일상생활 위의 모든 것(everything on the whatnot every day of life)"에 먼지를 털며, 새처럼 쇠 눈동자를 하고, 부리를 쑥 내고, 어떤 목적을 가진 사람의 표정을 띤다("iron-eyed and beaked and purposed as a bird")(*CEP* 146).

그러나 5부에서 여성은 예쁘게 웃고 예쁘게 말해야 하는가하고 묻는다. 여성은 석화된 매머드의 상아처럼 빛날 때까지 다리를 면도하여 잘보여야 한다. 6부에선 또 류트에 맞춰 노래를 부르더라도 가사나 음악은 자기 것이 아니며, 뺨 위에 흘러내리는 긴 머리카락, "무릎에 기댄 비단 노래(the song / of silk against her knees)", 한 눈의 영상 속에 잡히는 아름다운 모습만이 중요한 의미를 띤다고 한다. 그 정도로 만족시키는 것이 여자의 전부인 것이다.

그러므로 여성은 보이지 않는 제약("that cage of cages") 앞에서 몸을 떨며 불만으로 속을 끓이지만, 그래도 몸을 가다듬을 수밖에 없다. 여성은 비극의 기계일 뿐 "원기를 북돋우는 슬픔(*fertillisante douleur*)"은 되지 못한다. 여성은 사랑이라는 족쇄에 걸려 있고, 유일한 자연스런 활동은 칼날을 더 날카롭게 세워 금고의 비밀을 비집어 열어보는 일이다. 사실 자연은 가정에 전래하는 책을 며느리에게 보여주지 결코 그 아들에게 보여주는 일이 없다. 여성은 자연에 의해, 또 한 가정에 의해 그 가정의 비전(秘傳)의 기록을 볼 수 있는 며느리가 된다.

제7부에서는 메리 울스톤크래프트의『딸의 교육에 관한 생각』(*Thoughts on the Education of Daughters*)의 한 구절을 인용한다. "*이 불확실한 세상에서 무너지지 않는 어떤 지주를 갖는다는 것은 대단히 중요한 일이다.*" 화자는, 이 말을 한 사람은 얼마간은 [여성주의를] 이해하고 싸운, 조금은 용감하고 조금은 선량한 여성이라고 말한다. 말하자면 이미 18세기에 여성주의를 깨달은 선각자라는 것이다. 그런 일은 남자도 감행할 수 없으며, 남자는 오히려 그런 여성을 하프(얼굴과 몸은 여자 모양이며 새의 날개와 발톱을 가진 추악하고 탐욕스런 괴물)로 보거나, 잔소리 심한 여자로 보거나, 갈보로 본다는 것이다. 여성주의에 대한 남성의 편견을 고발한 말이다.

그러나 8부에서 여자는 15세에 죽는다는 디데로(Denis Diderot)의 말을 인용하는데, 늙은 여성은 이미 남성의 눈 밖에 나기 때문이다. 그래서 여성은 전설이 되는 경우도 있지만, 대부분 관습에 얽매이게 된다. 그러나 여성은 닫힌 창 뒤 하얀 수증기 속에서 꿈을 꾼다. 그들은 할 수 있었던 일, 불, 눈물, 위트, 취향, 좌절당한 야심 같은 실체험들이, 거절한 간음의 기억처럼 떠오르지만, 그들은 이미 중년을 넘어 아름답던 젖가슴은 처진 상태이다.

9부에서는 사무엘 존슨(Samuel Johnson)의 말을 인유한다. 그는 보스웰(Boswell)에게 "여성의 설교는 개가 뒷다리로 걷는 거나 같습니다. 그건 잘 된 게 아닙니다. 그러나 선생께서는 어떻든 이루어졌다는 것을 보고 놀라실 것입니다"라고 말한 적이 있는데, 리치는 이 경멸조의 말을 인용한다. 그러면서 이런 불평등을 심각하게 생각해 보든지 아니면 영원히 잊으라고 한다. 조숙한 [여자] 아이는 사치일 뿐이고, 드물지만 만성적 허약자일 뿐이니, 우리는 그런 아이를 포기해야 할까 하고 의문을 제기한다. 여성은 언제나 할 일 없는 장소에 배정되고, 여성의 재능은 있는 것만으로 충분하니, 닦지 않고 거친 단편의 상태로 반짝일 뿐이라고 한다("glitter in fragments and rough drafts")(*CEP* 148). 그러나 한숨을 거두어야 한다. 언제나 시간은 남성의 것이고, 시간이 미인에게 축배를 들어주는 것도 남성의 잔으로써이다. 여성들은 남자들의 신사 예절에 만족할 뿐이다. 여성들이 중용적 태도를 취하면 과도하게 칭찬 받고, 게으름은 부정하는 것으로 이해되고, 몸가짐이 흐트러지면 어떤 모델에 따른다고 보고, 조금 하는 실수는 잘 봐 주지만, 대담한 영향을 주려는 것이나("to cast too bold a shadow"), 틀 자체를 깨는 것은 죄악이라고 한다. 그런 일을 저지른 여성은 홀로 감금당하고, 최루탄, 지구적 포격을 당하게 된다.

제10부는 여성 고유의 예언적 직관력, 여성 해방, 구원자의 도래를 희망하는 내용이다. 그러나 언어는 앞의 언어와는 달리 고도의 직관력으로 감지할 수 있는 내용이다. 역사보다는 자신에게 더욱 가혹했을 여성이 도래할 것이 오래간 점쳐 왔는데, 그 여성은 바람을 정신으로 받으며("Her mind full to the wind"), 가슴을 펼치고 반짝이면서 내려온다는 것이다. 그녀는 어떤 소년이나 어떤 헬리콥터만큼 아름답게 빛을 안고 있으며, 그 헬리콥터는 균형을 잡고, 훌륭한 날개는 바람마저 움츠리게 한다는 것이다. 이 이미지는 보봐르의 『제2의 성』(*The Second Sex*)에 나오는 이미지와 흡사하다(Gelpi & Gelpi 16 note). 즉 "그녀는 먼먼 시대, 테베, 크레타, 치켄 이즈타에서 내려오는데, 원래는 아프리카 정글 깊은 곳에 세워진 토템이었다. 그녀는 헬리콥터이고 그녀는 새이다. 그리고 거기에, 즉 모든 것 중에 가장 큰 경이(驚異)는, 그녀의 색깔 띤 머리카락 아래서, 숲의 속삭임은 생각이 되고, 그녀의 가슴에서는 말이 나오는" 것이다. 그런데 그 초인적인 구원자가 싣고 오는 화물은 단순한 약속이 아니라, 자기의 약속으로, 전승되고("delivered"), 만질 수 있는 것이고("palpable"), 여성 그들의 것("ours")이라고 한다. 즉 이 화물은 바로 몸으로 여성이 확인하고, 여성만이 전하고, 만지고, 알 수 있는 것이라고 한다.

　　이처럼 이 작품은 여성의 과거를 돌아 본 후 미래를 향한 비전을 제시하는 점에서, 종전의 다른 사람의 시에서 볼 수 없었던 독창성과 여성만의 감각, 직관력을 볼 수 있다. 그러나 이 시집에 대한 평가는 대체로 부정적이었는데, 쓴 소리로 항변하는 듯한 톤이 있고, 종전의 형식주의와 차분한 감정에서 상당히 벗어나 있기 때문일 것이다.

　　이 시에는 이 시를 쓴 해 "1958-1960"이 말미에 적혀 있다. 그녀는, 삶이 하나의 변화의 과정이므로, 그 과정을 시와 역사의 관계 속에서 찾기를 원했다. 그래서 시에다 그 시 쓴 해를 적어 두기 시작했다. 시에 연대를 쓰는 것은 텍스트를 문화적 역사적 문맥 바깥에 두고 보려는 신비평의 시각과는 배치된다. 그녀는 후일 이 시는 "너무 문학적이고, 너무 인유"가 많아 남성 문학 권위자에 의존한 것이 되어 마음에 안 든다고 말하지만("WWDA" 97), 후기시도 사실 인유하는 관습에서 크게 벗어나지 않는다.

III

칼 융(Carl G. Jung)의 영향으로 다시 새로운 시를 실험한 것은 이 시집이 나온 1963년부터 『삶의 필수품』(*Necessities of Life*)이 나온 1966년까지였는데, 이때 시의 기교와 구성 면에서 근본적인 변화가 있었다고 스스로 밝힌다("P&E" 89). 이 시집에서는, 기존의 제식(祭式)이나 사회적 역할로 고착된 삶을 창조적인 삶으로 바꾸려고 갖은 노력을 기울이는데, 이때 아이러니하게도 죽음의 이미지가 넘쳐난다. 이것은 적절한 주제나 목소리를 찾아가는 작업이 좌절되었다는 느낌을 준다. 그녀가 피부로 느낀 개인적 갈등, 성적(性的) 불평등, 문화적 불이익은, 60년대의 사회적, 정치적 맥락에서 새로운 힘을 얻는다. 그때는 민권운동에서부터 반전운동, 막 나타나는 여성운동에 이르기까지 사회적으로 소요(騷擾)가 팽배하던 시기였다.

리치는 남편이 뉴욕시립대학에 교편을 잡게 되자 뉴욕으로 자리를 옮긴다. 그녀도 대학에 입학하는 빈자, 흑인, 제3세계 학생을 대상으로 하는 영어 프로그램에서 수업을 맡는데, 문화적 코드의 충돌, 언어와 권력 관계 등 그녀 자신이 자주 제기하는 문제를 실감한 것도, 본격적으로 볼드윈(James Baldwin)과 보봐르의 저작을 접한 것도 이때였다. 리치 부부는 사회정의를 위한 운동에 헌신하지만 리치가 역점을 둔 것은 물론 여성주의 운동이었다. 그녀는 남성지배사회로부터 해방을 위한 모든 운동에 꼭 관련되기 마련인, 언어, 성(sexuality), 억압, 권력의 문제를 탐구한다. 그녀는 시에서 자신의 개인적 정치적 역정을 분명하게 기록하고, 면밀하게 성찰하고, 여성적 감성으로 예리하게 예단한다.

리치는 디킨슨(Emily Dickinson)의 시를 다루는 에세이 「집안의 베수비어스산: 에밀리 디킨슨의 힘」("Vesuvius at Home: Power of Emily Dickinson")에서 디킨슨은 19세기의 여류 시인 중에 유일하게 여성성에 대한 이데올로기나 관습적인 여성의 감정을 초월하였으며, 사회적인 페르소나와 강한 본질적, 창조적 자아 사이에 갈등을 느낀 시인이라고 평한다. 또 그녀는 대부분 사람이 거부하거나 침묵으로 베일을 쳐 놓은 상태를 용기 있게 언어를 통해 탐색하면서, 극단적 심리상태를 탐구하였다고 말한다(LSS 175-6)(「에이드리엔 리치의 시: 몸과 언어」 10). 리치는 고독한 삶을 살았던 디킨슨의 내면을 통하여 언어와 정신과 성의 관계를 읽어낸다. 디킨슨에게 말하는 형식으로 다룬 「저는 위험에 처해 있는데요 ─선생님─」("I Am in Danger─Sir─")에서 디킨슨의 언어는 "징후 / 이상(more / than a symptom)"이라고 한다. 이 말은, 그녀가 살았던 낱말은 추상적인 내용만을 전달하는 것이 아니라, 사람의 질병 유무에 따라 색깔, 톤, 무게를 달리하는 것임을 시사한다. 이럴 경우 낱말은 육체와는 밀접한 관계를 가져 "존재의 한 조건(a condition of being)"(CEP 232)이 된다. 그러나 디킨슨은, 상한 언어가 붕붕대는 대기 (the air buzzing with spoiled language)"에서 "위증(Perjury)"의 노래만 들릴 뿐이라는 것이다. 그녀가 살았던 지방과 시대에는, 이미 남성지배사회에 맞춰진, 그래서 여성에게는 불리한 언어만 있어, 여성의 진실은 전달 불가능했었다고 리치는 생각한다. 그런 상황이니 그녀는 "반쯤 정신이상의 방법으로(in your half-cracked way)" 살 수밖에 없었고, "오락으로 침묵을 택할(chose / silence for entertainment)" 수밖에 없었다. 이럴 경우 발설보다는 "침묵"이 더 참을 만한 것이 된다(*CEP* 232)(「몸과 언어」 10-11).

디킨슨 시대의 언어를 "상한 언어"라고 한 것은 우리가 언어를 쓸 때 약호화 하여 쓰기 때문인데, 리치는 이 약호화는 언어가 육체성에서 떠났기 때문에 일어난 것이라고 유추한다. 그 상한 언어의 의미는 언제나 안개처럼 불안정할 수밖에 없다. 1968년에 쓴 「가잘」("Ghazals")에서 "이 낱말은 사라진 비행기의 수증기 자국. / 내가 다 쓰자 다른 것을 속삭이고 있다(These words are vapor-trails of a plane that has vanished; / by the time I write them out, they are whispering something else.)"(*CEP* 340)고 말하여, 낱말이 가지는 불안정성, 비일관성, 비지시성을 시사했다. 여기서 리치가 궁극적으로 암시하는 바는, 낱말은 모름지기 육체적, 정신적 상태가 물리적으로 실려 있는, 말하자면 육체나 정신의 한 부분에 가까운 것이어야 하지 단순한 추상 개념만으로 된 것은 안 된다는 뜻이다(「몸과 언어」 11).

리치의 이런 언어는 결국 정신신체적(psychosomatic) 의미를 지닌다. 리치는 에밀리 브론테(Emily Brontë)가 외형적으로는 폐결핵으로 세상을 떠났지만 실제는 일종의 정신신체적 병으로 세상을 떠났다는 말을 한다("TC" 111-2).

IV

뉴욕에서 리치는 사회에 대한 인식의 폭과 깊이를 더해 나간다. 특히 그녀는 월남전을 반대한다. 1969년에 나온 『전단』(*Leaflets*)과 1971년에 나온 『변화의 의지』(*The Will to Change*)에는, 1960년대 후반에서 1970년대 전반까지의 사회 문제를 충실하게 반영하며, 아직 삶을 글로 표현한 적이 없는 사람들의 대변인이 되어 준다. 그녀는 또 시와 정치는 불가분의 관계이며, 시는 나아가 삶을 변화시킬 수 있다는 말을 한다. 「내부 폭발」("Implosions")을 보자.

> 나는 당신에까지도 변화가 일어나게 할
> 낱말을 고르고 싶었다
>
> 사랑과 일상의, 내 맥박의
> 낱말을 잡아라
> 당신의 신호를 내 보내고, 당신의
> 휘갈겨 쓴 검은 깃발을 올려라
> 그러나 내
> 손을 잡아라

> I wanted to choose words that even you
> would have to be changed by
>
> Take the word
> of my pulse, loving and ordinary
> Send out your signals, hoist
> your dark scribbled flags
> but take

my hand (*CEP* 318)

정치적인 구호 같은 리듬이지만 완전한 구호나 선전문구는 아니다. 세상은 변덕스럽고, 거칠고, 흔들릴 뿐이니, 당신에게 변화를 일으킬 낱말을 골라 그것에 의존하고 싶다고 한다. 그 변화의 힘은 "내 맥박의 낱말"에 있다고 암시한다. 이 "맥박의 낱말"은, 그 힘이 약호성(略號性)에 있는 것이 아니라, 화자의 맥박 속에, 즉 신체적 리듬 속에 있다고 한다. 그런 낱말이어야 당신에게 신체적 변화와 뒤이어 정신적 변화를 일으킬 수 있다는 뜻이다. 그 낱말은 우리가 남과 손을 잡았을 때 따뜻한 맥박으로 해서 전달되는 것이다. 상대방이 역시 신호 즉 약호성만 믿고 휘갈겨 쓴 깃발을 올리지만, 그것은 절대 불완전하다. 다른 말로 하면 생명의 리듬이 실어다 주지 못한 낱말은 이미 맥박이 멎어버린 껍질에 불과한 것이다(「몸과 언어」 14).

그녀는 정치를 떠나 혼자 미의 세계에 도사리는 것이 아니라 새로운 문명을 창조하기 위해서 개인적인 것과 정치적인 것을 재결합해야 한다고 했다. 좋은 시를 쓴다는 것은 우리 삶이라는 피륙을 그런 차원에서 다시 짜는 것이라고 했다. 그래서 리치는 전쟁마저도 육체와 연관시켜 육체의 언어로 표현한다. 월남전을 떠올리는 「밤 틀 녘」("Nightbreak") 이 그런 것이다. "Nightbreak"은 영어 사전에 등재된 낱말이 아니므로, 그녀가 '동틀 녘'을 뜻하는 'daybreak'를 이용하여 만든 낱말인 듯하다. "터져 오는 것은   낮이 / 아니라 밤이다(What breaks   is night / not day)"(*CEP* 327)라고 본문에서 말하기 때문이다. 말할 것도 없이 처참하여 희망이 보이지 않는 전쟁 상황을 암시한다. 이 시에는 "break" 동사가 여러 번 쓰이는데, 정신적 물질적 '파괴'를 뜻한다. 그러나 "세월은 조용하며   물건을 깨뜨리지 않지만(Time is quiet   doesn't break things)"(*CEP* 326), 인간은 사물을 위험에 처하게 한다는 것이다.

> 침대에는 조각들이 함께 날고
> 틈이 메워지고　아니면
> 내 몸은 균형 있게
> 자리 잡은 상처의　리스트
> 일을 종료　하지 않은
> 비행기로　열어 젖혀진
> 한 마을

> In the bed the pieces fly together
> and the rifts fill   or else
> my body is a list   of wounds
> symmetrically placed
> a village
> blown open   by planes
> that did not   finish the job (*CEP* 326-27)

　　그런데 월남전에서 한 마을이 공습을 받아 완전히 "열려진" 것을 시인 자신의 몸에 난 많은 상처로 비유한다. 또 "틈이 메워진다"는 말에서 우리는 이 공습 받은 마을이 단순한 마을이 아니라 성적(性的) 공격을 받는 여자의 몸임을 알 수 있다. 그런 뜻으로 읽을 수 있는 것은 앞에 "석유드럼 안으로 / 고동치는 산　떨어지는 건 / 불의 공(The mountain pulsing / into the oildrum　drops / the ball of fire)"(*CEP* 326)이라는 충분한 암시가 있었기 때문이다. 결국 이 시는 남성들의 야만적인 전쟁에서 공격당하는 마을에 관한 시인 동시에, 여성에게는 원치 않는 섹스로 상처를 입는 몸과 마음에 관한 시로도 볼 수 있다. 이처럼 앞에서 이야기했듯이 리치는 전쟁이든 사건이든 자신의 몸에 일어난 것으로 느끼는 감성체계를 가진다.

『전단』의 3부는 '가잘'(Ghazal)이라는 시형의 연작시인데, 갈립(Ghalib)에게 경의를 표한다는 제사(題辭)가 붙어 있다. '가잘'은 거의 독립된 다섯 개의 2행시로 된 아라비아의 시이고, 갈립은 우르두어, 페르시아어로 가잘을 써서 인기 높았던 19세기 인도 시인이며, 그의 가잘은 번역이 되어 노래로 불리어졌다고 한다. 리치의 가잘은 1968년 7, 8월에 쓰여진 것들로 그 당시 무질서한 정치적, 사회적, 정신적 위기상황을 자신의 촌평과 함께 담고 있다. 1968년 7월 23일에 쓴 가잘이다.

> 당신의 정충이 내게 들어오면 그건 변해지죠.
> 제 생각이 당신 생각을 흡수할 땐 세계가 시작되죠.
>
> 선생의 마음이 학생의 마음을 사랑하지 않는다면
> 그는 단지 강간을 행사하는 것이며 기껏 우리의 동정이나 받죠.
>
> 법 바깥에 산다는 것! 아니면 겨우 안에 사는 것,
> 끓는 물 위의 나뭇가지, 방울 안에 갇힌 채
>
> 우리 낱말은 전자(電子) 정글에 끼어 있지만
> 그들은 가끔 나무 꼭대기 위로 올라 까악까악 하며 빙빙 돌죠.
>
> 열린 창문, 짙은 여름 밤, 떨리는 전기 펜스.
> 당신은 여기 죽음의 수용소 가에서 무얼 하고 있나요, 비발디?

> When your sperm enters me, it is altered;
> when my thought absorbs yours, a world begins.

If the mind of the teacher is not in love with the mind of the student,
he is simply practicing rape, and deserves at best our pity.
To live outside the law! Or, barely within it,
a twig on boiling waters, enclosed inside a bubble

Our words are jammed in an electronic jungle;
sometimes, though, they rise and wheel croaking above the treetops.

An open window; thick summer night; electric fences trilling.
What are you doing here at the edge of the death-camps, Vivaldi? (*CEP* 346)

각 연은 거의 독립되어 있고 언어는 노골적이며 상스럽기까지 하다. 첫 연에서는 정충이 내게 들어오면 그것은 변화를 입게 되지만, 내 생각이 당신 생각을 흡수할 땐 세계가 생겨난다고 하니, 정신적 결합이 육체적 결합보다 더 큰 변혁을 일으킴을 암시한다. 그러나 그것은 진정으로 사랑할 때 이야기이지, 마음과 마음이 통하지 않을 때에는 사제간이라도 "강간"을 하는 것과 같아 동정만 불러일으킨다고 한다. 법 안에 사는 것이든, 겨우 법 안에 사는 것이든, 끓는 물 위의, 물방울 안에 갇힌 나뭇가지처럼 위험하고, 그 보호막은 물방울처럼 금방 깨뜨려지기 쉽다는 것이다. 이때 우리 언어는 너무 많은 언어에 파묻혀 들리지 않지만 특별한 언어는 숲 위로 떠올라 까치소리처럼 까악거린다. 7월의 답답한 도시 풍경은 수용소처럼 전기 펜스를 둘러 쳐 놓은 것 같아서, 비발디에게 왜 죽음의 수용소 변두리에서 서성거리는지 묻고 있다. 현대인은 위험한 전기펜스가 둘러친 죽음의 수용소에 갇혀 있다는 암시이다. 이 시의 특징은 이 '비발디'처럼 시대와 장소가 맞지 않는 인물을 끌어내어 말을 거는 데 있다.

『변화의 의지』에서 리치는 가부장사회에서 여성들이 낭비하고 있는 정력에 대해 분노를 표출하는 한편, 여성들이 자신들의 현실을 어떻게 보고 있는가도 탐구한다. 그녀는 또 자신의 개인적 삶에도 변화를 추구하여 1970년부터 부부생활을 그만 두게 되자, 남편 앨프레드 콘래드는 자살을 하고 만다.

리치의 이러한 탐구는 많은 부분 언어의 문제로 귀착시킬 수 있다. 그녀는, 언어는 육체에서 연유한 것이어야 진정한 그 생명을 지닐 수 있는데, 그런 점에서 남성들이 쓰는 추상적인 약호는 부적합하다는 것이다. 리치는 「아이 대신 종이를 불태우다」("The Burning of Paper Instead of Children")의 제사(題辭)에서 "나는 내 도덕적 충동을 말에 실음으로써 무산시켜버릴 위험에 처한다(I am in danger of verbalizing my moral impulses out of existence)"(CEP 363)라는 대니얼 베리건(Daniel Berrigan)의 말을 인용하는데, 이 말의 뜻은 도덕적 충동이 일단 언어로 표현되면, 그 본질이 왜곡되거나 무의미해진다는 것이다. 베리건이라는 사람은 병무청의 한 사무실에서 수백 가지 병무서류를 불태운 혐의로 재판을 받으면서 법정에서 이 말을 했다고 한다. 이 말 또한 생명 즉 육체성이 없는 언어는, 내용물이 없는 포장지 같아서 아무런 효과를 주지 못함을 암시한 것이다. 그의 "도덕적 충동"은 추상적인 것이며 그럴수록 육체를 통해 생명과 같이 전달되어야 한다는 뜻이 아닐까. 이러한 생명의 전달이 불가능할 때 여성은 "침묵 기간이나 거의 말하지 않는 기간(a time of silence or few words)"(CEP 364)를 맞을 수밖에 없다.

오랜 침묵의 시대

광신자와 무역업자들이
바람의 스침을
한땐 연기의 신호로
호흡하던
이　야성의녹색　진흙붉은 해안에
쏟아 부은
이 혀　석회석 판석
즉 강화된 콘크리트로부터

해방

an age of long silence

relief

from this tongue　　this slab of limestone
or reinforced concrete
fanatics and traders
dumped on this coast　　wildgreen　　clayred
that breathed once
in signals of smoke
sweep of the wind (*CEP* 364)

　　"석회암 판석"이나 "콘크리트"에 짓눌려 말을 못하던 사람은 다름 아
닌 여성들이다. 그들은 남성지배주의 문화가 빚어낸 질서 속에서는 속
깊은 말을 하지 못한다. 말을 할 수 없는 계기는 광신자나 무역업자 때
문인데, 그들이 "야성의녹색(wildgreen)"의, "진흙붉은(clayred)" 무인도
해안에다 "석회암 판석"이나 "콘크리트"를 내려놓았기 때문이다. 원래

이 해안에 바람이 스치는 것은 연기가 흔들리는 것으로 쉽게 확인할 수 있었지만, 근래에는 "석회암 판석"이나 "콘크리트" 같은 무거운 것에 눌려 혀가 말을 할 수가 없다. 이 시에서 이 두 낱말 "wildgreen"과 "clayred"은 해안을 수식하는 홉킨스류의 낱말로서 자연의 색깔을 강조한다. 그러면서 바닷가에 저절로 생겨난 말 같게도 들린다. 이러한 말은 「가잘」에서 "전자 정글"의 "나무 꼭대기" 위에서 우는 까마귀 소리처럼, 무겁던 혀 밑에서 목숨을 이어온 말일 것이다. (「몸과 언어」 15-16).

남성중심주의의 질서에서 나온 언어는 그 억압으로 인해 한 개인뿐만 아니라, 사회에도 자발성과 생기보다는 억압과 우울증을 가져다준다고 한다. 「아이 대신 종이를 불태우다·3」에서도 극빈자의 경우를 이야기하고는, 그것은 "질서의 균열(the fracture of order)"(CEP 365)이라고 전제한 뒤, 곧 이런 고통을 극복하기 위해 필요한 것은 언어의 교정("the repair of speech / to overcome this suffering")(CEP 365)이라고 한다. 즉 언어를 적절히 바꿈으로써 질서의 파탄에서 오는 고통을 치유할 수 있다는 것이다. 이러한 발상 밑에는 젤피(Albert Gelpi)의 "개인적 비극과 공적 비극이 연결되어 있는 것과 같이, 심리적 혁명과 정치적 혁명은 상호의존적이다"(142)라는 의미가 들어있다. 이것은 언어의 질서와 사회의 질서는 분리될 수 없다는 크리스테바(Julia Kristeva)의 인식과도 같다(Grosz 150). 이런 주제는 「아이 대신 종이를 태우다·4」에도 계속된다.

> 그것[페이지]의 응혈과 분열이
> 고통 받는
> 사람의 낱말로
> 보인다

응혈 속으로 들어가는
적나라한 낱말
쇠창살 사이로
움켜쥔 손.

the clot and fissure
of it appears
words of a man
in pain
a naked word
entering the clot
a hand grasping
through bars: (*CEP* 365)

한편으로 시의 언어에 생명이 흐르기 위해서 책의 글자 한자 한자는 피가 맺혀 있고 찢어지는 고통으로 차 있어야 한다. 또 적나라한 낱말이 모여 응혈이 되어야 한다. 이러한 언어에는 마치 감옥에서 자유를 그리면서 창살을 움켜쥐지만 나오지 못하는 죄수의 분노와 한이 서려 있어야 한다. 아직 고통의 피가 엉겨 있는 이 책장의 언어는 물질적 언어이며, 약호로서의 언어는 아님을 뜻한다. 이 시 뒤에서 언급한 "성적 시기심(sexual jealousy)", "날려본 주먹(outflung hand)", "매질하는 침대(beating bed)", "숨가쁨 뒤 입 속의 건조함(dryness of mouth / after panting)" 등을 묘사해 놓는 책들이야 있겠지만, 이들은 다 언어가 가진 물질성을 놓친 이상 쓸모없는 것들이라는 것이다("there are books that describe all this / and they are useless")(*CEP* 366). 초현실주의 시인 아르토(Antonin Artaud)가 쓸모없는 "텍스트를 태워라(*burn the texts* said Artaud)"(*CEP* 366)라고 한 것도, 언어가 가지는 물질성이 없는 낱말로 된 책은 무용지물이라는 뜻이다(「몸과 언어」 16-18).

　리치는 월경과 달의 주기가 관계있는 것처럼, 인간의 신체 리듬과 자연 사이클도 관계있다고 믿었다. 그러나 「촬영 대본 · 1」("Shooting Script · 1")에서 이런 자연의 사이클은, 인간의 언어와 의미에도 영향을 미침을 시사한다. "버려진 대륙에 밀려왔다 빠지는 조수"의 사이클이 가지는 "리듬이 낱말의 의미를 변화시키기 시작"한다고 말한다.

　　우리는 끝없는 대화의 바퀴에 묶여 있었다.
　　이 조개껍질 안 누군가가 들어오기를 기다리는 조수.
　　네가 중단시키기를 기다리는 독백.
　　· · · · ·

　　끊임없이 녹아 리듬이 되는 그런 소리의 대화.
　　네가 듣기를 기다리는 조개껍질.
　　버려진 대륙에 밀려왔다 빠지는 조수.
　　그 리듬이 낱말의 의미를 변화시키기 시작하는 사이클.
　　· · · · ·

　　소라게처럼 자기 낱말을 찾아가는 의미.
　　청자(聽者) 한 사람만 기다리는 독백.
　　한 가지 소리만으로 가득한 귀.
　　의미가 관통한 조개껍질.

　　We were bound on the wheel of an endless conversation.
　　Inside this shell, a tide waiting for someone to enter.
　　A monologue waiting for you to interrupt it.
　　· · · · ·
　　A conversation of sounds melting constantly into rhythms.
　　A shell waiting for you to listen.

A tide that ebbs and flows against a deserted continent.

A cycle whose rhythm begins to change the meanings of words.

. . . . .

The meaning that searches for its word like a hermit crab.

A monologue that waits for one listener.

An ear filled with one sound only.

A shell penetrated by meaning. (*CEP* 401)

　인간이 끝없이 반복되는 대화 속에 묶여 있다면, 이것은 서로의 의견을 교환하는 일상의 대화라기보다는 몸속에서 일어나는 대화, 즉 생리적 대화라고 할 수 있다. 이런 대화는 단조로운 리듬의 반복이기 때문에 바닷가 암벽에 부딪히는 조수에 비유된다. 그러나 이 조수의 불변의 리듬은 누가 중단하지 않는 이상 한 평생 이어질지 모른다. 중요한 것은 이때의 대화는 녹아서 소리의 리듬으로 바뀐다는 사실이다. 그러나 이 대화는 앞에서 말했듯이 육체의 대화이며, 따라서 벽돌처럼 규격화된 개념으로 분화되지 않는다면 이해가 불가능하다. 그럴 경우 조개껍질 안에서 이 대화를 들어줄 사람을 애타게 기다리지만 그 껍질 바깥에 있는 것은 허전한 땅("a deserted continent")일 뿐이다. 이때 발생하는 사이클의 리듬은 낱말의 의미까지 바꿀 정도로 강하다. 육체성에 근거한 의미는 마치 소라게가 빈 조개껍질을 찾아가듯이, 적절한 낱말을 찾아 나선다. 그렇지만 그 의미는 한 청자만 기다리는 독백이고, 또 귀에 가득한 한 가지 소리이다. 이것은 이 육체적 언어가 다른 개념 중심의 언어와는 달리 육체적 에너지의 무게 때문에 쉽게 일반 언어의 개념처럼 여러 가지로 나뉠 수 없음을 의미한다. 이 시에서 "리듬", "조수", "소리의 대화" 등은 실제 그것이라기보다는 화자의 체내의 리듬이고 체내의 조수이다. 그것은 아직 의미의 분화나 명료화가 이뤄지기 전이어서 청자는 한 사람만 필요하고, 소리도 개념상의 구체화가 일어나기 전의, 즉 조음(articulation) 전의 그것이다(「몸과 언어」 23-25).

한편 우리가 육체를 믿고 그것의 관능, 경험, 지각능력을 인정할 때 논리적이고 추상적인 개념을 초월하는 의미를 얻을 수 있다. 이것을 리치는 「천문관」("Planetarium")에서 시사한다. 육체는 나름대로 외부의 신호를 받아들여서 의미화 과정을 가진다. 이때 시인이 육체로 느끼는 기능은 예언자의 기능과도 멀지 않다.

> 맥동성(脈動星)의 심장 박동
> 내 육체를 통해 땀 흘리는 심장
>
> 황소좌에서 쏟겨 들어오는
> 라디오 임펄스
>
>   나는 아직 포격을 맞는다   나는 서 있다
>
> 나는 내 평생 일련의 신호가
> 직접 쏟아지는 길에 서 있어왔다
> 우주에서 가장 정확하게 전달되는 가장
> 번역 불가능한 언어
> 나는 너무 깊고   너무 감겨
> 있는 성운(星雲)이어서, 광파(光波)도 나를 통과하는 데 15
> 년이 걸릴 수 있다   그리고
> 걸렸다   나는 육체의 안도(安堵)와
> 정신의 재건을 위해   맥박을
> 이미지로 번역하려고 애쓰는 여자의
> 모습을 한, 한낱 기구이다.

Heartbeat of the pulsar
heart sweating through my body

The radio impulse
pouring in from Taurus

   I am bombarded yet   I stand

I have been standing all my life in the
direct path of a battery of signals
the most accurately transmitted most
untranslatable language in the universe
I am a galactic cloud so deep   so invo-
luted that a light wave could take 15
years to travel through me   And has
taken   I am an instrument in the shape
of a woman trying to translate pulsations
into images   for the relief of the body
and the reconstruction of the mind. (*CEP* 362)

　화자는 "땀 흘리는 심장"이 "맥동성의 심장 박동"에 반응하는 것을 느낀다. 우주와의 육체적 교감이다. 또 황소좌에서 쏟아지는 "라디오 임펄스"를 온 몸으로 맞으면서, 그것이 "가장 정확하게 전달되는 / 가장 번역 불가능한 언어"임을 안다. 그녀의 육체 또한 "너무 깊고　너무 감겨 / 있는 성운(星雲)이어서, 광파(光波)도 나를 통과하는 데 15 / 년이 걸릴 수 있다　그리고 / 걸렸다"고 한다. 그녀가 육체로 느끼는 우주의 맥박을 이미지로 바꾸는 것은 육체의 평안을 위하는 길일 뿐만 아니라 또 정신을 재건하기 위함이라고 한다. 이것은 남성들의 상식으로는 이

해되기 어려운 말로서, 말을 바꾸면 우주적인 맥박을 이미지로 바꿀 때만이 여성은 정신이 편해지고 정신적인 재건이 가능하다는 것이다. 여기서의 여체는, 통과하는 데 15광년이나 걸리는 복잡한 굴곡으로 되어 있는 또 다른 우주이고, 우주의 맥박을 직접 언어로 바꾸는 것은 불가능하지만 "한낱 도구"로서 그것을 이미지로의 번역은 가능하다고 한다. 이미지는 아직 완전한 뜻의 지위를 가지지 못한 것이므로, 앞에서 보았듯이 육체성이 짙은 이미지로만 가능하다는 뜻이다.

비유적으로 해석할 때, 여성이 실제로 육체로 느끼는 임펄스가 맥동성에서 온다는 것은, 별이 된 여성 선지자에서 온다는 뜻과도 통한다. 이 시 모두(冒頭)에서 "괴물 모양을 한 여성 / 여성 모양을 한 괴물 / 하늘은 그들로 가득 차 있다(A woman in the shape of a monster / a monster in the shape of a woman / the skies are full of them)"(*CEP* 361)라고 한 것은, 전통적인 남성들의 여성관에서 벗어나 "괴물"로밖에는 보이지 않았던 캐롤라인 허셸(Caroline Herschel) 같은 여성이 은하계("Galaxies of women, there")(*CEP* 361)를 차지하고 있다는 뜻이다. 결국 그들에게서 오는 임펄스는 여성주의에 대한 영감이나 동일시를 바라는 요구이며 이것이 육체로 직접 전해진다는 뜻이 된다.

여기서 리치가 암시하는 것은 육체가 자주 의미화의 매체, 혹은 표현의 도구가 된다는 점이다. 다시 말하면 육체는 유기체 바깥의 정보가 전달되는 회로로 작용한다는 것이다. 즉 우리는 육체를 통해 '외부' 세계로부터 오는 것을 수용하고 코드화 하고 번역을 할 수 있다. 한편 이 육체는 내부의 것을 외부로 전달하는 역할도 한다. 이 때 육체는 본질적으로 사적인 것(사상, 착상, 믿음, 느낌, 감정 등)을 공적인 것으로 소통해 내는 매체가 된다. 육체는 폐쇄되고 자족적이지만, 의사소통이 불가능한 것을 표현해 내는 도구가 될 수 있다. 요컨대 주체는 육체를 통해 자신의 내면을 표현할 수 있게 되어, 육체는 쌍방 회로의 의미를 갖는다 (「에이드리엔 리치의 육체적 글쓰기」 76-79).

VI

인류의 역사와 문화를 여성주의 관점에서 관찰한 『난파선으로 다이빙』(*Diving into the Wreck*)은 리치의 삶의 또 다른 전환점을 보여준다. 『며느리의 스냅 사진』에서 보이던 아이러니한 태도는 거의 사라지고 이 시집엔 솔직한 정서와 강한 자기표현이 들어 있다. 화자는 더 이상 방관자의 시각이 아니라 결정적 목소리로 이야기한다. 그 목소리에는 분노가 서려 있는데, 그것은 남성들처럼 제대로 작용만 시킨다면 천재적 소질을 발휘할 수 있는 것이라고 한다("I think anger can be a kind of genius if it's acted on"). 그러나 여성들의 분노는 자기 증오와 절망으로 변질되었기 때문에 "재에 덮인 불(banked fire)"로 존재 해 왔지, 집단적 힘이 된 적이 없다고 한다("TC" 111).

이 시집에서 그녀는 여성의 근본적인 삶인 사랑, 섹스, 결혼, 어머니역(motherhood) 등을 여성주의 시각에서 재검토한다. 이러한 문제는 1970년대에 리치가 적극적으로 가담한 여성주의 운동의 주된 화두였다. 이 시집이 1974년에 '국민도서상'(National Book Award)의 수상 작품집으로 선정되었을 때 그녀는 한 개인으로는 그 상을 거부했지만, 그 시상식을 모든 여성의 자기 결정을 위한 투쟁에 바치겠다고 하면서, 오더 로드(Audre Lorde)와 앨리스 워커(Alice Walker) 같은 작가와 함께 공동 성명서를 발표하고 그 상을 수상한다(Gelpi & Gelpi 204).

이 시집의 표제시 「난파선으로 다이빙」("Diving into the Wreck")은 제한된 남성들의 역사관과 신화관(神話觀) 때문에 난파당해버린 문화를 다시 탐색하는 내용이다. 이 시의 화자는 신화집을 읽은 뒤, 카메라에 필름을 넣고, 칼날을 검사하고, 검은 잠수복, 고무물갈퀴와 산소마스크를 착용하는데 그것이 너무 어색하여, 유명한 스킨 다이버인 쿠스토(Cousteau)의 장비나 그 대원들과는 비교가 안 된다. 그러나 그녀는 아무도 안 간 길을 "여기 혼자서(here alone)"(*DW* 22) 해내야 한다. 화자는 사닥다리를 타고 한 칸 한 칸 내려가서, 파란빛의 인간 공기, 깨끗한 산소 속에 잠긴다. 고무물갈퀴를 신은 까닭에 곤충처럼 기어서 사닥다리를 내려가지만, 입수 요령에 대해 아무도 일러 준 사람이 없다.

리치는 공기의 색깔이 변하는 것을 사실적으로 묘사한다. 처음엔 파랗다가 더 파랗게 되어 녹색이 되다가 그 다음은 검어지는데 이때는 앞이 캄캄해진다. 그러나 산소마스크는 강해서 힘 있게 피를 펌프질 해 준다. 화자는 깊은 바다 속에서 힘을 쓰지 않고 몸을 돌리는 법을 혼자서 터득해야 한다. 암초 사이에서 총안(銃眼) 무늬의 부채를 흔들면서 살아 온 수많은 것들 한가운데 들어설 쯤, 거기 내려간 이유가 거의 생각나지 않는다. 거기선 수압 때문에 숨도 다른 방법으로 쉰다.

화자가 난파선을 탐사하러 온 것은 낱말 즉 언어를 탐사하러 온 것이다. 그것을 탐사하기 위해선 역사라는 바다 속에 난파당한 한 선체를 살펴봐야 한다. 화자를 안내해 줄 지도도 낱말이다("The words are maps")(*DW* 23). 화자는 이 선박의 피해와 그 안에 들어 있는 보물, 즉 "난파당한" 특정 종류의 언어와 그것의 주옥같은 가치를 캐 보려 한다. 화자는 전등으로 물고기나 잡초보다 더 오래 갈 선체의 옆면을 비춰본다. 그리곤 화자가 거기에 온 이유는 난파선이지 난파선의 이야기가 아니며, 사물 그 자체이지 신화가 아님을 확인한다. 수중 난파선의 모습은 처참하다. 태양을 노려보는 익사자의 얼굴, 소금기와 흔들림으로 누더기 같지만 지금은 오히려 아름다워진 것들, 자기주장마저도 휘어놓은 배의 늑재....

그런데 역사적으로 잊혀진 이 장소는 양성(兩性)의 장소임을 깨닫는다. 화자는 여기서 까만 머리카락을 날리는 여자 인어인 동시에 무장한 남자 인어이다. 그러므로 화자는 복수 '우리'로 말한다. 이것은 인간이 아직 남성과 여성으로 이분되기 이전임을 암시한다. '우리'는 난파선 주위를 돌다가 선창(船倉)으로 뛰어 드는데, 그때 그녀는 "나는 그녀이고, 나는 그이다(I am she: I am he)"(DW 24)라는 사실을 깨닫는다.

그런데 그와 그녀는 다름 아닌 난파선에서 눈을 뜨고 자고 있는, 가슴에는 억눌렸던 자국이 그대로 남아 있는 익사자들이다. 그들의 화물인 은, 동, 주황석류석(vermeil)은 반쯤 비틀어 연 통 속에 그대로 들어 있다. 그들은 또 항로를 알려주던 기구이고, 썩은 통나무이고, 못 쓰게 된 나침판이다("we are . . . instrument that once held to a course / the water-eaten log / the fouled compass")(DW 24). 여기서 그들은 익사자뿐만 아니라 난파선의 기구까지도 된다. 다시 '우리', '나', '당신'의 그 구분이 없는 그들은, 칼, 카메라, 자기네 이름은 나오지 않는 신화집을 가지고 "비겁함으로든 용기로든 / 다시 이 현장으로 / 길을 찾아 온 사람이다(by cowardice or courage / the one who find our way / back to this scene)"(DW 24).

리치가 역사의 깊은 물 속에 난파당한 한 선체에 희망을 건 것은, 언어 안에 난파당해 있는 남녀 공동어를 찾기 위해서이다. 그런 언어에 대한 힌트는 신화집에 있고, 그 신화의 내용을 실제로 수중의 난파선을 통해 확인할 수 있다고 믿었다. 이런 발상의 기저에는, 현재의 언어는 남성의 언어이고, 그 언어에서 가부장제의 기본 생각이 나온다는 리치의 신념이 깔려 있다. 다른 말로 하면 지금의 언어에는, 남성들의 정서, 꿈,

열망, 지배욕 등이 빚은 거푸집이 수없이 박혀 있기 때문에, 거기에서 찍혀 나오는 언어와 사상은 남성위주의 것이고, 그런 언어가 남성 위주의 사회를 만든다는 것이다. 그래서 그녀는 남녀 공동어를 재발굴해야하며 그것이 여성이 생존할 수 있는 한 가지 방법이라고 믿은 것이다.

리치는 에세이 「죽은 우리 깨어날 때: 재조명으로 글쓰기」("When We Dead Awaken: Writing as Re-Vision")에서 이런 내용을 설파하고 있다.

> 재전망—되돌아보는, 새로운 눈으로 보는, 새 비평적 시각에서 고문(古文)에 들어가는 행위—은 여성에게는 문화사의 한 장(章) 이상이다. 그것은 생존의 행위이다. 우리가 가정(假定)이라는 물에 푹 젖어있는데, 그 가정을 이해할 수 있기까지는 우리는 우리를 알 수가 없다. 그리고 이 자기 인식에 대한 드라이브는 여성에겐 정체성 탐색 이상이다. 그것은 부분적으로 남성지배사회의 자멸을 우리가 막아주는 것이다. 그 충동에서의 여성주의적인 근본적 문학비평은, 이 작업이 우선 우리가 어떻게 사는가, 어떻게 살아왔는가, 우리가 우리 스스로에 대해 어떻게 상상하도록 유도되어 왔는가, 우리 언어는 얼마나 우리를 해방시킨 만큼 우리에게 덫을 놓았는가, 명명하는 바로 그 행위가 지금까지 얼마나 남성의 특권이 되어 왔는가, 그리고 우리는 어떻게 새로 보고 명명할 수—그러므로 살 수—있는가에 대한 실마리임을 보여줄 것이다. 우리가 모든 새로운 혁명에서 구 정치 질서가 [구태를 벗고]재등장하는 것을 보지 못하는 한, 성적 정체성에서 개념 변화는 필수적이다. ("WWDA" 90-1)

현재의 언어에 대한 이런 깊고도 근본적인 성찰은 「머시드」("Merced")에서 "남성성이 여성이나 남성에게 적합하지 않음(masculinity made / unfit for women or men)"(DW 36)을 보여주는 결과로 연결된다. 「낯선자」("The Stranger")에서 오늘 날의 남성들의 언어로써는 제대로 우리 자신을 표현할 수 없음을 말한다.

내가 격심한 안개 빛에서 나와 방에 들어
그들이 죽은 언어를 이야기하는 것을 듣는다면
그들이 내 정체에 대해 내게 묻는다면
이 소리밖에 못하리라
나는 양성인(兩性人)이고
나는 당신이 당신의 죽은 언어로써는 기술 못하는
살아 있는 정신이고
잃어버린 명사이고, 부정사 속에서만 살아남은
동사이고
내 이름의 글자는 새로 태어난 아이의
눈꺼풀 밑에 쓰여 있다.

if I come into a room out of the sharp misty light
and hear them talking a dead language
if they ask me my identity
what can I say but
I am the androgyne
I am the living mind you fail to describe
in your dead language
the lost noun, the verb surviving
only in the infinitive
the letters of my name are written under the lids
of the newborn child. (*DW* 19)

　　그녀는, 일상 언어는 가부장적으로 이뤄진 것이어서 자신의 "살아 있
는 정신"을 묘사하기에는 죽은 언어나 다름이 없다고 한다. 그녀 자신
은, 동사의 비유로 설명한다면, 시제와 인칭에 따라 결정된 '현실태'가
아니라 아직 시간과 인칭에 따라 구체화되지 않은 '가능태' 즉 "부정사
(infinitive)"에 머물러 있다고 한다. 다른 비유로써 말한다면 그녀의 언

어("the letters of my name")는 갓 "태어난 아이의 눈꺼풀 밑"에서나 볼 수 있는 것이고, 새싹처럼 여린 것이다. 남근중심의 언어는 언어 그 자체가 비뚤어져 있기 때문에 실제 여성과는 다른, 왜곡된 여성을 그릴 수밖에 없다(「몸과 언어」 19-20).

리치는 이런 압제자의 언어, 죽은 언어에서 탈피하는 방법을 모색한다. 그녀는 언어의 본질적 기능을 통찰하여, 언어는 "변형시키는 힘 (transforming power)"이나, 아니면 '혁신시키는 힘'을 가진다고 본다. 그녀는 우리가 쓰는, 또 우리를 쓰는, 언어에 대해 제대로 인식한다면, 그것이 물질적 자원을 소유할 수 있음을 알 것인데, 여성들은 과거에 한번도 집단적으로는 그런 언어를 소유하려고 시도해 본 적이 없다고 한다. 깨어 있는 여성, 예컨대 디킨슨, 울프(Virginia Woolf), 스타인 (Gertrude Stein), 에이치 디(H. D.) 같은 작가는 "변형시키는 힘"을 가진 언어에 접근했다고 한다. 미국인들은 언어가 적절하지 못하면 그들의 눈으론 형체를 바로 잡을 수 없으며, 그들의 생각과 감정은 여전히 낡은 사이클로 흐르고, 그럴 경우 그들이 "혁신적"(revolutionary) 변화를 일으켜도 "변형적"(transformational) 변화는 불가능하다고 한다(LSS 247-8). 여기서 "혁신적" 변화는 남성중심의 정치, 사회, 법, 문화, 관습, 종교, 의식의 코드가 그대로 남아 있는 변화를 의미하지만, "변형적" 변화는 표면이든 깊은 곳이든 변하지 않는 곳이 없을 만큼 속속들이 일어나는 변화를 말한다. 이 변형적 변화는 다른 말로 하면 언어에서 남성중심적인 코드를 제거함으로써 일어나는 변화이다(Yorke 12-3). 앞에서 본 "나는 당신에까지도 변화가 일어나게 할 / 낱말을 고르고 싶었다(I wanted to choose words that even you / would have to be changed by)"도 궁극적으로는 변형적 언어, 즉 "물질적 자원"이 있는 언어를 선택하고 싶음을 말한 것이다(「몸과 언어」 22-23).

1975년에 나온 『선정된 시, 새로운 시』(*Poems: Selected and New*)는, 16 부로 된 「미국의 옛집에서부터」("From an Old House in America")가 대표적인 시이다. 이 시에서는 "옛집"에 사는 여러 여성들의 삶이 다양한 메타포로 제시되는데, 그들의 생활에서 주요한 사건은 모두 가정에서 일어난다. 그들의 삶의 질은, 여성 자신의 가정생활과 남성의 외부 활동 등 다양한 사회적 경제적 패러다임으로 결정됨을 보여준다. 또 이 시는 다양하고 복합적인 미국 여성의 역사를 요약하여 보여 주는데, 베링해를 건너 온 여성이 있는가 하면, 청교도와 함께 온 여성이 있고, 노예로 끌려온 여성도 있고, 광산촌이나 서부 변경에 정착한 여성도 있다.

VII

리치는 1976년부터 작가이면서 편집자인 미셸 클립(Michelle Cliff)이라는 여성과 동거하면서, 게이 및 레즈비언의 권익을 위한 운동에 적극 참여하고, 진보적인 유태인 운동인 '신유태인 어젠다'(New Jewish Agenda)에도 참여한다. 1978년의 시집 『공통 언어의 꿈』(*The Dream of a Common Language*)과 1981년의 『야성적 인내력이 나를 여기까지 데려왔다』(*A Wild Patience Has Taken Me This Far*)에 나타난 시와, 1970년대 후반에서 1980년대 초에 발표한 리치의 에세이는 종전까지의 지론이었던 양성론(兩性論)을 부정하고, 여성주의 분리주의를 주장하여 종전보다 급진적인 성격을 보인다.

전자의 시집은, 여성이 공유하는 가치관과 목표에 근거를 둔 여성 커뮤니티의 필요성을 묵시적으로 제안한 시집이다. 그녀는 여성의 동료애와 커뮤니티에 필요한 것은 공동언어라고 보고, "아무도 이 방에서는 /

공통 언어의 꿈을 가지지 않고 잠들지 않는다(No one sleeps in this room without / the dream of a common language)"(DCL 8)고 말한다. 이 시집은 3부로 나뉘어져 있는데 각각 강조하는 내용이 다르다. 제1부 "힘"(Power)에서는 인류 역사상 의미 깊은 역할을 한 여성을 다룬다. 그녀는 여성 과학자 마리 퀴리(Marie Curie)를 읽으며, 퀴리는 자기 자신이 정제한 원소에 의해 피폭 당한 사실을 분명히 알았겠지만, 시험관이나 연필을 쥘 수 없을 때까지, 백내장과 손가락 끝의 화농의 원인을 방사선으로 돌리지 않았다고 시사한다. 퀴리가 자신의 상처를 부인하며 한 유명한 여인으로 죽어가는 것을 보고, "그 상처의 부정은 그녀의 능력과, 같은 근원에서 나온다(denying / her wounds came from the same source as her power)"(DCL 3)고 말한다. 퀴리는 명석하고 혁신적인 과학자였지만 연구의 성과를 위해 목숨까지도 희생한 영웅적인 여성이었던 것이다. 이처럼 이 시집의 시들은 문학적 역사적으로 남성지배를 거스른 중요한 여성을 소개하면서 새로운 전통을 주장한다.

제2부에 들어 있는 레즈비언 사랑의 연작시 「스물한 편의 사랑의 시」 ("Twenty-One Love Poems")는, 보기 드문 동성애자의 사랑, 철학, 감정, 일상적 삶을 진술하고도 노골적인 언어로 그려냈다는 점에서 특이하다. 이 시는, 섬세하고도 비밀스런 여성간의 관계를 선명한 이미지로, 당당한 어조로 풀어낸다. 상대방이 토라져서 아무리해도 반응이 없을 때, 그 상대방을, 빠뜨린 물건을 더 이상 건져내지 못하는 못에 비유한다.

> 오늘 당신의 침묵은 못[淵]이다, 빠진 물건이 살고 있고
> 난 물이 뚝뚝 드는 채로 끄집어 올려 햇빛에 내놓고 싶다.
> 내가 거기서 보는 건 내 자신의 얼굴이 아니라 다른 얼굴들,

심지어 다른 나이의 당신의 얼굴.
거기서 잃어버린 건 무엇이든 우리 둘 다 필요로 하는 것—

Your silence today is a pond where drowned things live
I want to see raised dripping and brought into the sun.
It's not my own face I see there, but other faces,
even your face at another age.
Whatever's lost there is needed by both of us—(*DCL* 29)

한편 리치는 여성간의 관능적 사랑을 표현할 때에도 스스럼이 없다. 그녀들의 몸은, 서로를 원하며 서로를 기다려 왔음을 안다. 화자는 "내 입 안의, 살아 있는, 만족을 모르는, 당신 젖꼭지의 춤(the live, insatiate dance of your nipples in my mouth—)"(*DCL* 32)의 희열을 삼키는가 하면, "당신의 강한 혀와 가는 손가락이 / 나의 장미로 젖은 동굴에서 / 수년을 기다려 온 곳에 닿는(your strong tongue and slender fingers / reaching where I had been waiting years for / in my rose-wet cave)"(*DCL* 32) 황홀경에도 빠진다. 몸은 몸끼리 기다리고, 만나고, 황홀해 하는 것이다. 희미하게 암시하기보다는 직접적으로 얘기함으로써 레즈비언의 사랑이 밀실의 부끄러운 행위가 아니라, 당당하고 공개적인 것임을 암시한다. 그러나 그런 몸이지만 이성적으로 바라보면 다른 목소리, 다른 언어, 다른 의미가 실려 있다고 한다.

우리는 잠에서도 다른 목소리를 가지고 있고,
우리 몸은 너무나 같지만 너무 다르고
대동맥을 통해 메아리치는 과거에는
다른 언어, 다른 의미가 실려 있다—

But we have different voices, even in sleep,
and our bodies, so alike, are yet so different
and the past echoing through our bloodstream
is freighted with different language, different meanings—(*DCL* 30)

이 연작시에는 일상적인 디테일이 선언조로 꾸밈없이 제시되며, 사랑의 기쁨 외에도 복합적이고 양가적인 정서가 천착된다. 여성간의 사랑은 전통적인 낭만적 사랑과는 배치되며, 남성은 정의할 수도 없고, 또 남근중심주의 정치 체제에서 찾아볼 수도 없는 것이다. 그것은 레즈비어니즘을 일탈 행위, 혹은 성 도착의 행위로 보는 문화적 관행에 대한 도전이다. 반대로 제도화된 이성간의 사랑은 여성에게, 자율적으로 사랑하고 사랑을 받을 기회를 뺏는 것이라고 한다. 리치는 남성은 여성에게 수치심과 죄 의식을 불러일으켜서 여성의 성적 행위를 통제해 왔으며, 이성적 사랑은 남성의 여성 지배를 위한 교두보라고 말한다(Martin 212).

그녀는 여성간의 관계를 고대와 현대 역사에서 고찰하여 『여자에서 태어나: 체험과 제도로서의 어머니역』(*Of Woman Born: Motherhood as Experience and Institution*)라는 에세이집을 출판하였다. 리치는 이 즈음 여성 중심의 창조력에 희망을 걸고 옹호하는데, 「강제적 이성애와 레즈비언의 체험」("Compulsory Hetrosexuality and Lesbian Existence")에서, 여성의 창조력은 레즈비어니즘과 깊은 관계가 있다고 암시하고(38, 51, 63), 여성 생활에 가해지는, 그래서 창조적 활동을 막는 가부장 문화를 여러 각도에서 다룬다(38, 48, 51, 52, 63, 64).

이 에세이는 가부장제도가 여성의 몸과 삶을 지배 해 온 방법들이 여러 가지임을 보여준다. 그녀는 여성의 출산을 역사적으로 검토하면서, 차츰 의학의 발달과 함께 출산도 대부분이 남성이 통제하는 과정이 되었음을 밝힌다. 여성들이 유산, 피임, 출산방법, 산부인과 수술방법 등에서는 거의 결정권을 갖지 못하는 것은, 출산 문제에 국한된 문제가 아니라, 삶 전체에 있어 중요한 패러다임이라고 암시한다(37, 43). 그녀는 또 『여자에서 태어나』에서 어머니역(motherhood)의 신화적 인류학적 선사시대를 고찰하면서 여성의 몸이 남성의 의지에 따라 통제를 받는 신화를 제시한다. 코레(Kore)는 생명을 시작케 하는 처녀 신이고, 그 어머니 데메테르(Demeter)는 생산과 곡물의 신이다. 코레 즉 페르세포네(Persephone)가 하데스(Hades)에게 강간을 당하여 하계로 납치된 것은, 상징적으로 페르세포네의 기능과 힘이 남성에게 강탈당했음을 뜻한다. 순환적 유동, 탄생, 성장, 쇠락의 리듬을 주재하던 페르세포네는, 하데스와 제우스의 허락이 있어야 지상에 올라오는 운명에 처하게 된다. 데메테르는 딸이 육체적 폭력을 당했을 뿐만 아니라, 그녀를 강간 납치한 남성이 그녀를 지배하고 계절도 주재하게 된 것을 애통해 한다. 그녀의 슬픔이 초목을 말라죽게 하며, 다만 딸을 만날 때만 자연은 소생을 한다(237-240). 이 신화가 암시하는 것은 남성의 여성의 성에 대한 지배와 억압은, 여성뿐만 아니라 모든 인류를 메마르게 한다는 것이다.

이 시집 제3부의 표제시 「다른 어디가 아니라 바로 이곳」("Not Somewhere Else, But Here")은 현대여성의 삶에서 자연, 사회, 개인의 역사가 어떤 의미를 갖는가를 성찰하는 내용으로, 서정적이지만 강렬한 언어로 쓰여져 있지만, 말하는 내용만큼이나 무거운 침묵도 지배하고 있다. 한편 「천연 자원」("Natural Resources")에서는 남성이 "인본주의"나 "양성"이라는 말을 너무 오용하고 있기 때문에 "다시 선택할 수 없는 낱말이 있다. / 인본주의 양성(There are words I cannot choose again: / *humanism androgyny*)"이라고 말한다. 이 시집에선 한 여성 광부가 등장하여 자신의 '정신'의 지하를 파들어 가는데, 이 여성은 종전의

『난파선으로 다이빙』에서 잠수한 양성 다이버를 대신하는 셈이 된다. 리치가 여기서 적대시하는 것은 여성이나 여성성의 내적 가치를 낮춰 보는 가부장적 문화이다. 그러나 이런 진지한 성찰 뒤에는 언제나 같은 것을 제시하는데 바로 "세상을 재구성할(reconstitute the world)" 방법 이다(*DCL* 67).

『야성적 인내력이 나를 여기까지 데려왔다』에서도 긍정적인 여성의 이미지를 부각시키기 위해, 특출한 여성이든 아니든, 그들의 업적을 시로 보여준다. 서부 개척 시대의 기록을 남긴 윌러 캐서(Willa Cather), 안과(眼科) 수술의 실험대상이 된 사이먼 웨일(Simone Weil), 남편과 함께 간첩 혐의로 전기의자에 앉은 에설 로젠버그(Ethel Rosenberg), 또 역경을 이겨낸 리치 자신의 친할머니, 외할머니들의 삶이 여성의 입장에서 진술하게 제시된다. 매슈 아널드(Matthew Arnold)의 논문집 제목에서 따온 「문화와 무정부」("Culture and Anarchy")는, 문화 창달을 선도한 아널드가 선정한 남성 위인(偉人) 대신, 자기 목소리를 낸 19세기 여성 위인을 다룬다. 흥미로운 것은 자연을 묘사하지만, 왼쪽 단(段)에는 이 탤릭체로 그 여성 위인의 일기, 서신, 전기, 소개서, 연설문을 직접 인용하고 있는 점이다. 풍요로운 자연 묘사는 계절과 날씨의 색깔을 머금고 있다.

여성 문제를 심각하게 제기하며, 탄탄한 구조로 밀도 높게 주제를 형상화한 「이미지들」("The Images")은, 가부장제 사회에서 당연시되는, 강간 문제와 여성 비하(卑下) 이미지를 다룬다. 이 시의 주인공은 새벽 세 시 사이렌 소리에 잠이 깨어 불안을 느끼지만 같이 자는 여성의 숨결이 어깨에 닿자 안심을 한다. "나는 다시 돌아눕고, 내 팔을 / 안심하도록 뒤집어놓은 베개 밑으로 넣으면 / 당신의 숨결이 내 어깨를 더듬는다 (I turn again, / slip my arm under the pillow turned for relief, / your breathing traces my shoulder)"(*WP* 3). 그녀의 손은 관능적이며 화자를 보호해 주지만, 그녀나 화자나 아침이면 위험한 환락가를 지나가야 한다. 거기서 그들은 그들의 몸들이 줄로 묶여 있거나, 십자가에 박혀 있는 모습을 본다. 그들은 역겨운 전기 간판 위에서 린치를 당하고, 그들의 몸은 자위하는 남자들이 즐기는 포르노그래피의 사진이 되고, 리버사이드 파크의 낙서에서는 강간의 대상이 된다("to become the masturbator's fix / emblem of rape in Riverside Park")(*WP* 3-4). 그들이 다니는 거리는 이런 공포와 여성 혐오가 없도록 구획된 곳인데도 말이다. 이것이 현대 미국 맨해튼 거리의 현실이라는 것이다.

그러나 여성의 이런 이미지는, 고대 대지의 어머니의 이미지와는 대조된다.

> 내가 그녀 얼굴을 보았을 때, 여럿 얼굴의 그녀
> 노려보는, 내성적인, 판단하는, 기뻐서 웃는
> 똬리를 튼 그녀의 구렁이들, 팔은 올린 채
> 노려보는 그녀 젖가슴
> 내가 그녀의 세상을 들여다보았을 때
> 내 영혼을 그녀 안에 고함쳐 쏟고
> 싶었다 마침내 언어에서
> 자유롭고 싶었다.

> When I saw hér face, she of the several faces
> staring, indrawn, in judgment, laughing for joy
> her serpents twisting, her arms raised
> her breast gazing
> when I looked into hér world
> I wished to cry loose my soul

into her, to become

    free of language   at last. (*WP* 5)

　맨해튼 거리의 간판의 여성 이미지와는 대조적이다. 이 여신의 이미지는 다양하고 위엄에 차 있어서 화자는 자신의 영혼을 그 안에 풀어 넣고 싶어진다. 마틴은 이러한 대조에서 우리는 한 사회의 가치관이 이미지와 상징에 지대한 영향을 미친다는 것을 추측할 수 있다고 한다. 현대 미국사회에서는 강간과 여성 착취를 조장하는 포르노그래피가 만연하지만, 고대 국가에서는 여성의 사회적, 성적, 정서적 힘이 찬양되고 숭상되었다고 한다(Martin 221).

　가부장적 언어가 대립, 심한 갈등, 지구 오염을 조장하는 것을 보고, 리치는 그런 언어 속에 녹아 있는 '강간'의 메타포가 다른 영역에도 두루 퍼져 있음을 본다. 남성의 여성 강간, 서구 제국주의의 제3세계의 강간, 산업사회의 지구 강간 등이 그 예이다. 남성지배사회에서 어떤 여성이 일정한 영역을 벗어나거나, 공공 투기장에 들어오면 남자들은 좋은 사냥감으로 여긴다. 포르노그래피는 여성을 객관화함으로써 희생양으로 만든다. 리치는 여성을 사냥감으로 보는 습관 때문에 자신을 애칭으로 부르는 것조차 허용하지 않는다(Martin 221). 리치는 이런 가부장적 인식이 예술 전반에 퍼져있다고 시사한다. 그녀는 언어를 더 이상 낭만적으로 바꿀 수 없고, 음악도 마찬가지이고, '피에타'는 여성의 희생을 재조직화한 것이고, 벽화도 폭력을 강하고도 순수한 형태로 번역해 놓은 것이라고 말한다("Pietàs / reorganizing victimization frescos translating / violence into patterns so powerful and pure")(*WP* 4). 사랑이나 언어가 낭만적일 때, 주로 남자는 주도적이고 활동적인 반면 여성은 수동적이고 미온적이기 때문에, 리치는 낭만에 대해 반감을 갖는다.

리치는, 여성은 자신의 현실을 바로 알려줄 적절한 통사, 이미지, 메타포를 스스로 찾아야 하고, 또 자신들이 가장 깊은 생명과 유기적인 관계에 있음을 보여주는 시각을 갖도록 적극적으로 노력해야 한다고 한다. 그녀는 여성주의와 가부장주의 시각의 골이 너무 깊어서, 인간 육체와 그 환경에 대한 기본적 인식이 손상을 입는 경우가 많다고 한다. 미디어와 정치기관에서 개인, 사회, 국제 차원의 위험, 경쟁, 폭력을 조장하는 현대 미국사회는, 남성지배적인 구조를 가진 나머지, 세계에서 가장 높은 강간사건 비율을 가지고 있다고 한다. 리치가 궁극적으로 여성의 힘과 양육을 강조하는 것은 이런 현실을 바꾸려는, 우리 문화를 다시 정의하고, 왜곡되고 착취적인 여성관에서 비롯된 파괴적인 실태를 바로잡으려는 시도이다(Martin 221-22).

리치는 이런 문제를 이미지 문제와 결부시킨다. 그녀는 현재는 이미지에 허기를 느끼지만("a woman starving / for images")(*WP* 5), 지금까지 천대받고 망가진, 과거 모든 시대 여성의 얼굴(이미지)이 저절로 재집합 될 것이라는 희망을 가진다. 비록 오늘날에는 그 이미지가 영화관 스크린 등에서 천하게 절단되지만, 미래에는 여성의 창조적이고 생명이 흐르는 이미지로 다시 태어나리라고 희망한다. 그래서 지금은 이미지의 전쟁이라고("This is the war of the images")(*WP* 5) 말한다. "우리는 서로서로에게 자주색 혀의 꽃을 지켜주는 가시 잎이다(We are the thorn-leaf guarding the purple-tongued flower / each to each)"(*WP* 5)라는 함축적 이미지를 제시하는데, 이때 "자주색 혀의 꽃"은 아름다운 여성의 몸을 상징할 것이다. 이 시집의 제목을 따온 「통합」("Integrity") 또한 여성의 초상과 경치를 제시하며, 조화로운 전체를 강조하는 작품이다.

리치는 1982년에 23편의 연작시 『원천』(*Sources*)을 출판한다. 이 시집에서 그녀는 다양한 문체로, 뉴잉글랜드의 아름다운 식물과 경치를 그리면서 자신의 자전적, 문화적 기원, 즉 뿌리 찾기를 시도한다. 그녀의 아버지는 미국 문화에 동화된 남부의 유태인이지만 유태인의 지적 전통에 대한 존경심을 버리지 않았다. 그는 지배적인 문화에 편입하려고 민족적 관계를 끊은 상태였지만, 리치는 그를 통해 유태인의 정신적 유산을 찾아본다. 그녀의 눈에 비친 아버지는 뿌리 없는 이데올로기를 만들고, 공중에 성을 짓는 면이 있다("I saw my father building / his rootless ideology // his private castle in air")(14). 마찬가지로 그녀는 또 브루클린 출신의 유태인 남편의 유태인 전통과의 관계를 찾아보고, 자신은 뿌리 없는 인간이라고 생각해 본다.

VIII

1986년에 발간한 저서 『당신이 태어난 곳, 당신의 삶』(*Your Native Land, Your Life*), 1989년에 발간한 『시간의 힘』(*Time's Power*)에서도 리치는, 자신의 유태인 선조와 자신의 관계, 또 자기 삶에서 중요한 남자와 자신의 관계를 살피고, 한편으로는 레이건 시대에 여성주의자가 된다는 것이 어떤 의미를 가지는지를 생각한다. 그녀는 1984년에 남 캘리포니아로 이사를 가면서 시의 배경을 그곳뿐만 아니라 남아프리카, 레바논, 폴란드, 니카라과 등으로 확대한다. 그녀는 또 자신의 삶을 "당신"에게 말하는 형식으로 표현하는데, 내용상, 부모, 전남편, 현재 연인, 그리고 관절염과 정신적 고통을 받고 있는 자기 자신이 바로 그 "당신"이 된다. 이 시기에도 그녀의 사고는 가부장제 속의 여성과 관련된 사회적, 정치적 문제와 연결된다. 『시간의 힘』의 「살아 있는 기억」("Living Memory")은 「난파선으로 다이빙」의 과거 탐험을 상기시키는 동시에 미래의 작품을 내다보는, 과도적 작품이라 할 수 있다. 그러나 근본적인 주제의 변화는 거의 없다.

1991년에 나온 『어려운 세상의 지도』(*An Atlas of the Difficult World*)는 그녀의 시집 중 가장 높은 완성도를 가진 시집 중의 하나이다. 이 시집에서도 지금까지의 주제를 그대로 따른다. 13편으로 이뤄진 표제시는, 휘트먼(Walt Whitman), 루카이저(Muriel Rukeyser), 긴즈버그 (Allen Ginsberg), 핀스키(Robert Pinsky)처럼 미국인의 다양한 체험을 제시한다. 고통스럽고 실망이 크더라도 자기 나라를 알아야 한다는 애국적이고 일반적인 주제는, 1995년에 나온 『공화국의 어두운 들녘』 (*Dark Fields of the Republic*)에vv서도 계속되는데, 여기서도 미국문제에 대해 검토를 하면서 『공통 언어의 꿈』에서 말했던 "다른 어떤 곳이 아니라, 이곳"을 강조한다. 1995년에 쓴 「이것이 어떤 종류의 시간인가」 ("What Kind of Times Are These")에서, 그녀는 이 어구의 의미를 확대하고 천착한다. 그녀가 걷는 "공포의 가장자리(the edge of dread)"(3)는 "다른 어떤 곳이 아니라, 이곳"임을 암시하는데, 곧 미국의 진실은 미국에서 가장 잘 드러나고 인식됨을 뜻한다.

리치는 어떤 시인도, 개인도 간과할 수 없었던 1980년대와 1990년대 물질주의라는 폭력의 근원을 살핀다. 정치적 사회적 삶에서 시의 역할과 물질주의의 횡포를 다룬 에세이집 『거기서 발견 된 것: 시와 정치에 대한 노트』(*What Is Found There: Notebooks on Poetry and Politics*)를 1993년에 출판한다. 1999년에 나온 시집 『심야의 구조(救助)』(*Midnight Salvage*)에서 그녀는, 시인, 운동가로 살아온 자신의 삶을 되돌아본다. 그녀는 몇몇 시와 책을 언급하고, 몇 개의 질문을 제기한다. 즉 그녀가 30년 이상 탐사해 온 문화의 난파선에서 구한 것은 유익한 것인가? 예술과 언어는 사회와 시인에게 잘 봉사했는가? 물질적 위안 때문에 미국인은 현실적 문제에 무감각해진 것이 아닌가? 그녀의 답은 쉽지 않으며, 시의 톤은 절망에 가깝다. 그녀는 「젊은 시인에게 보내는 편지」("Letters to a YoungPoet")에서 자기가 추구한 것을 암시적으로 되돌아본다.

그러나 이것이,
어떻든, 내가 어떻게 밑에서 불쑥 여기에 왔는가이다,
내 머리엔 체커 무늬 스카프를 쓰고 이 머리엔 랜턴 달린 헬멧을 쓰고
탄광에서 불쑥
먼지투성이 얼굴로 이 랜턴이 달린 머리로 스미는 죽음을 직면하고
입술은 침니(沈泥) 속을 헤엄치면서
　　안녕하세요 그리고 잘 가세요를
분명히 발음하면서

But this is how
I come, anyway, pushing up from below
my head wrapped in a chequered scarf a lanterned helmet on this head
pushing up out of the ore
this sheeted face this lanterned head facing the seep of death
my lips having swum through silt
　　clearly pronouncing
Hello and farewell (*MS* 28)

이 연은 짧지만, 스카프 쓴 소녀기, 랜턴 헬멧 쓴 광부기를 보여준다는 점에서 자신의 실험적 일생을 되돌아보는 의미가 있다. 그녀는 마지막에 "안녕하세요" 하고 첫 인사를 한 뒤 "잘 가세요"하고 마지막 인사를 한다. 자신의 생각과 운동은, 침니 속을 헤엄치는 것처럼 끈적거리고 힘겹고 부자유스럽다. 그녀는 다음 편에서 "난 머리로도 아직 가 본 적

이 없는 / 어떤 곳에 가고 싶다(I wanted to go somewhere / the brain had not yet gone)"(*MS* 29)라고 쓴 뒤, "난 거기에 외로이 / 가길 원치 않는다 (I wanted not to be / there alone)"고 한다. 역시 자신은 대중과 함께 하는 것을 좋아함을 암시한다.

이 시집의 마지막의 장시 「긴 대화」("A Long Conversation")에서 그녀는 여러 가지 문체와 목소리로, 여러 책을 자유롭게 인용하면서 기억 속을 유영한다. 시는 일관성이나 통일성을 지향한다기보다는 생각나는 대로 형식에 관계없이 써내려 간 듯하여 에즈라 파운드의 『시편』(*The Cantos*)를 연상시킨다. 이 시의 마지막 부분은 그녀의 필생의 과제였던 언어 문제로 되돌아간다. 어둔 유리창 밖에 흐린 얼굴이 있어 "그 바깥에 누가 나를 변화시키려고 하는가―(Who out there hoped to change me―)"하고 묻는데, 그것은 다름 아닌 "숯덩이가 된, 우그러진, 늘 변하는 인간의 언어(charred, crumpled, ever-changing human language)"(*MS* 69)이다. 그녀는 그 언어의 힘으로 자신을 변화시키고 세상을 변화시킬 수 있다는 신념은 젊을 때나 그때나 변함이 없다.

리치는 이미 시력(詩歷) 50년으로, 워즈워스(William Wordsworth) 보다 오랜 세월 시를 썼다. 그녀의 시와 에세이는 여성주의, 레즈비언, 역사적, 비자본주의적, 인본주의적, 다인종적, 다문화적 관점을 포용하면서, 또 사적, 공적 영역을 조화롭게 아우르는 것이다. 세월에 따라 그녀의 시의 형식과 내용이, 팽팽한 형식주의적인 서정시에서부터 여러 가지 기교를 복합적으로 쓰는 실험시로 변해 왔다. 예컨대 긴 행, 행 중 공간, 산문의 삽입, 다른 목소리와 모티프의 병치, 교훈적 서술, 비공식적인 표현 등의 방법을 자유로이 구사하였다. 사실 어떤 시인도 20세기 미국에서 그녀만큼 사회적, 정치적 고뇌로 굴절과 변형을 겪은 사람은 없을 것이다.

그녀는 더 나은 언어와 더 나은 세계에 대한 비전을 제시했다는 점에서 셸리, 휘트먼, 에머슨 같은, 20세기에는 잘 볼 수 없는 예언자적, 영도적 시인이다. 그녀의 시는 또 현대 여성이 처한 불평등과 가부장제의 폐해를 증언하고 항의한다는 점에서는, 샌드버그(Carl Sandburg), 헤이든(Robert Hayden), 루카이저, 브룩스(Gwendolyn Brooks) 등과 맥을 같이 한다. 그러면서도 진솔한 개인 삶을 근거로 하여 성찰과 고뇌가 이뤄졌다는 점에서 로웰(Robert Lowell), 플라스, 섹스턴(Anne Sexton) 등을 떠올린다.

리치는 왜곡된 남성의 가부장적 이데올로기를 바로잡아 줄 것은 여성주의임을 일관성 있게 주장한다. 그녀의 여성주의의 핵심은, 새로운 사회질서는 남성 정신과는 반대되는 여성 육체의 진실에서 출발해야 한다는 것이다. 가부장적 이데올로기는 사물을 대립화, 분할화, 서열화시킬 뿐인데, 리치의 여성주의는 그런 시각에서 벗어나 사물을 생명을 가진 통합적인 유동체로 보는 것이다. 또 여성중심의 우주를 위해선 가부장제의 반여성 편견을 시정해야 한다고 주장한다. 특히 레즈비어니즘을 실천하고 솔직하게 그 가치를 주장하고 이론화한 것은, 당연시되어 온 남성 위주의 사상과 역사를 재평가하는 의미를 지닐 것이다. 그녀의 여성에 대한 비전은 대학에서뿐만 아니라 문화 전반에서 대중적인 반향을 불러 일으켜, 이 문제를 더욱 공개적으로 논의하는 데 큰 기여를 하고 있다.

인용문헌

박재열. 「에이드리엔 리치의 시: 몸과 언어」. 『현대영미시연구』 제8권 1호(2002
봄): 5-37. [「몸과 언어」로 표기]]

_____. 「에이드리엔 리치의 육체적 글쓰기」. 『신영어영문학』 제27집
(2004. 2. 29): 71-94.

Auden, W. H. "Foreword to *A Change of World*." *Adrienne Rich's Poetry*. Ed. Barbara
Charlesworth Gelpi & Albert Gelpi. New York: N. N. Norton, 1975. 125-127.

Martin, Wendy. *An American Triptych*. Chapel Hill and London: The U of North
Carolina P, 1984.

Gelpi, Albert. "Adrienne Rich: The Poetics of Change." *Adrienne Rich's Poetry*. Ed.
Barbara Charlesworth Gelpi & Albert Gelpi. New York: N. N. Norton, 1975.
130-148.

Gelpi, Barbara Charlesworth, and Albert Gelpi, eds. *Adrienne Rich's Poetry*. New
York: N. N. Norton, 1975.

Grosz, Elizabeth. *Jacques Lacan: A Feminist Introduction*. London: Routledge, 1990.

Jarrell, Randall. "Review of *The Diamond Cutters and Other Poems*." *Adrienne Rich's
Poetry*. Ed. Barbara Charlesworth Gelpi & Albert Gelpi. New York: N. N.
Norton, 1975. 127-129.

Ratcliffe, Krista. *Anglo-American Feminist Challenges to the Rhetorical Traditions:
Virginia Woolf, Mary Daly, Adrienne Rich*. Carbondale & Edwardsville: Southern
Illinois UP, 1996.

Rich, Adrienne. *A Wild Patience Has Taken Me This Far: Poems, 1978-1981*. New
York: N. N. Norton, 1981. [WP로 표기]]

_____. *Collected Early Poems*. New York: N. N. Norton, 1993. [CEP로 표기]]

_____. "Compulsory Hetrosexuality and Lesbian Existence." *Blood, Bread,
and Poetry: Selected Prose 1979-1985*. New York & London: W. W. Norton,

1985. 23-75.

_____. *Dark Fields of the Republic: Poems 1991-1995*. New York & London: W. W. Norton, 1995.

_____. *Diving into the Wreck*. New York: N. N. Norton, 1973. [*DW*로 표기]

_____. *Midnight Salvage: Poems 1955-1998*. New York & London: W. W. Norton, 1999. [*MS*로 표기]

_____. *Of Woman Born: Motherhood as Experience and Institution*. New York: N. N. Norton, 1976. [*OWB*로 표기]

_____. *On Lies, Secrets, and Silence: Selected Prose 1966-1978*. New York & London: W. W. Norton, 1979. [*LSS*로 표기]

_____. "Poetry and Experience: Statement at a Poetry Reading." *Adrienne Rich's Poetry*. Ed. Barbara Charlesworth Gelpi & Albert Gelpi. New York: N. N. Norton, 1975. 89. ["P&E"로 표기]

_____. *Sources*. Woodside, California: The Heyreck P, 1983.

_____. *The Dreams of a Common Language: Poems, 1974-1977*. New York & London: W. W. Norton, 1978. [*DCL*로 표기]

_____. "Three Conversations." *Adrienne Rich's Poetry*. Ed. Barbara Charlesworth Gelpi & Albert Gelpi. New York: N. N. Norton, 1975. 105-122. ["TC"로 표기]

_____. "Vesuvius at Home: Power of Emily Dickinson." *On Lies, Secrets, and Silence: Selected Prose 1966-1978*. New York: N. N. Norton, 1979. 157-184.

_____. "When We Dead Awaken: Writing as Re-Vision." *Adrienne Rich's Poetry*. Ed. Barbara Charlesworth Gelpi & Albert Gelpi. New York: N. N. Norton, 1975. 90-8. ["WWDA"로 표기]

Yorke, Liz. *Adrienne Rich: Passion, Politics and Body*. London: Sage Publications, 1997.

제 **6**장 **실비아 플라스**

I

에밀리 디킨슨(Emily Dickinson)이 엄격한 청교도 사회에 대한 반응을 여성적 감각과 정서로 제시했다면, 그녀가 그 사회에 순응을 했든 반발을 했든, 그녀의 시는 그 사회에 대한 '정신적'이고 '도덕적' 반응일 것이다. 실비아 플라스(Sylvia Plath, 1932-1963)는 한 미국동부 중류층 출신의 젊은 여성이 빚는 가족간의 사랑과 증오, 특히 아버지와 남편에서 겪은 의식적, 무의식적 애증(愛憎)이 절절히 녹아 있는 시를 남긴다. 그녀의 시의 원천은 그녀가 자란 사회적, 문화적 토양에 있다기보다는, 예민한 감각과 살과 가족에 있다는 점에서 디킨슨이나 다른 시인과 다르다. 그녀는 사물을 정신적으로 감지하기보다는 몸으로 감지하는 면이 많기 때문에 선배 시인이나 동료 시인들에게 신선한 감각으로 비친다. 그녀의 시 연구는, 짧았지만 가슴 쓰렸던 그녀의 삶을 되돌아보는데서 시작되어야 할 것이다.

플라스는 보스턴 대학교 생물학 교수이자 뒝벌 연구의 권위자인 아버지 오토 플라스(Otto Plath)와 어머니 오렐리어 쇼버 플라스(Aurelia Shober Plath) 사이에 1932년 10월 27일에 태어났다. 플라스의 부모는 두 자녀를 데리고 보스턴에서 매사추세츠주 윈스로프(Winthrop)로 이사를 가는데, 그곳은 바다와 가깝고 또 플라스의 외가가 있는 포인트셜리(Point Shirley)에서도 멀지 않았다. 이때가 플라스가 만 네 살이 되기 전이었다. 그녀가 어릴 때 바다 가까이 지내면서 바다 리듬을 체득한 것은 플라스에게 평생 그 리듬을 자신의 신체적 리듬에 혼용시켜 작품에서 살려내는 결과를 가져온다. 플라스는 외갓집 전화번호를 제목으로 쓴 글 「대양 1212-W」("Ocean 1212-W")에서 다음과 같이 이야기한다.

내 유년 시절의 풍경은 육지가 아니라 육지의 끝이었습니다. 즉 대서양의 차고 짜고 달리는 구릉 같은 파도였습니다. 나는 가끔 그 바다 풍경이 내가 가진 것 중 가장 분명한 것이라고 생각합니다. 바다를 습득한 나는 유랑자였으며...기억이 매번 밀려오면 그 색깔은 깊어져 은은한 빛을 내며, 어릴 적 세계가 숨을 들이키지요.

숨결, 그것이 최초의 것입니다. 무언가가 숨을 쉬고 있습니다. 내 자신의 숨? 내 어머니의 숨? 아닙니다. 다른 그 무엇, 더 크고 더 멀고 더 관능적이고 더 나른한...바다의, 어머니 같은 맥박은 그런 가짜들[바람과 비]을 조롱합니다. 속 깊은 여자처럼 바다는 많은 것을 숨겼고, 많은 얼굴과 많은 섬세하면서 무서운 베일을 가졌습니다. 바다는 기적(奇蹟)과 먼 곳을 이야기했습니다. (*Johnny* 117)

여기서 보는 플라스의 바다에 대한 추억은 단순한 기억이 아니다. 그녀가 바다의 기억을 더듬어볼 때, 어릴 적 세계가 숨을 들이킨다고 말한다. 기억 저편에는 최초의 숨결이 있고, 그 숨결은 그녀 자신의 것도 어머니의 것도 아닌, 더 크고 멀고 관능적인 숨결이었다고 한다. 이 숨결은 우주의 숨결이고, 그 속에는 어머니의 품속에서 공생의 관계를 가졌을 때의 어머니와의 공동의 숨결과 맥박이 들어 있을지 모른다 (「육체의 의미화」 10). 이런 바다 경치 내지 추억은 외형만 바꾸어서 플라스의 시에 거듭 나타나는데, 오든(W. H. Auden)이나 딜런 토머스 (Dylan Thomas)가 어릴 때 느꼈던 경치와는 다르다. 그녀의 경치는 단순한 경치라기보다는 깊이 내면화된 경치이며, 많은 생명과 우주가 연결되어있는 것으로서, 시가 움트기 시작하는 경치이다.

이 해변에 살 때 플라스는 행복하고 건강하고 즐거웠지만, 가족의 관심으로부터 점차 멀어졌다. 어머니는 건강이 좋지 않은, 그녀보다 세 살 아래인 남동생 워런(Warren)을 돌보느라 정신이 없었다. 그렇지 않을 때에는 남편을 도와야 했다. 그녀는 스물한 살 연상인 오토와 결혼하여 그의 저서 『뒝벌과 생태』(*Bumblebees and Their Ways*)를 내는 일 등, 남편의 연구를 적극 뒷바라지하지 않으면 안 되었다.

플라스는 아버지를 좋아했고 그의 사랑을 많이 받았다. 아버지는 당뇨가 심했는데, 그 결과 그는 다리를 절단할 수밖에 없었다. 1940년 다리절단 수술이 있은 지 6주만에 그는 세상을 떠났다. 그녀의 어머니는 절대 아이들 앞에게 우는 모습을 보여서는 안 된다고 다짐하고 입술을 굳게 깨물었다. 아버지가 죽은 그 이튿날, 플라스는 학교에서 의붓아버지 운운 하는 소리를 들었는지, 백지에 "나는 절대 재혼하지 않을 것을 약속한다"를 타자 쳐 와서 어머니더러 서명을 하라고 강요했다. 그녀는 어머니의 서명을 받은 뒤 안심하고 아이들에게로 놀러나갔다. 플라스는 그때 이후 이야기를 이렇게 한다.

> 이게, 내 어릴 때 해변의 비전이 어떻게 굳어서 갔느냐이죠. 아버지가 돌아가시고 우리는 내륙으로 들어갔죠. 거기서 내 첫 아홉 해는 병 속의 배처럼 밀봉된 상태였죠―아름답고, 누구도 접근을 못하고, 버려진 상태였죠. 훌륭하지만 하얗게 떠다니는 신화였죠. (*Johnny* 124)

플라스는 더 이상 자신을 드러내 보이는 아이가 아니었다. 물론 그 내면은 아름답게 커 갔지만 자신의 말 대로 유리병에 밀봉된 채 석화되고 있었다. 이 즈음 그녀에겐, 다소 두려웠던 아버지가 조금씩 마음에 담겨, 존경하고, 사랑하는 대상으로 바뀌어 갔다. 그 아버지의 영상은 오래 가슴에 남아 여러 시에 원망(願望)과 사랑의 그림자를 내린다. 첫 시집의 표제시 「거상」(巨像, "Colossus")은 누가 봐도 아버지에 관한 시이다. '거상'은 터키 남서 해안에 있는 로도스(Rhodos)항에 세워졌다는 높이가 약 36m에 이르는 아폴로 청동상을 이르는데, 하도 커서 배가 신상(神像)의 두 다리 사이로 왕래했다고 한다. 이 시에서 플라스는 죽은 아버지를 거상과 동일시하며, 자신은 이미 조각조각 부서진 거상을 복원하려고 끈질긴 노력을 하는 딸로 제시한다. 이 노력은 아버지에 대한 존경과 증오로 뒤섞여 있다.

저는 결코 당신을 온전히 짜 맞추진 못할 거예요.
조각조각 잇고, 아교로 붙이고, 맞게 이어 맞추어서.
노새 울음, 꿀꿀 돼지 소리, 음탕한 닭 울음이
당신의 커다란 입술에서 새어나왔어요.
이젠 헛간 뜰보다도 더 못하죠.

아마 당신은 스스로를 신탁(神託)이나
죽은 사람들, 아니면 이런 저런 신(神)의 대변자로 생각하겠죠.
지금까지 삼십 년 동안 저는 당신 목구멍에서
진흙 찌끼를 긁어내려고 애썼답니다.
전 조금도 더 현명해지지 못했어요.

아교 냄비와 리졸 양동이를 들고 작은 사닥다리를 기어올라
저는 잡초만 무성한 넓은 이마 위를
애도하는 개미처럼 기어 다니죠,
거대한 두개골 판을 수리하고
민둥한 흰 고분(古墳) 같은 당신 눈을 청소하려고.

I shall never get you put together entirely,
Pieced, glued, and properly jointed.
Mule-bray, pig-grunt and bawdy cackles
Proceed from your great lips.
It's worse than a barnyard.

Perhaps you consider yourself an oracle,
Mouthpiece of the dead, or of some god or other.

Thirty years now I have labored
To dredge the silt from your throat.
I am none the wiser.

Scaling little ladders with glue pots and pails of Lysol
I crawl like an ant in mourning
Over the weedy acres of your brow
To mend the immense skull-plates and clear
The bald, white tumuli of your eyes. (*CP* 129)

아버지 입술에서 온갖 더러운 소리가 나와도, 그가 신탁이라면 당연히 참고 거기서 지혜를 얻었어야 했다. 그러나 "삼십 년 동안 저는 당신 목구멍에서 / 진흙 찌끼를 긁어내려고 애썼지만", "조금도 더 현명해지지 못했다"고 한다. 거상은 이름 그대로 거대하여, 딸은 아버지의 거대한 상에 사다리로 오를 수밖에 없다. 아버지 / 거상은 이마가 황폐해져 있다. 그녀는 이런 부서지고 떨어져나간 거상을 원래 모습대로 복원해야 한다. "홈이 파인 당신[아버지]의 뼈와 아칸서스 잎 모양의 머리카락은 // 옛날처럼 무질서하게 지평선까지 흩어져요(Your fluted bones and acanthine hair are littered // In their old anarchy to the horizon-line)".

밤마다 전 바람을 피해
풍요의 뿔 당신 왼쪽 귀 속에 쭈그리고 앉아

붉은 별과 보라색 별들을 헤아린답니다.
태양은 기둥 같은 당신 혀 밑에서 떠올라요.
제 시간은 그림자와 결혼했어요.

Nights, I squat in the cornucopia

Of your left ear, out of the wind,

Counting the red stars and those of plum-color.
The sun rises under the pillar of your tongue.
My hours are married to shadow. (*CP* 129-130)

　화자가 아버지의 귀 속에 쭈그리고 앉아 별을 헤아리면 "태양은 기둥
같은 당신 혀 밑에서" 떠오른다. 그러나 그녀의 시간은 이미 "그림자와
결혼"한 무위(無爲)의 상태이다. 그래서 아버지 / 거상을 복원하려는 딸
의 노력은 불가능할지 모른다. 심지어 선착장에 오가는 뱃소리에도 관
심이 없다. "이제 전 더 이상 선착장의 휑한 돌에 / 배의 용골(龍骨) 긁히
는 소리엔 귀 기울이지 않아요(No longer do I listen for the scrape of a
keel / On the blank stones of the landing)"(*CP* 130). 아버지의 아픈 죽음
을 목격한 플라스는 평생 동안 죽음에 대한 무의식적인 원망(願望)을
떨쳐버릴 수가 없다.

　아버지에 대한 양가적인 애증(愛憎)은 여러 편의 시에서 나타나지만,
죽기 세 달 전, 즉 1962년 10월 12일에 쓴 「아빠」("Daddy")만큼 잘 나타
나는 작품도 없다. 「신탁의 몰락에 관하여」("On the Decline of Oracle"),
「거상」 같은 초기시에 이상화된 아버지와는 달리, 이 시에는 그에 대한
강한 증오가 죽이고 싶을 정도이다. 화자는 지금까지 아버지의 검은 구
두 속에 살아와야만 했던 억압과 구속의 삶을 원망조로 이야기한다.

　　이젠 안 돼요, 더 이상은
　　안 돼요, 검은 구두
　　전 그 안에 삼십 년간이나
　　발처럼 살았어요, 초라하고 하얗게,
　　감히 숨 한 번, 재채기 한 번 못하며.

You do not do, you do not do
Any more, black shoe
In which I have lived like a foot
For thirty years, poor and white,
Barely daring to breathe or Achoo. (*CP* 222)

　아버지의 검은 구두 속에 삼십 년간 갇혔던 화자는 아빠를 죽여야만 했지만 죽일 시간도 주지 않고 돌아가셨다고 한다. 아빠는 "대리석처럼 무겁고, 신(神)으로 가득 찬 자루(Marble-heavy, a bag full of God)" 또는 "잿빛 발가락 하나 가진 무시무시한 조상(彫像)(Ghastly statue with one gray toe)"의 무게와 두려움으로 느껴진다. 화자는 실제와는 달리 아버지를 음탕한 독일어를 쓰는 독일인으로, 자신은 "유태인처럼 말하는" 유태인으로 상상한다. 그러니 아우슈비츠로 실려 갈 수밖에 없다.

　유태인처럼 저를 칙칙폭폭 실어가는
　기관차, 기관차.
　한 유태인을 다카우, 아우슈비츠, 벨젠으로.
　전 유태인처럼 말하기 시작했어요.
　전 유태인이라고 해도 상관이 없어요.

An engine, an engine
Chuffing me off like a Jew.
A Jew to Dachau, Auschwitz, Belsen.
I began to talk like a Jew.
I think I may well be a Jew. (*CP* 223)

　다시 화자는 아빠가 독일 공군("With your Luftwaffe")이었거나 "기갑부대원(panzer-man)"이었을 것이라고 상상한다. 또 십자장(十字章)

을 찬 파시스트, 야수의 심장을 가졌고, "발 대신 턱이 갈라진(A cleft in your chin instead of your foot)" 악마일 것이라고 생각하며 심한 증오에 시달린다. 아버지는 딸의 "예쁜 빨간 심장을 둘로 쪼개버릴(Bit my pretty red heart in two)" 정도로 잔인하다. 그러면서도 화자는, 사람들이 아빠를 묻었을 때 열 살이었는데 스무 살 때는 죽어서 아빠께 돌아가려고, 뼈라도 돌아가려고 자살을 시도했다고 한다. 그러나 사람들은 화자를 "침낭 속에서 끌어내 / 떨어지지 않게 아교로 붙여버렸다(they pulled me out of the sack, / And they stuck me together with glue)". 그녀는 꼼짝할 수 없었다. 그녀는 너무 감정에 북받쳐 "검은 전화기가 뿌리째 뽑혀져 / 목소리가 기어 나오질 못하는(The black telephone's off at the root, / The voices just can't worm through)" 심한 억압을 당한다.

그러나 이 시는 아버지에 대한 증오만 표현했다기보다는 남편에 대한 증오를 표현하고 있음을 다음에서 시사된다. 남편은 자신의 피를 빨아 마신 흡혈귀("The vampire who said he was you / And drank my blood for a year")로 비유되며, 자기를 구박했으므로 "개자식"이 된다. 그러나 아빠는 이제 다시 누우셔도 좋다고 말한다. 그러나 화자가 "아빠, 아빠, 이 개자식, 이젠 끝났어요(Daddy, daddy, you bastard, I'm through)"라고 말할 땐 아빠를 불러 두고 남편을 욕하는 상황이 떠오른다.

그러나 이 상황을 증오로만 볼 수 없다. 맥닐(Helen McNeil)은 이렇게 말한다.

> 아마 플라스의 가장 유명한 시일 「아빠」에서 . . . 오토 플라스[아버지]는 첫째로 가부장적인 조상(彫像), "대리석처럼 무겁고, 신(神)으로 가득 찬 자루 . . . 잿빛 발가락 하나 가진 무시무시한 조상"으로 코드화 된다. 그리고 아버지가 플라스의 유태인을 고문을 하는 나치가 되는 것은 충격적이다. 아버지는, 그땐 독일 땅인 실레시아(Silesia)에서 왔지만, 그는 나치가 아니고 딸도 유태인이 아니고,

또 딸을 학대했다는 증거도 없다. 고전적 전이(classic transference)에서 「아빠」는, 버려진 아이의 이치에 닿지 않는 생짜의 분노를 어떤 특질로 전환시키는데, 그 특질은 [어떤] 원인을 대상에 전가하는 [성격의] 것이다. *만약 아빠가 죽어서 그렇게 나를 아프게 했다면 그는 개자식이 틀림없어. 가혹하기 때문에 나는 그를 증오해. 다른 모든 사람도 그를 증오해.* "마을 사람들은 조금도 아빠를 좋아하지 않았어요." . . . 플라스는 아버지에 대한 애도(哀悼) 과정을 완수하지 않았으며, 그녀와 「아빠」는 다 같이 휴즈를, 죽은 아빠의 대리인으로 인정한다. (Stevenson 264-5에서 재인용)(이탤릭 필자)

다시 말하면 여기의 아빠는 실제 아빠와는 다르며, "개자식"이라는 소리를 들어야 할 이유가 없다. 그래서 그 아빠에 대한 나쁜 감정은, 어떤 원인 때문에 아빠라는 대상에 옮아 간 것뿐이며, 위에서 이탤릭으로 쓴 부분은 바로 그것이 그녀의 아버지에게로 옮겨 갔다는 증거를 보여준다. 그런데 그 나쁜 감정의 원인은 다름 아닌 남편 휴즈에 있었는데, 아빠에게로 전이된 것이다.

플라스가 이 시를 쓴 해 시월에 이 시를 낭송한 것을 들어 본 사람은, 그녀의 목소리는 순수한 분노, 울화통이 터지는 격분이 들어 있어서, 상당히 충격을 받았다고 한다. 이것은 한 걸음 더 들어가면, 그녀는 이 시로 이미 유령이 된 아버지와 남편에 대해 해방을 선언하며, 이 둘의 유령을 몰아내어 새 삶을 시작하겠으며, 나아가서는 다시 태어나겠다는 의지의 표명이라고 한다(Stevenson 264-5).

II

플라스의 아버지가 죽었을 때, 서른셋이던 어머니는 세상이 막막하였을 것이다. 그녀는 아이들을 데리고 웰레즐리(Wellesley)로 이사를 간

후, 가족의 건강과 교육을 위해 무슨 일이든 해야만 했다. 플라스는 '마샬페린 그래머스쿨'(Marshall Perrin Grammar School)에 들었으며 늘 우등생이었다. 그녀는 어머니와 책을 같이 읽었고 그림과 시를 좋아했다. 어머니는 이때의 모녀관계를 상호 "삼투관계"라고 말한 적이 있다(Marsack 2).

학교에서 좋은 성적을 받는 것은 가족의 혈통과 관계가 없지 않다. 플라스의 아버지는 폴란드 접경지역의 프러시아의 그라보(Grabow) 출신이고, 어머니는 남에게 뒤지기 싫어하는 오스트리아인 2세였는데, 이런 성격을 플라스는 많이 물려 받았다. 플라스에겐 끊임없는 관심과 칭찬은 꼭 끼고 입어야할 재킷처럼 필수품이었지만 한편으론 일종의 구속이기도 했다(Marsack 2).

플라스는 중등학교나 대학에서는 쫓기듯이 고도로 계획적인 생활을 했다. 그녀는 관습을 충실히 따르다 보니 자발성이 별로 없을 때가 있었다. 1940년대와 50년대의 미국의 소읍은 문화적으로는 열악했다. 그녀는 나름대로 지성과 아름다움을 조화시키고, 시와 인기의 평형을 유지하려고 꽤나 신경을 썼다. 규범에 순응하면서 좋은 점수를 받아야 하는 것은 쉬운 일이 아니었다. 그녀는 1950년 9월 명망 있는 여자대학인 스미스 대학(Smith College)에 장학생으로 입학한다. 대학에서 그녀는 부단히 노력한 나머지, 공부나 사교에서 다른 학생에게 전혀 밑지지 않았다. 이때 어머니에게 쓴 한 통의 편지를 보면, 그녀는 우등생 클럽에 들었고, 『스미스 리뷰』(*Smith Review*)라는 교내신문의 편집인이 되었고, 이듬해 오든(W. H. Auden)이 그 학교에 온다고 기뻐하고 있다.

> 엄마 솔직히 기뻐서 울음이 나올 것 같아요. 난 여기가 좋아요. 사교계에 나가지 않고도 창의적으로 할 수 있는 일이 많아요. 빌어먹을 직책들! 세상은, 잘 익은, 물 많은 수박처럼 내 발밑에 벌려져 있어요. (*LH* 85)

여름방학 땐 하버드 대학교(Harvard University)의 문예창작 프로그램에 참여 하려고 했으나 받아주지 않았다. 긴 방학 동안 『마드무아젤』(*Mademoiselle*)지의 대학생 객원 편집인으로 뉴욕에 체류했지만 할 일이 없어 사실은 지루했다. 더욱이 작가로서의 가능성은 희박해 보였고, 어머니가 기대하는 바대로 혼자 힘으로 절도 있는 생활을 하려고 하니 따분하고, 모든 일에 자신도 없어졌다. 종류가 무엇이든 상이면 힘이 솟게 했지만 그것이 안 될 땐 형편없이 추락을 했다(Marsack 4).

어머니에게 쓴 편지를 보면 우울증과 자살 이야기가 나온다. 1953년 8월 24일에 있었던 그녀의 정신적 쇼크와 자살 기도는, 1963년 죽기 직전에 '빅토리아 루카스'(Victoria Lucas)라는 가명으로 출판된 자전적 소설 『유리 종』(*The Bell Jar*)에 자세히 나온다. 이 소설의 첫 부분도 죽음에 관한 것으로, 첩보활동을 한 미국인 공산주의자 로젠버그(Rosenberg) 가족이 전기의자에서 사형집행 되는 장면이다. 화자는 이렇게 말한다. "신경이 줄줄이 살아 있는데 산 채 굽히는 느낌은 어떤 것인지 궁금하지 않을 수 없어"(1). 이 소설은 이 물음을 정서 차원에서 답하려 하며, 그것뿐만 아니라 자신의 전기충격요법에 관한 경험도 덧붙여져 있다 (Marsack 4).

플라스가 자살을 기도하는 날, 그녀의 어머니는 영국 엘리자베스 여왕 대관식 기록 영화를 보러 친구 집에 가고 없었다. 플라스는 몰래 어머니의 보석 상자에 든 수면제 쉰 알을 꺼내서 물 한 컵을 가지고 지하실로 내려갔다. 장작이 채워져 있어 그것을 꺼내고, 자궁 같은 공간을 만든 뒤 다시 장작을 채워 놓아 밖에서는 찾을 수 없게 했다.

얼굴에 닿은 거미줄은 나방이의 부드러움이었어. 감미로운 내 그림자로 싸듯 검은 코트로 나를 싸고, 약병을 열고 한 알씩 물을 마셔가며 재빨리 삼키기 시작했어.

처음엔 아무 일도 없었지만, 손가락이 병 바닥에 닿았을 때 눈앞에 붉고 파란 불이 번쩍거리기 시작했어. 병이 스르르 손에서 빠져 나가고 나는 누웠어.

정적도 빠져 나가면서 조약돌과 조개껍질과 내 삶의 모든 넝마 조각을 드러냈어. 그리곤 시야의 가장자리에, 정적이 모여서 확 다가드는 조수로 나를 잠에 빠뜨렸어. (BJ 138)

이틀 뒤에 그녀의 어머니가 간신히 그녀를 찾았는데 다행히 아직 살아 있었다. 스미스 대학에서 장학금을 지급해 오던 프라우티 부인(Mrs Olive Higgins Prouty)은, 벨몬트의 정신병원인 맥리언(McLean)에 가면 자신이 입원비를 대겠다고 했다. 어떤 의미론 그녀의 유년기가 "사라진 신화"가 된 것처럼, 이 사건도 이 자전적인 소설이 없었다면 밀봉되어 잊혀질 뻔한 이야기이다. 그러나 플라스는 자기 정신과 주치의인 루스 뷰서(Ruth Beuscher) 박사와, 죽음, 분노, 혐오를 어떻게 자기 삶 속에 적절히 용해시킬 수 있을까를 이야기했지만, 그 방법은 그리 간단하지 않았다(Marsack 4).

1955년 그녀는 우등으로 스미스대학을 졸업하고 영국 케임브리지 대학교, 뉴햄 대학(Newnham College)에서 2년 체류할 장학금을 얻어 도영한다. 그곳에서 그녀는 어머니가 플라스의 삶에서 "가장 흥분되고 다채로운 시기"라고 말한 몇 해를 보낸다. 그러나 그녀는 주변의 글 쓰는 사람들로부터 거의 관심을 얻지 못했고, 더구나 언어가 같다 보니까 외국인으로서의 신선한 체험도 그리 많지 않았다. 플라스의 지적 호기심은 대단했지만, 다른 문화권의 사회적 지적 뉘앙스를 다 파악 하기란 만만치 않았다. 그녀는 학사 과정에 들었고 연극과 문학의 기회를 최대한 이용하면서 훌륭한 학업 성과를 쌓아나갔다(Marsack 4-5).

그녀에게 운명의 순간이 다가 온 것은, 1956년 2월 25일, 한 케임브리지 파티에서 테드 휴즈(Ted Hughes)를 만났을 때였다. 일기와 어머

니에게 부친 편지를 보면, 그녀는 얼마 동안 발이 땅에 닿지 않는 황홀
감을 느꼈다고 한다. 6월에 어머니는 영국에 가서 딸의 결혼식에 참석
하게 되니, 그를 만나 결혼하기까지는 몇 달이 걸리지 않았다. 사실 이
들의 만남과 결혼은 플라스나 휴즈의 삶에서뿐만 아니라 영미문학에서
도 중요한 의미를 지닌다.

미국의 유명시인 앨런 테이트(Allen Tate)의 사촌 마이어즈(E. Lucas
Myers)가, 리비스(F. R. Leavis) 교수의 지도를 받기 위해 케임브리지 대학
교에 간 것은 플라스가 가기 일년 전이었다. 그는 대학기숙사에서 나와
서, 세인트 보톨프(St Botolph)의 교구목사 부인이 닭장을 개조하여 만든
허름한 방으로 숙소를 옮겼는데, 이때 그 집에 맨 처음 자고 간 사람이 바
로 휴즈였다. 그는 당시 학비를 버느라 동가식서가숙하는 처지여서, 마
이어즈 방이든 그 집 마당의 텐트든 상관치 않았다. 이들을 중심으로 로
스(David Ross), 후즈(Daniel Huws), 대니 웨이스보트(Danny Weissbort),
조지 웨이스보트(George Weissbort), 민턴(Than Minton) 등이 모여 팸
플릿 정도의 시 동인지를 냈는데, 그 제목은 그 교구 이름을 따『세인트
보톨프 리뷰』(St. Botolph Review)였다. 이들 중 하나가 케임브리지 대학
을 돌아다니며 이 동인지를 가두판매할 때, 플라스는 우연히 이것을 사
보게 된다. 그녀는 특히 휴즈와 마이어즈의 시가 마음에 들었다. 그녀는
그날 저녁에 있을 창간기념 파티에 가 그들을 만나 볼 요량으로 '튀는'
옷으로 갈아입었다. 사실 그녀는, 미국에서부터 함께 주말을 보내던 서
순(Richard Sassoon)이라는 애인도 있었지만, 그 즈음 그 쪽에서 만나지
말자고 하여 외롭게 지내는 터였다(Stevenson 72-74).

파티에 늦게 도착한 그녀는, 지면으로만 알았던 마이어즈를 만나 춤
을 추면서 그의 시를 인용하여 환심을 사려 했다. 마찬가지로 휴즈를 만
나 바람결에서 고함을 치듯 이야기를 나눴는데, 사실 이 남자 동인들도,

대학신문에서 플라스의 시를 읽어서 이름으로는 알고 있었다. 플라스는 그날 크게 취했으며, 휴즈는 그녀를 파티 장 옆방으로 데려가 자기의 런던 생활을 이야기 하고는 갑자기 그녀 입술에 쿵 하듯이 키스를 했다. 그리고는 헤어밴드와 스카프와 귀걸이를 벗기고는 목에 키스를 하려 하자, 그녀는 그의 얼굴을 꽉 물어 버렸다. 그의 얼굴에는 피가 흘렀다 (*Journal* 112)(Stevenson 75-76).[1]

이날 밤 플라스와 휴즈의 혼란스런 만남은, 서로 다른 두 세계의 만남이었지만 시에 대한 열정이라는 교량이 있었기 때문에 교류가 가능했다. 둘 다 시에 관한 한 외곬의 정열을 불태우고 있을 때였다(Stevenson 77-78). 이튿날 아침 플라스는 아직 숙취가 남아 있었지만 일어났던 이야기를 일기로 남겼다. "어떻게든 이런 더러운 밤엔, 나는 글을 쓰고 또 내 자신을 벗겨 낼, 격한 수녀 같은 열정이 생겨나지"라고 적었다. 그녀는 그 다음 날 (2월 27일) "색정의 검은 힘"을 주제로 「추구」("Pursuit") 라는 시를 썼는데, 휴즈를 위한 것이라고 한다. 그녀의 얌전하고 자신 있어 보이는 용모 안에는 언제나 폭력과 격정이 들끓고 있었다. 그녀는 사람들이 자기를 개 같은 여자라고 흉볼까봐 늘 조심을 했다(Stevenson 78-79).

그녀는 휴즈를 잊고 다시 서순에 대한 그리움에 빠져 들었다. 봄 방학만 되면 파리에 가서 다시는 찾지 말라고 했지만 그를 찾아내리라. 그녀의 뇌리엔 그와 진하게 나눴던 사랑의 순간이 조금도 지워지지 않았다 (Stevenson 79).

3월 초 휴즈는 런던에서 플라스가 있는 케임브리지로 와서 그녀를 만나려고 그녀의 창문에 돌을 던졌지만 그때 그녀는 한 남자 친구와 밖에

---

1) 이 이야기는 플라스가 그 이튿날 숙취로 머리가 아플 때 쓴 일기의 내용이다. 그러나 후일 휴즈는 이 이야기는 우스울 정도로 과장되었다고 한다(Stevenson 76).

서 술을 마시고 있었다. 그 뒤 그녀는 그가 다녀갔다는 이야기를 듣고는 대문자로 "HE"가 다시 케임브리지에 왔다고 적었다. "거대한 기쁨이 내 속을 뛰어다녔다. 그들은 내 이름을 기억했다. . . 제발 그를 오게 하소서."(Stevenson 80-81).

마이어즈는 플라스가 부활절 휴가에 파리로 가기 전, 런던에서 자기랑 휴즈와 술 한 잔 같이 하지 않겠느냐고 물었다. 계단에 발자국 소리만 나도 휴즈일지 모른다고 마음 졸이면서 막연히 기다리던 플라스에겐 너무나 흥분 되는 제안이었다. 그러나 그녀는 미국서 사귀어 온 또 다른 애인인 레이메이어(Gordon Lameyer)를 파리에서 만날 약속이 되어 있었는데, 그것을 포기하지 않았다. 3월 23일 그녀는 런던에 가서 두 친구를 만나고, 특히 휴즈와는 허름한 방에서 하룻밤을 보낸다. 이튿날 몹시 지쳤지만 육로, 해로로 파리로 가서 애인인 서순을 만나려고 찾았지만, 그는 부활절 이후에 돌아온다고 말을 남겨놓고 출타한 상태였다. 언제나 여행은 대부분 남자에 의존해서 하던 플라스로서는 난감했다. 그녀는 전에 서순과 같이 걸었던 장소를 다시 걸어 보았다. 그녀는 아무라도 마음에 드는 남자가 있으면 같이 자 버릴까 하는 생각까지 했다. 런던의 휴즈에게 돌아갈까도 생각했지만 케임브리지 사람들의 입방아에 오를 것 같아 그것도 그만두었다. 그는 돌아와서 나를 '셜리'가 아니라 '실비아'로 불러 줄 수 있을 텐데 라고 중얼거렸다. 셜리는 그때까지 휴즈가 사귀던 애인이었는데, 한번은 휴즈가 실수로 플라스를 셜리로 불렀던 적이 있었기 때문에 그것이 가슴에 박혀 있었다. 그러나 그녀는 다음 학기는 최대한 얌전하게 행동해서 입방아 찧는 사람들이 이상하게 보지 않도록 하자고, 아홉 가지 행동수칙까지 정했다(Stevenson 81-84).

그 이튿날 아침 그녀는 우연히 레이메이어를 만나 그와 유럽여행을 같이 떠났다. 그러나 여행 중에 의견이 맞지 않아 싸우다가, 로마에서 그가 사 주는 비행기 표로 런던으로 돌아오고 말았다. 그는 레이메이어와 서순을 완전히 정리하고 휴즈를 받아들일 수밖에 없었다. 그녀 마음에는 이제 어떤 다른 남자도 없었다. 그녀는 그에 대해 "세상에서 가장 강하고, 내가 만나기 전에 그 시를 좋아한, 이전엔 케임브리지대학 학생이면서 훌륭한 시인이고, 대형이고, 곤란할 정도로 너무 크고, 건강한 아담이고, 하느님의 천둥 같은 목소리를 가졌고, 가수이고, 이야기꾼이고, 사자(獅子)이고, 세계를 방랑하는 사람이고, 결코 멈추는 법이 없는 방랑자이에요"라고 어머니에게 보낸 편지에 적었다(*LH* 233). 휴즈에 대한 믿음과 신비감은 점차 더해져 갔으며, 4월 19일 일기에 "제 생애 처음으로 저는 저 앎 전부와 웃음과 힘과 글쓰기를 언제나 최대한 이용해요. . . . 매일 저는 시로 가득 차 있어요. . . . 저는 단순히 우상화하는 것이 아니라. . . 그의 핵을 바로 들여다보지요. . ."라고 적었다(*LH* 234). 점잖기로 정평이 나 있던 휴즈도 점점 사랑에 빠져 들자 친구들은 이상하게 볼 정도로 됐다. 휴즈가 런던에서 돈벌이를 그만 두고 케임브리지에 와서 마이어즈와 같이 살게 되자, 그들은 매일 만날 수 있었다. 그들은 자주 근처 소택지를 걸었다. 미국의 외할머니가 돌아가셨지만 열병과 같은 사랑에는 아무 영향을 주지 않았다. 그녀는 휴즈가 미국에 갈 땐 열렬한 환영을 받도록 그의 시를 미국 잡지사에 보내는 일을 도맡았다. 뿐만 아니라 그의 시를 깨끗하게 타자 쳐 주고, 1957년에 그의 첫 시집 『비 속의 매』(*The Hawk in the Rain*)가 하퍼사(Harper社) 시집 원고 공모에서 당선이 되도록 적극적으로 뒤를 보아주었다(Stevenson 84-89).

플라스의 어머니가 미국에서 건너와 휴즈를 보고 둘의 결혼을 허락하였다. 플라스는 결혼을 통해 영원히 창작 동반자와 함께 갈 수 있다고 생각했지만, 결혼은 대학 당국, 개인 지도교수, 풀브라이트위원회 등이 좋아하지 않을 것 같아서 비밀에 부치기로 했다. 풀브라이트 위원회가 알면 장학금을 중단할지도 모르기 때문이었다. 휴즈의 가족도 새까맣게 몰랐다(Stevenson 90).

 이 결혼은 캔터베리 대주교의 특별 허가증으로 가능했다. 결혼식은 블룸즈베리(Bloomsbury)의 18세기 세인트조지더마터(St George the Martyr) 교회에서 '블룸즈 데이'(Blooms's Day)인 6월 16일 한 시 반에 시작되었다. 플라스의 어머니는 플라스의 증인이 되었으나, 휴즈는 증인이 없자, 아이들을 태우고 동물원으로 가려는 교회버스 기사를 거의 강제로 끌어와 증인으로 세웠다. 이렇게 화급하게 결혼식을 올린 것은, 휴즈가 그 이듬해에 스페인으로 영어를 가르치러 가기 때문에 그 전에 그를 잡아두기 위해서였다. 플라스 모녀는 휴즈에게 구두, 바지, 결혼반지를 맞춰주었고, 플라스는 어머니가 가져온 핑크색 슈트드레스를 입고, 핑크색 헤어 리본을 하고, 휴즈가 준 핑크색 장미를 안았다. 희미한 교회 바깥에는 비가 왔다. 그들은 세상에서 가장 아름다운 말들을 나눴다. 눈빛이 형형한 목사가 플라스에게 축하의 키스를 했을 때, 그녀 얼굴엔 빗물처럼 눈물이 흘러내렸다. 그들은 플라스가 "슬럼"이라고 말한 럭비가에서 첫날밤을 보냈다. 그 후 세 사람은 파리로 가서 관광을 했다. 거기서 어머니와 헤어진 후, 그들은 배낭과 타자기 하나를 메고 스페인으로 떠났다(Stevenson 90-92). 그들은 7월을 거기서 보내고 돌아와, 10월에는 요크셔에 있는 휴즈의 부모와 같이 지내다가, 다시 케임브리지에 와서 살림을 차렸다. 휴즈가 케임브리지의 어느 학교로 출근을 하면, 플라스는 시험 준비를 하고, 집안정리를 하고, 글을 쓰고, 휴즈의 시를 미국 잡지사에 보내는 일을 했다. 작가의 입장에서 그의 글을 믿어줌으로써 자칫 잃어버릴지도 모를 그의 천재적 재능을 보듬는 것은 플라스의 몫이었다. 그녀는 파벌화 된, 답답한 영국문단이 싫었기 때문에, 차라리 미국 문단이 더 열려져 있고 용기를 줄 것이라고 생각했다(Marsack 5).

휴즈는 영문학을 공부하러 케임브리지에 갔으나 고고인류학으로 전공을 바꾼 만큼, 광범위한 독서를 했으며, 그의 작가로서의 원칙은 위험할 정도로 완벽했고, 또 자신의 천재성에 대한 확신이 있었기 때문에, 플라스에겐 큰 버팀목이 아닐 수 없었다. 그는 "언제나 공부하고, 생각하고, 그리고, 쓰도록 자극을 줬죠. 그는 어떤 선생보다 나았고, 심지어는 아버지가 없어서 느끼는 커다란 슬픈 구멍을 어떻게 해서든 메워 줬죠"(*LH* 289)(Marsack 5).

1957년 6월 플라스가 학위를 마치자 부부는 미국으로 건너가 여기저기 옮겨 다녔다. 9월엔 플라스는 모교인 스미스대학에서 강사로 영문학을 가르쳐 보지만, 너무 정력과 시간을 뺏겨 글을 쓰기 위해 강의를 그만 두었다. 이듬해 부부는 비컨힐(Beacon Hill)에 있는 조그마한 아파트에서 지내면서, 플라스는 보스턴 대학교에서 로버트 로웰(Robert Lowell)의 시 강의에 나갔다. 이때 그녀는 후일 시인이 되는 조지 스타버크(George Starbuck)와 앤 섹스턴(Anne Sexton)을 알게 된다.

플라스가 미국 잡지에 적합하도록 문체까지 바꿔가면서 시와 단편을 써서 발표한 것은 이 무렵이었다. 「포인트 셜리」("Point Shirley")는 1959년 그녀가 보스턴에 살 때 쓴 시로, 어릴 때 해변의 추억에 근거한 것이다. 시의 톤이 개인적이며, 바다의 부풀림, 그것과 외할머니의 관계에 대해 전에 볼 수 없었던 완숙한 기교를 보인다. 즉 파도가 밀려 왔다가 밀려가고 조약돌이 함께 밀려가는 것을 행의 장단(長短)으로 처리한 것은 훌륭한 기량이었다. 자주 s-두운(s-alliteration)으로 파도의 솨솨 하는 소리를 표현하는가 하면, 각운도 뚜렷이 넣은 작품이었다(Marsack 6).

1958년 10월 플라스는 보스턴 대학에서 실시한 로웰의 시 세미나에 참석했기 때문에, 로웰은 후일 그녀의 사후 시집인 『에어리얼』(*Ariel*) 미국 판 서문에서 그녀 이야기를 할 수 있었다.

> 그녀는 버드나무처럼 날씬하고, 긴 허리이고, 팔꿈치는 뾰족하고, 불안하고, 걸핏하면 킬킬 웃고, 우아했다 — 몇몇 제약(制約) 때문에 당혹스러워했지만, 빛나는, 긴장된 모습으로 출석했다. 칭찬 받는 것이면 무엇이든지 기꺼이 받아들이려는 겸손한 태도는, 때때로 미칠 정도로 순종한다는 느낌을 주었는데, 이것 때문에 촌스럽게도 인내력과 대담함을 감추는 꼴이 되기도 했다. 그녀는 자기 시를 우리들에게 보여줬는데, 이 시들을 후일 거의 그대로 첫 시집 『거상』(*The Colossus*) 에 수록됐다. 그 시들은 음침한 분위기지만 연의 구조면에는 무서울 정도로 전문가 수준을 보였고, 두운과 매사추세츠의 잔잔한 조수의 슬픔에도 번득이는 재주를 보였다. (Lowell 124)

한편 1959년 휴즈가 구겐하임 창작기금을 받게 된 덕에 부부는 그해 여름 미국 전역을 캠핑 여행을 할 수 있었다. 그해 12월에 부부는 영국으로 돌아왔으며, 그 이듬해 1월에는 런던의 조그마한 단층 가옥으로 이사를 가서 4월에 첫 딸 프리다(Frieda)를 낳는다. 가을에 윌리엄 하인먼 (William Heineman)사에서 첫 시집 『거상(巨像)』을 상재하는데 이것이 그녀가 출판한 유일한 시집이다. 이듬해 그녀는 장편소설 『유리 종』을 쓸 구상을 하고 창작기금을 받는다. 1961년 8월 말 휴즈 부부는 런던에서 영국의 서남단 반도에 있는 데본(Devon)의 한 낡은 집으로 이사를 가며, 여기서 쓴 시 중 한 편이 「검은 딸기 따기」("Blackberrying")이다.

> 지금 다가드는 것은 바다뿐이다.
> 두 언덕 사이에서 갑작스럽게 깔때기를 통과한 듯 내게 불어온다,
> 내 얼굴에 환상의 빨래를 철썩 때리면서.

> The only thing to come now is the sea
> From between two hills sudden funnels at me,

Slapping its phantom laundry in my face. (*CP* 169)

이 시에는 가정적인 느낌은 거의 없다. 이 시의 전체적 분위기는 반대로 회오리바람이 쓸어 가는 것처럼 불안하고 낯설다. "나는 그런 피의 자매간을 요구하지 않았어(I had not asked for such a blood sisterhood)"라고 말하는 것을 보면, 딸기물이 월경이 흐르는 것을 닮았다는 암시가 된다(Marsack 7). 딸기를 빨아먹는 파리는 천국을 얻은 듯 제 세상이다. 그러나 그런 이미지를 썼다고 해서 바다 풍경묘사가 더 늦어지는 건 아니다. 서두르는 듯한 시의 톤에는 불신과 순간적인 긴장 이완이 보인다. "언덕은 너무 푸르고 감미로워 짠맛을 느낄 수 없었다(These hills are too green and sweet to have tasted salt)". 이 시에는 스테인드글라스의 화려한 색깔은 빠지고 없지만, 그 대신 시끄러운 바닷소리와 빛이 피날레를 이룬다(Marsack 7).

> 마지막 굽이를 돌면
> 나는 언덕의 북쪽 면에 닿고, 그 면은 오렌지색 암석이고
> 거기선 하얀 또 백랍 빛의 광활한 공간과, 굽힐 수 없는 쇠를
> 치고 또 치는 은장이처럼
> 시끄러운 소리만 내려다보인다.

> A last hook brings me
> To the hills' northern face, and the face is orange rock
> That looks out on nothing, nothing but a great space
> Of white and pewter lights, and a din like silversmiths
> Beating and beating at an intractable metal. (*CP* 169)

『거상』을 출판한 1960년과 「검은 딸기 따기」를 발표한 1961년 9월

하순 사이에 플라스의 삶에서 중요한 일이 일어난다. 1960년 4월 1일에는 앞에서 이야기한 딸 프리다가, 1962년 1월 17일에는 아들 니콜라스 (Nicholas)가 태어난다. 휴즈는 이때 플라스의 모성애가 큰 변화를 일으켰다고 다음과 같이 이야기한다(Marsack 7).

> 아내에 대한 진실로 기적적인 일은, 그녀가 아이와 가사에 거의 전념한 2년 동안에 대단한 시적 발전을 보였는데, 그 신속함이나 완벽함에 있어 거의 기록이 없을 정도이다. 첫 애의 출산이 이 과정의 시작이었다. 금방 아내는 최고 속도로, 자신의 완전한 중량으로 창작할 수 있었다. (Marsack 8에서 재인용)

좋은 어머니가 된다는 것은 플라스에게는 대단히 중요한 일이었고, 또 아이가 생김으로써 많은 시간적 제약이 따랐을 테지만, 플라스는 이 때 오히려 더 적극적으로 창작에 몰두한다.『거상』이 영국에서는 호평을 받자, 미국의 앨프레드 노프(Alfred Knopf)사도 출판제의를 해왔다. 영국과 미국의 저널은 그녀의 시를 실어줬고, 몇 작품은 BBC에서 방송도 되었으며, 그녀는 미국 재단으로부터 상당한 창작 장려비도 받았다. 자의식 강한 그녀에는 이러한 인정은 꼭 필요했는데, 특히 휴즈가 쌓아가고 있는 높은 명성을 생각하면 없어서는 안 될 것이었다. 그러나 시집 발간, 아기 키우기, 시골 살림만으로 그녀의 시적 기교와 톤을 설명하는데 충분하지 않을 것이다. 「포인트 셜리」와『거상』의 많은 시에서 시인은 그림자 같이 희미하게 나타나지만, 「검은 딸기 따기」에는 뚜렷한 '나'가 등장한다(Marsack 8).

만약 플라스가 로웰의 초기 문체에서 배운 것이 있다면 '고백시'라는 이름을 가져오게 한『인생 연구』(Life Studies, 1959)에서 배웠을 것이고, 그것에서 더 독창적인 아이디어를 얻었을 것이다. 그녀는 한 인터뷰에서 이 시집을 "금기라고 생각해 왔던, 매우 진지하고, 매우 개인적이고,

정서적인 체험으로 들어가는 강력한 돌파구"라 기술한 적이 있다 (Marsack 8). 또 이때 그녀는 "어머니로서, 신경쇠약을 겪었던 어머니로서, 자기 체험에 관해 글을 쓴 여류 시인 앤 섹스턴(Anne Sexton)은 대단히 정서적이고, 느낌이 많은 젊은 여성"(Orr 167-68)이라고 평한다.

로웰의 시 세미나에서 만난 섹스턴도 플라스에 대한 기억을 갖고 있다. 어느 날 세미나를 마친 후, 그들은 뒤풀이 장소에서 술을 같이 했다. 그녀가 본 플라스는 앞서 로웰이 한 묘사보다는 훨씬 거친 친구로 그려진다. 플라스가 자기 작품과 로웰의 작품을 한 묶음으로 말한 것에 대해 토를 단 사람은 다름 아닌 섹스턴이었다. 섹스턴의 느낌으로는 플라스는 진실을 말하는 데 좀 온건했기 때문이다. 그녀는 플라스보다는 오히려 마음속으로는 스낫글래스(W. D. Snodgrass)를 더 생각했는데 그의 고백은 매우 거친 데가 있었다(Marsack 8).

로웰, 스낫글래스, 플라스, 섹스턴, 베리먼(John Berryman) 같은 시인을 흔히 '고백'(confessional) 시인이라고 부른다. 이 말을 널리 유포시킨 미국 평론가 로젠설(M. L. Rosenthal)은, 『인생 연구』에서 보이는 '일련의 개인적인 속내를 드러내는 말'이 그렇게 부르게 만든 이유라고 했다. 로웰은 부모를 이야기하면서도 할 말 못할 말을 가리지 않고 다 했던 것이 그 예이다. 가끔 '고백적'이라는 말은 '세상을 놀라게 하는'이라는 말과 같이 쓰일 정도까지 됐다. 그 말에 어울리는 소재는, 스낫그래스의 참담했던 이혼 과정과 고통스럽게 복구한 딸과의 관계, 섹스턴의 정신병, 그 외 간음 이야기, 알콜 중독, 정신이상에 관한 이야기일 것이다(Marsack 8-9). 플라스는 로웰과 공통점이 있었는데, 맥리언 정신병원에 입원했던 사실이 그것이다. 또 이 그룹의 다른 시인들과도 공통점이 있었는데, 결혼 실패가 그것이다.

플라스는 남편과는 늘 긴장 관계가 있었지만, 1962년에 결정적인 감정 폭발로 둘은 갈라서게 된다. 이때 이 가족은 데본에 살고 있었고, 휴즈는 아내를 버리고 런던의 다른 여자에게 가 버리자, 플라스는 더욱 이를 악물고 글을 쓴다. 그 모습이 애처로워 조산원은 잠이 안 오는 이른 아침 시간에 쓰면 좋겠다는 말까지 한다. 이때가 『에어리얼』에 든 작품을 쓸 때인데, 그녀는 이때 다섯 시 경에 일어나서 커피를 들고 서재로 들어가서 미친 듯이 써서, 보통 아침 식사 전에 한 편을 썼다(Marsack 9).

이 때 쓴, 「열병 103도」("Fever 103°")를 보자. 이 시의 화자는 사흘 낮. 사흘 밤을 레몬수와 닭고기만 먹으며 열병을 앓으니까 물조차 구역질났다("Water, water make me retch"). 그녀는 순결하지 못했기 때문에 지옥에서 죄를 말끔히 씻어버리려고 생각하지만, 지옥의 혓바닥들은 뚱뚱한 케르베로스(Cerberus)의 혓바닥처럼 둔해 그것을 깨끗이 핥지 못할 것 같았다. 그러나 그녀는 부싯깃처럼 울 뿐이며, "꺼져 버린 초의 // 지워지지 않는 냄새!(The indelible smell // Of a snuffed candle!)"는 뇌리에서 떠나지 않은 불편한 기억을 떠올렸다. 그 초에서 낮게 퍼져 나가는 연기가 스카프로 보이자, 화자는 갑자기 1927년 무용가 이사도라 던컨(Isadora Duncan)이 스카프 때문에 횡사한 사실을 떠올린다. 이 독가스처럼 보이는 "누렇고 음울한 연기(yellow sullen smokes)"가 사회 전체에 방사능 같은 피해를 줄 것이라는 생각이 스치고 지나갔다. 그녀는 그것이 여러 사람과 정원의 식물까지도 질식시킬 것이란 공포에 휩싸인다. 히로시마의 원자탄처럼 엄청난 파괴를 일으킬 것이라는 공포 말이다.

그러나 끝내 마음에서 지워지지 않은 것은 방사능 재처럼, 간음한 자들의 육체를 부식시키는 죄이다("Greasing the bodies of adulterers / Like Hiroshima ash and eating in. / The sin. The sin"). 그러나 화자는 이 지독한 열병으로 자신의 마음은 순결해졌다고 믿는다. "당신의 육체가 / 마

치 세상이 신(神)을 아프게 하듯 나를 아프게 하는 것"은 웬 일일까. 화
자는 깜빡거리지만 자신은 아직도 등불이며, 자신의 "머리는 / 일본 종
이로 만든 달[月](My head a moon / Of Japanese paper)"처럼 가볍고 얇
으며, "금빛 피부는 / 무한히 섬세하고 무한히 값비싸다(my gold beaten
skin / Infinitely delicate and infinitely expensive)"고 느낀다. 그녀는 무게
를 잃고 열과 빛에 들뜨며, "홀로 왈칵왈칵 불타오르며 왔다 갔다 하는 /
거대한 동백나무(All by myself I am a huge camellia / Glowing and
coming and going, flush on flush)"가 된다.

위로 오르는 듯해요,
승천하고 있을지도 모른다고 생각해요—
뜨거운 금속 구슬이 날아가요, 그리고 난, 여보, 난

장미와
입맞춤, 천사들,
이런 핑크빛 물건이 무엇을 의미하든 그것들에 둘러싸인

순결한 아세틸렌
처녀죠.
당신이나, 그에 의해서가 아니에요

그나, 그에 의해서가 아니에요
(용해되는 나의 자아, 낡은 매춘부의 페티코트)—
천국으로.

I think I am going up,
I think I may rise—
The beads of hot metal fly, and I, love, I

Am a pure acetylene
Virgin
Attended by roses,

By kisses, by cherubim,
By whatever these pink things mean.
Not you, nor him.

Not him, nor him
(My selves dissolving, old whore petticoats)—
To Paradise. (*CP* 231-32)

　온몸에 불을 꽃처럼 매단 그 나무는 위로 오르는 듯하여, 자신이 승천
하고 있을지도 모른다는 생각이 들고, "뜨거운 금속 구슬"마저 날아가
는 것 같다. 그녀의 죄 많은 육체는 이제 불과 열로써 정화된다. 그녀는
천상에 온 듯 "순결한 아세틸렌 / 처녀"가 된다. 파란 아세칠렌 불꽃처
럼 불순물은 모두 제거한 처녀가 되지만, "그"나 "당신"에 의해서 된 것
은 아니다. 그녀의 자아는 용해되고, 지금까지 걸쳤던 "낡은 매춘부의
페티코트"도 녹아서 사라지자, 그녀는 천국으로 향하는 뜨거운 불길을
느낀다.

　플라스는 BBC의 시낭송에서 이 시에는 두 가지 불이 있다는 말을 하
는데, 단순히 고뇌하는 지옥의 불과, 정화하는 천국의 불이 그것이라고
한다. 이 시에서는 첫 번째 불이 고행을 거친 뒤 둘째 불이 되는 것이다
(*CP* 293). 살디바(Toni Salívar)는 이 시에서 화자는 욕망에서 오는 고통
을 지옥 불의 "혓바닥"으로써는 치유가 안 되자, 더러운 "지옥"인 육체
를 꺼버리는 것이 낫다고 생각하여 스스로 "꺼진 촛불"이 된다고 한다.
여기서 화자는 세계를 오염시키거나 견디기보다는 강렬하게 불타버림

으로써 인간 삶의 지옥에서 자신을 정화시키는 노력을 한다는 것이다. 즉 화자는 자신의 신이 되어, 고동치는 빛으로 스스로를 구원하는 것이다(182-84).

플라스는 그녀의 생의 마지막 몇 달 동안에 쓴 시를 통해, 난폭하고 들뜬 감정을 주체할 수는 없지만 새로운 주체로 다시 태어난다. 그녀는 최면에 걸린 듯 초현실의 세계를 자유자재하는, 여자라고만 볼 수 없는 거친 투사의 모습으로 바뀌게 된다.

플라스는 1963년 4월 11일에 세상을 떠남으로 많은 전설을 남기는데, 고통스런 마지막 3개월의 이야기는 눈물겹다. 겨울이 오자 플라스는 시골 데본에서 지낼 수 없어 런던에 아파트를 구했는데, 예이츠가 한때 살았던 집이었다. 그녀는 1962년 12월 아이 둘을 데리고 피츠로이가(Fitzroy Road) 23번지에 있는 이 아파트로 이사 갔을 때 새로운 삶을 시작한다는 생각에 마음이 들떴을 것이다. 사실 휴즈가 위벌(Assia Wevill)이라는 여성과 보통관계가 아님을 눈치 챈 것은 그해 7월이었다. 플라스 부부는 함께 아일랜드로 갔는데, 거기서 싸웠고 그 후 휴즈는 데본 집으로 돌아오지 않았다.

런던에서 플라스가 신경을 써야 할 것이 많았다. 보내 놓은 시들의 출판 여부를 알려면 한참 기다려야 했다. 1963년 1월은 여느 해 겨울보다 더 추웠다. 플라스가 1월 하순에 정신과 진찰을 받았을 때 스스로 우울증이 있다는 것을 인정했고, 의사는 그녀의 병력을 듣더니 항우울제 일회분을 처방해주면서, 간호사더러 직접 가서 도와주라고 했다. 그러나 간호사가 그 집에 도착을 했을 때는 문이 잠겨있어, 문을 부수고 들어가지 않으면 안 되었다. 플라스는 부엌 오븐의 가스를 마시고 쓰러져 있었지만, 다행히 아이들은 위층 방에서 안전하였다. 그녀는 서른 한 살이었다.

휴즈는 플라스는 죽기 전 정리해 놓은 『에어리얼』(Ariel)의 원고를 편집하여 1965년에 영국의 페이버사에서 출판하였다. 그녀가 마법에 걸린 듯 시를 쓰다 자살을 한 사실은, 자기 시가 여느 시와는 달리 죽음과 맞바꿀 정도의 진실이 있다는 의미가 된다. 다른 말로 하면 그녀의 죽음은 자기 시의 진실성을 확인하는 낙관과 다르지 않다.

그녀의 작품들은 사후에도 발표된다. 1965년의 유고시집 『에어리얼』뿐만 아니라, 『미수록 시집』(Uncollected Poems)이 영국 터릿(Turret)사에서 출판된다. 1971년에는 유고시집 『물을 건너며』(Crossing the Water)가, 이듬해에도 유고 시집 『겨울 나무들』(Winter Trees)이 미국 하퍼앤드로우(Harper & Row)사에서 출판된다. 1976년에는 어머니가 편집한 『서한집』(Letters Home aaaff)이 같은 출판사에서 출판되며, 1982년에도 휴즈가 편집한 『시전집』(Collected Poems)이 또 페이버사에서 출판된다.

III

앞에서 보았듯이 플라스는 아버지의 죽음이 각인되어 평생 동안 죽음에 대한 무의식적인 원망(願望)을 떨쳐버릴 수가 없었다. 그녀의 시는 농도의 차이는 다르겠지만 죽음의 문제를 다룬 것이 많다. 죽기 세 달 전인 1962년 10월 12일에 쓴 「아빠」는 죽음과 아버지에 대한 이중적 감정을 드러냄을 앞에서 보았다.

그러나 시집 『거상』은, 플라스 부부가 첫 아이를 기대하던 때인 1959년에 야도(Yaddo)에서 쓴, 탄생에 관한 시로 시작해서 탄생에 관한 시로 끝냄을 알 수 있다. 두 시는 다 같이 1959년 11월에 쓴 시이지만 그 사이에는 4년에 걸쳐 쓴 시가 들어 있다. 이 시집의 첫 시 「장원의 정원」

("The Manor Garden")은 배 속에 있던 아이 니콜라스를 위해 쓴 시이다. 계절은 11월, 즉 조락과 죽음의 계절이고, 시간은 새벽, 즉 시작의 시간이다. 이 시에는 첫 행 "샘은 말랐고 장미는 끝났다"에는 조락의 이미지에 맞는 희미한 리듬이 퍼져 있지만, 내용면에선 죽음으로 끌려 들어가는 것이 아니라 그것을 극복하려는 강한 삶의 욕망이 나타나 있다.

> 샘은 말랐고 장미는 끝났다.
> 죽음의 향기, 너의 날은 다가온다.
> 배[梨]는 작은 부처처럼 통통하다.
> 푸른 안개가 호수를 끌고 온다.
>
> 너는 물고기들의 시대와
> 아늑한 돼지의 몇 세기를 지난다―
> 머리와 발가락과 손가락은
> 그림자도 없이 다가온다.
>
> ......
> 너는 하얀 히스 꽃, 벌의 날개,
>
> 두 번의 자살, 늑대 가족,
> 텅 빈 시간들을 물려받는다. 단단한 별들은
> 벌써 하늘을 노랗게 물들인다.
> 자기 거미줄을 타는 거미는
>
> 호수를 건넌다. 벌레들은
> 평소의 서식지를 떠난다.
> 작은 새들이 선물을 갖고
> 어떤 난산(難産)으로 모인다, 모인다.

The fountains are dry and the roses over.
Incense of death. Your day approaches.
The pears fatten like little buddhas.
A blue mist is dragging the lake.

You move through the era of fishes,
The smug centuries of the pig—
Head, toe and finger
Come clear of the shadow.
. . . . . .
You inherit white heather, a bee's wing,

Two suicides, the family wolves,
Hours of blankness. Some hard stars
Already yellow the heavens.
The spider on its own string

Crosses the lake. The worms
Quit their usual habitations.
The small birds converge, converge
With their gifts to a difficult borning. (*CP* 125)

물은 말랐고 장미는 더 이상 꽃이 피지 않아 "죽음의 향기"가 피지만, 차츰 생명의 움이 튼다. 달이 차서 "너의 날은 다가온다. / 배[梨]는 작은 부처처럼 통통하다." 이처럼 이 시에는 생명의 탄생을 암시하는 길조가 있는가 하면, "푸른 안개가 호수를 끌고 온다"와 같은 흉조도 보인다. 그러나 화자는 호수를 생명 즉 태아가 자라는 안전한 자궁으로 상징화하면서, 호수의 위험에서 벗어나려고 애를 쓴다. 태아는 폭력과 약탈의 가족사를 물려 받을 것이다. 부서진 고전시대의 돌기둥 위에 앉은 까마귀는 소름끼치는 죽음을 연상시키지만, 작고 섬세한 자연의 이미지로 부드럽게 해소된다. 그러나 흉흉한 분위기가 완전히 없어진 것은 아니다. 히스가 자라는 황무지가 휴즈 즉 태아의 아버지를 떠올린다면, 벌은 외할아버지를 떠올려, 태아는 친외가의 기질과 질병을 물려 받을지 모른다(Salívar 73).

앞에 나왔던 호수가 "텅 빔"(blankness)으로 다시 나타나는데 이 호수는 플라스의 아버지가 상징적으로 못 빠져 나온 늪을 떠올린다. 즉 그는 병원에 가기 싫어해서 죽음을 자초하였으므로 죽음의 호수에 빠진 셈이다. 그러나 그 호수 위를 한 생명체는 능히 지나갈 수 있는데, 그것은 생존에 필요한 것을 체내에서 뽑아내어 그것에 매달리는 거미 같은 '아이'이다(Salívar 74).

이 시에서 가장 강한 약박(弱拍)의 행이 나오는데, "작은 새(small bird)"의 강강음절(spondee)과 반복되는 "converge"의 약강음절(iamb)이 들어 있는 행이 그것이다. 지금까지 이미지는 시각적이었으나 여기서 날개 달린 새와, 그 새가 태어날 아기에 줄 선물이 어우러지면서, 청각적인 효과도 나타난다. 한편 거미, 벌레, 그리고 작은 새들은 새로 태어날 아기를 위해 선물을 가지고 모여드는 모습으로도 보여 예수의 탄생을 떠올린다. 이 시는 출산의 중요성과 어려움뿐만 아니라 이 아기가 겪게 될 고통과 수난도 암시하는 셈이 된다. 이 아기는 숨을 쉬며, 자궁 넘어가서는 자신의 울음소리로 울어야 한다. 이 자궁을 찢고 울음을 우는 것은, 새가 동이 틀 때 울어 짝짓기의 욕구를 드러내는 것과 비슷하다. 한편 화자는 여기서 새 생명의 싹을 품은 셈인데, 그것이 사라지지 않는 죽음의 징조를 극복하는 것이다(Saldívar 74-75).

플라스는 임신 때의 무거운 몸을 느껴서 쓴 시 「은유」("Metaphors")에서, 모성이란 결국 "수단이고, 무대이고, 새끼를 밴 암소"라고 한다.

난 아홉 음절로 된 수수께끼
코끼리, 묵직한 집,
두 개의 덩굴손으로 걸어 다니는 멜론.
오 붉은 과일, 상아, 좋은 목재!
발효되느라 부풀어 올라 굵어진 빵 덩어리.
이 두둑한 지갑에서 새로 주조된 돈.
난 수단이고, 무대이고, 새끼 밴 암소.
나는 녹색 사과 한 자루를 먹고는
내릴 수 없는 열차에 올라탔어.

I'm a riddle in nine syllables,
An elephant, a ponderous house,
A melon strolling on two tendrils.
O red fruit, ivory, fine timbers!
This loaf's big with its yeasty rising.
Money's new-minted in this fat purse.
I'm a means, a stage, a cow in calf.
I've eaten a bag of green apples,
Boarded the train there's no getting off. (CP 116)

　이 시는 코끼리를 비롯해 수수께끼, 묵직한 집, 멜론, 과일, 상아, 목
재, 빵, 통통한 지갑, 수단, 무대, 새끼 밴 암소 등을 제시했는데 이들은
통통하거나 배가 부르거나 무엇을 담는 용기(容器)이다. 이런 단편화된
이미지들은 어떤 개념이나 주제로 모이는 것 같지 않고, 또 어떤 개념을
정점으로 유기적으로 엮여 있지도 않다. 어렴풋이 느낄 수 있는 것은 둔
중한 몸, 통통한 것, 움직이기 거북함, 수동적인 매체의 느낌인데, 이런
암시는 주제 전개에 거의 기여하지 않는다. 그렇다면 이 시는 머리로 읽
는 시가 아니라 몸으로 읽는 시이다. 반대로 이 시의 작자도 상징화된

언어로 글을 썼다기보다는 임신한 몸이 요구하는 사물을 나열한 것이다. 주체가 글을 쓴 것이 아니라 몸이 글을 쓴 것이니, 머리의 추론적 과정이 없다. 몸이 둔중하니 계속 몸으로 둔중한 것을 제시할 뿐이지 그것에 대한 용언은 없다. 크리스테바를 연구한 그로스(Elizabeth Gross)는 임신한 어머니는 태아에게는 공간, 용기, 물질 이상은 아니다고 말한다 (96). 이 내용을 플라스는 "수단이고, 무대이고, 새끼 밴 암소"라고 표현한다. 태아도 그녀의 뱃속에서는 먹은 한 자루의 풋사과에 불과하며, 어머니는 이미 내릴 수 없는 열차를 탄 것처럼 해산때까지 다른 힘에 의해 끌려가는 것이다(「육체의 의미화」 18-19).

1959년 3월에 쓴 「진달래 길의 엘렉트라」("Electra on Azalea Path")는 마음 속 깊이 박혀 있는 아버지와 죽음을 절절하게 불러오며 한편으로 자신의 죽음을 예언한다.

> 아버지가 돌아가는 날 저도 흙 속으로
> 빛이 없는 겨울 집으로 갔죠
> 검은 색 황금색 줄무늬 벌들이 신성한 돌처럼
> 눈보라를 잠으로 견디고 땅은 굳은 곳이었지요.
> 이십 년간 그런 겨울나기는 좋았죠—
> 아버지가 계시지 않았던 것처럼, 제가 이 세상엔 하나님을 아버지로 하여
> 어머니 배속에서 나온 것처럼.
> 어머니의 넓은 침대는 신의 얼룩이 있었죠.
> 제가 어머니 심장 밑으로 기어들어 갈 땐
> 죄나 그 무엇과도 관계가 없었죠.
>
>
> The day you died I went into the dirt,
> Into the lightless hibernaculum
> Where bees, striped black and gold, sleep out the blizzard

Like hieratic stones, and the ground is hard.
It was good for twenty years, that wintering—
As if you never existed, as if I came
God-fathered into the world from my mother's belly:
Her wide bed wore the stain of divinity.
I had nothing to do with guilt or anything
When I wormed back under my mother's heart.

아버지가 세상을 떠나는 날 그녀는 벌처럼 흙 속에서 동면을 시작해
서, 그의 묘지에 찾아 올 때까지 자신은 거의 잠들어 있었다고 말한다.
그녀를 잉태할 때 아버지의 역할을 지우기 위해, 자기도 하나님으로 잉
태되었다고, 즉 원죄 없이 잉태되었다고도 상상한다. 그래서 어머니의
시트에는 신의 얼룩이 있었다고 믿는다. 그러나 눈을 뜨니 아버지의 이
름이 보이는 그의 무덤이었다. 그녀는 옆의 무덤에 놓인 빨간 플라스틱
세이지 꽃잎에서 떨어지는 붉은 물방울을 보고 소포클레스(Sophocles)
의 『엘렉트라』(Electra)를 떠올린다.

　　　　　여긴 진달래 길.
　　우엉 밭이 남쪽으로 열려져 있죠.
　　육 피트의 노란 자갈이 아버지를 덮고 있죠.
　　아버지 묘석 옆 묘석에 놓은
　　플라스틱 상록수 바구니 안에서
　　빨간 인조 세이지는 흔들리지도 않고 썩지도 않죠,
　　빗물이 핏빛 물감을 씻어 내리지만.
　　모조 꽃잎에 방울지고 붉은 방울이 지지만.

　　· · · · · ·

　　어머니는 아버지는 뼈까지 괴저(壞疽)로 썩어 들어갔다고

말씀하셨죠. 아버진 보통 사람처럼 돌아가셨지요.
제가 나이를 얼마나 먹으면 그런 마음이 될까요?
저는 소문난 자살의 유령이고
목구멍엔 내 자신의 파란 면도칼이 녹 쓸고 있어요.
아버지, 당신 문에 용서를 구하려고 두드리는
자를 용서해 주세요—아버지의 암캐, 딸, 친구.
우리 둘을 죽음으로 내몬 것은 내 사랑이었지요.

　　　　　　This is Azalea path.
A field of burdock opens to the south.
Six feet of yellow gravel cover you.
The artificial red sage does not stir
In the basket of plastic evergreens they put
At the headstone next to yours, nor does it rot,
Although the rains dissolve a bloody dye:
The ersatz petals drip, and they drip red.

. . . . .

It was the gangrene ate you to the bone
My mother said: you died like any man.
How shall I age into that state of mind?
I am the ghost of an infamous suicide,
My own blue razor rusting at my throat.
O pardon the one who knocks for pardon at
Your gate, father—your hound-bitch, daughter, friend.
It was my love that did us both to death. (*CP* 116-17)

　　여기서 플라스는 스스로를 "소문난 자살의 유령"이라고 불러 앞으로
있을 자신의 죽음을 예견한다. 또 그녀는 목구멍엔 파란 면도칼이 목 쓸

고 있는 모습을 상상하며, 용서를 빌러 아버지의 문을 두드린 것에 대해 사과를 한다. 부녀를 죽음으로 본 것은 자신의 사랑 때문이라고 생각하기 때문이다.

그녀는 여기서 자기를 아버지의 "암캐, 딸, 친구"로 부르지만, 이 시 직후에 쓴 「양봉가의 딸」("The Beekeeper's Daughter")에서는 아버지를 "아버지, 신랑(Father, bridegroom)"(CP 118)으로 부른다. 그리고는 "이 부활절 달걀 안에서 / 설탕 장미의 왕관 아래서 아버지, 신랑과 // 당신의 해의 겨울에 여왕벌은 결혼을 하죠"(Father bridegroom, in this Easter egg / Under the coronal of sugar roses // The queen bee marries the winter of your year)(CP 118)라고 언급하는 것은, 결국 아버지와 상징적인 결혼을 한다는 뜻이다. 죽은 아버지와의 결혼은 아버지와 하나가 되기 위한 죽음과 다르지 않다(Hayman 28).

『에어리얼』에 실린 대부분의 시는 그녀가 죽기 전 몇 해 동안 집중적으로 쓴 만큼 죽음의 문제가 많이 제기되어 있다. 그런 시에서 그녀는 끊임없이 자기 내면의 힘과 대결하는 드라마를 보여주는데, 그 힘은 죽음에 대한 원망(願望)이거나, 그것에 대한 극복 혹은 재생을 암시한다. 앞에서 보았던 「아빠」도 죽은 아버지에 대한 강한 애증이면서 삶의 고통에 대한 고백이다. 이것은 또한 간접적으로 아버지와 일체가 되고 싶은, 죽음의 원망으로도 읽혀진다. "스무 살 땐 죽어서 / 아빠께 돌아가려고, 돌아, 돌아가려고 했어요. / 전 뼈라도 그럴 수 있으리라고 생각했어요(At twenty I tried to die / And get back, back, back to you. / I thought even the bones would do)".

1962년 10월 27일 그녀의 생일에 쓴 두 편의 시 「에어리얼」("Ariel")과 「10월의 양귀비」("Poppies in October") 중 적어도 「에어리얼」은 황량한 죽음보다는 부활의 암시가 더 큰 수작(秀作)이다. 이 작품은 말 달리는 환상적인 속도감과 아침 해가 떠오르는 장면이 교묘히 어우러지면서 자신의 죽음과 재생이 절묘하게 암시된다. 여기서 '에어리얼'은 화자가 승마 연습을 한 말 이름이다(Stevenson 272). 우선 사나자로(Leonard Sanazaro)는 '에어리얼'을 크롤(Judith Kroll)이 확인한 것처럼 '희생물을 없는 제단' '하느님의 제단'으로 해석한다. 크롤은 또 여기의 말은 '하느님의 암사자(lioness of God)'라고 했는데, 플라스도 이 원고 윗부분에 "하느님의 암사자"라고 적어 놓았다. 고대 이스라엘 사람들에겐 희생 제식은 정화와 화해의 행위이며, 제물이 되는 짐승은 인간의 죄를 옮겨 받게 한 후, 한적한 곳에서 태워 죽임을 당했다고 한다(94).

이 작품은 짧고 강력한 리듬을 통해 승마의 역동성이 느껴지는 작품이다. 첫 연은 철학적 진술이면서, 승마를 시작할 때 텅 빈 정적과 변화 없는 화자의 상태를 암시한다. 그러나 깜깜함은 푸른색으로 바뀌고, 정지는 동작으로, 즉 "바위산과 거리의 / 실체 없는 푸른 쏟김(Then the substanceless blue / Pour of tor and distances)"으로 바뀐다. 이 과정은 점차 밝아지는 새벽하늘에서 일어날 뿐만 아니라, 화자의 마음에서도 일어난다. "바위산"(산꼭대기에 있는 고대 제단)과 "거리"는, 육체적 동작뿐만 아니라, 꿈속의 의식까지 떠올린다. 말의 이미지는 특별히 "발굽과 무릎의 선회축(旋回軸)(Pivot of heels and knees)"으로 그 역동성이 뚜렷해진다. 말이 달리면 아래로 "고랑이 / 갈라져 지나간다(The furrow // Splits and passes)". 내가 붙잡지 못하는 것은 갈색 호를 그리는 목덜미의 말이지만, 그것은 한편으로는 내 자매다. 이때 화자는 "깜장 눈의 / 열매들이 어두운 갈고리를 던져(Nigger-eye / Berries cast dark / Hooks)", 입 안 가득 검고 감미로운 피("Black sweet blood mouthfuls")를 맛본다. 나를 공기 속으로 끌고 가는 다른 무언가가 있는 것을 느낀다. 나는 빠른 속도로 해서 넓적다리들, 머리카락만 느끼고, 내 발굽에서는 얇은 조각들이 해체되어 날려간다.

새하얀
고다이버, 나는 껍질을 벗는다—
죽은 손, 죽은 절박함.

그리고 이제 난
반짝이는 바다를 거품으로 이뤄 밀로 만든다.
아이의 울음소리

벽에서 녹아내린다.
그리고 난
화살이다,

벌건
눈, 아침의 큰 솥 속으로
이 승마와 하나 되어

자살로 날아가는 이슬.

White
Godiva, I unpeel—
Dead hands, dead stringencies.

And now I
Foam to wheat, a glitter of seas.
The child's cry

Melts in the wall.
And I

Am the arrow,

The dew that flies,
Suicidal, at one with the drive
Into the red

Eye, the cauldron of morning. (*CP* 239-40)

영국 코번트리(Coventry)의 거리를 발가벗은 채 말로 달리던 "새하얀 / 고다이버"가 생각난다. 레오프릭 백작(Earl of Leofric)의 독실한 부인이었던 레이디 고다이버에 대한 인유는 이전 시의 종교적인 인유처럼 많은 효과를 야기한다. 사나자로는 "나는 껍질을 벗는다"에서 보이듯 여기서 구(舊) 자아에서 새로운 자아의 탄생을 본다고 한다. "새하얀 / 고다이버"의 구 자아는, "죽은 손, 죽은 절박함"으로 암시되듯 종교적인 정체성(停滯性)과 엄격한 압박감을 나타내는 한낱 시체와 다름없었다. "아이의 울음소리 // 벽에서 녹아 내린다"에서 새 자아의 탄생이 확인된다. 이제 구 자아는 희생 동물에 실려 가게 되는데, 이 동물도 채소, "밀"과 물, "반짝이는 바다"와 마찬가지로, 다른 종류의 제물이 될 뿐이다. 구 자아는 "벌건 눈, / 아침의 큰 솥 속으로 . . . 날아가는" "자살"의 이슬처럼 타서 죽게 되리라(94-95).

"아침의 큰 솥 속으로 . . . 날아가는" "자살"의 이슬이 자신의 자살을 희미하게나마 시사한 작품이라면, 같은 날 쓰여진 현란한 빛깔의 「10월의 양귀비」도 "일산화탄소"로 죽음이 암시된다(Hayman 180).

> 오늘 아침 태양의 구름조차 그런 스커트를 다룰 수가 없다.
> 또 코트를 통해 새빨간 심장이 놀랍게 피어오르는
> 앰뷸런스 속의 여인조차도—

창백하게 또한 불타는 색깔로
일산화탄소들을 점화시키는
하늘도,

또 중산모 아래 흐릿해져 멈춰버린
눈들도 전혀 요구하지 않았던
선물, 사랑의 선물.

오 하느님, 도대체 저는 누구란 말인가요
이 때늦은 입들이 서리의 숲 속에서
수레국화의 새벽녘에 입 벌린 채 울어야 하니.

Even the sun-clouds this morning cannot manage such skirts.
Nor the woman in the ambulance
Whose red heart blooms through her coat so astoundingly—

A gift, a love gift
Utterly unasked for
By a sky

Palely and flamily
Igniting its carbon monoxides, by eyes
Dulled to a halt under bowlers.

O my God, what am I
That these late mouths should cry open
In a forest of frost, in a dawn of cornflowers. (*CP* 240)

양귀비꽃도 진한 빛깔로 생명을 구가하는 듯하지만, 마약으로 쓰일
때는 중독과 죽음을 가져다준다. 이 작품에서 양귀비의 불타는 듯한 빛

깔에 비교되는 "태양의 구름"이나 앰뷸런스 안에 누운 연인의 빨간 심장도, 양귀비의 그런 눈부신 색깔을 낼 수는 없다. 한편 이 시의 화자도 "서리 온 숲 속에서 / 수레국화의 새벽녘에 입 벌린 채 울어야 한다"는 것은 죽음의 계절을 맞아서일 것이다. 이 시는 양귀비꽃, "새빨간 심장", "일산화탄소", "서리 온 숲 속" 등이 모두 죽음이나 죽음과 연관된 위험한 것이어서 플라스의 위험한 정신상태를 암시한다. 양귀비를 통해 피에 대한 민감한 반응은 보인 또 다른 작품이 「7월의 양귀비」("Poppies in July")이다.

> 작은 양귀비 꽃, 작은 지옥의 불꽃,
> 너희들은 해를 끼치지 않니?
>
> 너희들은 날름거린다. 너희들을 만질 수가 없구나.
> 불꽃 속에 손을 집어넣는다. 아무 것도 타지 않는다.
>
> 그리고 너희들이 그처럼, 입술 살결처럼 주름잡힌 선홍색으로
> 날름거리는 것을 보기만 해도 지치겠구나.
>
> 막 피로 물든 입.
> 작은 피의 치마!

> Little poppies, little hell flames,
> Do you do no harm?
>
> You flicker. I cannot touch you.
> I put my hands among the flames. Nothing burns.
>
> And it exhausts me to watch you.

Flickering like that, wrinkly and clear red, like the skin of a mouth.

A mouth just bloodied.
Little bloody skirts! (*CP* 203)

양귀비꽃을 통하여 플라스가 제시하는 것은 마음의 상처이다. 그녀
는 타는 듯한 그 꽃을 피의 자국으로 본다. 양귀비꽃은 지옥의 불꽃처럼
날름거리지만 실제로 손을 넣어도 아무 것도 타지 않는 것을 고려한다
면, 과민한 반응을 보이는 것은 다름 아닌 화자의 정신체계이다. 그녀는
양귀비꽃에서 피의 스커트를 보고, 피로 물든 입을 상상하고, 자신의 피
흘리는 장면을 떠올릴 만큼, 피에 대해 남다른 콤플렉스를 가지고 있다.
마삭은 이런 현상을 사춘기의 시작이고 월경수(月經水)의 흔적이고 정
신적인 외상이라고 본다(64)(「육체의 시학」 82-84). 다인(Susan R. Van
Dyne)도 이 두 편의 양귀비 시에 나오는 피는, 젠더화한 것이고, 성적
(性的) 이미를 지닌 것이라 본다. 이 피의 꽃이 젠더의 표시가 되는 것
은, 첫째로 그것이 여성 희생의 표시이고, 둘째로 휴즈가 바람을 피운다
는 것을 안 뒤 멈출 수 없는 흐름을 일으키는 "놀라운" 여성적 가능성을
나타내기 때문이라는 것이다. 특히 「7월의 양귀비」의 "막 피로 물든 입. /
작은 피의 치마!"에는 가정 폭력이 나타난다고 했다(148-49).

「페르세포네의 두 자매」("Two Sisters Persephone") 중의 한 여성도,
양귀비 꽃잎의 피가 빨간 비단 불꽃이 되어 태양의 칼날에 노출된 채 타
오른다고 본다("She sees how their red silk flare / Of petaled blood /
Burns open to sun's blade")(*CP* 32). 이 여자는 태양의 신부가 되어 태양
의 씨를 얻은 뒤 산고의 아픔을 겪는다. 그렇다면 이 양귀비꽃에 묻은
피는 태양의 신부가 되고, 또 왕을 낳기 위해 감수해야 하는 생리적이고
제의적(祭儀的)인 피다. 플라스는 「월출」("Moonrise")에서 뽕나무의

오디를 보면서도 "오디는 자주색으로 물들어 / 피를 흘린다(The berries purple / And bleed)"(CP 98)라고 말하는데, 피에 대한 이런 과민한 반응은 스티븐슨이 말하듯이 자신의 외상적 체험에서 연유할지 모른다(「육체의 시학」 84-85).

플라스의 외상적 체험은 그녀의 자전적 소설 『유리 종』을 보면 어느 정도 가려 볼 수 있다. 이 소설의 화자는 자기의 남자 친구인 의대생 버디 윌러드(Buddy Willard)가 아르바이트를 할 때 여급과 난잡한 관계를 가졌다는 이야기를 듣고는, 자신이 온갖 희생을 치르며 지켜온 "처녀성이 목에 연자방아를 걸고 있는 것처럼 무겁게 느껴졌다"(186)고 고백한다. 그녀는 그렇게 오랫동안 그것을 지키려고 온갖 애를 썼던 것이 억울하게 느껴질 정도였다. 그녀는 하버드 대학교 도서관 계단에서 처음 만난 어윈(Irwin)이라는 청년을 보고 처녀성을 버릴 것을 작심한다. 그녀는 그가 하자는 대로 그의 방에 따라가 관계를 가지는데 이때 통증과 함께 출혈이 시작된다. 이 출혈은 곧 멎을 것으로 생각했으나 멎지 않아 새벽녘까지 수건을 갈아댔지만, 그래도 계속 피가 다리를 줄줄 타고 내려왔다. 「새벽 두 시의 외과의」("The Surgeon at Two a.m.")를 보자.

> 피는 낙조이다. 훌륭하다.
> 나는 그것에 정신이 빠져 있다. 붉고 뻑뻑거리는 것.
> 여전히 스며 나온다, 그칠 줄 모른다.
> 너무 마술 같은! 나는 온천을
> 봉해서 이 창백한 대리석 밑에
> 복잡하고 파란 관으로 채워 넣어야 해.
> 로마인들이 너무 훌륭해—
> 도수로, 카라칼라의 목욕탕, 매부리코!
> 이 육체는 로마의 것이다.

The blood is a sunset. I admire it.
I am up to my elbows in it, red and squeaking.
Still it seeps up, it is not exhausted.
So magical! A hot spring
I must seal off and let fill
The intricate, blue piping under this pale marble.
How I admire the Romans—
Aqueducts, the Baths of Caracalla, the eagle nose!
The body is a Roman thing. (*CP* 171)

이 피의 묘사가 그 출혈 때의 느낌을 전하는 것이 아닐까. 그녀는 하는 수 없이 병원에 가 응급처치를 받을 수밖에 없었다. 이때 그녀는 정조란 꼭 정신적인 것이 아니라는 것, 즉 정조라고 해서 꼭 진정으로 사랑하는 사람에게 가야할 것도 아니라는 것을 깨닫는다. 이런 깨달음은, 정신적인 가치를 존중하여 육체를 구속하는 전통적 가치관에 얽매일 것이 아니라, 오히려 육체적인 욕구에 순응할 것을 뜻한다. 그녀는 그 일을 치른 후 일말의 후회도 없었다. 그녀에게 중요한 것은 고결한 남자의 영혼이 아니라, 성에 대한 경험이 많아 자신의 순진함을 보완할 줄 아는 사람이면 좋다는 생각뿐이었다. 그녀는 이때 스커트와 신발까지 적시던 출혈의 체험을 "내 손이 바위 덩어리"(189)가 되는 절멸의 두려움과, 동시에 이제 소녀에서 성숙한 여자가 된다는 기쁨으로 맞아들인다. 다시 말하면 그 피는 안정된 주체로서 닦고는 쉽게 잊어버리는 것이 아니라, 바로 자신을 함몰시킬 수도 있고, 반대로 큰 기쁨을 안길 수도 있는 모순 되는 의미를 지니는 것이다(「육체의 시학」 85-86).

1962년 10월 하순에 쓴 「나자로 부인」("Lady Lazarus")은 보여주기 위한 죽음, 곡예사의 쇼처럼 일부러 보여주고 설명해 주기 위한 죽음을 이야기한다. 화자가 "십 년마다 한 번씩 / 해냈다고요—(One year in every ten / I managed it—)"라고 자랑스럽게 말하는 것은 '자살 기도'를 했다는 말이고, 이번이 세 번째가 된다고 한다("This is Number Three"). 그녀는 자기가 죽었을 때 사람들이 밀고 들어와 자기를 수의로 싸는 모습을 상상한다. "땅콩 씹어 먹는 군중이 / 밀치고 들어와 // 사람들이 나를 완전히 푸는 것을 보았죠—(The peanut-crunching crowd / Shoves in to see // Them unwrap me hand and foot—)" 그녀는 마치 스트립쇼에서처럼 자신의 손, 무릎 살갗, 뼈 등을 관객에게 보여주는 상상을 한다. 그녀는 이미 열 살 때 한 번 자살 기도를 했는데, 두 번째는 영영 돌아오지 않으려고 "조개처럼 // 몸을 흔들어 닫아버렸다(I rocked shut // As a seashell)"고 한다. 사람들이 내 이름을 부르면서, 내게서 들어붙는 진주처럼 구더기를 떼어내는 환상도 그려본다.

죽는 것은
하나의 기술이죠, 만사가 그렇듯.
내가 그걸 잘 하는 것은 예외적이죠.

전 지옥처럼 느껴지도록 해내죠.
난 정말처럼 느껴지도록 해내죠.
아마 당신은 내가 천직을 가졌다고 말할 거라 생각해요.

Dying
Is an art, like everything else,
I do it exceptionally well.

I do it so it feels like hell.
I do it so it feels real.

I guess you could say I've a call. (*CP* 245)

  그녀는 작은 방에서 침착하게 자살을 하는 것은 어렵지 않으며, 실패
했을 때 대낮에 같은 장소, 같은 얼굴들에게 '기적적'으로 돌아오는 것
은 연극과 같다고 한다. 화자는 그 일은 자신에게는 죽어나는 일이지만,
관객은 자신의 상처를 보면서 재미있어 하니까 그들이 요금을 내는 것
이 당연하다고 한다. 말 한마디, 한 번 건들림, 피 한 방울, 머리카락 하
나, 옷 한 조각에도 다 요금이 있어야 한다는 것이다. 그녀는 "의사 선생
(Herr Doktor)", "원수 선생(Herr Enemy)"에게 말한다.

> 전 당신 작품이고,
> 전 당신 귀중품이고,
> 비명으로 녹는
>
> 순금의 아기죠.
> 전 돌면서 불타죠.
> 당신의 큰 관심을 과소평가 한다고는 생각지 마세요.
>
> 재, 재—
> 당신은 쑤시고 헤적이는군요.
> 살, 뼈, 아무 것도 없어요—
>
> 비누 한 장,
> 결혼반지 한 개,
> 금니 한 개.
>
> 하느님 선생, 루시퍼 선생
> 조심하세요

조심하세요.

재 속에서
전 빨간 머리로 일어나서는
공기처럼 남자들을 먹을 테니까요.

I am your opus,
I am your valuable,
The pure gold baby

That melts to a shriek.
I turn and burn.
Do not think I underestimate your great concern.

Ash, ash—
You poke and stir.
Flesh, bone, there is nothing there—

A cake of soap,
A wedding ring,
A gold filling.
Herr God, Herr Lucifer
Beware
Beware.

Out of the ash
I rise with my red hair
And I eat men like air (*CP* 246-47)

그녀를 화장 시킨 후에 내 재에서 찾아낼 수 있는 것은 "비누 한 장, /

결혼반지 한 개, / 금니 한 개"뿐이라고 한다. 그러나 그녀는 "재 속에서 / 전 빨간 머리로 일어나서는 / 공기처럼 남자들을 먹을 테니까" 조심하라고 한다. 자살을 전혀 심각하게 말하지 않는 것을 보면 자살을 하나의 오락 정도로 생각하는 것 같은 느낌마저 든다. 그러나 하디(Barbara Hardy)도 "틀림없이 으스스한 유머(unfailing grim humor)"와 "합리적으로 깨어 있는 지성(rationally alert intelligence)" 느낀다고 한다. 그녀는 이어서 이렇게 말한다. 이 작품에서

> 페르소나(persona)는 분열되었고 정신이상임을 보인다. 이 분열증은 시에서 개인적인 것을 밝혀내고 자살의 감정을 비개인화하고 일반화한다. 그것이 기술이고, 쇼이고, 구경거리이다. 이 시는 구경꾼(과 독자)의 관음증뿐만 아니라 자살(과 죽음의 시?)의 자기노출 성향을 수용하는 것 같다. 이것은 또한 죽음의 악취가 나는, 불결한 부활이기도 하다. 이 이미지로 인해 그녀는 능히 삶과 죽음에서 실험을 하면서, 우리에게 공포심을 심어주고, 부활하는 것을 보고 불평하고, 하느님을 비난하고, 하느님과 의사, (자살을 방지해 주는) 어떤 의사와도, 또 집단수용소의 독토르(Doktor)와도 혼동한다. . . . 그들은 재를 쑤시고 냄새 맡으며, 마지막 위험을 강요하는데, 이것이 마지막 품위 없는 행동이다. 그래서 "전 공기처럼 남자들을 먹을 테니까요."라고 한다. 이것은 순교한 희생자(그녀는 빨간 머리에 유태인이다), 불사조, 불, 여자들이 영리하게 내밀 수 있는 위험이다. 또 다시 합리적이고 비합리적인 융합과 분산은, 통제된 정신이상의 한 형태가 되는데, 이것은 하나의 거울만 만드는 것이 아니라 거울의 방을 만듦으로써, 모두가 다르게 공포를 왜곡하고 드러내도록 한 것이다. (Bloom 4에서 재인용)

고 한다.

이 시와 마찬가지로, 「튤립」("Tulips")은 병실에서 병약한 몸을 보전하고 있는 화자의 이야기가 사실적으로 전개된다. 그러나 사실적이면서도 "모든 것이 얼마나 하얗고, 얼마나 조용하고, 얼마나 눈[雪]에 간

헸는지(how white everything is, how quiet, how snowed-in)"를 이야기한다. 사실 이 흰색은 생명의 색깔과는 거리가 멀다. 화자는 "무명인"(nobody)이어서 정체성이 없는 것처럼 이야기하지만, 화자가 실제로 할 수 없는 일은 생명을 가꾸고 북돋우는 일이다. 그는 생명에 관한 모든 것을 마취사와 의사에게 맡겨버렸다. 그들은 주사 바늘로 화자를 마비시키고 잠재운다. 화자는 모든 것을 놓아버린 상태에서 "나의 찻잔 세트, 나의 속옷장, 나의 책들(my teaset, my bureaus of linen, my books)"이 시야에서 침몰해 가고 결국은 그녀의 머리를 덮어오는 것을 느낀다.

> 나는 모든 것이 흘러가게 놓아버렸어요,
> 고집스럽게 내 이름과 주소에 달려있는 서른 살의 보트.
> 그것들은 내 사랑스런 기억들을 깨끗이 지워버렸어요.

> I have let things slip, a thirty-year-old cargo boat
> Stubbornly hanging on to my name and address.
> They have swabbed me clear of my loving associations. (*CP* 161)

이것은 이미 삶의 의지를 잃은 반죽음의 생활이다. 그런 화자에게 보내온 튤립 꽃은 화자를 아프게 할 뿐이다.

> 그리고 나는 내 자신이 태양의 눈과 튤립의 눈 사이에서
> 납작하고, 우습고, 오려낸 종이 그림자임을 보고
> 나는 얼굴이 없고, 내 자신을 지우고 싶었죠.
> 생생한 튤립이 내 산소를 먹어요.

> And I see myself, flat, ridiculous, a cut-paper shadow
> Between the eye of the sun and the eyes of the tulips,

And I have no face, I have wanted to efface myself.

The vivid tulips eat my oxygen. (*CP* 161)

  파리한 식물적 의지밖에 없던 화자가 자신이 마실 산소마저도 튤립이 먹어 치울 땐, 튤립은 환자에게 위안과 삶의 의욕을 북돋운다기보다는 환자의 생명을 갉아먹는 꽃이다. 병실의 여러 가지가 죽음을 암시하는 흰색이고, 이 튤립 꽃 또한 완상(玩賞)의 대상이 아니라 앞서 본 양귀비꽃처럼 죽음의 색깔과 향기가 묻어 있는 불길한 물체일 뿐이다.

  『에어리얼』 시집 원고를 마지막으로 정리하면서 집어넣은 「죽음 회사」("Death & Co")는, 장례식 조종(弔鐘)과 죽은 아기를 언급하는, 또 다른 자살의 의도가 엿보이는 작품이다(Hayman 189). 플라스는 이 시를 쓰기 전날 밤 두 남자를 만났는데, 그 남자들에 대한 실망감이 자살 충동을 확실하게 했을지도 모른다(Hayman 193). 그녀는 그 남자들의 언행에서 심한 혐오증과 공포증을 느끼며, 한 남자로부터 병원 아이스박스에 들어 있는 아기들이 너무나 귀엽다는 이야기를 듣는다. 그녀는 장례식의 한 장면을 비전으로 보면서 망상에 시달린다.

나는 꼼짝하지 않는다.

서리는 꽃이 되고,

이슬은 별이 된다,

죽은 종(鐘),

죽은 종(鐘).

누군가가 살해됐구나.

I do not stir.

The frost makes a flower,

The dew makes a star,

The dead bell,

The dead bell.

Somebody's done for. (*CP* 255)

IV

어떤 비평가들은 플라스의 문제를 히스테리로 보지만 다른 비평가들은 정서적 해방으로 본다. 또 문화적 차이 때문으로도 비평가와 독자는 의견을 달리 하는데, 영국 독자들이 지나치다고 생각하는 '고백'을 미국 사람들은 쉽게, 또 열렬히 받아들인다. 그녀의 죽음은 여성 운동의 시작과 맞물려 있고, 그녀의 삶은 그녀의 예술만큼이나 그 운동에 훌륭한 텍스트를 제공하는 결과를 가져다주었다.

그러나 서두에서 말했듯이 플라스의 시에서 간과할 수 없는 것이, 그녀는 머리의 생각이나 심장의 느낌으로 시를 썼다기보다는, 살(flesh)에 닿는 느낌으로 시를 썼다는 점이다. 그녀가 아버지나 남편에 대한 애증을 표현한 것도 남성에 대한 지적, 감정적 반응이라기보다는 살의 반응이다. 그녀에겐 죽음이 중요한 소재이지만, 이 죽음 또한 관념적으로 받아들이는 예가 없다. 피, 여성적 생리를 받아들이는 것처럼 일차적으로는 살의 감각이 반응한다. 인간은 참을 수 없는 미운 존재에 대해 먼저 살이 부르르 떨리는 것을 느끼는데, 플라스는 그런 차원에 들어서 시 쓰기를 좋아한다. 그래서 그녀의 시는 지적, 감정적 차원 이전의 것이다. 그녀가 임신했을 때 쓴 시의 느낌도 살의 느낌이고, 블랙베리를 딸 때 자주색 물이 들리는 것을 보고 월경을 떠올린 것도 살의 반응이고, 또 양귀비꽃을 보고 피를 떠올린 것도 몸이 반응한 것이다. 그 살은 살아 있는 여성의 살이어서 거기엔 예민한 여성의 감각이 모두 깨어 있다. 이러한 감성체계는 종전의 어떤 시인도 충분히 갖지 못했다. 그녀의 시가 신선하면서도 종전의 비유체계나 이디엄에서 일탈하여 있는 것은 살에 근거한 시학을 개발했기 때문이다.

여성적 체험과 글쓰기에 관심을 가졌던 크리스테바(Julia Kristeva)는 그녀의 『시적 언어의 혁명』(*Revolution in Poetic Language*)에서 '시적 언어'는 언어의 요소 내에서 모성적 육체, 즉 부성적 법을 파괴, 전복, 전치 할 가능성을 지닌 기호성을 지닌 언어라고 말한다. 기호성의 언어는 다름 아닌 살의 언어에 가깝다. 그녀는 시적 언어는 충동이 일상적, 단성적(單聲的) 언어를 해체하고, 복수(複數)의 음과 의미에서 오는, 불가피한 이질성을 드러낸다고 주장한다. 플라스의 시 중에 시인의 숨결과 나아가서는 우주의 리듬을 내포한 것은 바로 그녀의 시가 일상적, 단성적이지 않음을 반증한다. 앞에서 보았듯이 플라스가 기록한 최초의 숨결은 바다의 숨결이었는데, 이 바다가 크리스테바가 말하는 모성적 육체와 기호계를 표상한다. 바로 이것 때문에 플라스 시는 원초적 힘에 뿌리내리고 있다고 할 수 있다. 「친절」("Kindness")에서 그녀가 "피의 분출은 시다. / 피를 막을 순 없다"(The blood jet is poetry; / There is no stopping it.)(*CP* 270)라고 말할 때 피는 바로 육체성이고, 살이다고 말할 수 있다.

인용문헌

박재열. 「육체의 의미화와 실비아 플라스」. 『영미어문학』 58호(2000년 4월).
1-26. [「육체의 의미화」로 표기]

_____. 「실비아 플라스의 육체의 시학」. 『현대영미시연구』 5호(2000년
11월). 67-91. [「육체의 시학」로 표기]

Bloom, Harold. Introduction. *Modern Critical Views: Sylvia Plath,* ed. Harold
Bloom. New York: Chelsea House Publishers, 1989. 1-4.

Dyne, Susan R. Van. *Revising Life: Sylvia Plath's Ariel Poems.* Chapel Hill and
London: The U of North Carolina P, 1993.

Gross, Elizabeth. "The Body of Signification." *Abjection, Melancholia, and Love.* Ed.
John Fletcher and Andre Benjamin. London and New York: Routledge, 1990.
80-103.

Hayman, Ronald. *The Death and Life of Sylvia Plath.* New York: A Birch Lane Press
Book, 1991.

Lowell, Robert. *Collected Prose.* New York: Farrar, Straus & Giroux, 1987.

Marsack, Robyn. *Sylvia Plath.* Buckingham, Philadelphia: Open UP, 1992.

Orr, Peter, ed. *The Poet Speaks.* London: Routledge & Kegan Paul, 1966.

Plath, Sylvia. *The Bell Jar.* London and Boston: Faber and Faber, 1963. [*BJ*로 표기]

_____. *Sylvia Plath: The Collected Poems.* Ed. Ted Hughes. London and
Boston: Faber and Faber, 1981. [*CP*로 표기]

_____. *Johnny Panic and the Bible of Dreams.* London: Faber & Faber, 1979.
[*Johnny*로 표기]

_____. *The Journal of Sylvia Plath.* New York: Anchor Books, 1982. [*Journal*
로 표기]

_____. *Letters Home: Correspondence, 1950-1963.* London: Faber, 1975. [*LH*
로 표기]

Rosenthal, M. L. "Metamorphosis of a Book." *Critical Essays on Sylvia Plath*. Ed. Linda W. Wagner. Boston: G. K. Hall & Company, 1984. 32-34.

Salívar, Toni. *Sylvia Plath: Confessing the Fictive Self*. New York: Peter Lang, 1992.

Sanazaro, Leonard. "The Transfiguring Self: Sylvia Plath, a Reconsideration." *Critical Essays on Sylvia Plath*. Ed. Linda W. Wangner. Boston: G. K. Hall & Company, 1984. 87-96.

Stevenson, Ann. *Bitter Fame: A Life of Sylvia Plath*. Boston and New York: Houghton Mifflin Company, 1989.

찾아보기

미국 여성시 연구

인쇄일 초판1쇄 2009년 3월 23일
발행일 초판1쇄 2009년 3월 25일
지은이 박재열 / **발행인** 정구형 / **발행처** *L. I. E.*
등록일 2006. 11. 02. 제17-353호

서울시 강동구 성내동 447-11 현영빌딩 2층
Tel : 442-4623~4 / Fax : 442-4625
www.kookhak.co.kr / E-mail : kookhak2001@hanmail.net
ISBN 978-89-93047-06-6 *94800 / 가 격 25,000원

이 저서는 2007년도 경북대학교 학술연구비에 의하여 연구되었음.

저자와의 협의하에 인지는 생략합니다.

L. I. E. (Literature in English)